Claus Beling

DRUM STIRB AUCH DU

Kriminalroman

BASTEI LÜBBE TASCHENBUCH
Band 16 924

1. Auflage: April 2014

Dieser Titel ist auch als E-Book erschienen

Originalausgabe

Dieser Titel wurde vermittelt
durch die Montasser Medien Agentur

Copyright © 2014 by Bastei Lübbe AG, Köln
Textredaktion: Dr. Kai Lückemeier
Titelillustration: © Margie Hurwich/Arcangel Images;
© shutterstock/Pictureguy
Umschlaggestaltung: Manuela Städele
Satz: Urban SatzKonzept, Düsseldorf
Gesetzt aus der Garamond
Druck und Verarbeitung: GGP Media GmbH, Pößneck
Printed in Germany
ISBN 978-3-404-16924-5

Sie finden uns im Internet unter
www.luebbe.de
Bitte beachten Sie auch: www.lesejury.de

Für Katja und Antje

Dass es euch in meinem Leben gibt,
ist ein Geschenk des Himmels.
Dass euer Lachen an jemanden erinnert, der uns fehlt,
ist ein Geschenk der Liebe.

Ein gutes Gedächtnis ist ein Fluch,
der einem Segen ähnlich sieht.
Harold Pinter

An diesem Tag herrschte ein Wetter, dem alles zuzutrauen war, wie die Fischer immer sagten. Der Strand von *St. Brelade's Bay* zeigte sich auffallend menschenleer. Seit den frühen Morgenstunden zogen tief hängende, dicke Nebelschwaden über Jersey hinweg und ließen kaum die Sonne durch. Niemand hatte Lust, schwimmen zu gehen, auch weil der Westwind sehr viel heftiger wehte als sonst.

Nur am Anfang der Bucht, an der stattlichen Kirche mit ihrer kleineren *Fisherman's Chapel*, parkten auffällig viele Autos. Nicht dass man in St. Brelade's Bay besonders religiös gewesen wäre. Aber heute war der Tag, an dem der junge Vikar Godfrey Ballard verkünden wollte, wie viel Geld die Versteigerung der beiden Tagebücher des Schriftstellers Victor Hugo eingebracht hatte, die man durch Zufall auf dem Dachboden des Pfarrhauses gefunden hatte. Hugo hatte von 1852 bis 1855 im Exil auf Jersey gelebt, und der Fund seiner Tagebücher aus dieser Zeit – mit ersten Ideen für den großen Roman *Les Misérables* – war eine literarische Sensation gewesen. Gestern hatte bei *Christie's* in Paris die Auktion stattgefunden, deren Erlös die kleine Kirchengemeinde dringend für Renovierungen benötigte.

Als schon alle in der Kirche saßen, öffnete sich noch einmal leise die schwere Holztür zum Vorraum, und Simon Stubbley schlüpfte hinein. Um nicht gesehen zu werden, blieb er in einer Nische stehen, wo er sich heftig atmend an die Wand lehnte. Er war den ganzen Weg von den Dünen bis hierher gelaufen. Den Kragen seiner unauffälligen grauen Jacke hatte er hochgestellt, sodass man nicht viel mehr sah als weiße Haare und ein weißbärtiges Gesicht. Er glaubte nicht, dass ihn hier im Halbdunkel jemand erkennen würde. Die Jacke hatten sie ihm bei seiner Entlassung aus dem Gefängnis mitgegeben, und er war froh, dass er sie heute Morgen angezogen hatte.

Vorsichtig spähte Simon in das Innere der Kirche. Der Gang war mit einem blauen Teppich ausgelegt. Da der Gottesdienst noch nicht begonnen hatte und gerade erst die Gesangsbücher verteilt wurden, stand der Vikar noch an der vorletzten Bank und plauderte mit John Willingham, dem eleganten ehemaligen Richter, der jetzt wieder als Anwalt arbeitete und seinen Anteil daran hatte, dass Simon vorzeitig entlassen worden war. Willingham war für seine Schlagfertigkeit bekannt. Vikar Ballard fragte ihn etwas, worauf Willingham schnell und witzig antwortete, sodass Godfrey lachen musste.

Simon ließ seinen Blick über die anderen Bänke in der Kirche schweifen. Sie waren alle da. Es erfüllte ihn mit Befriedigung zu sehen, dass die meisten von ihnen in den vergangenen sechs Jahren ebenfalls sichtlich gealtert waren.

Dann entdeckte er endlich auch Emily Bloom.

Nur ihretwegen war er hier. Er wollte noch einmal wissen, wie sie lebend aussah.

Sie saß in der vierten Reihe. Lächelnd unterhielt sie sich mit ihrem Banknachbarn. Simon konnte sehen, dass sie immer noch eine interessante Frau war. Sie musste jetzt um die fünfzig sein und wirkte mit ihren hochgesteckten dunkelblonden Haaren wie eine wahrhafte Lady. Es schmerzte ihn.

All die Jahre im Gefängnis hatte er das kleine Foto von Emily Bloom aufgehoben und es sich von Zeit zu Zeit angeschaut. Das tat er immer dann, wenn er merkte, dass ihr Bild in seiner Erinnerung zu verblassen drohte.

Er hatte die Aufnahme vor acht Jahren an einem sonnigen Montagmorgen gemacht, als er wieder einmal auf dem Weg zum Hafen von St. Aubin gewesen war, um sich von den Fischern ein paar Seebarschköpfe schenken zu lassen, aus denen er dann Suppe kochte. Emily Bloom stand gerade vor ihrem Teeladen und pflanzte rote Blumen in die beiden Hängetöpfe rechts und links der Eingangstür. In diesem Moment hatte er abgedrückt. Aber sie hatte es rechtzeitig bemerkt, sich umgedreht und in die Kamera gelacht, sodass er schnell ein zweites Foto machte. Damals war er noch fest davon ausgegangen, dass ihr Lachen auch bedeutete, dass sie ihn mochte.

Doch das sollte sich bald als Irrtum herausstellen.

Sie war verlogen und hinterhältig. Aber das hatte er erst bemerkt, als es zu spät war und sie ihn verraten hatte.

Am meisten bereute er, dass er ihr so viel von sich erzählt hatte. Das hatte sich nur ergeben, weil er im Sommer oft am Strand campierte. Wenn sie auf ihren Spaziergängen vorbeigekommen war, hatte sie sich oft für eine Weile auf seine Decke gesetzt und mit ihm über dies und das geredet. Seinen Rotwein hatte sie nie angerührt, dazu war sie zu vornehm. Am meisten hatte ihn aber beeindruckt, dass sie niemals der Versuchung erlegen war, ihm sein Leben als *Strandläufer* auszureden.

Und dann ihr Verrat.

Dabei wusste er auch etwas von ihr und hatte es immer für sich behalten. Emily Blooms großes Geheimnis.

Sie hatte ihm gestanden, dass sie das *absolute Gedächtnis* besaß, mit dessen Hilfe sie sich buchstäblich an jeden einzelnen Tag ihres Lebens erinnern konnte. Ein Professor hatte ihr gesagt, dass es nur wenige Menschen auf der Welt gab, die über diese besondere Fähigkeit verfügten. Es war wie Hexerei.

Sie redete nicht groß darüber, weil es den Leuten Angst gemacht hätte. Erst hatte er es nicht glauben wollen, doch dann hatte sie es ihm lachend vorgemacht. Sie wusste noch ganz genau, an welchem Tag vor 15 Jahren sie ihn zum ersten Mal auf der Hafenrampe von St. Aubin getroffen hatte und mit welchem Wortlaut sie ins Gespräch gekommen waren. Sogar, dass aus dem Imbiss hinter ihnen grässlicher Zwiebelgeruch herübergeweht war, wusste sie noch.

Seit damals hatte er ihr vertraut, weil sie so herzlich war. Manchmal war sie ein Stück mitgelaufen, wenn er wieder mal in ihrer Bucht Strandgut sammelte. Eine fröhliche, burschikose Lady in Gummistiefeln.

Natürlich konnte da nicht ausbleiben, dass auch er ihr ein paar Sachen anvertraute. Wie man das eben so macht unter Freunden. Mrs. Bloom hatte es sich immer wie eine geduldige Beichtmutter angehört und ihn nicht ein einziges Mal kritisiert. Nur dass er immer so schnell wütend wurde, fand sie nicht gut.

Jetzt bereute er heftig, dass er ihr so viel erzählt hatte.

Ihr Foto besaß er immer noch, aber jetzt war ihr lachendes Gesicht mit einem dicken schwarzen Kreuz durchgestrichen. Es war ein *Macumba*-Kreuz, mit dem man seine Feinde für tot erklärte. Sein Zellennachbar Joaquim hatte es ihm beigebracht.

Er war ein echter Freund geworden. Seit der Brasilianer im vergangenen Jahr schwer krank gewesen war und er ihn in der Zelle gepflegt hatte, zeigte Joaquim eine fast unterwürfige Anhänglichkeit. Für dich würde ich sogar töten, hatte er voller Dankbarkeit gesagt. Ein größeres Kompliment konnte man von einem Brasilianer wohl nicht bekommen.

Dann war Simon jemand eingefallen, den man dringend töten müsste.

Er wusste zwar noch nicht, wie er Mrs. Bloom sterben lassen wollte, aber dass sie vorher richtig Angst bekommen sollte, war ihm wichtig. Erst sollte sie seine Macht spüren und dann zitternd den Tod erwarten.

Plötzlich war ihm wieder das Samuraischwert eingefallen, das sie ihm einmal in ihrem Gartenhaus gezeigt hatte. Er hatte sich aus der Gefängnisbibliothek das Lexikon ausgeliehen, in dem auf zwei Seiten historische Waffen abgebildet waren. Die Samuraischwerter hatten ihm am besten gefallen. Angeblich waren sie scharf wie Rasiermesser.

Das wäre doch was für Mrs. Blooms Hals.

Das Erste, was Emily Bloom an diesem Vormittag auffiel, als sie auf die Terrasse trat, war die aufgebrochene Tür des Gartenhauses. Sie stand halb offen, mit abgerissenem Griff und zersplittertem Türrahmen.

Doch erst der Blick ins Innere der Holzhütte offenbarte das ganze Maß der Zerstörung. Überall lagen Glasscherben herum. Mehrere der roten Sitzkissen, die aufgestapelt in der Ecke lagen, waren aufgeschlitzt und von einem heruntergefallenen Fläschchen Fahrradöl verschmiert. Das hübsche alte Vogelhäuschen hing zerfetzt an einem der Wandhaken für die Gartengeräte.

Entsetzt fragte sich Emily, wer so etwas tat. Instinktiv blickte sie sich im Garten um, als könnte sich der Einbrecher noch immer hier verstecken. Es war nichts Auffälliges zu sehen oder zu hören, nur das übliche Rauschen des Windes, der vom Meer heraufkam und über die Anhöhe von St. Brelade's Bay hinwegstrich.

Sie zog die Hüttentür ganz auf und ging hinein. Auch wenn es ihr schwerfiel, im Durcheinander der Blumentöpfe, des Grillzubehörs und der Liegestühle festzustellen, was sonst noch fehlte, stach ihr sofort ihre hellbraune Picknickdecke ins Auge. Sonst lag sie immer ordentlich zusammengefaltet auf dem obersten Brett des hinteren Regals. Jetzt befand sie sich ausgebreitet auf dem staubigen Boden und hatte dem nächtlichen Besucher ganz offensichtlich als Schlafstelle gedient. Ein Teil der Decke war übersät mit ekligen grauen Flecken. Sie stammten vermutlich von der leeren Weißweinflasche, deren Hals unter der Decke hervorschaute.

Dann erst fiel Emilys Blick auf die linke Innenwand der Hütte.

Sie war leer. Nur ein senkrecht verlaufender heller Streifen auf dem nachgedunkelten Holz verriet, das dort etwas fehlte.

Das japanische Samurai-Schwert.

Emily erschrak. Auch wenn das Schwert nur ein Exemplar aus billigem Eisen gewesen war, konnte es doch in falschen Händen gefährlich werden. Emilys damaliger Ehemann Richard hatte das mit Drachenfiguren verzierte Stück von einem Teehändler aus Tokio als Werbegeschenk erhalten. Sie hatten es damals sofort ins Gartenhaus verbannt und ihre Scherze damit getrieben. Benutzt wurde es immer nur dann, wenn sie eine Art Machete brauchten, um Gestrüpp zu lichten.

Ihr zweiter Gedanke war, dass sie das hässliche Schwert nun endlich los war. Doch sie wusste selbst, dass es keinen Grund gab, deshalb beruhigt zu sein. Immerhin ging es um eine Waffe, eine ziemlich scharfe sogar. Und wer immer jetzt mit dieser Klinge in der Hand durch die Gegend lief, konnte einen anderen Menschen damit verletzen oder sogar töten.

Sie ärgerte sich, dass sie die Gefahr, die von dem Schwert ausgehen konnte, so wenig ernst genommen hatte. Aber für sie war es nie mehr gewesen als ein grässliches Souvenir aus Japan, nicht anders als Geisha-Puppen oder billige Saké-Tassen aus Kunststoff.

Wütend warf sie die Tür des Gartenhauses wieder zu.

Jetzt lebte sie hier schon so lange, und noch nie waren Einbrüche in ihrer Gegend vorgekommen. Jersey war eine friedliche Insel, in der es zwar wie überall auf der Welt Kriminalität gab, aber doch höchst selten und meistens nur in milder Form, wie sie ihren Freunden in London immer stolz erzählte.

Warum, fragte sie sich, war der Einbrecher ausgerechnet zu ihr gekommen, obwohl in der Nachbarschaft doch viel attraktivere Häuser standen?

Dann erst sah sie das riesige schwarze Kreuz an der Fensterscheibe ihres Arbeitszimmers. Es war aufgesprüht, wie ein Kreuz, mit dem man etwas durchstreicht. Darunter stand in unbeholfen geführter Druckschrift: *MACUMBA EMILY*

Ihr wurde eiskalt. Ungläubig starrte sie auf das tödlich gemeinte Zeichen.

Der Einbruch war also kein Zufall. Sie wusste, was der Macumba-Fluch bedeutete. Sie sollte sterben. Auch wenn sie solchen Hokuspokus für Unsinn hielt, war das schwarze Kreuz doch eine unmissverständliche Drohung an sie. Aber von wem?

Es war höchste Zeit, die Polizei einzuschalten.

Sie wollte gerade ins Haus zurückgehen, als sie etwas Gelbes in der steinernen Vogeltränke entdeckte. Zwischen herabgefallenen Rosenblüten schwammen Zigarettenkippen. Sie ging hin und zählte. Es waren vier Stück, französische Zigaretten aus gelbem Maispapier.

Und plötzlich kam ihr ein Verdacht.

O Gott, dachte sie, Simon Stubbley ist zurück!

Eilig rannte sie ins Wohnzimmer und schnappte sich ihr tragbares Telefon. Während sie mit dem Daumen der Rechten die Telefonnummer der Polizeidienststelle in St. Aubin wählte, zog sie mit der linken Hand ihre blaue Gartenjacke aus und warf sie auf die Couch.

Am anderen Ende meldete sich Constable Officer Leo Harkins. Er schien erfreut, wieder einmal Emily Blooms Stimme zu hören. Als er die Nervosität in Emilys Worten bemerkte, stellte er das Gespräch schnell an den Chef de Police weiter. Wie jeder auf dem kleinen Polizeirevier wusste auch Harkins, dass Harold Conway der Exschwager von Mrs. Bloom war.

Es dauerte, bis sie weiterverbunden war. Der plötzlich veränderte Klingelton verriet Emily, dass man sie auf Harolds Handy umgestellt hatte. Als er sich endlich meldete, klang er kurz angebunden. Im Hintergrund war Straßenlärm zu hören.

»Was gibt's, Emily?«

Er war kaum zu verstehen. »Entschuldigung, Harold ... Sekunde, es ist extrem laut bei dir ... Wo störe ich dich gerade?«

»Bei einem Außentermin.« Offensichtlich wollte er nicht weiter darüber reden. »Deshalb wäre mir eigentlich lieber, du würdest es später nochmal versuchen ...«

»Solange kann ich leider nicht warten«, sagte sie. »Heute Nacht ist bei mir eingebrochen worden.«

»Was? Moment, ich gehe mal ein Stück zur Seite.« Es wurde ruhiger bei ihm. »Also – was genau ist passiert?«

Sie schilderte es ihm. Harold hörte zu, ohne sie auch nur einmal zu unterbrechen, was ungewöhnlich war, denn ihr Verhältnis befand sich seit einiger Zeit wieder auf Frosttemperatur. Doch als sie das Schwert erwähnte, konnte er sich nicht mehr zurückhalten und blaffte in den Hörer:

»Ein Samurai-Schwert? Und das hängt einfach so in deiner Hütte?«

»Ich weiß mittlerweile selbst, dass es nicht sehr schlau war«, gestand Emily. »Aber es hing nun mal da, und wir haben uns nie was dabei gedacht.«

»Was meinst du, wie oft ich diese Sätze höre«, antwortete Harold tadelnd. »Also weiter. Hast du zufällig ein Foto von dem Schwert?«

»Kann sein. Doch, ja ... Jonathan hat mich mal damit im Garten fotografiert.«

»Ich brauche das Foto. – Was ist dir noch aufgefallen?«

Emily erwähnte die französischen Zigarettenkippen.

»Lass die Kippen bitte dort liegen, wo sie sind. Ich schicke dir gleich Leo Harkins mit einem anderen Kollegen vorbei. Sie werden sich ein Bild machen und Spuren sichern.«

»Bin ich denn die Einzige, bei der eingebrochen wurde?«, wollte Emily wissen.

Harolds Stimme klang plötzlich verschlossen, wie in einer Kapsel.

»Ja.«

Emily wurde hellhörig. »Und was die französischen Zigaretten betrifft... Denkst du dabei zufällig an dieselbe Person wie ich? Ist Simon Stubbley etwa aus dem Gefängnis zurück?«

Der Chef de Police schwieg.

»Bist du noch da, Harold?«

Mit leisem Aufstöhnen sagte er: »Ich wollte es dir eigentlich nicht sagen, Emily. Er ist vor vier Tagen entlassen worden.«

Also doch. Emily brauchte ein paar Sekunden, um die Nachricht zu verdauen. Als sie sich vorstellte, dass sie Simon womöglich begegnet wäre, ohne dass man sie vorgewarnt hatte, überkam sie Zorn. »Du *hättest* es mir sagen müssen, Harold! Als Chef de Police bist du nämlich zum Schutz deiner Mitbürger da, falls du das vergessen haben solltest. Du bist nicht gewählt worden, um wegzuschauen, wenn es Ärger gibt!« Es regte sie heute noch auf, dass er damals ihren Mut, gegen Simon auszusagen, so wenig gewürdigt hatte.

Halbherzig versuchte er, sie zu beruhigen. »Es tut mir wirklich leid... Aber wie sollte ich wissen, dass Simon gleich wieder Mist bauen würde? Er war doch eher der Typ des gutmütigen Trottels...«

»Aufwachen, Harold! Dieser Mann hat damals im Affekt fast einen Totschlag begangen! Egal, wie harmlos er sonst sein mag – sobald er wütend wird, ist er unberechenbar.« Emily spürte förmlich, wie Harold am anderen Ende der Leitung in Verteidigungshaltung ging. Sie beschloss, wieder auf ihre eigene Situation zurückzukommen. »Also – was soll ich jetzt machen? Mich verbarrikadieren?«

Wie immer spürte er ihren winzigen ironischen Unterton. Er hatte ihre selbstbewusste Art schon immer gehasst, auch als er noch mit Emilys Schwester Edwina verheiratet gewesen war.

»Nein, aber du solltest in den nächsten Tagen besonders aufmerksam sein. Ich meine – noch mehr als sonst.«

Emily ging über diese kleine Anspielung hinweg. Ihr war völlig klar, dass er damit die Art und Weise meinte, mit der sie vor ein paar Monaten ihr ungewöhnliches Gedächtnis im Mordfall Debbie Farrow eingebracht hatte. Doch momentan verspürte sie wenig Lust, mit ihm zu streiten.

»Gut, dann warte ich jetzt auf Leo Harkins«, sagte sie. »Ruf mich bitte an, wenn es irgendwas Neues gibt.«

»Moment! Da ist noch eine Sache, die du wissen solltest«, rief Harold, kurz bevor sie auflegen wollte. »Zusammen mit Simon ist auch sein Zellengenosse entlassen worden, ein weißer Brasilianer namens Joaquim Sollan. Saß wegen schweren Raubes in *La Moye*. Er hat früher in London schon einmal jemanden totgeprügelt. Die Gefängnisleitung vermutet, dass er Simon jetzt begleitet und jederzeit gewaltbereit ist.«

»Auch gegen mich?«, fragte Emily schockiert.

»Ich hoffe nicht«, antwortete Harold. »Aber zur Sicherheit werde ich in deiner Straße verstärkt Streife fahren lassen. Lass nachts überall das Licht an und nimm dein Handy mit ans Bett.«

Die Sorge in seiner Stimme war nicht zu überhören. Plötzlich fand sie es albern, dass sie ihm wegen seiner barschen Art immer so stachelig begegnete, zumal in dieser Situation. Ihre kleinen Auseinandersetzungen konnten sie auch ein andermal wieder aufnehmen.

»Danke, Harold«, sagte sie warmherzig. »Ich weiß das sehr zu schätzen.«

»Schon gut«, murmelte er und verschwand aus der Leitung.

Emily legte das Telefon weg. Sie fühlte sich aufgewühlt nach diesen Nachrichten. In ihrer Unruhe stand sie auf, verschränkte die Arme hinter ihrem Kopf und blickte nachdenklich durch die große Scheibe nach draußen aufs Meer.

Simon Stubbley. *Der Strandläufer.*

Viele Jahre lang hatte Simon zu Jerseys Stränden gehört wie die Möwen, die Felsen und der Sand. Jeder kannte den heute Sechzigjährigen, der woanders vielleicht ein normaler Landstreicher geworden wäre, hier auf der Insel aber eine Aufgabe gefunden hatte, die allen diente. Die Leute nannten ihn den Strandläufer, nach dem Vogel aus der Familie der Regenpfeifer, der den ganzen Tag vor den auslaufenden Wellen am Strand herumtrippelt und mit seinem langen Schnabel aufpickt, was zu finden ist.

Obwohl ihn niemand dazu berufen hatte, war Simon Stubbley als Hüter der Strände eine Institution auf Jersey gewesen. Bei Wind und Wetter – selbst im Herbst, wenn die Stürme über die Insel rasten – wanderte er mit dem Rucksack auf dem Rücken und einer alten Segeltuchtasche in der Hand die Küste entlang, freiheitsliebend und mit der Natur verbunden. Während er von Bucht zu Bucht zog, suchte er die Strände nach angeschwemmten Gegenständen ab, sammelte zerbrochene Flaschen ein, die im Sand lagen, oder befestigte Fischerboote, deren Ketten sich im Sturm gelöst hatten. Nichts von alledem tat er für Geld. Das Schwemmholz benutzte er für seine Strandfeuer oder zum Schnitzen kleiner Figuren, die Glasscherben vergrub er tief zwischen den Felsen, damit sich kein Kind daran verletzen konnte, und die rostigen Eisenteile aus den Schiffsbäuchen, die hin und wieder mit der Flut angelandet wurden, schleppte er zu den Feldwegen hinter den Stränden, wo die Bauern sie irgendwann auf ihren Traktoren mitnahmen und entsorgten. Einmal hatte er in der Bouley Bay zwei achtjährige Kinder aus dem Wasser gerettet. Ein anderes Mal, er war nachts bei La Rocque Harbour in einem alten deutschen Bunker gewesen, hatte er Flammen in einem Cottage entdeckt, auf der Straße zwei Autos angehalten und die Fahrer gebeten, die Feuerwehr zu rufen. Die *Jersey Evening Post* hatte groß über ihn berichtet und damit auch die Bezeichnung *Der Strandläufer* unter die Leute gebracht.

Nur wer ihn näher kannte, hatte erlebt, dass Simon Stubbley auch ein ganz anderes Gesicht zeigen konnte. Er war ein eigenwilliger Mann, innerlich zerrissen und aus armen Verhältnissen stammend. Wie Emily wusste, hatte er in jüngeren Jahren sein Glück in London versucht, als Kellner in einem Pub, als Hafenarbeiter und als Tellerwäscher. Aber an allem war er gescheitert, weil ihn die Sehnsucht nach seiner Heimatinsel Jersey und nach einem freien Leben geradezu auffraß. Seine cholerische Seite, die immer dann aufflammte, wenn er sich ungerecht behandelt fühlte, hatte etwas Mitleiderregendes. Es war der eruptive Zorn eines Menschen, der zwar in Mutter Natur eine Verbündete gefunden hatte, aber tief in seiner Seele nie vergessen konnte, dass er auf der Verliererseite des Lebens stand.

Der einzige wirkliche Lichtblick in seinem Leben war seine Tochter Suzanne, die bei einer Tante aufgewachsen war. Sie lebte ebenfalls auf Jersey und hatte schon in ihrer ersten Wohnung extra ein Zimmer für ihren Vater eingerichtet, auch wenn er meistens am Strand schlief. Simon liebte Suzanne über alles und war unendlich stolz darauf, dass aus ihr eine junge Geschäftsfrau mit einem eigenen Modeladen geworden war. Dass er um ihretwillen fast zum Mörder geworden war, hatte eine besondere Tragik ...

Bei allem Mitleid, dachte Emily, ich muss aufhören, Simon Stubbley zu verharmlosen. Das brutale Verbrechen, für das man ihn ins Gefängnis geschickt hatte, war aus genau diesem Jähzorn entstanden.

Plötzlich musste sie sich eingestehen, dass sie jetzt doch Angst vor ihm hatte. Es war nicht anzunehmen, dass Simon im Gefängnis ein anderer Mensch geworden war. Eher war wohl das Gegenteil der Fall. Seine sechs Jahre in *La Moye*, unter Kriminellen und voller Verbitterung über sein Schicksal, hatten ihn mit Sicherheit nur härter und nicht reumütiger gemacht.

Als Emily zu ihrem Flurschrank ging, um dort in einer der

Schubladen nach dem alten Zeitungsartikel über Simons Prozess zu suchen, sah sie im Spiegel ihre Blässe. Selbst ihr Haar wirkte ungebändigter, ein Zeichen dafür, wie unausgeglichen sie momentan war.

Nein, sie durfte sich nichts mehr vormachen.

Simon Stubbleys Gift wirkte bereits.

Aus guten Gründen hatte Harold Conway gegenüber Emily Bloom verschwiegen, dass er an diesem Tag nicht hinter seinem Schreibtisch in der Polizeistation St. Aubin saß, sondern schwitzend im Gelände unterwegs war. Gerade passierte seine Gruppe den St. Ouen's Pond, einen Teich, dessen Mückenschwärme dankbar für jedes vorbeiziehende Lebewesen waren. Gleich ein Dutzend dieser Plagegeister fielen über Conway her und setzten sich auf seine nackten Beine. Genervt schlug er nach den lästigen Insekten.

Im Pulk seiner Mitwanderer fiel Conway durch weiße Beine, dunkelrote Bermudashorts, blaue Kniestrümpfe und ein gelbes Polohemd auf. Das Militärische an ihm – seine gerade Haltung, das kurz geschnittene rötliche Haar und sein hageres Gesicht – ließen ihn selbst in dieser Aufmachung noch drahtig erscheinen. Auf dem Rücken schleppte er seinen alten Khaki-Rucksack, den er jahrelang nicht mehr aus dem Keller geholt hatte.

Als Chef de Police kam er sich ziemlich albern vor in einer solchen Freizeitausstattung, fast würdelos. Er bereute heftig, dass er sich von Generalstaatsanwalt Kingsley zu dieser lächerlichen *Dienstwanderung* hatte überreden lassen. Nach Kingsleys Vorstellung sollte die *Honorary Police* auf diese Weise für Jerseys freundliche Ordnungshüter werben.

Es ging um Conways Teilnahme an der jährlichen *Around the*

Island Charity, einer Wohltätigkeitstour, bei der jeder, der dazu Lust hatte, für einen guten Zweck einmal rund um die Insel marschieren konnte. Heute war wieder der große Tag. Im vergangenen Jahr hatten sich mehr als 1400 Teilnehmer zu diesem Gewaltmarsch eingefunden, diesmal vermeldete die Turnierleitung einen noch höheren Rekord. Wer eine gute Kondition besaß, lief bereits nach acht Stunden durchs Ziel. Die meisten benötigten jedoch mehr Zeit oder begnügten sich damit, nur für ein paar Meilen dabei zu sein. Der jüngste Teilnehmer war neun Jahre alt, der älteste – es handelte sich um den unverwüstlichen Colonel Archibald Buckley – hatte soeben seinen 90. Geburtstag gefeiert.

Um drei Uhr morgens waren sie am Elizabeth Terminal in St. Helier losmarschiert. Bis spätestens Mitternacht musste die beachtliche Strecke von 48 Meilen bewältigt werden.

Wie üblich hatten sich im Laufe des Tages die Felder der Teilnehmer verteilt. An den Kontrollstellen zogen immer wieder neue Gruppen vorbei, Freunde, Familien und Individualisten. Fröhlich gab jeder sein Bestes, so wie es bei solchen Anlässen auf Jersey üblich war. Ein paar junge Männer hatten sich mit schrägem Humor als Teletubbies verkleidet, andere trugen originelle Hüte.

Conway versuchte mit einer Gruppe jüngerer Frauen mitzuhalten, die vor ihm herliefen. Ob er wollte oder nicht, die ganze Zeit hatte er ihre hübschen Hinterteile in den knappen Shorts und ihre gut trainierten Beine vor Augen. Die Mädels hatten offensichtlich viel Spaß. Schwatzend und lachend kletterten sie über einen Rinderzaun und bogen dann auf den Strandweg ein, das letzte Stück der neunten Etappe. Conway fragte sich irritiert, wie Frauen es immer schafften, in so kurzer Zeit so viele Gesprächsthemen aus dem Hut zu zaubern.

An einer Abzweigung stand etwas hilflos Vikar Godfrey Ballard, in der Hand eine Landkarte. Er schien irgendetwas darauf zu suchen.

»Kann ich Ihnen helfen, Godfrey?«, fragte Conway, als er näher kam.

Der Vikar blickte auf. »Oh, Mr. Conway! Ja, ich versuche verzweifelt, den Hof der Perriers zu finden, bei denen ich morgen zur Hochzeits-Nachfeier bin.« Er zeigte auf die Hügel Richtung Golfplatz. »Er soll irgendwo da oben liegen.«

Der Chef de Police nahm ihm die Landkarte ab.

»Lassen Sie mal sehen...«

Auf der Stirn des Pfarrers von St. Brelade's Bay standen Schweißperlen. Ohne seinen Talar sah er immer aus wie ein etwas pummeliger 40-jähriger Chorknabe, über dessen Bauch der graue Pullover bereits auffällig spannte. Seinem kirchlichen Amt zuliebe wanderte er heute in einer langen schwarzen Hose. Auch er trug einen kleinen Rucksack, aus dem verschämt eine Stange Baguette und ein verschweißter Räucheraal herausschauten. Wie jeder wusste, war der Pfarrer bekennender Feinschmecker, denn sicher hatte Gott nicht zufällig auch so leckere Sachen wie Hummer oder Créme brulée erschaffen.

Conway hatte das Haus der Perriers gefunden und zeigte es dem Vikar auf der Karte. »Hier oben, Sie müssen nur *Le Mont Rossignol* hochfahren.«

»Vielen Dank.«

Godfrey faltete wieder seine Karte zusammen. Gemeinsam wanderten sie weiter. Der Vikar hatte einen überraschend schnellen Schritt.

»Wieso wird die Hochzeit der Perriers denn nachgefeiert?«, fragte Conway beim Gehen. Er kannte die Bauernfamilie nur flüchtig. »War jemand krank?«

»Wie man's nimmt«, sagte Godfrey mit verschmitztem Gesicht. »Da kamen wohl ein paar Dinge zusammen. Die Braut war bei der kirchlichen Trauung hochschwanger, dann stellte sich noch im Gottesdienst heraus, dass in der hintersten Bank eine Freundin der Braut saß, die gerade Zwillinge vom Bräutigam erwartete, und schließlich hatten wir noch diese Schlägerei mit den Brüdern der Braut ...«

»Hört sich nach einer netten Familie an«, meinte der Chef der Police trocken. »Wo ist die Kirche von England bloß gelandet, dass Sie solche Leute noch als Mitglieder behalten?«

Der Vikar lachte. »Ach, wir haben ein großes Herz, Mr. Conway.« Er wurde wieder ernst. »Das ist doch nichts gegen das, was Sie alles erleben. Unser Rektor lässt mir immer den Kriminalitätsbericht der Polizei zukommen. Deshalb finde ich auch großartig, dass Sie heute hier mitwandern ...«

»Gern geschehen«, murmelte Conway. Mit schmalen Lippen stapfte er über eine Plattform aus Beton, von der ein schmaler Pfad an den Dünen entlang weiterführte. Das Lob war ihm unangenehm. Wahrscheinlich hätte er in letzter Minute doch noch gekniffen, wenn man ihm nicht gesagt hätte, dass der Vertreter der Britischen Krone, Gouverneur Sir Peter Kenzie, auch in diesem Jahr wieder einen Teil der Strecke mitlaufen würde. Damit saß Conway in der Falle und musste wohl oder übel die ganze Tour mitmachen, wenn er die Honorary Police nicht blamieren wollte.

Über ihnen am Himmel tauchte ein kleines Flugzeug auf und begann, das lockere Band der Wanderer zu überfliegen. Sie blickten neugierig nach oben. Der Vikar schirmte seine Augen mit den Händen gegen die Helligkeit ab.

»Man kann nichts sehen, aber das ist sicher die BBC. Letztes Jahr haben sie auch vom Flugzeug aus gefilmt.«

»Ich erinnere mich«, sagte Conway mit zynischem Unterton, während er seinen Rucksack von der Schulter nahm. »Der Bericht handelte vor allem davon, wie der Gouverneur in Wandersachen aussah.«

Godfrey Ballard amüsierte sich über den kleinen Hieb. Er wusste, dass der Chef de Police die Dinge gerne auf den Punkt brachte. Er wusste aber auch, dass unter Conways rauer Schale –

wenigstens gelegentlich – ein weicher Kern zu entdecken war. In seinem festen Glauben an die Unabhängigkeit der Honorary Police, Jerseys ehrenamtlicher Polizei, konnte er mitunter ein Rebell gegen die Obrigkeit sein, was in den Augen des Pfarrers keine so schlechte Eigenschaft war.

Endlich hatten sie die *Le Braye*-Bootsrampe erreicht, an der die nächste Pause eingeplant war. Erschöpft und mit ihren Rucksäcken in den Händen schlenderten Conway und Ballard auf die wartenden Streckenkontrolleure zu und warfen brav ihre Zettel für Wanderabschnitt neun in die Eimer. Sie wussten, dass das nicht nur ein Trick gegen Schummelei war, sondern auch eine Sicherheitsmaßnahme, damit niemand an den gefährlichen Teilen der Küste unbemerkt verloren gehen konnte.

Nachdem sie neue Wasserflaschen in Empfang genommen hatten, suchten sie sich einen ruhigen Platz auf der Schutzmauer. Immer neue Wanderer trafen ein. Der Strand unter ihnen war übersät von Seetang, dem *vraic*. Es roch herrlich nach Meer und Fisch. Draußen vor der Küste ragte der runde *Rocco Tower* aus dem Wasser, ein alter Wehrturm aus dem 18. Jahrhundert. Er stand auf einem Felsen und wirkte so mächtig, als könnte er heute noch die Jersianer bewachen.

Der Vikar öffnete seinen Rucksack und teilte mit dem Chef de Police das Baguette und den Räucheraal. Einträchtig saßen sie nebeneinander und aßen mit den Fingern. Auch ein Fläschchen Weißwein zauberte Godfrey hervor. Dass irgendwo am Strand jemand Saxophon spielte, gab der Rast eine ganz besondere Note.

»Köstlich, der Aal«, lobte Conway zufrieden, während er sich ein weiteres Stück in den Mund schob. Über ihm schwebte eine Möwe im Wind, die äugend darauf wartete, dass man etwas für sie in die Luft warf.

Godfrey Ballard nickte kauend. »Ja, so muss Aal sein, zart und rauchig. Er ist übrigens von Sebastian Picard.«

»Einen besseren Fischer als Picard gibt es einfach nicht«, sagte Conway voller Respekt. »Ich beziehe meinen Seebarsch von ihm. Er liefert ihn uns jeden Freitag aufs Revier.«

Ihre Fettfinger wischten sie im Gras ab. Überall standen Wanderer herum. Ein Stück neben ihnen, auf dem Parkplatz, wurden kostenlos Blasenpflaster verteilt. Plötzlich hatte Conway das Gefühl, dass es doch nicht so falsch gewesen war, an dem Marsch teilzunehmen. Er war auf der Insel geboren und liebte hier jeden Stein. Besonders die eigenwilligen Menschen, die auf Jersey zu Hause waren, vermittelten ihm das schöne Gefühl, an einem besonderen Fleck leben zu dürfen.

Am Himmel tauchte erneut die einmotorige Cessna auf. Merkwürdigerweise kreiste sie jetzt unentwegt über dem großen Dünengebiet von *Les Blanches Banques*, das auf der anderen Straßenseite begann.

Aus der Menschenmenge auf dem Parkplatz löste sich eine Gestalt. Es war Archibald Buckley, der mit einem dicken Schinkensandwich in der Hand auf sie zukam. Er wirkte wie ein alter Habicht, knorrig und mit faltigem Gesicht. Für Conway repräsentierte Buckley wie niemand sonst ein längst vergangenes Jersey. Er war ein Phänomen. Trotz seiner 90 Jahre hatte der ehemalige Colonel die bisherige Wanderstrecke immer noch aufrecht und ohne Stock geschafft.

Buckley zeigte auf das Flugzeug über ihnen. »Das ist ja gerade so, als ob die Deutschen wiederkommen«, sagte er mit knarziger Stimme. »Als wir 1940 oben in den Dünen lagen, kam die erste Maschine auch über Rocco Tower. Und nach ein paar Monaten hatten sie schon die ersten verdammten Bunker gebaut.«

»Keine Sorge, Archibald«, sagte Conway und nahm einen letzten Schluck aus Godfreys Weinflasche. »Die Deutschen sind jetzt anderweitig beschäftigt ...«

In diesem Moment sahen sie, wie die Cessna aus mittlerer Höhe einen Sturzflug machte und erst knapp über den Bäumen wieder abgefangen wurde. Dann begann sie erneut über den Dünen zu kreisen.

»Was bedeutet das wohl?«, fragte der Vikar sorgenvoll.

»Keine Ahnung«, sagte Conway. »Jedenfalls sieht es nicht nach einem normalen Flug aus.«

Gespannt blickten sie weiter zum Himmel. Tatsächlich sahen die Manöver von Minute zu Minute gefährlicher aus. Die Maschine flog jetzt so tief, dass man dachte, sie müsste jeden Augenblick eine Notlandung machen, was aber unwahrscheinlich war, weil hinter dem Dünengebiet der Flughafen von St. Peter lag, wo sie leicht landen könnte.

»Irgendetwas stimmt da nicht«, murmelte Conway, während er mit angehaltenem Atem die gewagten Aktionen des Piloten verfolgte.

Nachdem die Cessna sich ein weiteres Mal in die Kurve gelegt hatte, flog sie einen Bogen bis zum Strand, um von dort erneut Kurs auf die Dünen zu nehmen. Instinktiv zogen alle die Köpfe ein, als die Maschine über sie hinwegdonnerte.

Auch Conway erschrak, wenn auch aus einem ganz anderen Grund. Im Cockpit sah er für Sekunden seine Nichte Jennifer hinter dem Steuerhorn sitzen, rechts neben ihr schaute ein kräftiger Mann aus dem Fenster.

Conway wusste, dass Jennifer heute ihren ersten Tag als Berufspilotin hatte. Da nicht anzunehmen war, dass sie den Auftrag hatte, im Kreis über die Dünen zu fliegen, musste sie in Schwierigkeiten sein.

Alarmiert beobachtete er jede Bewegung der Maschine.

Sein untrüglicher Instinkt für Katastrophen sagte ihm, dass ein Unglück bevorsteht.

Dass Jennifer Clees, die neue Pilotin der kleinen Fluggesellschaft *Jersey Charter Aviation*, gleich bei ihrem ersten Einsatz eine ausgerückte Jersey-Kuh suchen sollte, hatte ihre männlichen Kollegen erheitert. Feixend hatten die drei Männer hinter der Glasscheibe des Towers gestanden und zugeschaut, wie Jennifer in ihrer schwarzen Lederjacke vor der weißen Cessna warten musste, bis ihr Auftraggeber, der Farmer Dave Troy, seinen Zwei-Zentner-Körper in die Maschine gequetscht hatte. Dann war auch sie eingestiegen und hatte die Tür hinter sich verschlossen. Minuten später war die einmotorige Cessna 172 gestartet.

Als sie in der Luft war, hatte Jennifer mit ohrenbetäubendem Lärm demonstrativ eine Runde vorbei am Tower gedreht und kurz mit den Tragflächen gewackelt. Natürlich waren ihr die grinsenden Gesichter hinter dem Fenster nicht entgangen. Doch als junge Fliegerin kannte sie die Arroganz der männlichen Piloten und konnte souverän damit umgehen. Dass sie den Job bei *Jersey Charter Aviation* so schnell bekommen hatte, war ohnehin ein Wunder. Zwar hatte ihr Onkel, der Chef de Police von St. Brelade, ein wenig mitgeholfen, den ersten Kontakt zur Firma herzustellen, aber die Prüfungsflüge hatte sie dann schon selbst meistern müssen.

Sie hielt die Maschine auf niedriger Höhe. Unter ihnen lag der endlos lange goldene Strand der St. Ouen's Bay. Sie konnten sehen, wie auf dem Fußweg entlang der Sturmschutzmauer gerade ein seltenes Schauspiel stattfand. In einer endlosen Kette zogen hunderte von Menschen die Küste südwärts. Aus der Luft wirkte es wie eine Völkerwanderung.

Dave Troy konnte sich mit ihr über Kopfhörer unterhalten. »Die werden uns beneiden da unten«, rief er grinsend gegen den Lärm des Motors an. »Ich habe die Tour mal mitgemacht. Wenn man erstmal in St. Ouen ist, geht man schon auf dem Zahnfleisch.«

Da sie relativ niedrig flogen – für ihren kurzen Ausflug hätte es sich nicht gelohnt, höher zu gehen – blieben einige der Wanderer stehen und schauten neugierig zu ihnen nach oben.

Jennifer lachte. »Die Armen. Dann wollen wir sie jetzt mal nicht länger ärgern.«

Sie drehte nach Südosten ab, Richtung *Noirmont*. Der Himmel über ihnen war wolkig. Bereits nach zwei Minuten kam die weite Bucht zwischen St. Aubin und St. Helier mit ihrem sichelförmigen Strand in Sicht. Plötzlich riss für einen Moment der Himmel auf und tauchte St. Aubin wie eine einzelne Perle in helles Licht.

Dave Troy stieß Begeisterungsrufe aus. Es war erst der zweite Flug in seinem Leben. Wegen der Aufregung war sein blaues Baumwollhemd unter den Achselhöhlen nass geschwitzt. Fasziniert schaute er nach unten auf die Landstraße, wo sich ein kleiner Auffahrunfall ereignet hatte.

Sie überflogen die Unfallstelle und erreichten ein Waldgebiet.

»Achtung«, sagte Jennifer. »ich gehe jetzt noch tiefer.«

»Ich bin bereit«, sagte Troy mit seiner Bassstimme.

Während sie in den Sinkflug übergingen und sich die Maschine für einen Augenblick in Schräglage befand, deutete er nach unten auf die große grüne Fläche hinter dem Wald.

»Da ist ja schon Noirmont!«

Es war das Gebiet, in dem seine Kuh verschwunden war. Die an vielen Stellen undurchdringliche Wildnis hatte eine beachtliche Ausdehnung und endete erst an den Klippen. Ihre Vegetation bestand aus dichten Ginsterhecken, Farnen, Bäumen und unzugänglichen Wiesen. Eine Suche zu Fuß war hier kaum möglich. Troy vermutete, dass sich die Kuh ungefähr in die Mitte des Geländes zurückgezogen hatte, nachdem sie ihm auf der Landstraße bei St. Brelade aus dem Viehtransporter entwischt war.

Jennifer ging bis auf 300 Fuß hinunter. Die Innenverkleidung des kleinen Flugzeugs vibrierte hörbar und ergänzte das laute

Motorgeräusch um eine weitere akustische Nuance. Sie griff nach dem Fernglas und reichte es an den Farmer weiter.

Als erfahrener Jäger wusste Dave Troy, nach welchem System er das Gelände unter ihnen mit dem Glas absuchen musste. Er tat es seelenruhig, ohne Hektik und vollkommen konzentriert, mit der berühmten Gelassenheit der *jerseymen*. Das Flugzeug zog einen Schatten über die sonnigen Wiesen. Aufgeschreckt hoppelten ein paar aufgeschreckte Kaninchen unter die nächstgelegenen Bäume.

Sie hatten bereits gut die Hälfte des Geländes überflogen, als Troy plötzlich seine linke Hand hob.

»Ich hab sie!«

Aus der Luft sah der Rücken der Kuh wie ein braunes Rechteck im hohen Gras aus. Das Rechteck bewegte sich nicht, weshalb Jennifer vermutete, das Tier sei tot. Doch als sie über die Kuh hinwegflogen, drehte sie plötzlich den Kopf und versuchte aufzustehen, vermutlich, weil sie vom Lärm aus der Luft aufgeschreckt wurde. Schnell legte Jennifer das Flugzeug in eine scharfe Kurve, um das Tier diesmal von der Seite anzufliegen.

»Verdammt!« fluchte Dave Troy. »Sie hängt in einem Wasserloch fest!«

Jetzt konnte auch Jennifer deutlich sehen, dass die Vorderläufe der Kuh bis zum Bauch in einem schlammigen Tümpel steckten. Angestrengt versuchte das Tier, sich mit Hilfe seiner Hinterläufe aus dem Matsch zu ziehen, doch vergeblich. Selbst aus der Luft konnte man erkennen, wie das Rind mit seinen großen sanften Hirschaugen, die für Jersey-Kühe typisch sind, verzweifelt zum Himmel schielte. Es war ein trauriger Anblick.

»Die Arme!«, sagte Jennifer voller Mitleid. »Gibt es eine Chance, sie da wieder rauszubekommen?«

»Ich denke schon. Wir müssen nur irgendwie einen Traktor da hinkriegen.«

Als verantwortungsbewusste Pilotin wusste Jennifer, dass jetzt keine Zeit für Sentimentalitäten war. Troy sah es offensichtlich genauso. Er schob die Ärmel seiner Jacke hoch, als müsste er zupacken, und sagte: »Ich brauche mal die genauen Koordinaten.«

Jennifer las sie von ihrem GPS ab und teilte sie ihm mit. Er kritzelte sie auf einen Zettel, drückte dann den Mikrofonknopf und rief über Funk den *controller*. Eigentlich durfte er das ohne Funksprechzeugnis nicht, aber er kannte die Jungs im Tower persönlich und wusste, dass man sich in der Not auf ihre Großzügigkeit verlassen konnte. Trotz seiner Unerfahrenheit im Cockpit blieb die Stimme des Viehzüchters erstaunlich ruhig. Vermutlich war es nicht dass erste Mal, dass er ein Tier seiner großen Herde aus irgendeiner Kalamität retten musste.

»Hallo, hier spricht Dave Troy. Hören Sie mich? Okay. Dann gebe ich Ihnen jetzt eine Nachricht für meinen Partner Edgar Harvey durch ...«

In weitem Bogen flog Jennifer Richtung Flughafen zurück. Das Hin und Her der krächzenden Stimmen über Funk begleitete sie dabei. Das Flugzeug schaukelte leicht im Wind. Genau das war es, was sie am Fliegen so liebte, das Gefühl von Leichtigkeit und Gemeinschaft.

Plötzlich sah sie eine dünne Rauchfahne vor sich. Der gekräuselte dunkle Faden stieg aus der Dünenlandschaft auf, die sich von der St. Ouen's Bay bis zum Flughafen hinzog. Im Hintergrund, an der Küste, waren immer noch die Wanderer unterwegs.

Kurz entschlossen senkte Jennifer die Maschine wieder ab und nahm Kurs auf den Rauch. Dave Troy war noch in sein Gespräch mit dem *controller* vertieft, sodass er gar nicht mitbekam, wie niedrig sie plötzlich über die Baumwipfel hinwegflog.

Aus der Luft war gut zu erkennen, wie dicht die Dünen von Strandhafer bedeckt waren. Dazwischen wuchsen Disteln und Lupinen, vereinzelt gab es auch Bäume. Schon von weitem erkannte sie, dass der Rauch von einem Lagerfeuer stammte. Es war zwar heruntergebrannt, aber die Reste glimmten noch. Als einzige Nahrung für die Glut lag ein dicker Ast in der Asche. Umgeben war die Feuerstelle von einem Dutzend Steine, die kreisförmig angeordnet waren. Es sah so aus, als hätte hier jemand dauerhaft einen Lagerplatz aufgeschlagen. Vielleicht waren es Jugendliche, die in den Dünen ihren geheimen Treffpunkt hatten.

Sie flog mehrere Runden über den Platz. Um langsamer zu werden, fuhr sie bis zur ersten Stufe die Landeklappen ihrer Maschine aus. Diesmal schaute sie auch nach rechts und links neben die Feuerstelle.

Dann sah sie ihn.

Im Gras neben den Steinen lag ein Mann. Erst dachte Jennifer, dass er schlief, doch schnell bemerkte sie, dass der rechte Fuß des Mannes unnatürlich zum Himmel verdreht war, so als würde er auf dem Rücken liegen. Aber er lag auf der Seite und sein Gesicht mit dem weißen Bart war voller Blut. Es stammte aus grauenvollen Wunden am Hals und an der Stirn. Die Blutlache hatte sich rings um den Oberkörper im Gras ausgebreitet.

Neben ihm lag ein großes Schwert mit rotem Griff. Gefährlich glänzte die Klinge in der aufblitzenden Sonne. Es sah brutal aus.

Dave Troy hatte sein Gespräch mit der Flugverkehrskontrolle beendet und schaute ahnungslos aus dem Fenster nach unten. Als er den leblosen Mann in der Blutlache entdeckte, wurde er blass.

»Oh Gott! Da ist ja alles voller Blut ...«

»Bleiben Sie ganz entspannt sitzen«, beruhigte ihn Jennifer. »Ich habe alles im Griff.«

Er gehorchte, verzichtete aber darauf, ein weiteres Mal nach unten zu blicken. Ängstlich klammerte er sich am Sitz fest. Ihm entging nicht, dass plötzlich ein lauter Alarmton im Cockpit ertönte, die Überziehwarnung der Cessna. Jennifer musste aufpassen, dass sie nicht zu langsam wurde.

Mit jeder neuen Linksrunde, die sie über der Feuerstelle und dem verletzten Mann drehte, entdeckte sie mehr grausige Details. Sie hatte inzwischen keinen Zweifel mehr, dass dort unten ein Toter lag.

Die Wanderer, die auf dem gegenüberliegenden Parkplatz an der *La-Braye*-Bootsrampe ihre Rast machten, waren inzwischen auf sie aufmerksam geworden und gestikulierten verärgert zu ihr hinauf, weil sie mit ihrem Lärm die Ruhe störte.

Beim letzten Anflug machte sie eine weitere schreckliche Entdeckung. Unweit des Lagers, unter den tief hängenden Zweigen eines Baumes, lauerten in geduckter Haltung zwei streunende Hunde. Erwartungsvoll starrten sie auf die schwarze Blutlache vor ihnen.

Mit lautem Getöse raste das Flugzeug ein letztes Mal über die verhängnisvolle Feuerstelle hinweg. Die Hunde flohen erschrocken.

Krampfhaft hielt Jennifer ihr Steuerhorn fest. Sie kämpfte mit einem starken Ekelgefühl, nahm sich aber zusammen. Pflichtgemäß wollte sie gerade auf der Notfallfrequenz das Dringlichkeitssignal aussenden, als ihr etwas Besseres einfiel. Da sie unterhalb von 2000 Fuß flog, hatte sie gute Chancen, dass ihr Mobiltelefon funktionierte. Sie zog es aus der Tasche und wählte die private Handynummer ihres Onkels. Als Chef de Police der Gemeinde St. Brelade war er für dieses Gebiet zuständig. Sie betete inständig, dass er ihre Nummer sofort erkannte und sich meldete. Es rauschte, die Verbindung war miserabel. Doch plötzlich hörte sie seine Stimme.

»Jennifer?«

»Ja. Onkel Harold, ich fliege gerade über das Gebiet von *Les Blanches Banques*...«

»Ich weiß. Ich bin genau unter dir und kann dich sehen. Was ist los bei dir da oben? Warum fliegst du so tief?«

»In den Dünen, an einer Feuerstelle, liegt ein verletzter Mann. Alles ist voller Blut ... Ich glaube, er ist tot. Mir ist ganz schlecht, Onkel Harold.«

»Ganz ruhig, Jenny! Kannst du mir beschreiben, wo er liegt?«

»Etwa 500 Meter südöstlich von einem länglichen Bunker. Kannst du den Rauch sehen, der von der Feuerstelle aufsteigt?«

»Ja, ich sehe was, wenn auch nur schwach.«

»Das ist die Stelle, daran kannst du dich orientieren.«

»Gut. Dann fliegst du jetzt am besten zurück und wartest am Flughafen, bis einer von meinen Leuten kommt und deine Beschreibung zu Protokoll nimmt. Das müssen wir leider so machen. Schaffst du das?«

»Kein Problem. Zum Glück hab ich einen verständnisvollen Fluggast bei mir.« Jennifer schaute dankbar zu Dave Troy hinüber. Er lächelte gequält zurück. Plötzlich fiel ihr noch etwas ein. »Ach, Onkel Harold, ich hab was vergessen ...«

»Ja?«

»Neben dem Mann liegt etwas, das wie ein Schwert mit rotem Griff aussieht. Vielleicht ist das von Bedeutung.«

Er schwieg.

»Hörst du mich noch?«, fragte Jennifer irritiert.

Aber der Chef de Police fand keine Worte mehr.

Der Platz um die Feuerstelle war mit Bändern abgesperrt. Am Waldrand stand ein kleiner Mannschaftswagen, mit dem die vier Männer der Spurensicherung eingetroffen waren. In ihren blauen Schutzanzügen waren sie die einzigen, die hinter der Absperrung tätig sein durften.

Als Emily Bloom aus dem Polizeiwagen stieg, mit dem sie von

Constable Officer Sandra Querée zu Hause abgeholt worden war, hatte sie das Gefühl, auf einem anderen Planeten anzukommen. Die sonst so schöne Dünenlandschaft war kaum wiederzuerkennen. An zahlreichen Stellen war der Sand zwischen dem Heidekraut mit grauen Planen abgedeckt worden, damit kein Unbefugter etwas zerstörte. Gipsspuren im Sand verrieten, wo die Polizei Fußabdrücke gefunden hatte. Man hatte sie mit nummerierten Markierungen gekennzeichnet.

Im Gras neben der Feuerstelle konnte Emily noch den Umriss des Toten erkennen, der von der Polizei mit einem weißen Pulver nachgezeichnet worden war. Die Leiche war bereits von der Gerichtsmedizin abgeholt worden. Dass es sich bei dem Ermordeten um Simon Stubbley handelte, stand inzwischen fest. Egal, ob man es nun himmlische Gerechtigkeit oder Ironie des Schicksals nennen wollte – ausgerechnet er, der gestern noch gedroht hatte, Emily umzubringen, war jetzt selbst das Opfer der gestohlenen Waffe geworden.

Harold Conway stand zusammen mit einem anderen Polizisten aus seinem Stab vor einem provisorisch aufgebauten Klapptisch, auf dem mehrere Gegenstände lagen, die man in der unmittelbaren Umgebung des Lagerfeuers gefunden hatte. Am auffälligsten war dabei das rote Samuraischwert. Es war blutig und steckte in einer überdimensionalen Plastiktüte.

Als Harold Emily kommen sah, ließ er seinen Kollegen stehen und ging ihr entgegen. Er trug ein blaues Jackett mit dem kleinen Abzeichen des Chef de Police. Auch wenn Emily ihrem Exschwager kritisch gegenüberstand, bewunderte sie doch sein Engagement. Die *Honorary Police* – Jerseys ehrenamtliche Polizei, der er angehörte – übernahm auf der Insel alle Aufgaben, die in anderen Ländern von der staatlichen Polizei wahrgenommen wurden, von der Verkehrskontrolle bis zu Festnahmen. Erst seit 1882 gab es auch eine staatliche Polizeibehörde, einschließlich der Kriminalpolizei. Freiwillige wie Harold Conway waren dagegen nur für drei Jahre gewählt. Sie kamen aus normalen Berufen – Conway war zum Beispiel vereidigter Bausachverständiger –, ließen sich zu Polizisten ausbilden und taten jeweils für eine Woche im Monat Dienst als Ordnungshüter. Als Chef de Police hatte er noch drei *Constable Officers* unter sich.

»Tut mir leid, dass du dich hierher bemühen musstest«, sagte er mit sachlicher Stimme, »aber das hättest du dir alles ersparen können, wenn du nicht eine Waffe in deinem Gartenhaus aufbewahrt hättest.«

Emily hatte zwar erwartet, dass dieser Vorwurf von ihm kommen würde, war aber nicht darauf vorbereitet, ihn gleich anstelle einer Begrüßung serviert zu bekommen. So ruhig wie möglich antwortete sie: »Danke für deine freundliche Begrüßung, Harold. Und was das Gartenhaus betrifft – es war verschlossen. Gegen einen Einbruch hättest nicht einmal du etwas tun können.«

Er verzog das Gesicht. Sein militärisch kurz geschnittenes Haar gab ihm etwas Drahtiges. »Herrgott, Emily, sei nicht immer so empfindlich. Natürlich spielt das Samurai-Schwert eine Rolle, und natürlich bist darin involviert – ob dir das passt oder nicht.«

Er führte sie an den Klapptisch, auf dem die Waffe lag. Daneben waren auch einige andere Gegenstände aufgebaut, konserviert in großen Plastiktüten: Zwei blutbefleckte Steine, ein Spaten, hellblaues Plastikgeschirr, eine leere Geldbörse aus braunem Kunstleder und einige andere Dinge aus dem Besitz des Toten. Harold deutete auf die Tüte mit dem Schwert. »Schau es dir bitte genau an. Erkennst du es wieder?«

Erst jetzt bemerkte Emily, dass die Scheide aus glänzendem Lack nicht mehr auf der Klinge steckte, sondern daneben lag. Doch es war unzweifelhaft ihr Schwert, leicht gebogen und von seltsam gefährlicher Eleganz. Sie nickte. »Ja, es gehört mir. Ich erkenne es an den zwei Kratzern auf dem Griff.«

»Gut«, sagte Harold Conway zufrieden. »Dann dürfte es auch keinen Zweifel mehr geben, dass es wirklich Simon Stubbley war, der dich gestern Nacht besucht hat. Die Spurensicherung sagte mir, dass man in deiner Hütte auch massenhaft Fingerabdrücke und DNA gefunden hat.«

»Und der andere Mann, von dem du heute Morgen gesprochen hast, dieser Brasilianer – gibt es von dem auch schon eine Spur?«

»Nein, aber wir fahnden gerade nach ihm. Vielleicht ist er sogar Simons Mörder.« Er zuckte mit den Schultern. »Was wissen wir schon über Kumpanei im Gefängnis? Da liegen Freundschaft und Hass oft dicht beieinander.«

Emily war überrascht, wie weltklug Harold argumentieren konnte, wenn er wollte. Normalerweise war sein Naturell das eines sturen Brechers, alles musste sich seiner eigenen Logik unterordnen. Doch sie wusste, dass er vor ein paar Monaten an einem psychologischen Seminar der Honorary Police teilgenommen hatte. Offenbar hatte er dabei doch einiges gelernt.

Sie drehte sich zur Feuerstelle um, wo die Bänder der Absperrung im Wind flatterten. »Darf ich mir mal den Tatort ansehen?«

Harold nickte und führte sie zu der Stelle, an der Simon Stubbley gefunden worden war. Emily blieb respektvoll neben dem Kreis aus Steinen stehen und versuchte sich vorzustellen, wie die Situation gewesen sein könnte, als Simon mit dem Schwert erstochen wurde. So schrecklich der Gedanke auch war, auf düstere Weise faszinierte sie etwas an diesem Ort. War es die Stille der Einsamkeit, die durch das Verbrechen entweiht worden war? Oder war es die Gegenwart des Todes, der Blutspuren und der Gewalt, die man noch immer wie ein unsichtbares Gewicht über sich zu spüren glaubte? Dass seit ein paar Minuten die Sonne verschwunden war und stattdessen dunkle Regenwolken am Himmel aufzogen, verstärkte die bleierne Stimmung zusätzlich.

Von der Absperrung aus war deutlich zu sehen, wo zwischen

Simon und seinem Mörder ein Kampf stattgefunden hatte. Dass es so gewesen war, hatte ihr Sandra Querée im Auto erzählt. Um die Feuerstelle herum war der sandige Boden zertrampelt und mit kleinen schwarzen Blutflecken gesprenkelt. Erst ein Stück weiter, wo der kahle Sandboden wieder in eine Fläche aus Strandhafer überging, sah man die markierte Stelle, an der der Tote gelegen hatte. Die schwarzrote Blutlache, die im Sand eingesickert war, wirkte erschreckend groß.

Der Chef de Police registrierte Emilys Blickrichtung. »Wir gehen davon aus, dass Simon an den Schwerthieben in seinen Hals gestorben ist. Auch an der Stirn ist er getroffen worden. Offensichtlich wollte er noch weglaufen, aber mit einer solchen Verletzung ...« Er hob die Schultern. »Der Arme ist gerade mal bis zur Wiese gekommen.«

»Wo lag mein Schwert?«, fragte Emily leise.

»Neben ihm. Der Mörder hat es einfach fallenlassen. – Sekunde, ich bin gleich wieder bei dir, ich muss nur schnell Sandra Querée etwas sagen ...«

»Lass dir Zeit.«

Er ließ Emily stehen und ging zu der jungen Polizistin hinüber, die am Auto stand.

Schaudernd schlang Emily ihre Arme um sich und blickte gedankenversunken auf die Feuerstelle. Sie stellte sich Simon vor. Er hatte immer etwas an sich gehabt, das Beschützerinstinkte in ihr geweckt hatte. Vielleicht hatte sie sich deshalb so oft Zeit für ihn genommen, wenn er ihr am Strand zuwinkte, während er Miesmuscheln kochte, die er zwischen den Felsen fand. Meistens hatte er einen blauen Anorak getragen. Sein Vollbart war nur selten kurz gewesen, eigentlich immer nur dann, wenn ihm der Friseur von St. Brelade gerade mal wieder einen Gratisschnitt verpasst hatte. Dennoch war er ihr nie verwahrlost oder ungepflegt vorgekommen, was vielleicht an seiner hohen Stirn und dem schütteren braungrauen Haar lag. Beides hatte ihn aufmerksam und intelligent wirken lassen.

Harold kam zurück. Emily zog einen vergilbten Zeitungsausschnitt aus der Tasche und zeigte ihn dem Chef de Police. »Hier, das habe ich heute Morgen in meinen alten Unterlagen gefunden.«

Es war der Zeitungsartikel der *Jersey Evening Post* über Simon Stubbleys Verurteilung. Harold nahm ihn in die Hand und überflog ihn.

... verurteilten die Geschworenen des Royal Court den 54-jährigen Simon S. zu einer sechseinhalbjährigen Haftstrafe. Der als Strandläufer bekannte Mann hatte zwölf Mal mit einem Küchenmesser auf Steven F., den Lebensgefährten und Geschäftspartner seiner Tochter eingestochen, nachdem dieser die Firma und damit auch die Tochter von Simon S. in den finanziellen Ruin getrieben hatte.

Als er mit dem Lesen fertig war, reichte Harold ihr den Zeitungsausschnitt zurück. »Falls du meinst, Steven Farlow könnte sich jetzt an ihm gerächt haben – das ist unwahrscheinlich. Er ist wieder ganz gesund und arbeitet heute in Mexiko auf einer Bohrinsel. Sandra Querée steht mit der Familie in Kontakt. Sie hat das bereits überprüft.«

»Ich dachte ja nur«, meinte Emily. »Wie du dir denken kannst, ist für mich plötzlich wieder alles so präsent ...«

»Du warst zwar die einzige Zeugin in seinem Prozess, aber du bist immer fair dabei geblieben«, beruhigte Harold sie. »Hör endlich auf, dir das vorzuwerfen.«

»Trotzdem war es eine schwere Last, ausgerechnet gegen ihn aussagen zu müssen.«

Emily war damals gerade vom Joggen aus dem Wald gekommen, als sie miterleben musste, wie Simon Stubbley an einem einsamen Bootssteg auf den jungen Mann einstach. Erst als Steven Farlow sich nicht mehr bewegte, hatte Simon das Messer ins Meer geworfen und war seelenruhig wie ein Spaziergänger davongegangen. Geschockt hatte Emily hinter einem Baum abgewartet, bis er weg war, und dann den Notarzt und die Polizei benachrichtigt. Zum Glück lebte Farlow noch, als der Krankenwagen eintraf, sodass Simon wegen versuchten Totschlags und nicht wegen Mordes angeklagt wurde. Später erfuhr sie, dass es nicht seine erste Gefängnisstrafe war. Bereits mit 26 Jahren hatte er in London einen Einbruch begangen und war für zwölf Monate nach Dartmoor geschickt worden.

Als Emily und Simon sich beim Prozess im Gerichtssaal des *Royal Court* wiedersahen, wo sie ihre Zeugenaussage vor aller Augen und Ohren wiederholen musste, hatte Simon immer wieder von der Anklagebank zu ihr herübergeschaut. Es waren enttäuschte, traurige Blicke gewesen, wie man sie zum Abschied einer Freundin zuwirft, von der man wusste, dass man sie für immer verloren hat.

Der Chef de Police holte Emily mit einer profanen Bemerkung wieder in die Gegenwart zurück. »Also dann ... Ich denke, mehr kannst du jetzt hier am Tatort nicht tun«, sagte er. »Ich lasse dich wieder nach Hause bringen.«

»Bitte gib mir noch ein bisschen Zeit«, bat Emily. »Ich kann doch jetzt nicht wieder ins Auto steigen und zu Hause weitermachen, als wäre nichts passiert.«

»Meinetwegen. Fünf Minuten noch. Ist das okay?«

»Ja, danke.«

Auch wenn sie es als bedrückend empfand, an diesem kahlen Ort mit Simon Stubbleys Tod konfrontiert zu sein, war in ihr doch die Frage erwacht, auf welche Weise sie dazu beitragen konnte, der

Polizei zu helfen. Sie beschloss, es pragmatisch zu betrachten. Wenn sie schon unfreiwillig in die Mordermittlungen involviert war, wollte sie auch so viel wie möglich über den Fall erfahren.

Vorsichtig versuchte sie, Harold auszuhorchen. »Gibt es eigentlich Zeugen, die Simon nach seiner Entlassung aus dem Gefängnis gesehen haben?« fragte sie. »Selbst wenn das hier draußen sein Hauptversteck war – er war doch ständig auf Achse. Das wird jetzt nicht anders gewesen sein. Erinnere dich mal, wo er früher überall aufgetaucht ist.«

Harold hob trotzig sein Kinn. »Wir sind erst am Anfang der Ermittlungen. Außerdem, warum sollte ich dir das sagen?«

»Weil ich dir damals geholfen habe, den Mordfall Debbie Farrow aufzuklären. Und weil es sein könnte, dass du mein gutes Gedächtnis ein weiteres Mal brauchst. Du weißt, dass ich Simon Stubbley ziemlich gut kannte, bevor er ins Gefängnis wanderte.«

Harold wusste genau, was sie mit diesen Anspielungen meinte. Zum einen ihre angeborene Fähigkeit, sich an alles in ihrem Leben genauestens erinnern zu können – an jede Situation, an jedes Gespräch –, zum anderen die Tatsache, dass Simon Stubbley zeitweilig als Fahrradbote in ihrem Teeladen gearbeitet hatte. Irgendwann hatte Emily dann das Experiment wieder abbrechen müssen, da ihr *domestizierter Strandläufer*, wie Harold ihn immer spöttisch genannt hatte, leider oft unzuverlässig gewesen war.

»Selbst wenn du es nicht glaubst, auch mein Erinnerungsvermögen funktioniert ganz gut«, antwortete Harold in scharfem Ton. »Und um deine Frage zu beantworten: Ja, es gibt Zeugen, aber keiner der Zeugen hat ihn in Begleitung gesehen. Vor zwei Tagen ist er durch St. Lawrence marschiert, gestern will ihn jemand nach der Kirche in St. Brelade's Bay am Strand gesehen haben – immer allein. Aber natürlich kann ihn auch eine Zufallsbekanntschaft ausgeraubt haben.«

Emily spitzte die Ohren. »Wieso ausgeraubt?«

»Simon hatte 500 Pfund dabei, die er bei seiner Entlassung aus dem Gefängnis erhalten hat. Eine Menge Geld für ihn. Und wir wissen ja, dass er alles, was er besaß, bei sich trug. Das Geld ist weg. Sein leeres Portemonnaie lag dahinten zwischen den Bäumen.«

Bevor Emily nachhaken konnte, hörten sie beide, wie sich unten von der Strandstraße her ein Autogeräusch näherte. Sie blickten über ihre Schultern nach hinten. Eingehüllt von einer Staubwolke kam ein Wagen der Kriminalpolizei St. Helier durch die Dünen auf sie zu. Am Steuer saß eine Frau. Trotz ihres Tempos lenkte sie das Fahrzeug geschickt im Slalom um die vielen Schlaglöcher auf dem Sandweg herum.

Harold Conway straffte sich unwillkürlich. Spöttisch sagte er: »Sieh mal an, Madame Waterhouse gibt uns endlich die Ehre.«

Als sich die Autotür öffnete und Detective Inspector Waterhouse ausstieg, kam sie Emily noch jungenhafter vor als bei ihrer letzten Begegnung. Ihre kurzen gestuften Haare, die engen Jeans und das taillierte blau-weiß gestreifte Hemd, das über der Hose hing, ließen sie auf den ersten Blick wie eine junge Assistentin wirken, obwohl sie bereits Anfang vierzig war. Emily wusste, dass Harold sie anfangs für eine Lesbe gehalten hatte, aber seit er erfahren hatte, dass sie mit einem Mann zusammenlebte, der im Rollstuhl saß und den sie hingebungsvoll pflegte, urteilte er etwas milder über sie. Dennoch waren die beiden wie Feuer und Wasser.

Mit schnellen Schritten kam die Chefermittlerin direkt auf sie zu. »Mr. Conway, ich habe gerade gesehen, dass der Zugang unten an der Straße nicht richtig abgesperrt ist. Könnte das bitte jemand von Ihren Leuten erledigen?«

»Sandra Querée wird sich darum kümmern.« Es war Conway anzusehen, dass er nur ungern von der Kriminalpolizei Befehle annahm. Offiziell war es noch immer ausschließlich die Honorary Police, die auf Jersey die eigentliche Polizeihoheit innehatte, auch vor Gericht. Dass sich in der Praxis längst neue Zuständigkeiten herausgebildet hatten, war ein anderes Thema.

Jane Waterhouse zeigte sich von Conways Reserviertheit unbeeindruckt und wandte sich an Emily. »Hallo, Mrs. Bloom. Haben Sie Ihre Aussage schon gemacht?«

»Ja, Mr. Conway hat mir das Schwert gezeigt. Es gehört tatsächlich mir.«

»Dann möchte ich Ihnen noch etwas zeigen.« DI Waterhouse zog eine Plastiktüte aus der Tasche, in der eine Fotografie steckte. Sie hielt sie Emily hin. »Kennen Sie diese Aufnahme?«

Emily erkannte den Schnappschuss sofort wieder. Es war ein Bild von ihr. Lachend stand sie vor ihrem Teeladen, einen Korb mit Blumen in der Hand. Simon Stubbley hatte die Aufnahme gemacht, nachdem ihm seine Tochter eine Wegwerfkamera geschenkt hatte. Jetzt war das Foto mit dem gleichen Macumba-Kreuz durchgestrichen, wie sie es auch am Fenster vorgefunden hatte, nur mit dem entscheidenden Unterschied, dass hier auch noch ein kleiner Totenkopf am unteren Rand prangte. Das Bild erzeugte den Eindruck ungezügelter Aggression.

Emily spürte einen Kloß im Hals. »Wo haben Sie es her?«, fragte sie. »Soweit ich mich erinnere, hat Simon die Aufnahme etwa zwei Jahre vor seiner Verhaftung gemacht.«

Die Ermittlerin steckte die Tüte wieder ein. »Ich komme gerade aus dem Labor. Die Kollegen haben das Foto in Stubbleys Kleidung gefunden. Offenbar hat er es immer mit sich herumgetragen. Sie scheinen eine richtige Hassfigur für ihn geworden zu sein.«

»Ja, das fürchte ich auch.« Emily empfand es als deprimierend, wie schnell aus Freunden Feinde werden konnten. »Vielleicht wollte er mich wirklich umbringen.«

»Tja, das wissen wir wohl erst, wenn wir seinen Zellengenossen aufgetrieben haben.« Sie kniff den Mund zusammen. »Mrs. Bloom, ich muss Ihnen noch eine Frage stellen. Gerade weil Sie Mr. Stubbley so gut kannten, wie ich gehört habe ... Die Pathologie geht davon aus, dass er heute Morgen zwischen sechs und acht Uhr ermordet wurde. Wo waren Sie um diese Zeit? Noch zu Hause?«

Es hätte Emily gewundert, wenn die Frage nicht gekommen wäre. Sie war leicht zu beantworten. »Ja, ab Viertel nach sechs habe ich mit meinem Sohn gefrühstückt. Jonathan ist Arzt am General Hospital. Um kurz vor sieben ist dann mein Mitarbeiter Tim auf dem Weg in den Laden bei mir vorbeigekommen und wir haben unser neues Teesortiment besprochen.«

»Warum zu Hause und nicht in Ihrem Laden in St. Aubin?«

»Weil ich an drei Tagen in der Woche immer erst nachmittags ins Geschäft gehe. Das habe ich mit Tim schon vor längerem so geregelt.«

»Gut. Sie verstehen, dass wir Ihre Aussage überprüfen müssen.«

»Kein Problem.«

Jane Waterhouse ließ Emily stehen und zog den Chef de Police ein paar Schritte zur Seite. »Wissen Sie, wo Edgar steckt? Ich muss mit ihm das erste Laborergebnis durchsprechen, bevor ich zum Generalstaatsanwalt gehe.«

Emily konnte jedes Wort, das sie sprachen, verstehen. Sie wusste, wer Edgar MacDonald war, nämlich der Chef der Spurensicherung, ein bulliger Schotte.

Conway deutete auf einen der vier Männer in den blauen Schutzanzügen. »Er ist da drüben. Gibt's denn schon was Neues?«

»Ja. Leider nichts Erfreuliches.« Jane Waterhouse zog die Fotokopie eines Laborberichtes aus der Gesäßtasche ihrer Jeans und drückte sie Conway in die Hand. »Ihr Exemplar.«

»Was steht drin?«

»Edgars Spezialisten haben auf die Schnelle das Samuraischwert und die Fußspuren untersucht. Ergebnis: Keine Fingerabdrücke und keine DNA, außer von Stubbley selbst. Die Kollegen vermuten, dass der Täter Handschuhe getragen hat. Genau das Gleiche dann bei den Gipsabdrücken der Sohlen. Die Wanderschuhe des

Toten sind klar auf dem Boden identifizierbar, während der zweite Schuhabdruck – vermutlich von Gummistiefeln – seltsamerweise ohne Profil ist.«

Conway, der den Bericht zu überfliegen begonnen hatte, blickte irritiert auf. »Was heißt das, ohne Profil?«

»Ganz einfach«, sagte Detectiv Inspector Waterhouse. »Der Mörder hat vorher das Muster der Sohlen so zurechtgeschnitten, dass weder die genaue Größe noch die Stiefelform rekonstruierbar sind. Wir *sollten* nichts finden.«

»Klingt nicht gerade nach einem spontanen Streit am Lagerfeuer«, sagte Harold Conway nachdenklich. Auch Jane Waterhouse wirkte plötzlich sehr ernst. Ihre Rivalität mit der Honorary Police war in diesem Moment bedeutungslos. Ihnen schien endgültig klar zu werden, dass der Mordfall Stubbley eine weitaus größere Dimension hatte, als sie anfangs dachten.

Selbst Emily war klar, was diese Laborergebnisse bedeuteten. Simon war sehr gezielt und nicht zufällig umgebracht worden.

In diesem Augenblick klingelte ihr Handy. Sie erkannte die Telefonnummer ihrer Freundin Helen Keating auf dem Display. Da Harold und die Ermittlerin gerade zu Edgar MacDonald hinüberstapften und sie für einen Moment allein ließen, ging sie schnell dran.

»Helen?«

»Ja, ich wollte nur mal hören, ob's bei dir irgendwas Neues gibt. Hast du dich wieder beruhigt?«

»Ich bin gerade am Tatort und musste mein Samuraischwert identifizieren.«

Für Helen, die jahrelang darüber geklagt hatte, dass ihr Leben als Single und hart arbeitende Eigentümerin eines Lavendelparks zu eintönig war, schien das die ideale Zerstreuung zu sein.

»Ist das nicht aufregend, in einen Mordfall verwickelt zu sein?«, fragte sie. »Ich meine natürlich nur, wenn man nicht die Mörderin ist...«

»Du hast Nerven!« Emily kannte Helen seit ihrer Kindheit, sie waren zusammen zur Schule gegangen. Deshalb wusste sie auch, dass ihre Freundin in Wirklichkeit sehr viel sensibler und mitfühlender war, als sie immer tat. »Im Ernst, Helen – keine 50 Fuß von mir entfernt ist noch die Blutlache zu sehen, in der Simon gelegen hat. Es sieht schrecklich aus.«

»Der arme Simon! Einmal habe ich ihn aus Mitleid bei der Lavendelernte mithelfen lassen. Leider hat er mir ins Beet gekotzt.«

Erstaunt sagte Emily: »Ich wusste gar nicht, dass du ihn so gut kanntest.«

»Irgendwie kannten wir ihn doch alle. Aber reden wir nicht mehr davon, sonst muss ich noch heulen.« Sie wechselte wieder in ihren fröhlichen Ton und fügte hinzu: »Und Tränen, mein Schatz, sind nun wirklich das Letzte, wovon ich mir die bevorstehende Nacht mit Alan verderben lassen möchte.«

Das mit dem Heulen meinte sie ernst, wie Emily wusste. Ihre Art, schnell, pointiert und manchmal auch respektlos Dinge zu sagen, stand in krassem Gegensatz zu ihrer unverhohlenen Emotionalität. Vor allem, wenn es um ihren Freund Alan Le Grand, den Hotelier aus St. Brelade's Bay, ging.

»Bist du immer noch glücklich mit Alan?«

»Glücklich ist gar kein Wort.« Helens Stimme klang plötzlich weich. »Du kannst es dir nicht vorstellen! Ich war noch nie mit einem Mann zusammen, der so viel Nähe und Zärtlichkeit vermitteln kann. Wir sitzen stundenlang auf seiner Terrasse, und ich vermisse nicht einmal meine Arbeit. Es ist wie ein Wunder.«

»Das freut mich für euch«, sagte Emily. Plötzlich hatte sie eine Idee. »Warum kommt ihr morgen nicht einfach zum Frühstück zu uns hoch? Jonathan würde sich bestimmt auch freuen. Ich glaube, morgen hat er Nachtdienst.« Sie wohnten oberhalb von St. Brelade's Bay und konnten vom Garten aus das Dach von Alan Le Grands Hotel sehen.

Doch Helen wollte nicht. Sie gab vor, schon früh zur Lavendelernte auf ihrer Farm zu müssen. In Wirklichkeit war ihr wahrscheinlich die Zeit mit Alan zu kostbar, um sie mit anderen zu teilen, was Emily gut verstehen konnte.

»Na gut, verabreden wir uns eben ein andermal.« Dicke Tropfen fielen auf ihr Gesicht. Sie blickte zum Himmel. Tiefschwarze Regenwolken standen über der Düne, höchste Zeit, sich einen trockenen Platz zu suchen. Sie stellte den Kragen ihrer Jacke hoch und rief ins Telefon: »Helen, es gießt gleich, ich muss Schluss machen! Schönen Gruß an Alan!«

In diesem Moment öffnete sich der Himmel und ein heftiges Unwetter setzte ein. An der Feuerstelle hörte sie Detective Inspector Waterhouse den Männern von der Spurensicherung Kommandos geben: »Die Planen! Wir brauchen noch Planen!«

Die Regentropfen waren dick und schwer, sodass die Kleidung schnell durchnässt wurde. Harold kam angelaufen und rief Emily zu: »Komm schnell, zum Auto!«

Sie rannten los. Obwohl Harolds Haare bereits klatschnass waren, wodurch seine großen Segelohren noch mehr zum Vorschein kamen, ließ er es sich nicht nehmen, Emily die Beifahrertür des Polizeiwagens aufzureißen. Sie stieg ein. Zwei Sekunden später war auch er im Auto.

Sie dampften förmlich vor Feuchtigkeit. Augenblicklich beschlugen die Scheiben.

»Danke, Harold«, sagte Emily aufrichtig. »Jetzt habt ihr es hier draußen noch schwerer als sonst...«

»Ach was!« Er winkte ab. Aus seinen Haaren tropfte Wasser auf den Sitz. »Das ist unser geringstes Problem. Du hast ja selbst mitbekommen, wie mühsam Ermittlungen sind. Es ist wie in einem

Labyrinth. Du suchst und irrst herum, während der Täter zuschaut und sich über deine Fehler freut. Manchmal glaube ich ...«

Der Satz blieb unvollendet. Harold wirkte plötzlich deprimiert und schien es auch gar nicht verstecken zu wollen. Vielleicht wünschte er sich sogar, dass Emily daran Anteil nahm.

Sie tat ihm den Gefallen. »Das wäre der erste Mord, den ihr nicht aufklärt«, meinte sie aufmunternd. »Und vielleicht spuckt mein Gedächtnis ja auch noch ein bisschen was zu Simon aus.«

Er verstand genau, was sie damit meinte, kommentierte es aber nicht, weder auf die eine noch die andere Weise. Sie war damit einverstanden, so stritten sie wenigstens nicht. Stattdessen saßen sie noch einen Moment da und schauten zu, wie der Regen an die Scheiben prasselte.

Schließlich startete Harold den Motor und stellte die Klimaanlage an, damit die Fenster nicht mehr beschlugen. »Am besten fahr ich dich jetzt nach Hause«, sagte er. »Ich glaube, du hast für heute genug Aufregung gehabt.«

In gedrückter Stimmung saß John Willingham am Steuer seines Jaguars und fuhr von St. Peter nach St. Aubin zurück. Er hatte das Grab seiner Frau besucht, die vor zwei Jahren an einer schweren Herzkrankheit gestorben war. Heute wäre ihr Geburtstag gewesen. Sein Schmerz saß immer noch tief, und die Erinnerung an ihr gemeinsames Leben war in keiner Weise verblasst. Als hätte ihm der Besuch am Grab noch nicht genug wehgetan, nahm er selbstquälerisch die CD mit Rachmaninoffs Paganini-Rhapsodie aus der Mittelkonsole und schob sie in den Musikplayer. Es war die Lieblingsmusik seiner Frau. Mit einer mutigen Handbewegung drehte er die Stereoanlage des Wagens zu voller Lautstärke auf.

Während er sich am Lenkrad festhielt und den großartigen Klängen lauschte, traten ihm Tränen in die Augen, und er ließ ihnen freien Lauf. Vor allem in den ersten Monaten nach Isabels Tod hatte er gelernt, dass sich seine innere Anspannung nur löste, wenn er seinen Schmerz auch akzeptierte.

Als ehemaliger Richter am Magistratsgericht war er Menschenkenner genug, auch seine eigene Schwäche zu erkennen. Er tat sich schon immer schwer damit, Liebgewonnenes loszulassen. Das konnten Menschen sein oder Dinge – alles wollte er umklammern und festhalten, als könnte er dadurch die Zeit zum Stillstand bringen. Ein Tag wie heute machte ihm wieder klar, wie eitel dieses Verlangen war.

Er konnte von Glück sagen, dass er sich nach seiner Pensionierung entschlossen hatte, wieder als Anwalt zu arbeiten. Mit Anfang 60 fühlte er sich zu jung, um nur noch seiner Leidenschaft, dem Pferdesport, nachzugehen. Mandanten hatte er mehr als genug, denn in Jerseys kompliziertem Rechtssystem aus Elementen französischer, normannischer und britischer Rechtsprechung kannte er sich aus wie kein anderer.

Gedankenverloren und fast automatisch fuhr Willingham um den Flughafen herum auf die B 36. Jetzt um die Mittagszeit war nicht viel Verkehr. Nur ein paar Leihwagen mit Touristen hinter dem Steuer kamen ihm entgegen. Da die Ausländer große Probleme mit dem Linksverkehr und mit den engen Straßen der Insel hatten, waren die Nummernschilder dieser Autos besonders gekennzeichnet.

Als sein Telefon klingelte, war er fast erleichtert über die Unterbrechung. Er stellte die Musik aus und nahm das Gespräch über die Freisprechanlage an. An der Nummer erkannte er, dass es Madeleine war, seine Sekretärin. Sie war nur halbtags bei ihm beschäftigt. Auch Willingham selbst versuchte, nie mehr als einen halben Tag zu arbeiten. Geld hatte er in seinem Leben genug verdient.

»Was gibt's, Madeleine?«

Madeleines Stimme klang wie immer kraftvoll. Er mochte ihre offene, zupackende Art. »Ihr Liebling ist auf der anderen Leitung. Detective Inspector Waterhouse.«

»Schämen Sie sich«, antwortete Willingham. »Mich so zu erschrecken. Sie hätten sich ruhig irgendeine Ausrede einfallen lassen können. Hat sie gesagt, was sie will?«

»Nein. Darf ich trotzdem durchstellen?«

»Bleibt uns was anderes übrig?«, fragte Willingham seufzend.

Jane Waterhouse war eine Frau, mit der Willingham bisher nur Probleme gehabt hatte. Er mochte sie einfach nicht, und das beruhte auf Gegenseitigkeit. Als Leitende Ermittlerin der Kriminalpolizei in St. Helier war sie zwar durchaus erfolgreich, aber ihre kühle, nüchterne Art war ihm zu leidenschaftslos. Ihr Bruder, Edward Waterhouse, war nach Willinghams Weggang vom Gericht zu seinem Nachfolger im Richteramt ernannt worden. Er war ebenso emotionslos.

Als Willingham jetzt ihre Stimme im Auto hörte, sah er Jane Waterhouse sofort wieder vor sich. Sie war Anfang 40, kurzhaarig, sehr schmal und wirkte meistens – wie er immer boshaft sagte – angestrengt wie eine Marathonläuferin kurz vor dem Ziel.

»Mr. Willingham – hören Sie mich?«

»Hallo, Inspector. Was kann ich für Sie tun?«

»Ich rufe wegen eines ihrer Mandanten an. Sein Name ist Simon Stubbley. Sie hatten vor einer Woche seine vorzeitige Haftentlassung durchgesetzt. Ist das richtig?«

Willingham war überrascht. Eigentlich sollte nur Simons Tochter darüber informiert sein.

»Das ist richtig«, gab er zu. »Mr. Stubbley durfte vor vier Tagen das Gefängnis verlassen. Er saß hier auf Jersey ein.«

»Haben Sie Kontakt zu seiner Familie?

»Gelegentlich. Simons Tochter lebt mit ihrem Mann bei Corbière

Sie ist seit drei Jahren mit einem Arzt verheiratet, Dr. Douglas Ricci.«

Willingham ließ seinen Ton unverbindlich klingen. Vermutlich hatte Simon schon wieder etwas angestellt, kaum dass er aus dem Gefängnis war. Gleich würde die Ermittlerin wissen wollen, ob er Simons Aufenthaltsort auf der Insel kannte.

Doch der nächste Satz von Detective Inspector Waterhouse war keine Frage, sondern eine schlechte Nachricht.

»Ich wollte Sie darüber informieren, dass heute Vormittag die Leiche Ihres Mandanten gefunden wurde. In den Dünen bei *Les Quennevais*. Es sieht ganz nach einem Mord aus.«

»Was? O Gott, nein! Warten Sie eine Sekunde...«

Willingham hatte Mühe, beim Fahren sein Lenkrad gerade zu halten. Sicherheitshalber fuhr er an den Straßenrand. Dann erst nahm er das Gespräch mit Jane Waterhouse wieder auf. Seine Stimme klang plötzlich heiser. »Das hat mich jetzt wirklich umgehauen. Weiß man schon, was genau passiert ist?«

»Er ist mit einem Samuraischwert getötet worden, das Stubbley gestern Nacht bei einem Einbruch entwendet hatte. Wir haben Kampfspuren gefunden. Einen Verdächtigen gibt es bisher nicht.«

Das klang schrecklich. Simon Stubbley hatte zwar selbst einiges auf dem Kerbholz, aber einen solchen Tod hatte niemand verdient.

»Weiß seine Tochter schon davon?«, fragte Willingham.

»Nein. Deswegen wende ich mich auch an Sie. Die Tochter scheint mit ihrem Mann verreist zu sein. Wir können sie nicht erreichen.«

Willingham dachte nach. Suzanne Ricci hatte ihm in der Tat etwas von einer Reise erzählt. Plötzlich fiel es ihm wieder ein. Er reckte sein Kinn zum Automikrophon hoch, damit Jane Waterhouse ihn deutlicher verstand. »Soweit ich mich erinnere, wollte Suzanne Ricci ihren Mann zu einem Ärztekongress nach Frankreich begleiten. Er ist Chirurg am General Hospital. Dort kann man Ihnen mit Sicherheit sagen, wo er zu finden ist.«

»Hat Simon Stubbley noch mehr Kinder außer dieser Tochter?«

»Nein, nicht dass ich wüsste«, antwortete Willingham. Für ihn war es erstaunlich genug, dass der *Strandläufer* überhaupt eine so wohlgeratene und bürgerliche Tochter hatte.

Jane Waterhouse hielt kurz die Telefonmuschel zu und redete mit jemandem im Hintergrund. Dann war sie wieder da. »Entschuldigung, ich lasse nur gerade den Kontakt zum Krankenhaus herstellen. Ist Ihnen bekannt, ob Stubbley in den ersten Tagen nach seiner Entlassung bei seiner Tochter gewohnt hat?«

»Geraten hatte ich es ihm«, sagte Willingham. »Trotzdem würde mich wundern, wenn er es lange bei ihr ausgehalten hätte. Obwohl sein Verhältnis zu Suzanne wirklich gut war. Sie hatte ihm schon vor Jahren ein Zimmer in ihrer Wohnung eingerichtet. Auch jetzt in ihrem neuen Haus. Aber einer wie er lässt sich nicht ködern. Es machte ihn verrückt, nicht im Freien schlafen zu können.«

»Die Gefängnisleitung sagte uns, dass Sie Mr. Stubbley im Gefängnis besucht haben. Hat er Ihnen dabei erzählt, was er nach seiner Entlassung vorhatte?«

»Er sprach davon, dass er am liebsten ein Pub eröffnen würde. Suzanne hätte das finanziert. Und es gibt wohl auch jemanden, der zusammen mit ihm entlassen wurde und den er als Partner dabei haben wollte.«

»Wahrscheinlich sein Zellengenosse, ein Brasilianer.« Plötzlich rief jemand aus dem Hintergrund der Ermittlerin etwas zu. Mit einem Mal hatte sie es eilig. »Mr. Willingham, ich höre gerade, dass wir jetzt die Telefonnummer von Dr. Ricci haben. Die beiden sollen schon auf der Fähre von St. Malo zurück nach Jersey sein. Ich melde mich später nochmal.«

Abrupt legte sie auf. Willingham hätte eigentlich noch Fragen zum Mord an seinem Mandanten gehabt, doch er wusste, dass Detective Inspector Waterhouse dazu ohnehin noch nicht viel gesagt hätte.

Er schaute in den Rückspiegel und fädelte sich wieder in den Verkehr ein.

Simon Stubbleys schreckliches Ende schockte ihn. Ein Mord auf der Insel war etwas sehr Seltenes und dass es ausgerechnet Simon getroffen hatte, warf jetzt für die Polizei mit Sicherheit die Frage auf: Hatte es mit seiner Entlassung aus dem Gefängnis zu tun?

Er selbst hatte Simon zuletzt vor drei Wochen gesehen, als sie sich im Besuchszimmer des Gefängnisses *La Moye* gegenübergesessen und alles Notwendige für die vorzeitige Entlassung besprochen hatten. Ihm war aufgefallen, dass sich Simon während seiner sechs Jahre Haft sehr verändert hatte. Sein Bart war weiß geworden, und er schien erheblich ruhiger zu sein als früher. Dafür hatten seine großen Augen etwas seltsam Stechendes bekommen, das einem Unbehagen bereitete. Willingham hatte diese Veränderung Simons Verzweiflung zugeschrieben. Für Jahre in einer Zelle eingesperrt zu sein musste für einen freiheitsliebenden Menschen wie ihn die Hölle gewesen sein.

Kurz vor der Kreuzung in St. Brelade fiel Willingham ein, dass er ja noch am Gericht in St. Helier vorbeifahren musste, um dort fristgerecht wichtige Prozessunterlagen abzugeben. Kurzerhand bog er in die *Rue des Mans* ab, um den Verkehr in St. Aubin zu umgehen. Er mochte die kleine Landstraße, weil sie im Rücken der Häuser durch den Wald und vorbei an Feldern führte.

Gerade als er wieder Gas geben wollte, sah er plötzlich, dass auf dem linken sandigen Randstreifen ein verbeultes Kindermountainbike lag, dessen Räder sich im Wind drehten. Er fuhr langsamer. Erst als er näher kam, erkannte er, dass unter dem Rad ein Mädchen lag, das offenbar gestürzt war.

Erschrocken bremste er, sprang aus dem Auto und lief zu ihm. Mit beiden Händen befreite er das Kind vom Fahrrad.

Das Mädchen war nicht älter als neun oder zehn Jahre, mit langen dunklen Haaren ohne Helm. Es bewegte sich nicht, sodass Willingham schon das Schlimmste befürchtete. Doch dann bemerkte er zu seiner großen Erleichterung, dass die Augenlider flatterten und die Brust sich regelmäßig hob und senkte. Es lebte also noch und war nur vom Sturz bewusstlos. Das seltsam altmodische hellgrüne Rüschenkleidchen war aufgerissen und voller Sand, die Hände und die beiden nackten Beine oberhalb der weißen Kniestrümpfe mit blutigen Schrammen übersät. Willingham hatte schon lange kein Kind gesehen, dessen Kleidung so wenig der heutigen Mode entsprach.

In diesem Moment öffnete das Mädchen die Augen und schaute Willingham stumm und fragend an. Es war offensichtlich, dass sie nach dem Sturz noch ganz durcheinander war.

Er beugte sich über sie und fragte lächelnd: »Hallo – hörst du mich?«

»Ja...« Ihr Stimmchen war leise wie ein Windhauch.

»Bis du mit deinem Fahrrad gestürzt, oder hat dich jemand angefahren? Weißt du das noch?«

»Ich weiß nicht«, murmelte sie.

»Hast du Schmerzen?«

»Ja«. flüsterte sie kaum verständlich.

»Nicht bewegen«, sagte Willingham so behutsam wie möglich. »Wo tut es denn weh? Kannst du es mir zeigen?«

»Da oben...« Das Mädchen schob seine Hand auf den Oberbauch, verzog aber sogleich vor Schmerzen das Gesicht und begann, leise zu weinen.

Willingham versuchte, es zu beruhigen, gleichzeitig zog er sein Handy aus der Tasche.

Seit er beim Militär zum Sanitäter ausgebildet worden war,

wusste er, dass innere Verletzungen sich oft erst mit Verspätung zeigten. Die Sache war ihm zu gefährlich. Er beschloss, sicherheitshalber die Ambulanz anzurufen.

Als der Anruf endlich durchkam, teilte ihm der junge Mann in der Zentrale bedauernd mit, dass wegen einer Massenkarambolage gerade alle Wagen nach Gorey unterwegs waren. Es würde etwa 20 Minuten dauern, bis ein Krankenwagen da sein konnte.

Willingham beschloss kurzerhand, das Mädchen doch schnell selbst ins General Hospital zu fahren. Abzuwarten wäre mit Sicherheit das größere Risiko gewesen.

Er beugte sich über sie. Da sie wieder ihre Augen geschlossen hatte, hoffte er, dass sie ihn wenigstens hören konnte. »Ich bringe dich jetzt ins Krankenhaus«, erklärte er ihr. »Dort können sie dir am besten helfen. Bleib ganz ruhig liegen. Ich nehme dich jetzt vorsichtig mit beiden Armen hoch und trage dich zum Auto. Meinst du, das geht?«

Sie reagierte nicht mehr.

Eilig bereitete er im Auto alles vor und fuhr den Beifahrersitz in die Liegeposition. Dann kehrte er zu dem Mädchen zurück, hob sie so vorsichtig wie möglich vom Boden auf und bettete sie neben sich im Wagen.

Er fuhr los. Die Straße war stellenweise uneben, doch zum Glück spürte die Kleine nichts davon. Plötzlich schien sie Willingham noch bleicher zu sein als noch vor ein paar Minuten. Sie war fast blutlos. Er hoffte inständig, dass er sich das nur einbildete. Immer wieder blickte er sorgenvoll zu ihr hinüber. Er musste daran denken, dass er und seine Frau gerne selbst ein Kind gehabt hätten, aber es war ihnen nicht vergönnt gewesen.

Unterwegs telefonierte er ein zweites Mal mit dem Krankenhaus und bat um schnelle Hilfe. Als er eine Viertelstunde später vor der Klinik hielt, waren sofort zwei Sanitäter und ein junger Arzt zur Stelle, um ihm das Kind abzunehmen.

Rennend schoben die Sanitäter die Trage mit dem Mädchen ins Gebäude. Der junge Arzt lief nebenher, seine Finger an der Halsschlagader des Kindes, damit er den Puls fühlen konnte. Bevor er im Eingang verschwand, drehte er sich noch einmal um und rief Willingham zu: »Bitte kommen Sie kurz mit hoch. Wir brauchen unbedingt noch ein paar Informationen. Ich bin übrigens Dr. Bloom...«

Dann verschwand er Richtung Fahrstuhl.

Ob er wohl Emily Blooms Sohn ist?, fragte sich Willingham. Aber das war jetzt unwichtig. Hauptsache, er konnte das Kind wieder gesund machen.

Plötzlich fühlte Willingham sich erschöpft. Fast kraftlos trat er durch die Glastür in die Empfangshalle des General Hospital, blickte sich suchend um und folgte dann dem Schild, das ihn zur Kinderstation führte.

Es war ein schrecklicher Tag.

Am *Elizabeth Terminal* in Jerseys Hauptstadt St. Helier war wie immer viel los. Von hier aus gingen die großen Fähren nach Frankreich, England und Guernsey ab.

Detective Inspector Jane Waterhouse wartete zusammen mit dem jungen Polizisten, der sie auch hergefahren hatte, am Ausgang der gerade gelandeten Fähre aus St. Malo. Unter den Reisenden, die von Bord strömten, waren junge Rucksacktouristen, die zum Wandern kamen, zwei geführte Gruppen aus Italien und Deutschland sowie jede Menge Geschäftsleute, die für ein paar Tage in Frankreich zu tun gehabt hatten.

Dr. Douglas Ricci und seine junge Frau gehörten zu den Letzten, die das Schiff verließen. Jeder von ihnen zog einen kleinen hellen

Lederkoffer mit sich. Sie waren ein auffälliges Paar. Dr. Ricci, ein großer schlanker Mann Mitte 40, trug ein unverkennbar teures dunkelgrünes Jackett, das farblich auf Suzannes hellgrünes Kostüm abgestimmt zu sein schien. Sein männliches, markantes Gesicht und die nach hinten gekämmten schwarzen Haare ließen erkennen, dass seine Familie ursprünglich aus Italien stammte, auch wenn das schon zwei Generationen her war. Suzanne Ricci dagegen wirkte sehr britisch. Ihr eher blasser Teint, die halblangen dunkelblonden Haare, die zum Hellgrün des Kostüms passende Silberkette um ihren Hals und der elegante Gang verrieten eine Frau, die modebewusst war und ihr Leben kontrollierte.

Sobald die Riccis die Halle betraten, zückte Jane Waterhouse ihren Dienstausweis und sprach die beiden an. Als sie ihnen vorsichtig mitteilte, weshalb sie hier war, klammerte sich Suzanne Ricci schockiert und kreidebleich an ihren Mann und begann laut zu schluchzen. Ihr ganzer Körper bebte. Dr. Ricci nahm sie liebevoll in den Arm und führte sie zu einer Bank, auf der sie weinend Platz nahm.

Jane Waterhouse hielt sich noch eine Weile zurück und ließ den beiden die Zeit, die sie brauchten, um den Schock zu verkraften. Suzanne Ricci schüttelte immer wieder fassungslos den Kopf und sprach unter Tränen mit ihrem Mann, der beruhigend auf sie einredete.

An Dr. Riccis vereinzelten Blicken in ihre Richtung erkannte die Chefermittlerin, wie bewusst ihm war, dass seine Frau und er bei aller Trauer gleich noch Fragen beantworten mussten. Als Chirurg war ihm der Tod sicher weniger fremd als seiner Frau.

Er wartete geduldig ab, bis Suzanne sich wieder beruhigt hatte, erst dann gab er Jane Waterhouse ein kleines Zeichen. Sie kam zur Bank. Suzanne Ricci blieb sitzen, während die erfahrene Kriminalistin das Gespräch behutsam mit ein paar Routinefragen in

Gang brachte. Sie wurden größtenteils von Dr. Ricci beantwortet, während seine Frau meist nur bestätigend nickte.

Wie Anwalt Willingham bereits vermutet hatte, kamen die Riccis direkt von einem dreitägigen Ärztekongress in St. Malo. Gemeinsam hatten sie an verschiedenen Veranstaltungen teilgenommen. Da Suzannes Vater sehr überraschend aus dem Gefängnis entlassen worden war – eigentlich hätte er noch weitere sechs Monate absitzen müssen –, wollten die Riccis die Reise nach Frankreich kurzfristig absagen. Doch Simon Stubbley hatte darauf bestanden, dass sie wie geplant auf den Kongress fuhren. Der Grund dafür war, dass er sowieso nur die erste Nacht im neuen Haus der Riccis verbringen wollte, obwohl Suzanne ihm wieder ein schönes Zimmer eingerichtet hatte und sich wünschte, dass er ihren Ehemann endlich in Ruhe kennenlernte. Doch Simon Stubbley hatte es offensichtlich sehr eilig damit gehabt, wieder sein freies, ungebundenes Leben aufzunehmen.

Jane Waterhouse wandte sich an Dr. Ricci. »Sie kannten Mr. Stubbley noch gar nicht persönlich, als er entlassen wurde?«

»Doch, von früher. Aber da er schon im Gefängnis saß, als ich Suzanne geheiratet habe, musste unsere erste offizielle Begegnung in *La Moye* stattfinden. Ich weiß, dass die meisten Leute sich darüber wundern, aber – ich hatte nie ein Problem damit, dass der Vater meiner Frau eine etwas...«, er schaute liebevoll zu Suzanne, »... eigenwillige Persönlichkeit war.«

Seine Frau wandte sich mit schwacher Stimme an die Ermittlerin. »Hat mein Vater leiden müssen?«

»Nein, ich denke nicht«, log Jane Waterhouse.

»Das ist gut.« Suzanne Ricci war erleichtert.

»Der Gerichtsmediziner ist der Meinung, dass alles sehr schnell gegangen sein muss. Wer immer es war – er hatte offensichtlich von Anfang an vor, Ihren Vater zu töten.«

»Woraus schließen Sie das?«, fragte Dr. Ricci.

Jane Waterhouse erzählte von den fehlenden Fingerabdrücken und den manipulierten Stiefelsohlen.

Suzanne Ricci hörte mit sichtlichem Entsetzen zu. Als sei sie in einem Albtraum, schloss sie die Augen und schüttelte immer wieder ungläubig den Kopf. »Bitte sagen Sie mir, dass das alles nicht wahr ist«, flüsterte sie.

»Das würde ich nur zu gerne«, sagte die Ermittlerin. »Aber bitte verstehen Sie auch, dass uns jetzt die Zeit davonläuft, wenn wir nicht so schnell wie möglich alle Fakten zusammentragen.« Sie wandte sich an Dr. Ricci, um seiner Frau etwas Zeit zu lassen, sich wieder zu fangen. »Hat Ihnen Simon Stubbley irgendetwas darüber gesagt, wo er die nächsten Tage verbringen wollte, nachdem er gleich wieder bei Ihnen ausgezogen ist?«

»Ausgezogen ist eigentlich das falsche Wort«, antwortete der Chirurg nachdenklich, »denn im Grunde genommen ist er nach dem Gefängnis ja gar nicht richtig bei uns eingezogen. Suzannes Vater konnte nur schlecht in geschlossenen Räumen schlafen. Es war deshalb immer klar, dass er vorerst wieder sein altes *outdoor*-Leben fortführen wollte. Später plante er dann irgendwo auf der Insel einen Pub zu kaufen, um im Alter vielleicht doch noch sesshaft zu werden.«

»Hätte er denn das Geld dafür gehabt?«

»Natürlich nicht, aber Suzanne und ich hätten ihm selbstverständlich geholfen.«

Jane Waterhouse sah, dass Suzanne Ricci wieder ihrem Gespräch folgte. »Mrs. Ricci, kannten Sie die Orte, an denen Ihr Vater sich üblicherweise aufhielt? Zum Beispiel den Lagerplatz in den Dünen?«

»Nein. Ich wusste zwar, dass er gerne in den Dünen und im Wald seine Runden zog, aber wir hatten ein stilles Abkommen. Ich akzeptierte ihn, wie er war. Er musste mir nie erzählen, was er so trieb – das hätte mich nur unnötig gequält. Dafür mischte er sich auch nicht in mein Leben ein.« In Anspielung auf seinen Versuch, ihren früheren Freund Steven Farlowe umzubringen, fügte sie bitter hinzu: »Sie wissen ja selbst, was passiert ist, als er es ein einziges Mal doch getan hat.«

»Hatte er Freunde oder Feinde?«

»Weder noch. Dad war ein totaler Einzelgänger. Der Einzige, mit dem ihn so etwas wie Freundschaft verband, war wohl sein Zellennachbar. Ein Brasilianer.«

»Das wissen wir«, nickte Jane Waterhouse. »Er heißt Joaquim Sollan und ist am selben Tag entlassen worden wie Ihr Vater. Seitdem ist er spurlos verschwunden.«

Jetzt mischte sich wieder Dr. Ricci ein. »Könnte es nicht sein, dass die beiden Streit miteinander hatten?« Er blickte fragend zu seiner Frau.

Suzanne zuckte mit den Schultern. »Warum sollten sie? Dad hat immer sehr nett von ihm gesprochen. Er hat sogar ein bisschen Portugiesisch gelernt, um sich besser mit ihm unterhalten zu können.«

»Trotzdem gibt uns diese Freundschaft Rätsel auf«, sagte Jane Waterhouse. »Es scheint, dass der Einfluss des Brasilianers auf Ihren Vater nicht unbedingt positiv war.«

Sie erzählte von Simon Stubleys Einbruch bei Emily Bloom und der Schmiererei an ihrem Fenster. Die Riccis hörten beklommen zu. Auch für sie schien die Veränderung, die während der Gefängnisjahre in Simon Stubbley vorgegangen war, nur schwer verständlich zu sein.

»Mein Gott«, sagte Dr. Ricci kopfschüttelnd. »Was muss da alles in Simon vorgegangen sein. Vielleicht hätten wir ihn lieber zum Psychologen schicken sollen, statt ihn gleich wieder allein loslaufen zu lassen.«

Suzanne widersprach ihm ungewohnt heftig. »Also bitte, Douglas! Dad war weder geisteskrank noch gefährlich! Die Sache mit

Mrs. Bloom tut mir auch leid, aber was wissen wir, welches Ventil man braucht, wenn man sechs Jahre lang eingesperrt war!«

Dr. Ricci schwieg. Er schien zu spüren, dass es in der jetzigen Situation wenig Sinn machte, seiner trauernden Frau zu widersprechen. Für Detective Inspector Waterhouse jedoch war die Frage nach Stubbleys Verbindung zu Joaquim Sollan noch nicht ausreichend beantwortet. Sie nutzte die kleine Pause, um nachzuhaken.

»Entschuldigung, Mrs. Ricci, aber ... es sieht eher danach aus, dass diese Drohung tatsächlich ernst gemeint war. Heute Vormittag hat ein anderer Häftling ausgesagt, der Brasilianer habe ihm anvertraut, dass Ihr Vater keinen Menschen so hassen würde wie die Frau, die ihn ins Gefängnis gebracht hat. Vor allem der Brasilianer wird als sehr aggressiv beschrieben. Wir schließen deshalb nicht aus, dass sie Mrs. Bloom gemeinsam umbringen wollten.«

Suzanne Ricci reagierte geradezu hysterisch. Ihre Stimme überschlug sich, als sie ihre Antwort hinausschrie. »Hören Sie auf, so über meinen Vater zu reden!«

Sie fing wieder an zu weinen. Ihr Mann setzte sich neben sie auf die Bank und nahm sie tröstend in den Arm. Schluchzend legte sie ihren Kopf an seine Schulter. Ohne sich zu bewegen, fragte Dr. Ricci leise in Richtung Jane Waterhouse: »Können wir dieses Gespräch jetzt beenden, Inspector? Sie sehen ja, dass meine Frau vor allem Ruhe braucht.«

Die Ermittlerin war einverstanden. »Ja, natürlich. Ich kann Ihnen allerdings nicht ersparen, dass nachher noch ein Kollege mit der Spurensicherung bei Ihnen vorbeikommt, um sich das Zimmer Ihres Schwiegervaters anzusehen.«

»Wenn es sein muss ...«

»Danke.« Jane Waterhouse nickte Suzanne Ricci aufmunternd zu. »Dann wünsche ich Ihnen jetzt die Kraft und die Ruhe, um das alles verarbeiten zu können, Mrs. Ricci. Tut mir leid, dass wir es Ihnen hier im Hafen mitteilen mussten.«

Suzannes Antwort klang müde. »Ist schon gut. Sie machen ja auch nur Ihre Arbeit.«

Detective Inspector Waterhouse reichte beiden die Hand. »Also dann ...«

»Auf Wiedersehen«, sagte Dr. Ricci. Er stand von der Bank auf und wandte sich liebevoll an seine Frau. »Wir fahren jetzt nach Hause und du legst dich ein bisschen hin.«

Doch Suzanne hörte ihm gar nicht zu. »Detective Inspector Waterhouse, einen Moment noch!«

Jane Waterhouse ging noch einmal zu ihr. »Ja?«

»Mir ist noch etwas eingefallen«, sagte Suzanne, »was diesen Brasilianer betrifft. Vielleicht waren sie doch nicht immer nur gute Freunde. Einmal, vielleicht vor einem halben Jahr, hatte mein Vater einen blauen Fleck im Gesicht, als ich ihn im Gefängnis besuchte. Als ich ihn fragte, woher der Fleck stammt, sagte er, dass ihm der Brasilianer einen Faustschlag versetzt habe. Sie hatten sich in der Gefängnisbibliothek um ein Buch gestritten, einen Roman. Ich weiß noch, wie mein Vater traurig sagte: *Joaquim denkt leider immer zuerst an sich, aber sonst ist er ganz in Ordnung*.«

»Interessant«, sagte Jane Waterhouse nachdenklich. »Das deckt sich mit dem, was wir über den Brasilianer wissen. Er hatte eine siebenjährige Strafe wegen eines Raubüberfalls in St. Helier abzusitzen.«

Verwundert schaute Dr. Ricci seine Frau an. »Warum hast du mir das nie erzählt? Wenn ich gewusst hätte, dass dein Vater im Gefängnis geschlagen wird, hätte ich sofort etwas unternommen.«

»Dad hatte mich ausdrücklich gebeten, nicht darüber zu sprechen. Ich glaube, es war ihm peinlich. Er wollte nicht, dass wir schlecht über seinen einzigen Freund im Gefängnis reden.«

»Trotzdem hätte ich es gerne gewusst.«

»Ist doch jetzt egal«, entgegnete sie müde.

Obwohl sie die Sache abzuwiegeln versuchte, schien es Dr. Ricci im Nachhinein zu beunruhigen. »Stammt der Mann denn von der Insel?«, fragte er Jane Waterhouse.

»Nein«, sagte sie. »Er war damals nur drei Tage als Matrose auf einem Frachter hier, als er den Raubüberfall begangen hat. Deshalb musste er die Strafe auch auf Jersey absitzen.«

Suzanne Ricci erhob sich von der Bank und sah Jane Waterhouse prüfend an. »Sagen Sie bitte ganz ehrlich – glauben Sie, dass der Brasilianer der Mörder meines Vaters sein könnte?«

Jane Waterhouse sah keinen Grund, ihr die Antwort zu verweigern. »Wir halten es für sehr wahrscheinlich. Außer Ihnen war er vermutlich der Einzige, der wusste, dass Ihr Vater die 500 Pfund bei sich trug, die er bei seiner Entlassung aus dem Gefängnis erhalten hatte. Und dieses Geld ist verschwunden – falls er es nicht in Ihrem Haus gelassen hat.«

»Nein, er hat es definitiv mitgenommen«, sagte Dr. Ricci. »Das weiß ich, weil ich ihm eigenhändig meine Visitenkarte in die Geldbörse gesteckt habe, für den Fall, dass ihm mal irgendetwas zustößt.«

Er hatte kaum ausgesprochen, als sich Suzanne wieder auf die Bank zurückfallen ließ und blass wurde. »Oh Gott«, sagte sie aufstöhnend. »Und von mir hat er heimlich 1000 Pfund dazu gekriegt, damit er sich endlich wieder neue Sachen leisten konnte.«

Dr. Ricci schwieg. Jane Waterhouse konnte nur ahnen, was ihm gerade durch den Kopf ging.

Es war wohl besser, wenn sie die beiden jetzt allein ließ.

Erst abends ließ der Regen nach und die Wolken verschwanden wieder, aber es blieb zu kühl für einen Junitag auf Jersey. Das trübe Wetter drückte Emilys Stimmung noch mehr nieder. Die ganze Zeit über war ihr nicht mehr aus dem Kopf gegangen, was sie in den Dünen gesehen hatte: die blutige Waffe, die Umrisse von Simon Stubbleys Körper, die Gegenstände aus seinem Besitz. Sie war froh, dass dieser Unglückstag endlich zu Ende ging.

Gleichzeitig fürchtete sie die Nacht. Harolds Warnung vor dem Brasilianer hatte sie hellhörig gemacht. Sie vermutete, dass er ihr nicht die ganze Wahrheit gesagt hatte und Joaquim Sollan ihr immer noch gefährlich werden konnte. Warum sonst hatte Harold ihr beim Abschied heute Vormittag versichert, dass es bei den zusätzlichen Streifen in ihrer Straße bleiben werde?

Es passierte nur selten, dass sie sich früh schlafen legte, aber heute ging es einfach nicht anders. Sie kontrollierte noch einmal, ob wirklich alle Fenster geschlossen waren, und nahm sicherheitshalber auch noch ihr Handy mit ins Schlafzimmer, so wie Harold es ihr empfohlen hatte. Dann zog sie sich ihren kuscheligsten Pyjama an und kroch unter die Bettdecke.

Wie immer, wenn es draußen kühl war und der Wind blies, knackten über ihr die dicken Balken. Normalerweise war es ein wohliges Geräusch für sie, das sie seit ihrer Kindheit kannte und das sie beruhigte, weil es ihr zu verstehen gab, dass das alte Cottage, in dem schon ihr Großvater gelebt hatte, seine gute Aura über sie ausbreitete. Doch in dieser Nacht irritierten sie die vielen Geräusche. Immer wieder lauschte sie angespannt, ob sie draußen auf der Terrasse Schritte hören konnte.

Gleichzeitig bereitete sie sich darauf vor, dass es eine Nacht schwerer Träume werden würde. Es schien ihr immer, als würde sie mit Beginn des Schlafes ein dunkles, geheimisvolles Haus betreten, in dem ihre Erinnerungen lebten.

Sie war seit ihrer Kindheit daran gewöhnt, anders zu sein als andere, ein medizinisches Phänomen. Neuropsychologen hatten festgestellt, dass ihre Gehirnregionen für das autobiografisch-episodische Erinnern, die Amygdala und der Hippocampus, ungewöhnlich ausgeprägt waren. Sie konnte ein völlig normales Leben führen, musste aber damit zurechtkommen, dass ihr Gehirn ein Kalender mit den Eintragungen aller 365 Tage eines Jahres war, jederzeit abrufbar nach Terminen und Ereignissen.

Ihr Sohn und ihre Freundin Helen Keating waren die einzigen Menschen, denen sie anvertraut hatte, was in solchen Augenblicken des Erinnerns mit ihr geschah. Plötzlich kehrten Situationen in ihr Gedächtnis zurück, die viele Jahre, manchmal sogar Jahrzehnte zurücklagen.

Solange es schöne Erinnerungen waren, hatte sie kein Problem. Doch meist drängten sich die quälenden Zeiten ihres Lebens in den Vordergrund, der Tod ihrer Eltern, Schmerzen, die sie erlitten hatte, Ängste und Sorgen. Nichts war im Laufe der Jahre perspektivisch kleiner geworden, sondern alles hatte die erschreckende Präsenz und emotionale Anspannung der damaligen Situation behalten. Sie war verdammt dazu, es immer wieder neu zu erleben.

Dann lag sie nachts stundenlang wach, verfluchte die angeborene Fähigkeit ihres Gehirns, niemals vergessen zu dürfen, und beneidete alle anderen Menschen auf der Welt, deren Erinnerungen sich irgendwann ganz selbstverständlich in nichts auflösen durften, bis auf das, was ihnen besonders wertvoll erschien.

Als der Schlaf in dieser Nacht schließlich doch kam, war er wie eine Befreiung aus tiefer Erschöpfung. Sie spürte noch eine Weile ihre flatternden Lider, dann glitt sie sanft hinweg.

Diesmal ging es schnell.

Ihre Träume meldeten sich, kaum dass sie eingeschlafen war. Sie kamen wie Verwandte, die auf ihr Recht pochten, jederzeit eingelassen zu werden.

Wie sie befürchtet hatte, quälte sie als erster der tote Simon Stubbley.

Er tauchte vor ihr als bleiches Gesicht auf, mit einem leisen geheimnisvollen Lächeln, das eine ganze Weile anhielt, sich dann aber plötzlich zur Schmerzensmiene verzog. Es schien, als ob sein unsichtbarer Körper gerade einer furchtbaren Tortur unterzogen wurde und er krampfhaft versuchte, tapfer zu bleiben. Überall um die Feuerstelle herum steckten Samuraischwerter in der Erde. Emily versuchte sie einzusammeln, aber kaum hatte sie eines genommen, schoss an dessen Stelle eine Fontäne von Blut in die Luft, die den Platz rot färbte. Sie rannte zu Simon, den sie plötzlich wie einen Zauberer mit ausgebreiteten Armen inmitten seines Feuers stehen sah, und wollte ihn vom Platz ziehen. Doch er lachte nur, als er ihre Angst sah, drehte sich um und schwebte über die Dünen zum Meer hinunter ...

Emily wurde wach und setzte sich kurz im Bett auf. Sie schwitzte, ihr Schlafanzug klebte am Körper, und sie hatte Durst. Am liebsten wäre sie aufgestanden und in die Küche gegangen, um sich etwas zu trinken zu holen, doch irgendetwas lähmte sie. Ihr Körper war unendlich schwer, fast bleiern. So folgte sie einfach den Befehlen ihrer schwachen Gliedmaßen und sank aufs Kissen zurück. Im Nu war sie wieder eingeschlafen.

Wie sich zeigte, waren ihre Albträume noch nicht zu Ende. Nach der Blutfontäne des ersten Traumes stand plötzlich die Silhouette Londons vor ihren Augen, wie ein neuer Schauplatz, der zu Beginn eines Filmes eingeblendet wird. Emily konnte gar nicht anders, als sich darauf einzulassen. Sie spürte schon im Voraus, was kam.

Wieder einmal quälte sie der tödliche Unfall ihrer Eltern. Es war einer jener wiederkehrenden Gedächtnisträume, die ihr besonders heftig zusetzten, weil sich die Abläufe so perfide an die Wahrheit hielten. Es erschien ihr immer, als ob gerade die schrecklichsten Ereignisse ihres Lebens die Fähigkeit besäßen, nach Lust und Laune durch ihr Gehirn zu spazieren, statt wie andere Erinnerungen darauf zu warten, bis sie abgerufen wurden und man sie brauchte.

Seltsamerweise meldete sich die Erinnerung an ihre Eltern in letzter Zeit besonders oft. Sie wünschte, dass sie den Grund dafür kannte ...

Der Unfall geschah am 27. März vor 34 Jahren. Ihr Vater war gut gelaunt an diesem Londoner Sonntagnachmittag, fast übermütig. Die Sitzordnung im Auto war wie immer, wenn sie am Wochenende das dunkelgrüne Cabrio benutzten. Mum saß amüsiert auf dem Beifahrersitz, und Emily mit ihren 16 Jahren hatte sich maulend auf die enge Rückbank des Wagens gezwängt. Ihre Schwester Edwina war wegen einer Schulfeier im Internat geblieben. Normalerweise lebten sie auf Jersey, doch hin und wieder verordnete Vater ihnen Kulturwochenenden in London.

Sie hatten bei Tante Maud im feinen West End zu Mittag gegessen. Dabei hatte Daddy von seiner Schwester erfahren, dass Maud für ein Jahr zu Freunden nach Nizza zu ziehen beabsichtigte und ihnen solange die Wohnung überlassen wollte. Alle jubelten über diese gute Nachricht, wenn auch aus unterschiedlichen Gründen. Bei Emily hatte der Jubel mehr mit der Vorfreude auf Rockkonzerte und Clubs zu tun.

Als sie am Parlament vorbeifuhren, schlug Big Ben gerade drei Uhr. Hier war die Stadt voller Touristen. Im Park gegenüber fand gerade eine Demonstration statt, sodass plötzlich auf der Straße kein Durchkommen mehr war und Daddy sich über den Stau ärgerte. Ohne groß zu bremsen riss er das Lenkrad herum und bog in eine schmale Seitengasse ab, die in engem Bogen wieder zur Hauptstraße zurückführte.

Sekunden später sahen sie den Lieferwagen auf sich zukommen. Sein Fahrer fuhr schnell, denn er wusste, dass er sich in einer Einbahnstraße befand. Emily rief noch eine Warnung, doch es war schon zu spät. Mum schrie auf und Dad trat voll auf die Bremse. Rechts und links parkten Autos. Ihr Wagen begann dazwischen hin und her zu schlingern. Da das Pflaster rutschig war, erging es auch dem Lieferwagen nicht viel anders. Wie in einem Kanal rasten sie aufeinander zu.

Der Aufprall war schrecklich. Für einen Moment verlor Emily ihr Bewusstsein. Dann hörte sie Rufe auf der Straße. Im Auto war alles voller Blut. Sie lag mit eingeklemmtem Kopf zwischen den Vordersitzen. Direkt über ihr ragte die Motorhaube des Lieferwagens ins Auto, nur Zentimeter von ihr entfernt. Mit dem bisschen Kraft, das sie noch hatte, gelang es ihr, den Kopf aus den Sitzen zu ziehen und sich ein Stück aufzurichten. Sie sah nur Scherben, Blut ... und dann die zerquetschten Körper ihrer Eltern. Sie schrie und schrie, bis sie nicht mehr konnte.

Irgendjemand befreite sie aus dem Wrack und legte sie auf den Bürgersteig. In der Ferne ertönten Polizeisirenen. Emilys Bein blutete, und ihr Bauch schmerzte, aber das Schlimmste war, was ihre Augen gerade gesehen hatten. Der Kopf ihres Vaters war nur noch eine blutige Masse. Sie hätte gerne laut geschrien, wie leidende Tiere es konnten, aber ihr Schockzustand ließ nicht einmal das zu. Nur ein kindliches Wimmern kam aus ihrem Mund. Als man ihr eine Frage stellte, redete sie nur wirres Zeug. Jemand rief nach dem Arzt, der im Nebenhaus wohnte.

Plötzlich kniete ein langhaariger junger Mann neben ihr, hob mit seiner Hand behutsam ihren Kopf an und flößte ihr vorsichtig aus einem Becher warmen Tee ein. Er kam ihr vor wie der gute Samariter. Sie trank und trank, als sei das Trinken der einzige Beweis, dass sie selbst noch am Leben war…

Schweißgebadet wachte Emily auf. Es war noch lange nicht Mitternacht, doch kam es ihr so vor, als hätte sie bereits zehn Stunden lang geträumt. Schwach, wie sie sich nach diesen anstrengenden Träumen fühlte, verließ sie das Bett, ging taumelnd in die Küche und trank endlich das Glas Wasser, nach dem sie sich die ganze Zeit gesehnt hatte. Erschöpft ließ sie sich auf den roten Küchenstuhl fallen und dachte nach.

Warum diesmal zwei Alpträume und warum in dieser Kombination? Das war ungewöhnlich, auch wenn sie es damit zu erklären versuchte, dass sie mit Angst eingeschlafen war und die Angst vor dem Tod in beiden Träumen eine Rolle gespielt hatte. Ihr Gedächtnis war nun einmal eine geheimnisvolle Kammer voller Überraschungen, wie ihr damals der Neurologe Professor Riddington gesagt hatte. Er hatte in allem Recht behalten. Es wurde Zeit, dass sie sich daran gewöhnte.

Sie nahm ihr Wasserglas und schlenderte im Pyjama ins Wohnzimmer hinüber. Da sie die Vorhänge nicht zugezogen hatte, bevor sie ins Bett ging, konnte sie durch das große Terrassenfenster den Halbmond über dem Meer stehen sehen. Es war Ebbe, und der Strand von St. Brelade's Bay, etwa 100 Meter unter ihr, schien endlos breit. Plötzlich fiel ihr wieder ein, dass Simon Stubbley bei Ebbe gerne von Bucht zu Bucht gewandert war, um im Schein seiner Taschenlampe ungestört nach Krabben zu suchen. In solchen Nächten hatte er sich immer allein auf der Insel gefühlt, wie er ihr einmal erklärt hatte.

Warum dachte sie schon wieder an ihn? War es sein seltsamer Individualismus, der sie so faszinierte? Oder war es eine leise Ahnung, dass er ein Geheimnis mit sich trug, das vielleicht erst jetzt, nach seinem plötzlichen Tod, zum Vorschein kommen würde?

Wie auch immer, Emily wurde das Gefühl nicht los, dass ihre Verbindung zu Simon noch lange nicht beendet war. Irgendetwas Seltsames lag in der Luft.

Im Garten knackte ein Ast. Sie hörte es durch die Fensterscheibe und erschrak. Schnell schaltete sie das Licht aus und spähte in der Dunkelheit nach draußen. Für einen Moment glaubte sie die Umrisse eines Menschen zu erkennen. Als sie ein zweites Mal hinschaute, schien ihr die schwarze Silhouette nur ein Strauch hinter ihrem Beet zu sein.

Sie wusste schon jetzt, dass sie für den Rest der Nacht kein Auge mehr zutun würde.

In St. Brelade's Bay war um diese Zeit nicht mehr viel los. Die wenigen Restaurants begannen zu schließen, und auch in den Häusern am Hang knipste man früh die Lichter aus. Nur auf den Terrassen der Strandhotels an der Uferpromenade harrten noch ein paar Touristen in wattierten Jacken aus. Sie beobachteten ein Schauspiel, das sich jeden Tag wiederholte, nachts jedoch am schönsten war. Es war die Stunde vor dem Gezeitenwechsel, wenn sich bei Ebbe das Meer so weit zurückzog, dass die weite Bucht von St. Brelade's Bay nur noch aus nassem Sand bestand. Dann gehörten die Pfützen und Siele, die im Mondlicht silbrig glänzten, allein den Krabben. Doch draußen wartete schon wieder ungeduldig das Wasser.

Helen Keating genoss die geheimnisvolle Stunde auf Alan Le Grands Privatterrasse, gleich neben seinem Hotel. Alan war noch einmal für ein paar Minuten zur Rezeption hinübergegangen, um in den Buchungsplan für den nächsten Tag zu schauen. Als Hoteldirektor war er unerbittlich und sehr geschäftstüchtig, als Liebhaber jedoch der geduldigste und zärtlichste Mann, den Helen sich wünschen konnte.

Plötzlich wurde ihr kalt. Auf dem Korbstuhl neben ihr lag eine zusammengefaltete weiße Wolldecke. Faul zog sie die Decke mit ausgestrecktem Arm zu sich herüber und breitete sie über sich aus. Dann rutschte sie auf ihrer Liege noch ein Stück tiefer, sodass sie windgeschützt lag, schob sich das kleine Kissen bequem unter ihre schwarzen Haare und schaute zufrieden in den Himmel. Es war erst das vierte Mal, dass sie bei Allen übernachtete. Und doch fühlte es sich an, als wären sie beide schon lange ein Paar.

Der zweistöckige Anbau mit dem großzügigen Appartment, in dem Alan wohnte, war deutlich von seinem *Sea Bird Hotel* getrennt. Er hatte das Hotel vor fünf Jahren gekauft, nachdem er seine Karriere als General Manager eines Luxushotels in Singapur beendet hatte. Er war in London geboren, aber schon als junger Mann ausgewandert und hatte immer davon geträumt, sich später einmal auf Jersey zur Ruhe setzen zu können. Mit dem Erwerb des *Sea Bird Hotels* war er seinem Traum endlich ein Stück näher gekommen, auch wenn die schmutzige Scheidung von seiner Frau einen Schatten auf sein neues Inselleben geworfen hatte. Helen und er waren sich erst vor zwei Monaten durch einen Zufall begegnet.

Nein, dachte Helen, eigentlich war es gar kein Zufall. Genaugenommen war Alan ein Geschenk ihrer besten Freundin Emily Bloom, die den Hoteldirektor aus ihrem Teeladen kannte. Emily hatte zum Glück einen ganz anderen Männergeschmack und war nicht an ihm interessiert.

Es war auf der Einweihungsfeier für Helens neuen *Lavendelshop* gewesen, in dem sie lauter nette Dinge verkaufte, die mit Lavendel zu tun hatten: Lavendelparfum, Lavendelhonig, Lavendelkissen, Kochbücher mit Lavendelrezepten und sogar lavendelfarbene Lämpchen.

Helen Keatings Lavendelpark war eine von zwei Lavendelfarmen auf Jersey. Täglich reisten ganze Busladungen von Touristen an, um die Lavendelfelder zu besichtigen. Sie hatte den Betrieb eigenhändig aufgebaut, über viele Jahre und mit Herzblut. Leider war dabei ihr Privatleben etwas auf der Strecke geblieben – viel zu oft, wie Emily immer kritisierte.

Emily Bloom war es dann auch gewesen, die Alan und sie auf der Eröffnungsparty zusammengeführt hatte. Helen wusste von der ersten Minute an, dass Alan Le Grand genau der Mann war, nach dem sie immer gesucht hatte. Sie passten großartig zusammen...

Plötzlich hörte sie aus dem Wohnzimmer Alans sonore Stimme.

»Helen? Bist du noch draußen?«

»Ja. Warte, ich komme.«

Erfreut, dass er so schnell zurück war, wickelte sie sich aus ihrer Decke und ging in die Wohnung. Er stand mit strahlendem Gesicht vor dem weißen Kamin, in den Händen zwei Gläser mit Champagner. Mit ausgestreckten Armen hielt er sie ihr entgegen.

»Cheers, mein Liebling!«

Sein hellblaues Sakko und die weiße Leinenhose ließen ihn göttlich aussehen. Selbst der kleine Schönheitsfehler, über den er immer selbst Witze machte – die viel zu große und breite Nase – war plötzlich etwas, das sie an ihm liebte. Im Kontrast zum grauen Haar wirkte die Bräune seines Gesichtes umwerfend. Er hatte die Gabe, immer so auszusehen, als würde er sich nur am Strand aufhalten, obwohl er in Wirklichkeit ein hart arbeitender Mann war.

Sein einziges Hobby war Segeln, ansonsten fand man ihn rund um die Uhr in seinem Hotel.

Helen ging zu ihm, gab ihm lächelnd einen Kuss und nahm ihm ein Glas ab.

»Danke. Bist du deshalb zur Rezeption gegangen?«

»Ja.« Sein spitzbübisches Lachen war typisch für ihn, wenn er etwas ausgeheckt hatte. »Für irgendwas muss es ja gut sein, wenn man der Boss ist. Erinnere mich bitte daran, dass Nancy morgen unbedingt meinen Kühlschrank auffüllen muss.«

»Wie machst du das eigentlich, dass du immer zum richtigen Zeitpunkt ahnst, worauf ich Lust habe?«, fragte Helen. »Du bist so wunderbar fürsorglich. Das tut meiner Seele gut, weißt du das?«

Er berührte sanft mit einem Finger ihre Wange. »So ist das eben, wenn man den anderen versteht. Du warst ja auch für mich da, als ich den Ärger mit Annabelle hatte.«

»Das war doch selbstverständlich.«

Annabelle war seine Geschiedene, die sich immer dann bei ihm meldete, wenn sie wieder Geld brauchte. Dabei verstand sie es sehr geschickt, ihn moralisch unter Druck zu setzen, weil er die Scheidung eingereicht hatte. Helen hatte hautnah miterlebt, wie niedergeschlagen Alan nach dem Anruf seiner Exfrau gewesen war, obwohl er bei der Trennung alles getan hatte, um Annabelle großzügig abzufinden.

Helen küsste Alan innig auf den Mund und beendete so das schwierige Thema. Sie setzten sich nebeneinander auf die rote Ledercouch, zogen ihre Schuhe aus und legten die Füße unartig auf den gläsernen Couchtisch. So saßen sie oft, unterhielten sich stundenlang und blickten dabei nach draußen aufs Meer. Alans Terrasse lag wie auf einem Podest über der Uferpromenade, sodass man hin und wieder schemenhaft sah, wie sich im Licht der Laternen die Köpfe von Passanten hinter den halbhohen Büschen vorbeibewegten.

Helen drehte spielerisch ihr Glas in den Fingern und sagte mit einem zufriedenen Seufzer: »So kann ich's aushalten! Und das nach einem so fürchterlichen Tag.«

»Wieso? Hattest du Ärger?«

»Nein, das nicht. Aber ich musste heute mit zwei Aufkäufern aus Frankreich die neuen Lavendelpreise aushandeln, und das war nicht gerade ein Vergnügen. Ich weiß auch nicht – warum sind die Franzosen bloß immer so arrogant?«

Alan verzog nur einmal kurz das Gesicht. Nach 30 Jahren im Hotelfach überraschte ihn nichts mehr. »Sie sind eben eitle Lebenskünstler und ziemlich von sich selbst überzeugt. Warum lässt du solche Verhandlungen nicht einfach von deinem Monsieur Theroux machen? Ich denke, er ist selbst Franzose.«

Pierre Theroux war Helens wichtigster Mann auf der Lavendelfarm, ohne den nichts lief. Der fleißige Südfranzose, der das Destillieren von Lavendelöl in der Provence erlernt hatte, arbeitete nun schon seit drei Jahren bei ihr.

Helen warf Alan einen schuldbewussten Blick zu. »Willst du die Wahrheit wissen?« Sie knabberte an ihrer Unterlippe. »Er wird mir neuerdings ein bisschen zu aufdringlich.«

Alan reagierte genauso harsch, wie sie es erwartet hatte. Er runzelte die Stirn. »Sag bloß, er hat dich angemacht?«

Sie wiegelte ab. »Nein, nicht wie du denkst. Aber er will mich dauernd zum Abendessen einladen, bringt mir Blumen vom Markt mit – solche Sachen. Als Frau merkt man doch, wenn ein Mann was will. Wie gehe ich damit um? Ich will ihn ja auch nicht verletzen.«

»Du bist die Chefin, Schatz. Du allein bestimmst die Spielregeln.«

»Ich weiß.« Sie bereute, dass sie überhaupt davon angefangen hatte. Trotz seiner sonstigen Souveränität konnte Alan ziemlich eifersüchtig sein, das wusste sie. Auch eine gewisse Härte, die man ihm auf den ersten Blick gar nicht zutraute, kam dann zum Vorschein. Helen vermutete, dass sie das Produkt seiner jahrelangen Tätigkeit als Hoteldirektor war. »Sobald sich die Gelegenheit bietet, werde ich mit Pierre reden«, versprach sie. »Okay?« Fordernd streckte sie ihm ihr leeres Glas entgegen. »Und jetzt will ich noch ein bisschen Champagner.«

Alan goss ihr nach. Nachdem er die Flasche wieder in den Eiskühler gestellt hatte, setzte er sich mit geradem Rücken, fast ein bisschen steif, auf den Rand der Couch und begann eine kleine Rede. »Helen, ich würde dich gerne etwas fragen.«

»Das klingt spannend.«

Sie spürte vor Aufregung Hitze in sich aufsteigen. Alan wirkte in dieser Situation ungewohnt schüchtern. Seine Stimme klang verlegen.

»Du weißt, dass ich mir nichts mehr wünsche, als intensiver mit dir zusammen sein zu können. Wir arbeiten beide viel – entschieden zu viel. Deshalb kommen eine Menge Dinge, die wir besser gemeinsam tun sollten, einfach zu kurz. Aber eines ist mir längst klar geworden: Ich will dich nie mehr aus meinem Leben verlieren. Du gehörst genauso dazu wie – wie zum Beispiel meine große Nase.«

Helen lachte. Alans trockener, selbstironischer Humor war etwas, das sie ganz besonders an ihm mochte. Es war auch typisch für ihn, dass er sich von ihrer Heiterkeit nicht aus dem Konzept bringen ließ und seinen feierlichen Ton beibehielt. Er griff in seine rechte Jackentasche und kramte dort mit der Hand herum.

»Also – wenn ich es nicht so spießig fände, würde ich mich jetzt mit dir am liebsten verloben«, sagte er. »Und wären wir uns vor 20 Jahren begegnet, hätten wir das vielleicht auch gemacht. Aber was ist das Schönste an einer Verlobung? Der Ring. Und den kann ich dir ja trotzdem schenken.«

Mit diesen Worten zog er einen Platinring aus der Tasche, auf dem ein wunderschön geschliffener, glitzernder Brillant saß. Vorsichtig steckte er ihn an ihren linken Ringfinger. Die Fassung des Ringes war fein ziseliert. Helen erkannte ihn sofort wieder, sie hatten ihn gemeinsam bei einem Juwelier in St. Helier bewundert. Sie wusste nicht, was sie sagen sollte.

»Alan ... ich bin sprachlos.«

»Warte, ich bin noch nicht fertig. Ich dachte, so ein Ring muss ja auch hin und wieder ausgeführt werden, sonst sieht ihn ja keiner. Deshalb – hättest du Lust, mich im September für vier Wochen nach Singapur zu begleiten?«

Helen schaute ihn ungläubig an. »Nach Singapur? Du bist wirklich verrückt!«

»Ich will ein paar Freunde besuchen, und du warst schließlich noch nie da.« Er glaubte, ihr zureden zu müssen, weil sie normalerweise nie lange verreiste. »Aber wenn du willst, kannst du natürlich auch nur für zwei oder drei Wochen mitkommen.«

Helen küsste ihn auf den Mund. »Natürlich will ich mit.« Ihre Arme umschlangen ihn fest, sie roch seine Haut. »Ich danke dir für alles. Dafür, dass du mir zuhörst, wenn ich Sorgen habe, dafür, dass du mich auch liebst, wenn ich gerade mal wieder anstrengend bin – und für diesen wunderschönen Ring ...«

Als sie nach oben ins Schlafzimmer kamen, waren sie schon halb ausgezogen. Sie ließen sich auf Alans Bett fallen, das unter dem breiten Fenster an der Meerseite stand. Sie genossen die Berührungen ihrer Finger, während sie sich küssten und sich aneinander festhielten. Erst als ihre erstickten Rufe verklungen waren und ihre Atmung sich wieder beruhigte, kamen sie wieder zu sich. Sie lagen noch eine Weile auf dem Bett, redeten und lachten miteinander. Nach einem letzten Glas Champagner stand Helen auf und ging ins Bad.

Als sie aus der Dusche ins Schlafzimmer zurückkam, wo Alan noch immer wohlig erschöpft im Bett lag, sah sie unter dem Stuhl neben der Tür ihr Smartphone auf dem Teppich liegen. Offenbar war es in der Eile, mit der sie sich ausgezogen hatte, aus ihrer Jacke gefallen. Sie hob es auf, um es auf den Stuhl zu legen. Dabei sah sie, dass Pierre Theroux ihr um 22:10 Uhr eine Nachricht geschickt hatte: *Liebe Helen, ich habe mir blöderweise heute Abend den Rücken verrenkt. Ich kann mich kaum bewegen, es ist wirklich ärgerlich. Deshalb werde ich leider morgen früh nicht da sein können, wenn um sieben der Elektriker kommt. Bitte vergeben Sie mir, Ihr Pierre.*

»Das hat mir gerade noch gefehlt«, seufzte Helen. »Mist!«

Alan stand auf und schlüpfte in seinen blauen Bademantel. »Was ist? Ärger?«

»Ach, Pierre Theroux hat mir gerade geschrieben, dass er morgen früh nicht kommen kann. Aber gleich um sieben Uhr steht der Elektriker vor der Halle und will die neue Waage einbauen. Und jetzt ist nichts vorbereitet!« Helen legte das Smartphone wieder auf den Stuhl, griff nach ihrer Unterwäsche und begann, sich anzukleiden. Ihr war klar, dass sie nun selbst morgen pünktlich vor Ort sein musste. Sie zog sich ihren BH an. »Entschuldigung, Schatz, aber das war's dann wohl. Lass mich lieber nach Hause fahren.«

»Du unruhiger Geist«, sagte Alan lächelnd. Er kam um das Bett herum und gab ihr einen Kuss auf die Stirn. »Aber ich kenne dich ja. Du hättest sonst sowieso keine Ruhe.«

»Danke für dein Verständnis!«

Sie versprach, dafür am übernächsten Abend wieder bei ihm zu übernachten. Es war der Tag, an dem ihr Betrieb Ruhetag hatte und sie ungestört von Besuchergruppen mit ihren Pflückerinnen die Lavendelbeete in Ordnung halten konnte. Manchmal nahm sie sich nachmittags eine Auszeit. Sie ging dann mit Emily Bloom im Meer schwimmen oder in St. Helier shoppen.

Nachdem Helen ihre kleine Tasche fertig gepackt hatte, begleitete Alan sie im Bademantel nach unten zur Haustür. Als sie auf den Hotelparkplatz hinaustrat, war sie überrascht, um wie viel wärmer die Nachtluft plötzlich wieder geworden war.

Alan blieb noch ein paar Sekunden im Türrahmen stehen. Übermütig warf er ihr mit beiden Händen dramatische Luftküsse zu. Amüsiert winkte sie zurück.

Beschwingt vom Sex mit Alan steuerte sie auf ihr Auto zu. Weil zwei Laternen vor dem Hotel ausgefallen waren, musste sie auf dem Zufahrtsweg im Dunkeln gehen, danach war der Parkplatz wieder gut beleuchtet. Dass ihr Wagen in der hintersten Reihe stand, war kein Zufall. Weder sie noch Alan wollten, dass Helen jedes Mal, wenn sie im Nebengebäude verschwand, um Alan zu besuchen, von seinen Angestellten dabei beobachtet wurde.

Während sie die Autotür aufschloss, fiel ihr plötzlich ein, dass sie möglicherweise ihr Smartphone gar nicht dabei hatte. Leider brauchte sie das Ding im Alltag öfter, als ihr lieb war. Sie stellte ihre Handtasche auf der Kühlerhaube ab und begann, darin herum zu kramen. Doch das Telefon war nicht da. Offensichtlich hatte sie es in Alans Schlafzimmer auf dem Stuhl vergessen. Mit einem Seufzer der Verärgerung zog sie den Autoschlüssel wieder ab, drehte sich um und ging über den Parkplatz zu Alans Haus zurück.

Erst als sie in der Mitte des Parkplatzes war, konnte sie wieder den Eingang der Wohnung sehen. Durch das schmale, milchglasartig geriffelte Flurfenster rechts neben der Haustür fiel noch ein Lichtschimmer nach draußen. Plötzlich sah sie zwei grobe Umrisse hinter dem Glas, wie Schattenspiele. Erst dachte sie, sie würde sich irren, doch es waren eindeutig zwei Menschen gleicher Größe. Wer davon Alan war, ließ sich nicht ausmachen, auch nicht, ob der Besuch ein Mann oder eine Frau war. Plötzlich verschwanden die Schatten wieder, wahrscheinlich weil Alan mit der anderen Person ins Wohnzimmer ging.

Helens Eifersucht erwachte. Sie begann, schneller zu laufen und dabei fieberhaft zu überlegen, was sie jetzt tun sollte. Natürlich konnte es sein, dass einer von Alans Mitarbeitern aus dem Hotel herübergekommen war. Aber normalerweise war er es, der bei einem Problem ins Hotel ging. In Helen pulsierte immer stärker der Verdacht, dass doch eine Frau im Spiel war, quasi auf Abruf, nachdem sie selbst die Wohnung wieder freigemacht hatte – eine Mitarbeiterin, ein weiblicher Hotelgast ... Was wusste sie schon, wie intensiv Alan tagsüber herumflirtete.

Mit weiblicher List beschloss sie, zum Überraschungsangriff überzugehen. Sie würde gar nicht erst klingeln, sondern sich draußen an der Hauswand den Ersatz-Hausschlüssel suchen, den Alan dort für alle Fälle in einer Gartenlampe versteckt hatte.

Dann würde sie ja sehen, wen er vor ihr versteckte.

Der gelb-blaue Streifenwagen mit dem Wappen des Staates Jersey war das einzige Auto, das so spät nachts auf der Hauptstraße von St. Brelade zu sehen war. Am Steuer saß Constable Officer Sandra Querée. Normalerweise fuhren sie nur zu zweit, aber Roger Ellwyn musste sich auf dem Polizeirevier um einen betrunkenen Autofahrer kümmern, deshalb war Sandra schnell allein losgefahren, als der Anruf aus dem Jugendcamp gekommen war.

Die meisten Jugendlichen dort waren Kitesurfer, die jeden Tag am Strand von St. Ouen ihre waghalsigen Sprünge machten. Zwei 18-jährige Franzosen hatten sich in dieser Nacht so verprügelt, dass der Notarzt gerufen werden musste. Aus versicherungsrechtlichen Gründen bestand der Leiter des Camps darauf, dass der Vorfall von der Polizei aufgenommen wurde. Einige der wilden Jungs, die sich im Camp mit den Bierflaschen in der Hand auf ihren Matten herumlümmelten, hatten unverhohlen gepfiffen, als Sandra in ihrer engen schwarzen Polizeijacke auf dem Gelände erschienen war. Um sie herum waberte eine riesige Wolke Testosteron durch das Camp. Sandra machte es nichts aus, im Gegenteil, sie amüsierte sich sogar darüber. Im Laufe der Zeit hatte sie ihre eigene Methode entwickelt, mit der Anmache von Männern umzugehen. Sie setzte ein selbstbewusstes, aber reserviertes Lächeln auf und sprach in einem Tonfall, der Überlegenheit ausdrückte. Die meisten Männer reagierten darauf irritiert.

Nachdem sie im Jugendcamp fertig war, fuhr sie nach St. Aubin zurück. Auf Höhe des Seniorenheims knackte ihr Funkgerät und Roger Ellwyn meldete sich.

»Sandra, wo bist du?«

»St. Brelade, Hauptstraße.«

»Wir haben einen Notruf aus St. Brelade's Bay. Eine schreiende Frau. Klingt ziemlich dramatisch. Ich hab so gut wie nichts verstanden, sie hat immer nur von Blut geredet.«

»Wo?«

»Neben dem *Sea Bird Hotel*, in der Privatwohnung von Alan Le Grand.«

Sandra machte eine Vollbremsung. »Ich fahr sofort hin.«

Sie legte den Rückwärtsgang ein, wendete und bog auf die kurvige Straße ein, die zur Bucht hinunterführte, vorbei an der Kirche und dem kleinen, tropisch wirkenden Park an der Uferpromenade, dessen Palmen sich in der Dunkelheit gegen das Meer abhoben. Eine Minute später raste sie auf den Hotelparkplatz. Sie wusste nicht mehr genau, wo sich die Privatwohnung des Hoteliers befand, aber dann sah sie die offene Haustür, stoppte direkt davor und sprang aus dem Auto.

Als sie die Wohnung betrat, kam ihr schon im kleinen Flur neben der Treppe beißender Geruch entgegen. Er stammte von einer umgefallenen Stehlampe, die am Boden lag und deren zwei Strahler auch nach dem Sturz weiterleuchteten, sodass bereits der Teppich angesengt war.

Dann sah sie die wimmernde Frau. Sie kniete vor der roten Couch im Wohnzimmer auf dem Boden. In ihrer Erschütterung hatte sie beide Hände vor den Mund geschlagen und weinte so bitterlich, dass Sandra eine Gänsehaut bekam. Vorsichtig näherte sie sich der schwarzhaarigen Frau. Es war Helen Keating.

»Hallo ... Was ist passiert?«

Helen Keating hörte sie gar nicht. Während ihr Körper vom Schluchzen rhythmisch zuckte, starrte sie unentwegt in die Ecke zwischen Couch und Terrassenfenster.

Es war ein brutaler Anblick. Alan Le Grand lag in seinem blauen Bademantel leblos und blutend auf dem Teppichboden, mit dem Gesicht nach unten, wobei durch die Unmengen von Blut von seinem Hinterkopf nicht mehr viel zu sehen war. Die Blutlache umgab den ganzen Körper. Blut hatte sich auch über die umgefallene Blumenvase ergossen und war sogar bis auf die Möbel gespritzt. Es stammte aus einem knochentiefen Krater über dem grauen Haaransatz. Sandra erkannte sofort, dass so etwas Grauenvolles nur von einer Schusswunde stammen konnte.

Obwohl es ihr schwerfiel, ging sie zwei Schritte näher und beugte sich über Alan Le Grands Körper. Sie hatte schon einige Mordopfer gesehen, aber noch nie so grausam zugerichtet.

Sandra blickte sich suchend um. Nirgendwo war eine Waffe zu sehen. Auch neben Helen Keating lag keine. Das Einzige, was ihr auffiel, war die offene Terrassentür, die im Wind schwang.

Sandra trat schnell nach draußen, um zu sehen, ob sich dort jemand versteckte, doch die Terrasse war bis auf zwei Liegestühle leer. Auch auf dem Gehweg darunter war niemand.

Sie ging wieder hinein, hockte sich neben die völlig apathische Helen Keating auf den Boden und rief über ihr Handy die Kollegen und einen Arzt zu Hilfe.

John Willinghams weiße Villa lag in der schönsten Gegend von St. Aubin, am Hang und mit einem Ausblick, um den ihn jeder beneidete. Tagsüber hatte er durch seinen Beruf jede Menge Gesellschaft, aber nachts kam oft die Einsamkeit, auch jetzt noch, zwei Jahre nach dem Tod seiner Frau. Meist lenkte er sich dann mit dem Verfassen juristischer Gutachten ab, bis ihn die Müdigkeit irgendwann doch ins Bett trieb.

In dieser Nacht hatte er sich gleich nach dem Abendessen in seine holzgetäfelte Bibliothek verzogen, um dort an einem Artikel weiterzuschreiben. Die Publikation befasste sich mit dem eigenwilligen Rechtssystem Jerseys und sollte zum Jahresende im renommierten *Oxford Journal of Law* erscheinen.

Kurz vor Mitternacht klingelte sein Telefon. Es war Emily Bloom, die selbst gerade von einem Anruf aus dem Bett geholt worden war. Sie schilderte ihm, was vor gut einer Stunde in St. Brelade's Bay passiert war. Alan Le Grand war erschossen worden. Als dringend tatverdächtig hatte man Helen Keating verhaftet, obwohl sie immer wieder ihre Unschuld beteuerte und man bei ihr auch keine Waffe gefunden hatte. Vom Polizeirevier aus hatte Helen soeben voller Verzweiflung bei Emily angerufen und sie angefleht, ihr schnellsten einen Anwalt zu besorgen.

Nach Mrs. Blooms Schilderung klang die Situation sehr dramatisch. Helen Keating hatte offenbar einen Nervenzusammenbruch erlitten und wurde auf dem Polizeirevier von einem Arzt betreut. Obwohl Willingham und sie sich bisher nur ein paar Mal begegnet waren, hatte er die Lavendelzüchterin doch als eine äußerst interessante, starke und selbstbewusste Frau im Gedächtnis behalten.

Ohne zu zögern nahm er das Mandat an und versprach, sofort tätig zu werden.

Er holte sich rasch ein frisches weißes Hemd aus dem Schrank und schlüpfte in seinen dunkelblauen Anzug. Es gehörte zu seinen Prinzipien, den Mandanten in jeder Situation durch sein untadeliges Auftreten Vertrauen einzuflößen. Noch während er sich fertig machte, ließ er sich, um einigermaßen vorbereitet zu sein, von seinem Computer im Arbeitszimmer die wichtigsten Informationen über Alan Le Grand ausdrucken – Le Grands Homepage mit einem Foto, sein Lebenslauf aus dem Jahrbuch des Hotelierverbandes und zwei Zeitungsartikel.

Als Willingham wenig später im Auto durch die leeren Straßen von St. Helier fuhr, wurde ihm plötzlich klar, dass er ab jetzt eine ziemlich große Verantwortung trug. Seit heute Nacht war er gleich doppelt in die beiden Mordfälle verwoben, die Jersey gerade erschütterten – im Fall Alan Le Grand als Helen Keatings Anwalt und notfalls auch als ihr Verteidiger, im Mordfall Simon Stubbley als Anwalt der Tochter. Es würde sich noch herausstellen, ob er sich dafür beglückwünschen oder bedauern sollte.

Als er im Polizeihauptquartier *Rouge Bouillon* ankam, war es kurz vor ein Uhr morgens. Willingham zückte an der Pforte seine Visitenkarte, auf der nicht ganz unauffällig auch seine frühere Tätigkeit als Richter vermerkt war, und stellte sich als Anwalt von Helen Keating vor. Er musste nur drei Minuten warten, bis ihn ein jüngerer Mitarbeiter der Mordkommission abholte.

Es war Pommy Pomfield, den Willingham noch aus seiner Zeit am Magistratsgericht kannte. Vor etwa sieben Jahren hatte Pomfield dort im Rahmen seiner Ausbildung ein Praktikum absolviert, später auch am *Royal Court*, und sich dabei als intelligenter, einfallsreicher Polizeianwärter erwiesen. Mit seiner Harry-Potter-Brille sah er immer noch so jungenhaft aus wie damals, sodass man ihn leicht unterschätzte

Während sie zum ersten Stock hinaufgingen, erkundigte sich Willingham nach dem bisherigen Stand der Ermittlungen. Es war nur ein Versuch, doch sie wussten beide, dass Pomfield ihm noch etwas schuldete. Damals, in der letzten Woche seines Praktikums, hatte er wichtige Prozessakten auf der Herrentoilette liegen lassen, und Willingham war derjenige gewesen, der sie gefunden hatte. Da er den Jungen mochte, hatte er den Vorfall nicht an die große Glocke gehängt, sondern es bei einer Ermahnung unter vier Augen belassen.

Tatsächlich zeigte Pomfield sich jetzt dankbar. Bereitwillig gab er Auskunft, vielleicht auch nur deshalb, weil er sicher sein konnte, dass Willingham ihn später nicht verraten würde.

»Viel wissen wir noch nicht«, sagte er leise. »Aber klar ist auf jeden Fall, dass Le Grand erschossen wurde. Ein 9-Millimeter-Geschoss, aus fünf bis sieben Yard Entfernung.«

Sie waren oben angekommen. Willingham blieb auf dem letzten Treppenabsatz stehen und zog seinen Hemdkragen zurecht.

»Hat man die Waffe schon gefunden?«

»Nein. Aber das Labor tippt auf einen Revolver Marke Smith & Wesson mit Schalldämpfer. Der Täter scheint nach dem Schuss über die Terrasse zur Uferpromenade geflüchtet zu sein.«

Willinghams nächste Frage kam sehr vorsichtig. Schließlich wollte er Pomfield nicht zu viel abverlangen. »Und? Hat man bei meiner Mandantin irgendetwas gefunden, das auf eine Tatbeteiligung hinweisen könnte?«

Statt zu antworten, schaute ihn Pomfield mit einem sehr intensiven Blick an, dabei schüttelte er fast unmerklich den Kopf.

Willingham verstand. Er kannte diese Taktik der Chefermittlerin bereits. Um am Anfang nicht mit leeren Händen dazustehen, drehte sie alle Tatortzeugen bei einem Verbrechen grundsätzlich erst einmal stundenlang durch die Mangel. Dass sie kritisch sein musste, war klar, aber sie übertrieb es jedes Mal, wie er fand. Es hatte aus diesem Grund schon mehrfach Beschwerden beim Generalstaatsanwalt über sie gegeben.

Als Willingham das Vernehmungszimmer betrat, bekam er einen Schreck. Er hatte Helen Keating als eine lebendige schwarzhaarige Frau voller Energie in Erinnerung. Die Person, die er jetzt am großen Tisch gegenüber Detective Inspector Jane Waterhouse sitzen sah, war blass und zittrig, mit dunklen Ringen unter den Augen. Sie wirkte um Jahrzehnte gealtert. Um ihre Schulter hing eine graue Strickjacke, als würde sie frieren, während im Gegensatz dazu auf ihrer Stirn winzige Schweißperlen standen. Außer Jane Waterhouse war nur noch ein jüngerer Polizist anwesend, wahrscheinlich der einzige, den die Kriminalermittlerin mitten in der Nacht aus dem Revier unten im Erdgeschoss loseisen konnte.

Willingham blieb an der Tür stehen. Helen Keatings Miene hellte sich augenblicklich auf, als sie ihn erkannte. Sichtlich erleichtert, dass sie nun nicht mehr allein kämpfen musste, wagte sie sogar ein kleines Lächeln. Er lächelte beruhigend zurück und wandte sich an die Ermittlerin. »Detective Inspector Waterhouse, Sie erlauben, dass ich störe?«

Jane Waterhouse tippte noch schnell etwas in ihren Laptop und antwortete, ohne aufzublicken. »Selbstverständlich, Mr. Willingham. Ich nehme an, Sie kommen als Anwalt unserer Hauptzeugin.«

»So ist es.«

Jetzt erst blickte sie ihn an. Sie schob den Laptop ein Stück zur Seite. »Gut. Vermutlich möchten Sie, dass ich die Vernehmung kurz unterbreche, damit Sie sich mit Ihrer Mandantin beraten können.«

»Ja, das möchten wir«, antwortete er. Dann fügte er großzügig hinzu: »Aber ich habe nichts dagegen, wenn Sie Ihren Fragenkomplex schnell noch abschließen. Ich setze mich einfach ganz still in die Ecke.«

»Wie Sie möchten.«

Es war zu spüren, dass sie Willingham Respekt entgegenbrachte, aber es nicht zeigen wollte. Vielleicht fürchtete sie ihn in gewisser Weise sogar. Ihr Bruder war sein Nachfolger am Magistratsgericht geworden, und sie wusste aus Erfahrung, wie gut es Willingham verstand, mit brillanter Argumentation die Interessen seiner Mandanten durchzusetzen. Man wusste nie, für welche Taktik er sich gerade entschieden hatte.

Neben der Tür stand ein stoffbespannter blauer Stuhl. Willingham nahm darauf Platz, schlug die Beine übereinander und verschränkte freundlich lächelnd die Arme.

Jane Waterhouse wandte sich wieder Helen Keating zu. »Wir waren gerade bei der Frage stehen geblieben, warum Sie nicht einfach geklingelt haben, sondern gleich mit dem Ersatzschlüssel in die Wohnung gingen.«

»Das habe ich Ihnen doch gesagt!« Helen Keating klang verzweifelt, weil sie alles zum zweiten Mal erzählen musste. »Ich dachte, dass eine Frau bei ihm war. Als ich dann das Wohnzimmer betrat, war niemand mehr da. Es kam mir vor, als wenn sich draußen auf der Terrasse die Büsche bewegten, aber ... Das war mir in dem Moment doch alles egal, weil ich Alan neben der Couch liegen sah, in dem ganzen Blut ...« Sie brach ab, unfähig, diese schreckliche Szene weiter zu beschreiben.

Jane Waterhouse wechselte das Thema. »Sie sagten, dass Sie nur deshalb wieder vom Parkplatz zu Mr. Le Grands Wohnung zurückgegangen sind, weil Sie glaubten, Ihr Handy in seinem Schlafzimmer vergessen zu haben.«

Helen Keating nickte. »Das ist richtig. Es ist ein ziemlich teures Smartphone. Ich hatte es gerade erst gekauft.«

»Und warum haben wir es dann nicht im Haus gefunden?«

»Darüber denke ich schon die ganze Zeit nach. Ich kann es mir einfach nicht erklären. Alans Mörder muss es eingesteckt haben.« Helen blickte kurz zu ihrem Anwalt hinüber, als wollte sie sich bei ihm für diese vage Antwort entschuldigen. Ihre Unsicherheit war mitleiderregend.

»Könnte es vielleicht sein, dass Sie es weggeworfen haben? Zusammen mit der Waffe?«

Helen Keating schloss erschöpft die Augen, als müsste sie für die Antwort Kraft schöpfen. Dann sagte sie laut und deutlich: »Ich wiederhole – ich habe Alan nicht umgebracht! Es muss jemand gewesen sein, der draußen auf dem Parkplatz gewartet hat, bis ich weg war und dann ...« Verzweifelt brach sie ab.

Obgleich es ihm schwerfiel, griff Willingham nicht ein – noch nicht. Er wartete darauf, dass Detective Inspector Waterhouse einen Fehler machte. Und der, das spürte er, würde ihr schon bald unterlaufen, so aggressiv, wie sie ihre Vernehmung führte.

»Ja, der Parkplatz ...«, sagte Jane Waterhouse fast genüsslich. »Auch so ein interessanter Punkt. Warum stand Ihr Auto ausgerechnet im hinteren Teil des Parkplatzes, dort, wo es am dunkelsten ist? Wollten Sie nicht beobachtet werden?«

»Nein. Wir haben für den Anfang versucht, unsere Beziehung so diskret wie möglich zu führen. Vor allem gegenüber Alans Hotelangestellten. Wäre ich vorne über den Parkplatz gegangen, hätte man mich von der Rezeption aus sehen können.«

»Seien Sie mir nicht böse, aber der Nachtportier hat sehr genau gewusst, dass Sie gestern Abend bei seinem Chef waren. Und er wusste auch, dass Sie und Mr. Le Grand vergangene Woche einen Streit vor seiner Wohnung hatten. Weswegen?«

Sichtlich überrascht, dass ihre Auseinandersetzung mit Alan nicht verborgen geblieben war, sagte Helen: »Wegen seiner geschiedenen Frau. Er unterstützte sie immer noch finanziell, obwohl er das eigentlich gar nicht müsste. Sie hat ihn ständig moralisch unter Druck gesetzt. Ich war der Meinung, dass sie ihn nur ausnutzt, aber Alan wollte davon nichts wissen.« Sie machte eine Pause und fügte hinzu: »Es war bisher der erste und einzige Streit, den wir hatten.«

»Was wissen Sie sonst noch über Mr. Le Grands Exfrau?«

»Sie ist Malerin, lebt weiterhin hier auf Jersey und gibt ständig mehr aus, als sie hat.«

»Hat das Mr. Le Grand gesagt?«

»Ja. Wortwörtlich sagte er sogar, Annabelle würde über Leichen gehen, um an sein Geld zu kommen. Natürlich habe ich das nicht ernst genommen, aber ...«

»Verstehe ich das richtig? Sie halten es für möglich, dass Mr. Le Grands geschiedene Frau die Mörderin ist?«

John Willingham erhob sich von seinem Stuhl. Als erfahrener Anwalt spürte er, dass jetzt der richtige Moment war, um die Vernehmung zu unterbrechen. Jane Waterhouse hatte sich mit ihrer Frage deutlich zu weit gewagt. Außerdem war offensichtlich, dass seine Mandantin langsam ihre letzten Kräfte verlor.

Er erhob seine Stimme. »Wenn Sie erlauben, Detective. Ihre letzte Frage ist unzulässig. Sie können doch nicht im Ernst erwarten, dass meine Mandantin jemanden beschuldigt? Ich bitte um eine Pause. Meine Mandantin ist erschöpft.«

Die Chefermittlerin war einverstanden. »Gut. Dann lasse ich Sie jetzt einen Moment allein. Wir sehen uns in einer Viertelstunde wieder.«

Sie nickte ihrem jungen Kollegen zu und stand auf.

»Eine Sekunde bitte.« Willingham hob seine Hände, um sie aufzuhalten. »Ich hätte vorher noch eine wichtige Frage. Fehlt eigentlich außer Mrs. Keatings Handy noch irgendetwas aus der Wohnung?«

DI Waterhouse funkelte ihn böse an, gab ihm aber die gewünschte Antwort. »Auch Mr. Le Grands Handy ist nicht mehr da. Und nach ersten Erkenntnissen könnte es auch sein, dass Bargeld fehlt. Alan Le Grand war gegen 22:30 Uhr kurz im Restaurant erschienen, um sich dort eine Flasche Champagner und 700 Pfund in großen Scheinen vom Restaurantchef geben zu lassen. Das hat er wohl öfter getan, wenn er mal nicht zur Bank kam, sich einen bestimmten Betrag bar auszahlen lassen. Jedenfalls ist dieses Geld nicht mehr auffindbar, weder in der Wohnung noch in Mr. Le Grands Kleidung. Warum auch immer.«

»Warum auch immer?« echote Willingham erstaunt, beinahe ungläubig. Er wandte sich an Helen Keating. »Haben Sie mitbekommen, dass Mr. Le Grand mit dem Geld zurückkam?«

Helen dachte nach. »Nein, aber ich habe es liegen sehen. Es war ein dickes Bündel Scheine, mit einem roten Gummiband drumherum.«

»Wo und wann haben Sie es gesehen?«

»Als ich ging. Es lag in der silbernen Schale neben dem Telefon, wo er immer seine Post und sein Geld reinwarf. Ich mochte es nicht besonders, wenn er so nachlässig mit Geld umging, vielleicht ist es mir deshalb aufgefallen.«

»Ich danke Ihnen«, sagte Willingham zufrieden. Dann schaute er freundlich, fast verschmitzt zu Jane Waterhouse. Sein aristokratischer Kopf legte sich dabei etwas schief. »Pause?«

Jane Waterhouse nickte. Sie war sichtlich unzufrieden mit dem bisherigen Verlauf. Mit schmalen Lippen klappte sie ihren Laptop zusammen und blickte auf die Uhr an der Wand.

»Wir treffen uns um Viertel vor zwei wieder.«

Gemeinsam mit dem jungen Polizisten verließ sie den Raum.

Kaum war Willingham mit Helen Keating allein, ließ sie sich kraftlos an die Lehne ihres Stuhls zurückfallen und verschränkte die Arme hinter ihrem Kopf. Die Anspannung, unter der sie bis eben gelitten hatte, schien langsam nachzulassen. »Mein Gott. Ich dachte, das hört nie auf! Danke, dass Sie so schnell gekommen sind.«

»Das habe ich gerne getan.«

»Zum Glück war ich noch so geistesgegenwärtig, bei Mrs. Bloom anzurufen und ihr alles zu schildern, bevor mich die Polizei hier hochgeschleppt hat. Hat sie Ihnen erzählt, wie ich Alan gefunden habe?«

»Ja. Mein herzliches Beileid. Es muss ein furchtbarer Schock gewesen sein.«

Helen Keating nickte stumm und starrte einen Augenblick vor

sich hin. Ihre Hände lagen nebeneinander auf dem Tisch. Es sah aus, als wären sogar ihre Finger zu erschöpft, sich zu bewegen. Mit einem Ruck blickte sie wieder auf und schaute Willingham fragend an.

»Was meinen Sie, wie geht es jetzt mit mir weiter?«

»Ich werde als Erstes mit Ihnen besprechen, wie Sie sich im weiteren Verhör verhalten sollten. Aber vorher muss ich Sie etwas anderes fragen: Können Sie mir versichern, dass Sie absolut nichts mit Mr. Le Grands Tod zu tun haben?«

Obwohl sie von der Direktheit seiner Frage überrascht sein musste, verlor Helen Keating zu Willinghams Erstaunen auch jetzt nicht ihre Haltung. Sie antwortete ihm fast nachsichtig. »Das kann ich Ihnen nicht nur versichern, Mr. Willingham, das kann ich Ihnen schwören! Alan war ...«, sie zögerte eine Sekunde, bevor sie die richtigen Worte fand, »... der erste Mann seit vielen Jahren, bei dem ich mich wirklich geborgen fühlte. Vielleicht war es auch schon Liebe ... Aber was spielt das jetzt noch für eine Rolle?«

Obwohl Willingham als Anwalt hier saß und schon viele Menschen im Unglück gesehen hatte, berührte ihn ihr Geständnis. Er wusste selbst gut genug, was Verlust bedeutete. Fast wäre er geneigt gewesen, ihr darauf eine Antwort zu geben, doch er ließ es.

Sie besprachen ihre Strategie. Willingham schärfte seiner Mandantin ein, zwar alles zu tun, was dazu beitrug, den Fall aufzuklären, aber unter keinen Umständen ihre private Beziehung zu Alan Le Grand selbst zu kommentieren. In dieser Hinsicht waren die Fallstricke zu gefährlich.

Trotz ihrer Erschöpfung entpuppte sich Helen Keating als eisern genug, um Willinghams Lektionen aufmerksam zuzuhören und die richtigen Fragen zu stellen. Er bewunderte sie dafür.

Nachdem er ihr einen starken Kaffee geholt hatte, weihte er sie darüber ein, dass er auch im Mordfall Simon Stubbley als Anwalt der Familie tätig war. Er hielt es für seine Pflicht. Helen Keating hatte kein Problem damit, eher im Gegenteil. Falls sich herausstellen sollte, dass das Verbrechen an Alan tatsächlich ein Raubmord war und dass es Verbindungen zwischen beiden Fällen gab, konnte seine Doppeltätigkeit als Anwalt sogar hilfreich sein. So jedenfalls sah sie es.

Dann ging die Tür auf und Jane Waterhouse betrat wieder den Raum. Diesmal war sie allein. Willingham wertete es als gutes Zeichen.

Sein Instinkt war richtig. Die Fragen der Ermittlerin waren plötzlich keine scharfen Pfeile mehr, sondern nur noch dumpfe Geschosse, die meist ins Leere trafen. Als sie erneut Helen Keatings Liebesbeziehung zu Alan Le Grand ansprach, blieb Helen verschlossen wie eine Auster, so wie es verabredet war. Willingham musste insgeheim schmunzeln, wie selbstsicher und dezidiert seine Mandantin plötzlich ihre Antworten gab. Offenbar war es ihm gelungen, ihr wieder einen Teil ihrer gewohnten Stärke zurückzugeben.

Um kurz vor halb drei hatten sie es endlich geschafft – Helen Keating war auf freiem Fuß. An Willinghams Arm schleppte sie sich aus dem Polizeihauptquartier nach draußen auf die *Rue Rouge Bouillon*, nach der das Gebäude seinen Namen hatte. Aus der Dunkelheit kam mit aufgeblendeten Lichtern ein Löschfahrzeug auf sie zu und fuhr an ihnen vorbei auf den Hof, auf dem neben der Polizei auch die Feuerwehr untergebracht war.

Der nahende Morgen war bereits spürbar, trotz der nächtlichen Stimmung. Willingham beobachtete, wie Helen Keating dastand und mit tiefen Atemzügen die Nachtluft einsog, um wieder zur Ruhe zu kommen.

Er war hoffnungsvoll, dass ihre Willensstärke ihr dabei helfen würde, das Drama halbwegs gut zu überstehen.

Nach der schlaflosen Nacht – eigentlich war es ja nur eine Restnacht – fühlte Emily sich zerschlagen und übermüdet. Erst nachdem sie in der Küche drei Tassen ihres stärksten Tees getrunken hatte, konnte sie wieder halbwegs vernünftig zu denken.

Der gestrige Tag erschien ihr jetzt wie ein dunkler Schatten. Er flößte ihr eine merkwürdige, geheimnisvolle Angst vor etwas Unbekanntem ein, auch wenn sie selbst nur eine Randfigur der beiden Morde war. Doch eine innere Stimme sagte ihr, dass sie von den Vorgängen mehr betroffen war, als sie sich eingestehen wollte.

Sie blickte auf die Küchenuhr. Es war kurz nach sieben und damit noch viel zu früh, um John Willingham anzurufen und ihn zu fragen, wie es Helen ging. Sie musste sich wohl oder übel noch gedulden.

Seit Wochen hatte sie sich vorgenommen, wieder mit dem Joggen anzufangen. Jetzt war die Gelegenheit dazu. Ihr Sohn schlief noch, und sie brauchte dringend einen klaren Kopf.

Sie wählte die Strecke an der Straße entlang, dann über den Strand bis zum *Smugglers Inn* und wieder zurück. Als sie in ihrem pinkfarbenen Jogginganzug loslief, kam sie sich plötzlich wie ein rosaroter Bomber vor. Sie hatte das teure Designerstück neulich im Kaufhaus *De Gruchy* gekauft und musste sich eingestehen, dass sie in der Farbe etwas danebengegriffen hatte.

Schon nach der ersten halben Meile spürte sie ihre Beine, aber aufgeben kam für sie nicht in Frage. Sie drosselte ihr Tempo und versuchte, gleichmäßiger zu laufen.

Der Parkplatz vor dem *Sea Bird Hotel* war noch immer von der Polizei abgesperrt, bewacht von einem Streifenwagen. Gerade als Emily unter den Bäumen vorbeilief, stieg Constable Officer Sandra Querée aus dem Auto und ging eilig mit einem Zettel in der Hand zur Hotelhalle hinüber.

Emily blieb noch ein Stück auf der Straße, um dann hinter dem letzten der Hotels auf den Fußweg zum Strand einzubiegen.

Plötzlich ertönte heftiges Fahrradklingeln hinter ihr. Jemand rief ihren Namen.

Sie drehte sich um. Es war Vikar Godfrey Ballard, der gerade auf einem altmodischen schwarzen Hollandfahrrad den Berg heruntergeradelt kam. Während sein sympathisches, volles Gesicht normalerweise gutgelaunt wirkte, hatte er heute Sorgenfalten auf der Stirn und wirkte ungewohnt ernst. Ohne vom Rad zu steigen, hielt er neben Emily an.

»Guten Morgen, Mrs. Bloom. Ich nehme an, dass Sie die schrecklichen Neuigkeiten schon gehört haben.«

»Ja. Ich hatte Gelegenheit, noch in der Nacht mit Helen Keating zu telefonieren.«

»Wie geht es ihr?«, fragte der Vikar. »Sie ist doch hoffentlich wieder zu Hause?«

»Ich glaube schon«, sagte Emily. »Aber sie steht vermutlich gewaltig unter Schock. Kannten Sie eigentlich Alan Le Grand gut?«

Godfrey Ballard schüttelte den Kopf. »Nein, nicht wirklich. Wir haben ihn so gut wie nie in der Kirche gesehen, aber immerhin hat er regelmäßig für unsere Renovierungen gespendet. Der Mörder hat übrigens auch Geld aus Le Grands Wohnung mitgehen lassen, wurde mir gesagt...«

Wie sich herausstellte, war Vikar Ballard bereits über alle grausigen Details des Mordfalles informiert, obwohl es gerade erst halb acht war. Emily war immer wieder erstaunt, wie klein Jerseys Welt war. Jeder kannte jeden, und die Kommunikationswege waren so kurz wie in jeder Provinz. Die Schwester des Nachtportiers im *Sea Bird Hotel* leitete Ballards Kirchenchor und hatte heute schon in aller Frühe an der Pfarrhaustür geklopft. Der griesgrämige Nicholas Primbee wiederum, der im Fährhafen von St. Helier arbeitete, war nachts gerade in dem Augenblick am Hotelparkplatz vorbeigefahren, als Helen Keating abgeführt wurde. Sofort hatte Primbee eine Rundmail an alle Bekannte verschickt, darunter auch an Godfrey Ballard. So liefen die Fäden zusammen.

Emily versprach Godfrey, ihre Freundin Helen Keating von ihm zu grüßen und irgendwann mit ihr zusammen auf einen Tee im Pfarrhaus vorbeizukommen. Dann setzte sich der Vikar wieder auf sein Fahrrad und strampelte Richtung Kirche weiter.

Emily lief zum Strand hinunter. Es war wieder Ebbe. Hier auf dem weichen Boden war das Joggen angenehm, sodass ihre Beine auch nicht mehr wehtaten. Als sie die *Quaisne Bay* erreicht hatte und wieder kehrtmachte, bemerkte sie plötzlich einen anderen Jogger, der vom felsigen Pfad zwischen den Klippen auf den Strand hinuntersprang. Er trug eine schwarze Fleecejacke sowie eine glänzend schwarze Sporthose und beachtete sie nicht weiter. Emily erkannte ihn jedoch sofort wieder – es war Pierre Theroux, Helens Mitarbeiter im Lavendelpark. Hatte Helen nicht erzählt, dass er sich gestern Abend bei ihr krank gemeldet hatte, weil sein Rücken verrenkt war?

Dass Theroux hier dennoch munter herumjoggte, war ziemlich merkwürdig.

Er war sehr schnell, sodass Emily gewaltig an Tempo zulegen musste, um ihm zu folgen. Schwitzend schaffte sie es, ihm bis zur Strandpromenade auf den Fersen zu bleiben. Unterhalb des *Sea Bird Hotels* drosselte er plötzlich sein Tempo und starrte unentwegt zur Hotelterrasse hinauf, wo gerade zwei Polizisten dabei waren, die Gäste zu befragen.

Nachdem er offenbar genug gesehen hatte, lief er weiter. Schließlich verschwand er am Ende der Bucht über die Treppe nach oben zur Hauptstraße.

Emily nahm sich vor, sobald wie möglich Helen von ihrer Beobachtung zu berichten. Dann machte sie sich auf den Heimweg.

Eine halbe Stunde später stand sie frisch geduscht in ihrer Küche und bereitete das Frühstück vor. Noch war der Muskelkater in ihren Waden erträglich, aber sie wusste genau, dass die bevorstehende Qual damit erst ihren Anfang nahm.

Normalerweise hatte sie die ungesunde Angewohnheit, ihre morgendlichen Toasts im Herumlaufen zu sich zu nehmen, während sie mit den Gedanken bereits im Geschäft war. Doch seit Beginn dieser Woche war alles anders.

Am Sonntag war Jonathan angereist, der normalerweise in London als Kinderarzt arbeitete. Seit seiner Ankunft genoss sie es morgens, zusammen mit ihrem Sohn auf der Terrasse am Frühstückstisch zu sitzen. Er hatte sich für ein wissenschaftliches Austauschprojekt gemeldet, bei dem die Ärzte des *General Hospital* in St. Helier und der Londoner Klinik einmal im Jahr ihre Stellen tauschen konnten. Vom hiesigen Krankenhaus, das eine ausgezeichnete Kinderchirurgie besaß, erhoffte er sich vor allem neue OP-Erfahrungen, die er mit Ende 20 dringend benötigte, wenn er in London weiter Karriere machen wollte.

Jonathan war ein sehr engagierter, beliebter Arzt. Er hatte Emilys Fröhlichkeit geerbt, aber auch das Zupackende von seinem Vater. Seine blauen Augen strahlten Zuversicht aus. Diese wunderbare Eigenschaft war Emily schon an ihm aufgefallen, als er noch ein Kind gewesen war. Auch während seiner Schulzeit hatte er es ihr verhältnismäßig leicht gemacht. Vielleicht erkannte er damals mit kindlichem Instinkt, wie schwer seine Mutter kämpfen musste, um nach dem plötzlichen Verschwinden von Richard Bloom mit dem kleinen Teeladen ihren Lebensunterhalt zu verdienen.

Emily hatte gerade die Teekanne und seinen Lieblingshonig nach draußen gestellt, als Jonathan auf die Terrasse kam. Er trug ein blaues Polohemd, seine weiße Arzthose und weiße Schuhe. Wie Emily mit einem gewissen Stolz bemerkte, wirkte er mit seinem jungenhaften Gesicht, dem lockeren braunen Haar und dem auffallend lachenden Mund ein bisschen wie der jüngere Bruder von Hugh Grant.

Noch im Stehen gab er ihr einen Kuss, bevor sie sich setzten. Vom Meer wehte eine angenehme Brise durch den Garten. Möwen segelten über das Haus. Es roch nach Wildrosen.

»Morgen, Mum.« Etwas amüsiert ließ er seine Augen über die Fülle des Frühstücks schweifen. »Kriegen wir noch Besuch?«

»Du bist der Besuch.« Emily nahm zwei Toastbrote aus dem Korb und legte eines ihrem Sohn, das andere sich selbst auf den Teller. »Außerdem dachte ich, nach der kurzen Nacht haben wir uns das verdient.«

Jonathan war erst kurz vor Mitternacht aus der Klinik gekommen, gerade als Helen Keatings Notruf von der Polizeistation bei Emily eingegangen war. Danach hatten sie beide noch lange zusammengesessen und über Helens Festnahme und die beiden Morde geredet.

»Gibt's schon was Neues?«, fragte er.

Emily schüttelte den Kopf. »Noch zu früh. Aber vielleicht rufe ich nachher mal Harold an. Wann musst du ins Krankenhaus?«

»Jetzt gleich. Die Oberschwester hat mich gerade angerufen. Dem kleinen Mädchen, von dem ich dir gestern erzählt habe – das Mr. Willingham auf der Straße gefunden hat –, dem geht es leider schlechter. Milzriss. Ich fürchte, wir müssen doch operieren.«

»Das arme Würmchen! Weiß man denn schon, wer sie ist?«

»Ja. Gestern Abend haben sich die Eltern gemeldet. Eine Familie aus St. Brelade. Die Kleine war mit dem Fahrrad auf dem Rückweg von einer Freundin.«

Emily seufzte. »Ja, Jerseys verflixte Straßen...«

Die meisten Verkehrswege der Insel waren eng, gewunden wie Korkenzieher und begrenzt durch Hecken und Steinwälle.

»Heute soll übrigens auch Dr. Ricci wieder da sein«, sagte Jonathan, während er seinen Toast hinunterschlang. Emily war klar, dass aus dem gemütlichen Frühstück nun doch nichts werden würde. »Er war in Frankreich, als sein Schwiegervater ermordet wurde. Du kennst ihn doch, oder?«

»Natürlich.« Emily sah den großen, gut aussehenden Chirurgen sofort wieder vor sich. Er galt als hervorragender Arzt, strahlte aber immer ein bisschen zu viel Herrgott in Weiß aus. »Ich hatte ja auch mit Suzanne immer ein gutes Verhältnis. Es muss furchtbar für sie sein. Bestimmt hatte sie Hoffnung, dass ihr Vater nach der Gefängniszeit endlich ein normales Leben führen würde.«

Als Simon Stubbleys einziges Kind hatte Suzanne eine Menge getan, um ihren Vater von seinem Leben als *Strandläufer* abzubringen. Sie war im gleichen Alter wie Jonathan und hatte ihre Kindheit und ihre Jugend in der Obhut einer alten Tante in Grouville verbracht.

»Was sagt dein kriminalistisches Gespür, Mum?«, fragte Jonathan mit leichter Ironie. »Hängen die beiden Mordfälle zusammen?« Er spielte darauf an, dass sie mit ihrem phänomenalen Gedächtnis schon einmal der Polizei geholfen hatte.

»Bitte frag mich nicht so was«, wehrte Emily ab. Nachsichtig ging sie über seinen kleinen Spott hinweg. »Selbst die Polizei tappt im Dunkeln. Außerdem bin ich garantiert die Letzte, deren Kommentare der Chef de Police hören will.«

Natürlich hatte sie längst damit angefangen, sich intensiv damit zu beschäftigen, welche Informationen sie über die beiden Mordopfer in ihrem Gedächtnis gespeichert hatte. Aber das musste sie ihrem Sohn ja nicht auf die Nase binden.

In Jonathans Hosentasche klingelte das Handy. Er zog es heraus und erkannte auf dem Display die Telefonnummer seiner Station. Es war einer der Assistenzärzte. Mit sorgenvollem Gesicht hörte er sich an, was der Kollege sagte. Dem kleinen Mädchen ging es jetzt so schlecht, dass Dr. Ricci, der gerade eingetroffen war, bereits die Operation angesetzt hatte. Doch zunächst mussten noch die Eltern des Kindes einbestellt werden.

»Okay, ich bin in 20 Minuten da«, sagte Jonathan. »Informieren Sie als Erstes die Eltern, und reservieren Sie mir den kleinen Warteraum für das Gespräch. Ich mag nicht, wenn man etwas so Wichtiges auf dem Flur besprechen muss.«

Drei Minuten später hörte Emily, wie er mit seinem Sportwagen aus der Garage brauste. Sie hatte sich das Frühstück zwar anders vorgestellt, aber schließlich ging es um das Leben eines Kindes.

Tote hatte es bereits genug gegeben.

Jonathan Bloom erwartete das Ehepaar O'Neill in dem kleinen Raum direkt neben dem Arztzimmer der Kinderstation. Mit drei Stühlen, gruppiert um einen quadratischen Holztisch, war es zwar mehr als sparsam eingerichtet, aber wenigstens lag ein Stapel Zeitschriften auf dem Tisch. An den Wänden klebten Dutzende bunter Kinderzeichnungen, die im Laufe der Jahre von den kleinen Patienten dort aufgehängt worden waren.

Jonathan studierte noch einmal seine Untersuchungsberichte, um auf das schwierige Gespräch vorbereitet zu sein. Wie brachte man Eltern bei, dass ihr Kind in akuter Lebensgefahr schwebte? Er hatte gelernt, dass es kein Rezept dafür gab, man musste sich jedes Mal neu mit Feingefühl der Wahrheit nähern.

Noch bevor er weiter darüber nachdenken konnte, ging die Tür auf und ein groß gewachsener, schlanker Mann trat ein. Seine Körperbewegungen erschienen Jonathan sehr kontrolliert. Er war nicht älter als Mitte 40 und hatte ein markantes Gesicht, wirkte aber merkwürdig altmodisch, fast wie jemand, der sich bewusst unmodern geben wollte. Das lag zum Teil an seinen brav geschnittenen braunen Haaren, zum anderen aber auch an seiner Kleidung, einer groben braunen Jacke, einem karierten Wollhemd und einer viel zu weiten schwarzen Hose, die ihm ein sehr biederes Aussehen gab.

»Sind Sie Dr. Bloom?«, fragte er. Seine grauen Augen hatten etwas leicht Stechendes. Er war ein seltsamer Mann.

»Ja. Und Sie sind sicher Mr. O'Neill?«

»Bin ich.«

Jonathan reichte ihm die Hand. O'Neills harter Händedruck verriet schwere körperliche Arbeit. Den Unterlagen nach war er Elektriker in einer Backfabrik. »Kommt ihre Frau auch noch?«

»Nein, sie ist so mit den Nerven runter, dass ich lieber allein gekommen bin.«

»Gut. Dann nehmen Sie doch bitte Platz.«

Sie setzten sich gegenüber. Jonathan spürte, dass Jack O'Neill jemand war, der am liebsten gleich zum Thema kommen wollte. Dennoch half es am Anfang eines solchen Gespräches immer, wenn man zunächst die Spannung durch ärztliche Routine abbaute – lächeln, die Krankenakte aufschlagen und so tun, als müsste man sich noch einmal kurz die letzten Untersuchungsergebnisse einprägen.

»Mr. O'Neill – wie man Ihnen sicher schon am Telefon gesagt hat, ist Paulettes Zustand in den vergangenen Stunden deutlich schlechter geworden.«

O'Neill nickte. »Ja, das wissen wir. Was heißt das genau? Ist sie wieder bewusstlos?«

Jonathan schüttelte den Kopf. »Nein, zum Glück nicht. Aber sie ist sehr blass, schläfrig und kaum noch ansprechbar – sichere Anzeichen für einen Schockzustand. Angesichts ihrer schweren Verletzung ist das allerdings auch nicht verwunderlich. Wir vermuten, dass sie bei ihrem Sturz auf der Straße den Fahrradlenker mit großer Wucht in den linken Oberbauch bekommen hat und damit ihre Milz gequetscht wurde.«

»Ist das lebensgefährlich?« O'Neill schien sich Mühe geben zu wollen, geduldig zu sein, aber seine Augen verrieten Unruhe. Jonathan fühlte sich ermutigt, klare Worte zu sprechen.

»Ja, es ist lebensgefährlich. Paulette hat eine sogenannte zweizeitige Milzruptur.«

O'Neill unterbrach ihn. »Was heißt das, eine zweiseitige Milzrup...?«

»Nicht zweiseitig, sondern zweizeitig«, erklärte Jonathan geduldig. »Das bedeutet, dass die Milzkapsel beim Sturz zunächst nur halb und erst später dann vollständig gerissen ist. So was kommt bei Unfällen öfter vor, und man kann nichts dagegen tun. Die Milz muss jetzt so schnell wie möglich entfernt werden. Man kann gut ohne sie leben.«

»Eine Operation?«, fragte O'Neill entsetzt.

Jonathan sah den besorgten Vater mitfühlend an. »Ja. Wir haben es vorhin in unserer Ärzte-Runde lange diskutiert, aber alle sind sich einig – der Eingriff ist unvermeidbar. Er wird von Dr. Ricci vorgenommen. Bei ihm ist Paulette wirklich in guten Händen. Dr. Ricci ist einer der besten Kinderchirurgen, die es zwischen Jersey und Edinburgh gibt. Und ich werde natürlich auch dabei sein.«

O'Neill schwieg betroffen. Offensichtlich hatte ihm diese Nachricht einen schweren Schlag versetzt. Jonathan kam der Gedanke, dass es möglicherweise bei den O'Neills schlechte Erfahrungen mit diesem Thema gab, vielleicht hatten sie sogar einmal ein Familienmitglied durch eine OP verloren. Er wollte gerade mehr zur Operation sagen, als O'Neill noch einmal sorgenvoll nachhakte.

»Wenn dieser Eingriff so dringend ist, wie Sie sagen. und wenn man dazu den besten Arzt braucht – muss ich daraus schließen, dass es eine sehr gefährliche Operation ist?«

Jonathan hob die Hände. »Was heißt gefährlich? Wie jeder chirurgische Eingriff birgt sie natürlich gewisse Risiken, über die ich Sie auch gleich noch aufklären werde. Und natürlich brauchen wir

Ihre Zustimmung für die OP. Die Milz ist ein sehr stark durchblutetes Organ, daher kann es zu erheblichem Blutverlust kommen.«

O'Neill wurde blass. Jonathan bereute, so deutlich geworden zu sein. Andererseits half es aber erfahrungsgemäß wenig, den Eltern der Kinder etwas vorzugaukeln, was sie spätestens, wenn die Papiere für ihre Zustimmung auf dem Tisch lagen, ohnehin als leeren Trost entlarven würden. Dennoch versuchte er schnell, noch etwas Beruhigendes hinzuzufügen.

»Sie müssen sich wirklich keine Sorgen machen, Mr. O'Neill – mit ein oder zwei Blutkonserven können wir das wieder ausgleichen. Ihre Tochter hat die Blutgruppe AB, das ist sozusagen die Idealkonstellation für eine Transfusion.« Er legte beruhigend seine Hand auf O'Neills Arm. »Sie werden sehen – nach spätestens zwei Wochen haben Sie Ihre Tochter wieder bei sich zu Hause.«

O'Neill sprang auf und ging zum Fenster. Im Gegenlicht konnte Jonathan sehen, wie seine Kiefer sich bewegten, während er angespannt durch die Scheibe in den blauen Himmel über dem Park starrte. Ohne auf Jonathans Anwesenheit Rücksicht zu nehmen, faltete er plötzlich seine Hände, schloss die Augen und begann flüsternd zu beten: »Gütiger Gott Jehova! Hier stehe ich vor Dir, in einer bitteren Stunde, und flehe um Erleuchtung! Du hast mich, meine Frau und Paulette bis heute sicher geleitet, dafür sind wir Dir dankbar. Bitte gib mir die Kraft das zu tun, was getan werden muss, und stark zu bleiben in meinem Glauben an Dich! Amen«

Jonathan wagte kaum zu atmen.

Nachdem Jack O'Neill sein Gebet beendet hatte, verharrte er noch einen Augenblick, indem er seine Stirn gegen die Fensterscheibe fallen ließ und bewegungslos auf Gottes Antwort wartete.

Jonathan nutzte die Gelegenheit, leise in Paulettes Akte zurückzublättern. Gleich auf der zweiten Seite fand er die Stelle, die er suchte. Unter *Religion des Kindes* war handschriftlich vermerkt: *Zeugen des Lichts.*

Plötzlich war ihm das sonderbare Verhalten des Mannes klar, und er wusste, was jetzt auf ihn zukam. Es würde für alle Beteiligten nicht leicht werden.

O'Neill hatte sich wieder gefasst und kehrte zum Tisch zurück. Er nahm Platz und räusperte sich.

»Danke für die Geduld, Doktor. Vielleicht ist es für Sie schwer zu verstehen, dass ich soviel Zeit brauche. Ich weiß, dass es für Sie normal ist, jemandem das Blut eines fremden Menschen zu geben. Aber unser Glaube lässt das nun einmal nicht zu ... Wir gehören zu den Zeugen des Lichts.«

»Ich weiß«, sagte Jonathan, »ich habe es gerade in der Akte gelesen. Und mir ist auch klar, was das für die weitere Behandlung Paulettes bedeutet.«

O'Neill schien erleichtert, sein Verhalten nicht weiter rechtfertigen zu müssen.

»Gut, dann wissen Sie ja, worum es geht. Es ist alles schwer genug.« Er fuhr sich mit der flachen Hand über sein Gesicht, konnte aber nicht verbergen, dass sich seine Augen mit Tränen füllten. Seine Stimme war belegt. »Meine Familie und ich haben vor drei Jahren begonnen, unser Leben dem Glauben zu widmen. Es ist ein Leben in der Gemeinschaft von Menschen, die wie wir davon überzeugt sind, dass Jesus mitten unter uns ist und die Gerechten aussuchen wird. Und wir sind glücklich in dieser Gemeinschaft. Wir leben mit der Bibel und von der Bibel. In Jakobus 1,5 heißt es: ›*Wenn es also einem von euch an Weisheit fehlt, so bitte er Gott unablässig, denn er gibt allen großmütig und ohne Vorwürfe zu machen; und sie wird ihm gegeben.*‹ Ich habe Gott befragt, und er hat mir seine Antwort erteilt.« Er machte eine kurze Pause und schüttelte verzweifelt den Kopf. »Es geht nicht – ich kann einer Bluttransfusion nicht zustimmen.«

Jonathan versuchte gar nicht erst, sein Entsetzen über diese folgenschwere Entscheidung zu verstecken.

»Mr. O'Neill, wissen Sie, was das heißt? Paulette wird vielleicht sterben!«

O'Neill konnte seine Tränen nicht mehr zurückhalten. Doch er war nicht mehr umzustimmen. Hilflos zuckte er mit den Schultern. »Auch wenn es mir das Herz zerreißen würde – dann ist es Gottes Wille, Dr. Bloom. Wir haben darüber nicht zu befinden.«

Wie jeder Arzt wusste Jonathan zwar, dass es den Zeugen des Lichts untersagt war, Blut als Nahrung zu sich zu nehmen und Blutplasma oder Bluttransfusionen in der Medizin zu nutzen, aber er hatte auch davon gehört, dass es gewisse Spielräume der religiösen Auslegung für den Einzelnen gab. Außerdem erlebte er zum ersten Mal, dass ein Kind von dieser Entscheidung betroffen war, was die Sache noch furchtbarer machte.

Er gab nicht auf.

»Bitte, Mr. O'Neill! Sie dürfen sich nicht voreilig festlegen! Noch wissen wir ja gar nicht, wie groß der Blutverlust überhaupt sein wird.«

»Aber dass Paulette mit Sicherheit Blut verlieren wird, haben Sie doch eben selbst gesagt.«

Das kleine irritierte Zögern in O'Neills Frage brachte Jonathan plötzlich auf eine Idee. Wenn es ihm wenigstens gelänge, das Kind in den Operationssaal zu bekommen, wäre ein erster Schritt getan. Er musste also in seiner Argumentation deutlicher zwischen OP und Tranfusion unterscheiden.

»Vielleicht habe ich mich nicht richtig ausgedrückt«, sagte er. »Das Wichtigste ist zunächst einmal, dass wir uns die verletzte Milz näher ansehen. Erst dann wird man alle weiteren Entscheidungen treffen können. Es ist auch möglich, dass eine Transfusion gar nicht notwendig wird. Deswegen sagte ich ja: Es *kann* zu starkem Blutverlust kommen.«

»Gibt es denn keine Alternative zur Operation?«, fragte O'Neill. »Dass sie Paulette irgendwas geben, damit dieser Riss wieder von ganz alleine heilt.«

Jonathan schüttelte den Kopf. »Nein, leider nicht. Um die Operation kommen wir nicht herum.« Er versuchte O'Neill wieder aufzubauen, indem er noch etwas Persönliches hinzufügte. »Mr. O'Neill, ich habe während meiner Ausbildung auch zwei Jahre in Southampton gearbeitet. Wie Sie vielleicht wissen, gibt es dort eine sehr starke Gemeinde der Zeugen des Lichts. Wir hatten mehrfach Fälle, in denen sich ihre Glaubensbrüder unseren Chirurgen anvertraut haben, und nie gab es Probleme. Sie können sich erkundigen. Ich kenne also die ethischen Grenzen, über die wir hier reden. Und ich respektiere sie.«

Nervös und schweigend wischte O'Neill mit seinen flachen Händen auf der Tischplatte hin und her, während er nachdachte. Schließlich fragte er: »Wenn ich wirklich mein Einverständnis gebe und Sie Paulette operieren dürfen – woher weiß ich, dass sich auch Ihr Kollege, dieser Dr ...«

»... Dr. Ricci ...«

»... dass der sich auch an die Abmachung hält? Keine Transfusion, kein künstliches Blut, nichts, was nicht zu Paulettes Körper gehört, so wie Jehova ihn geschaffen hat ...«

»Auch Dr. Ricci wird sich an diese Abmachung halten. Was ist mit einer Blutentnahme für unser Labor?«

»Das ist mit unserem Glauben vereinbar. Um sicherzugehen, dass ich keinen Fehler mache, habe ich gestern Nacht extra noch mal mit einem unserer Ältesten telefoniert. Er hat mir alles genau erklärt. Heute Mittag wird die Gemeinschaft sogar ein besonderes Gebet für Paulette sprechen.«

Jonathan lächelte ihn aufmunternd an. »Ihr starker Zusammenhalt wird Paulette helfen, da bin ich mir ganz sicher. Patienten spüren so etwas. Und wenn Sie uns jetzt gemeinsam den ersten medizinischen Schritt gehen lassen, gibt es gute Chancen für eine Heilung.«

O'Neill nickte.

»Gut. Ich habe Ihr Wort, dass Sie mich sofort anrufen, wenn sich während der Operation irgendetwas ändern sollte?«

»Ja.«

»Wo muss ich unterschreiben?«

»Hier.« Jonathan nahm das Aufklärungsblatt aus der Akte und legte es vor O'Neill auf den Tisch. »Dort unten. Und da oben rechts brauche ich Ihre Telefonnummern.«

Mit seltsam eckiger Schrift und hochkonzentriert füllte O'Neill alle Felder auf dem Papier aus und setzte zum Schluss seinen Namen darunter. Er wirkte wie jemand, den es anstrengt, sich auf soviel Paragraphen und Absätze konzentrieren zu müssen.

Als er fertig war, stand er auf und reichte Jonathan seine Pranke.

»Ich hoffe, dass ich jetzt das Richtige gemacht habe«, sagte er. »Ich will, dass meine Tochter wieder gesund wird. Aber ich will auch, dass man unseren Glauben respektiert.«

Ich will – der letzte Satz, fand Jonathan, klang eher bedrohlich als christlich, aber irgendwie passte er auch wieder zum widersprüchlichen Verhalten dieses Mannes. Er entschloss sich, einfach darüber hinwegzugehen.

»Bitte grüßen Sie Ihre Frau von mir. Ich melde mich gleich nach der OP bei Ihnen. Und wenn Sie jetzt zu Paulette gehen möchten – Sie liegt jetzt in Zimmer zwölf, weil wir sie dort für die Operation vorbereiten wollen.«

»Danke, Doktor. Gottes Segen mit Ihnen.«

Jonathan begleitete ihn noch in den Flur hinaus und wartete an der Glastür der Station, bis Jack O'Neill im Fahrstuhl verschwunden war. Dann ging er erleichtert ins Ärztezimmer zurück, wo Tracy, eine der jüngeren OP-Schwestern, einen starken Kaffee für ihn bereithielt. Während er vor dem weißen Aktenschrank kniete und Paulettes Patientenunterlagen wieder in den Hängeordner legte, fragte Tracy:

»Und – wie sind Sie mit O'Neill klargekommen? Hat er wieder mal den starken Mann gespielt? Oder war er zahm?«

»Sie kennen ihn?«, fragte Jonathan überrascht und stand auf.

»O ja! Wie könnte ich den vergessen?« Tracys Lachen klang spöttisch. »Er war mal mein Nachbar. Ein ganz unangenehmer Kerl. Gehörte irgendeiner Sekte an.«

»Wieso gehörte? Er ist bei den Zeugen des Lichts.«

»Das war er auch, aber vor ein paar Monaten haben sie ihn exkommuniziert.«

Von den Zeugen des Lichts in Southampton wusste Jonathan, dass dieser Rauswurf Glaubensentzug hieß. Man wurde fortan von den anderen geschnitten. Wenn man sich wieder vorbildlich verhielt, konnte der Glaubensentzug allerdings auch wieder rückgängig gemacht werden. Wollte O'Neill deshalb unbedingt alles in seinen Glaubensfragen richtig machen?

»Warum wollte man ihn denn bei den *Zeugen* nicht mehr?« fragte Jonathan. »Wissen Sie das zufällig auch?«

»Er war ihnen wohl nicht fromm und friedlich genug, außerdem wird er zu schnell aggressiv. Meine Cousine kennt seine Frau, die hat auch nichts zu lachen, weil nur er der Herr im Haus ist. Als er noch mein Nachbar war, hat er mal seinen Vermieter verprügelt und wir mussten schlichten.«

Jonathan goss sich eine Tasse Kaffee ein. Weil er zu schwungvoll war, bekam er zwei braune Spritzer auf seinen weißen Kittel, genau neben der Brusttasche mit dem Stethoskop. Während er mit einem Stück Mull daran herumrieb, sagte er: »Sie scheinen ja immer noch mächtig sauer auf ihn zu sein.«

Tracy nahm ihm den Mull ab. »Bloß nicht reiben, Doc! Ich gebe Ihnen gleich einen neuen Kittel! – Was heißt sauer? Ich kann nur sagen: Nehmen Sie sich vor diesem Mann in Acht! Da kann er noch so christlich tun und stundenlang mit dem *Lichttempel* auf der Straße stehen! Der Typ hat zwei Gesichter.«

Plötzlich leuchtete über der Tür eine rote Lampe auf, während über Lautsprecher eine männliche Stimme ertönte.

»Schwester Rondel, bitte in den OP! Schwester Rondel bitte!«

Tracy trank hastig den letzten Schluck Kaffee aus ihrem Becher, stellte ihn in der Spüle ab und sagte: »Ich muss. Für wann ist Paulettes OP eingeplant?«

»Für heute Nachmittag«, antwortete Jonathan.

»Ein Segen für die Kleine! Bis dann.«

Während Tracy aus dem Arztzimmer flitzte, blieb Jonathan sitzen und drehte nachdenklich einen Kugelschreiber in seinen Händen. Jack O'Neill konnte also gefährlich werden. Wie würde er wohl reagieren, wenn er erführe, dass man seiner Tochter doch heimlich Blutkonserven gegeben hatte?

Aber durfte das eine Frage sein, die ihn als Arzt in seiner Entscheidung beeinflusste? Wohl kaum. Die kleine Paulette musste gerettet werden, alles andere war jetzt unwichtig. Und ohne fremdes Blut hatte sie nun einmal so gut wie keine Chance, zu überleben. Auch Dr. Ricci war dieser Meinung.

Als Mediziner hatte Jonathan den Eid geschworen, Menschenleben zu retten. Er konnte dieses Versprechen nicht einfach einem christlichen Fundamentalisten zuliebe mit den Füßen treten!

Es war ein bitterer, harter Konflikt. Doch er war wild entschlossen, ihn durchzustehen.

Blieb nur noch ein Problem – Dr. Ricci. Wie konnte er den eitlen Chirurgen dazu bringen, sich seinem möglicherweise riskanten Vorhaben anzuschließen?

Der Verlauf der Operation würde es zeigen.

Das Gemeindegebäude am kleinen Hafen von St. Aubin hatte etwas sehr Liebenswertes. Wie kaum ein anderes Haus symbolisierte es Jerseys Vergangenheit zwischen zwei Nationen. Es hatte schon den *Union Jack* des britischen Gouverneurs an der Fahnenstange getragen und zu vielen Anlässen die eigene Flagge des Inselstaates. Gleichzeitig erinnerten die dunkelrote Fassadenfarbe, die weiße Aufschrift *Salle Paroissiale de Saint Brelade* und die Hängekörbe mit den Blumen unter dem Balkon daran, dass dieses Rathaus auch gut nach Frankreich gepasst hätte.

Überhaupt war der französische Einfluss auf Jersey noch überall spürbar. Mit Stolz blickten viele Jersianer auf die normannische Herkunft ihrer Familien zurück. Viele Bezeichnungen in den Ämtern, aber auch die meisten Straßen- und Häusernamen waren bis heute in französischer Sprache, obwohl als Amtssprache Englisch galt.

Es gab zwei Eingänge im Gemeindeamt, mit denen die Autoritätsverhältnisse in St. Aubin klar geregelt waren. Rechts regierte der Bürgermeister, links war die Honorary Police untergebracht. Auf der Rückseite im Hof standen einsatzbereit die gelb-blauen Streifenwagen.

Wäre nicht der Verkehr in der Kurve vor der Tür gewesen, hätte man an diesem Vormittag die laute Stimme Harold Conways aus einem offenen Fenster hören können. Er war einer der vier freiwilligen *vengteniers* der Gemeinde, der Polizeiverantwortlichen, die sich jeweils für eine Woche in der Rolle des Chef de Police abwechselten – und ausgerechnet in seiner Dienstwoche musste es die beiden »Jane-Waterhouse-Fälle« geben, wie er die Morde im Hinblick auf die Verantwortung der Kriminalpolizei süffisant umschrieb.

Erregt schilderte er seinen Polizisten, wie kühl und bestimmend die Chefermittlerin wieder einmal an den Tatorten aufgetreten war. Die drei Constable Officers Sandra Querée, Roger Ellwyn und Leo Harkins verstanden seinen Zorn. Miss Jane, wie Jane Waterhouse unter ihnen spöttisch genannt wurde, war immer für eine ironische Bemerkung gut. Meistens erledigte das in ihrer Runde der kräftige Roger Ellwyn mit seiner bellenden Stimme

Sie saßen im Besprechungszimmer am langen Tisch, Conway residierte am Kopfende. Nachdem er sich wieder beruhigt hatte, zählte er auf, welche Routinesachen heute noch anstanden. Bis zum Abend sollte die Radarmessung rund um den Flughafen fortgeführt werden, und um drei Uhr nachmittags gab es wegen der Abrissarbeiten an der alten Mühle die angekündigte Absperrung der Hauptstraße.

Es tat allen gut, wieder über Routineaufgaben reden zu können und nicht nur über Tote. Als alter Fuchs hatte der Chef de Police genau gespürt, wie sehr sie diese Luft zum Atmen brauchten, nachdem sie sich mit dem Mordfall Alan Le Grand die Nacht um die Ohren geschlagen hatten.

Erst als die einfachen Dinge der Polizeiarbeit abgehakt waren, führte Conway sie langsam wieder zu den Fällen Stubbley und Le Grand zurück.

Aus dem *Sea Bird Hotel* gab es noch nichts Neues, die Befragung der Mitarbeiter lief gerade. Trotz ausgiebiger Suche hatte man nirgendwo die Waffe gefunden, mit der Alan Le Grand erschossen worden war. Die Spurensicherung war noch immer im Haus. Erst gegen Abend, wenn mehr Ergebnisse vorlagen, wollte Detective Inspector Waterhouse den Krisenstab im Hauptquartier zusammenrufen.

Bis dahin konnten sie hier in St. Aubin die Zeit nutzen und im Fall Stubbley weiter recherchieren. Conway hatte Jane Waterhouse angeboten, dabei selbst federführend zu bleiben, damit sie sich vornehmlich um den Mord an Alan Le Grand kümmern konnte. Zu seinem Erstaunen hatte sie sofort zugestimmt.

Er wandte sich als Erstes an Sandra Querée. »Legen Sie los,

Sandra. Sie haben die Akte Simon Stubbley eingesehen. Was können Sie uns sagen?«

Sandra war mit 30 die Jüngste in der Runde. Mit ihren langen schwarzen Haaren und der schlanken Figur, die bei polizeilichen Einsätzen oft in einem schwarzen Overall steckte, fiel sie überall schnell auf. Besonders geschickt ging sie mit jugendlichen Straftätern um, bei denen sie immer intuitiv die richtigen Worte fand. Außerdem war sie flink und arbeitete sehr zielorientiert, weshalb Conway sie sehr schätzte.

Sie zog eine Fotokopie aus ihrer Mappe. »Vor allem Stubbleys Lebenslauf ist interessant. Die Staatsanwaltschaft hat ihn uns vorhin zugefaxt.« Sie begann die Informationen mit ihren eigenen Worten zusammenzufassen. »Geboren in Trinity auf Jersey. Hier ist er auch zur Schule gegangen und hat danach auf einem Bauernhof mitgearbeitet. Mit 18 ging er als Matrose auf einen Frachter, wurde aber schon nach einem Monat wegen Tuberkuloseverdacht wieder von Bord geschickt. Komischerweise ist danach nie wieder von dieser Krankheit die Rede.«

»Das haben sie früher immer so gemacht auf den Schiffen«, warf Roger Ellwyn in kennerhaftem Tonfall ein, »meistens, wenn einer zu faul war.«

Sandra Querée ließ sich nicht aus dem Konzept bringen. »Er ging nach London und fing an, sich mit allerlei Jobs durchzuschlagen, erst als Tellerwäscher in einem Hotel, später arbeitete er dann in einem Pub. In diese Zeit fällt auch sein erster Gefängnisaufenthalt von zwölf Monaten.« Sie blickte kurz auf ihr Papier. »Wegen Einbruchdiebstahl. Er hat seine Wirtin überfallen und ausgeraubt. Dafür musste er ins Gefängnis Dartmoor. Danach versuchte er nochmal, als Hafenarbeiter auf irgendein Schiff zu kommen, aber wieder wollte ihn keiner. Schließlich ist er dann hierher auf die Insel zurückgekehrt und hat sein Leben als *Strandläufer* begonnen – so wie wir alle ihn eben kannten.«

»Was ist mit seiner Tochter?«, wollte Roger Ellwyn wissen. »Ich meine, wie kommt einer wie er an so ein feines Mädchen?« Er spielte drauf an, dass Suzanne mit dem wohlhabenden Dr. Ricci verheiratet war.

Sandra wusste auch darauf eine Antwort. »Seine Tochter stammt aus seiner Beziehung mit einer Wäscherin aus dem Hotel Ritz. Gleich nach der Geburt setzte sie sich mit einem Portier nach Spanien ab. Stubbley übergab das Kind seiner alleinlebenden Cousine, die als Blumenhändlerin in Grouville lebte. Da ist Suzanne dann geblieben, bis sie in St. Helier ihre Ausbildung im Kaufhaus *Voisins* abgeschlossen hatte.«

»Ist die Tochter schon vernommen worden?«, fragte Leo Harkins.

Sandra Querée schaute in ihren Unterlagen nach. »Ja, von Miss Jane persönlich. Dr. Ricci und seine Frau waren auf einem Ärztekongress in St. Malo. Zeugen für ihre ununterbrochene Anwesenheit dort gibt es gleich dutzendweise. Der Tod von Stubbley ist ihnen offenbar sehr nahe gegangen.«

Conway mischte sich ein. »Das erscheint mir alles sehr glaubhaft. Soweit ich mich an Suzanne erinnern kann, ist sie mit ihrem Vater immer sehr liebevoll und geduldig umgegangen, was die meisten hier nie so recht verstanden haben.«

Auch Conways eigene Erinnerung an Simon Stubbley war gemischt. Immer wieder hatte der *Strandläufer* verbotenerweise im Naturschutzgebiet Feuer gemacht, einen Zaun niedergetrampelt oder heimlich einen Apfelbaum abgeerntet, sodass die Polizei gerufen wurde. Doch Stubbley war durch ernste Ermahnungen kaum zu beeindrucken. Es war, als hätte er irgendwann in seinem Leben die Entscheidung getroffen, keine Grenzen mehr gelten zu lassen, weder territoriale noch moralische. Mit seinem Rucksack auf dem Rücken und der Tasche in der Hand zog er Tag für Tag über die Insel, von Strand zu Strand, in langsamen Wanderschritten gegen den Wind, als gäbe es an jeder Ecke etwas Interessantes zu entdecken. Manchmal verschwand er für Wochen von der Bildfläche, bis er dann eines Morgens wieder fröhlich im Hafen von St. Aubin saß und seine geschwollenen roten Beine ins Wasser baumeln ließ. Bei solchen Gelegenheiten hatte Conway hin und wieder Suzanne gesehen, die plötzlich aufgetaucht war, um ihrem Vater mit einer warmen Jacke oder Medikamenten gegen seinen Husten zu versorgen.

Conway wandte sich wieder an Sandra Querée. »Welche neuen Zeugenaussagen zu Stubbley haben wir bis jetzt?«

»Eine Taxifahrerin hat ihn vor zwei Tagen auf dem Strandparkplatz *La Pulente* an der Westküste gesehen, und der Besitzer eines Coffeshops am Jachthafen von St. Helier hat beobachtet, wie er vorgestern zwei Stunden lang auf der Hafenmauer saß, als würde er auf jemanden warten.«

Conway erinnerte sich, dass ihm Simon Stubbley einmal erzählt hatte, dass er hin und wieder auch das Stadtleben mochte. »Dass Stubbley sich nach der Rückkehr aus dem Gefängnis in St. Helier aufgehalten hat, halte ich für ziemlich wahrscheinlich«, sagte er. »Sechs Jahre in einer Zelle machen einen wahrscheinlich süchtig nach Trubel.«

Sandra Querée dachte einen Augenblick nach, griff in die Mappe mit den Unterlagen und fischte die Kopie eines Polizeifotos heraus. »Und wenn er am Hafen auf den da gewartet hat?«

Sie hielt den anderen das Foto hin. Es zeigte den Brasilianer aus Stubbleys Zelle.

»Nicht schlecht der Gedanke«, sagte Conway anerkennend. »Der Brasilianer ist nach seiner Haftentlassung erstmal in St. Helier untergetaucht, und Stubbley holt ihn dann ab.«

Roger Ellwyn fuhr sich nachdenklich mit der Hand über seinen Bart. »Ich weiß nicht ... Klingt das nicht zu einfach?«

»Wir können die Sache auch gleich Miss Jane überlassen, wenn ihr das bevorzugt«, sagte Conway scharf. »An einem Mordfall ist am Anfang immer alles zu einfach. Kompliziert wird es erst, wenn man sich Mühe gibt.«

Der Satz war typisch Conway, ein bisschen wahr und ein bisschen kryptisch. So drückte er sich gerne aus, wenn er ins Philosophieren geriet.

Vor allem aber machte er deutlich, dass der Chef de Police nicht gewillt war, auch noch den Fall Stubbley ganz aus der Hand zu geben, nachdem die Kriminalpolizei schon den Mord an Alan de Brun allein bearbeiten wollte.

Wieder einmal rettete Sandra Querée mit ihrem Pragmatismus die Situation. »Warum befragen wir nicht die Anwohner von zwei Gebieten, der Gegend um den Hafen von St. Helier und dem bewohnten Ring um die Dünen? Vor allem dort müsste Stubbley ja irgendwann gesehen worden sein.«

Es war ein sinnvoller Vorschlag. Auch Conway war mit dieser Vorgehensweise einverstanden. Er wollte den Hafen übernehmen, während Sandra als Erstes die Mitglieder des Golfclubs befragen sollte, der gleich hinter den Dünen lag.

Zehn Minuten später erklärte Conway die Besprechung für beendet. Die drei Constables verließen sein Büro.

Kaum hatte er wieder hinter dem Schreibtisch Platz genommen, fiel sein Blick durch das offene Fenster auf den Hafen von St. Aubin. Das geschäftige Treiben vor den Restaurants auf dem *Bulwark*, der schmalen Straße, die zum Jachtclub und zum weißen *Somerville Hotel* hinaufführte, hatte jetzt am späten Vormittag zugenommen.

Aus einem der Lokale wehte der verlockende Duft von Fischsuppe zu ihm ins Büro. Er nahm sich vor, in der Mittagspause hinüberzugehen und sich eine Schüssel davon zu gönnen. Manchmal aß er auch den Hummersalat, immer in Verbindung mit einem winzigen Gläschen Weißwein. Sein Großvater war Fischer gewesen, und er war mit Jerseys Meeresfrüchten aufgewachsen wie andere Kinder mit Möhren und Spinat.

Draußen auf dem Platz vor dem Rathaus zog eine Gruppe deutscher Touristen vorbei. Ein einheimischer Reiseführer erzählte ihnen alles, was sie über St. Aubin wissen mussten. Mitten durch die Gruppe drängte sich plötzlich eine junge Frau, die ein Fahrrad schob. Sie wirkte merkwürdig stoisch und weggetreten. Conway kannte die Kleine. Es war die 25-jährige Linda Ingram, die Tochter eines Segelmachers. Ihre roten Haare standen wirr zu Berge, und ihre Jeans waren zerrissen. Jeder wusste, dass Linda von der kleinen Rente ihres kranken Vaters lebte und jede Nacht mit obskuren Freunden feierte und viel trank. Aus einem Cabriolet, das gerade vor der Terrasse des Restaurants *The Boat House* einparkte, hupten ihr fröhlich zwei junge Männer zu. Müde lächelnd winkte sie zurück.

Conway kam hinter seinem Schreibtisch hervor, um das Fenster zu schließen. Plötzlich sah er, dass Linda Ingram eine längliche graue Segeltuchtasche hinter sich auf den Gepäckträger eingeklemmt hatte. Zwei weiße Farbflecke stachen aus dem abgewetzten Material hervor.

Wie elektrisiert starrte Conway die Tasche an. Sie gehörte unverkennbar Simon Stubbley.

Er rannte auf die Straße. Linda Ingram war schon fast hinter dem Rathaus Richtung Parkplatz verschwunden. Als er sie einholte und ihren Namen rief, blieb sie überrascht stehen und wartete, bis er bei ihr war.

»Diese Tasche, Linda, darf ich die mal sehen?«

Sie stierte ihn aus schläfrigen Augen an. Offenbar brauchte sie eine Weile, bis sie wieder wusste, wer er war. Auch ihre Stimme klang müde. Ihr Atem roch stark nach Nikotin.

»Ah, Mr. Conway! Was soll denn los sein damit? Da ist nur schmutzige Wäsche drin.«

»Darf ich trotzdem?«

Conway nahm die Tasche vom Rad und zog den Reißverschluss auf. Kaum hatte er hineingelangt und ein fleckiges T-Shirt und einen schwarzen String hochgehoben, bereute er es bereits. Tatsächlich war die Tasche voller Wäsche, so wie Linda es gesagt hatte, aber es war die widerlichste Wäsche, die Conway je gesehen hatte. Sie roch so stark nach Alkohol, dass er den Reißverschluss schnell wieder zuzog.

»Von wem hast du die Tasche?«, fragte er streng.

»Hat mir jemand geschenkt«, antwortete Linda Ingram trotzig. »Ist doch nicht verboten, oder?« Benebelt wie sie offensichtlich war, schien der strenge Ton des Chef de Police gar nicht zu ihr durchzudringen.

»Hat Simon Stubbley sie dir gegeben? Oder hast du sie dir genommen?«

»Hey, hey«, sagte Linda, seine Frage mit beiden Händen abwehrend. »Er hat sie mir vorgestern am Strand geschenkt, unten am *La Haule Slipway*.« Sie versuchte ein Grinsen, aber ihre Mundwinkel machten nicht richtig mit. »Er hat gesagt, er braucht die Tasche jetzt nicht mehr, weil er bald eine Menge Geld haben würde. Genug Geld, um sich zehn neue Taschen zu kaufen. Und dann gleich aus Leder.«

Überrascht von dieser Aussage fragte Conway: »War er betrunken, als er das sagte? Oder glaubst du, dass er es wirklich ernst meinte?«

»Das war kein Witz. Und er war auch nüchtern. Ich hatte zwei Flaschen Bier dabei, aber er wollte nichts davon.«

Das klang glaubwürdig. Stubbley hatte nur gelegentlich Rotwein getrunken. Um Linda Ingram etwas Angst zu machen, gab Conway seiner Stimme einen strengen Ton: »Trotzdem ist es merkwürdig, dass du hier mit der Tasche eines Toten spazierenfährst.«

Erschrocken sah Linda ihn an. »Wieso? Ist Simon etwa gestorben?«

»Wusstest du das nicht?«, fragte Conway. »Wir haben ihn gestern Morgen in den Dünen gefunden. Erstochen.«

»Ach du Scheiße!«, sagte Linda und wurde blass. Sie setzte sich auf die steinerne Umrandung eines Blumenbeetes und ließ dabei ihr Fahrrad los. Conway rettete es geistesgegenwärtig vor dem Umfallen.

»Wo warst du gestern Morgen?«, fragte er, während er zusah, wie Linda sich wieder zu fangen versuchte.

»Bei zwei Freunden«, sagte sie erschöpft. »Ich hab da übernachtet. Können Sie alles nachprüfen.«

Er hatte keinen Zweifel, dass Linda tatsächlich von der Nachricht über Simons Tod überrascht worden war. Aber auch wenn sie nichts mit der Tat zu hatte, musste er sie jetzt mitnehmen.

Er hielt ihr einladend seine rechte Hand hin. »Komm, wir gehen jetzt erstmal um die Ecke in mein Büro. Ich lasse dir einen starken Kaffee machen.«

Ohne ein Wort zu sagen, erhob sie sich und folgte ihm brav wie ein Kind, ihre Hand in seiner. Mit der Linken schob Conway das Fahrrad neben sich her und beobachtete sorgenvoll, wie leer ihre müden Augen beim Gehen vor sich hinstarrten.

Er zwang sich, seine Gedanken wieder auf Simon Stubbley zu lenken. Was hatte Simon wohl damit gemeint, als er sagte, er würde bald genug Geld haben? Hatte er sich etwa von seinem brasilianischen Kumpan zu einem Raub überreden lassen?

Es sah ganz danach aus, als würde es in diesem Fall noch eine Menge Überraschungen geben.

Suchend ging Emily durch die Lavendelfelder. Der Kassierer am Eingang hatte ihr gesagt, dass Helen Keating irgendwo hinten im Park sei. Über die Reihen der blühenden Pflanzen gaukelten Schmetterlinge. Es waren so viele, dass Emily sich überwinden musste, den bunten Schwarm zu durchqueren.

Sie entdeckte Helen hinter dem Destillierhaus auf ihrer Privatterrasse. Traurig und blass saß sie auf einer Bank und blickte in die Bäume. Als sie Emily kommen sah, stand sie auf und ging ihr entgegen. Schweigend nahmen sie sich in die Arme. So standen sie eine Weile da, sich sanft schaukelnd, während Helen stumm weinte. Emily klopfte ihr liebevoll auf den Rücken, als könnte sie ihrer Freundin damit Mut machen.

Sie gingen ein paar Schritte spazieren. Es war jener Teil des Parks, wo Helens Gärtner die neuen Lavendelsorten angebaut hatte und wohin kein Besucher kam. Helen war inzwischen wieder gefasst genug, um Emily alle Details des Abends erzählen zu können. Es war ihre letzte Nacht mit Alan. Gerade jetzt schien sie jemanden zu brauchen, mit dem sie ihren glücklichsten Moment teilen konnte, bevor er nur noch in ihrer Erinnerung existierte und einzig das Schreckliche übrig blieb.

Seit den frühen Morgenstunden erhielt sie immer wieder Anrufe von Detectiv Inspector Jane Waterhouse und ihren Mitarbeitern, einmal auch von der Staatsanwaltschaft. Ständig wollte man etwas von ihr wissen – die Adresse von Alan Le Grands Bruder in Australien, der sein einziger Verwandter war, die Namen von Geschäftspartnern des Hotels, Details aus dem Berufsleben des Hoteliers. Helen hatte der Polizei klargemacht, dass sie nicht Alans Ehefrau gewesen war, sondern nur seine Freundin und dass sie selbst noch längst nicht alles aus seinem Leben wusste.

»Hast du Alans Exfrau eigentlich jemals kennengelernt?«, fragte Emily.

Helen schüttelte den Kopf. »Nein. Das wäre nicht gut gewesen.

Ich versuche, mich aus allem herauszuhalten. John Willingham hat mir auch geraten, mich nicht an den Spekulationen über den Täter zu beteiligen. Meinst du, das ist richtig?«

»Ich glaube, das ist ein kluger Rat«, meinte Emily. »Selbst wenn es dir schwerfällt. Was weißt du schon, welche Feinde sich Alan als Arbeitgeber, Nachbar oder Konkurrent gemacht hat? Das wird er dir auch nicht alles erzählt haben. Warum auch? Ihr wart ein glückliches Paar, alles andere ist unwichtig. Und nur das musst du in deinem Herzen behalten.«

Sie kamen auf die Terrasse zurück und setzten sich. Emily spürte, wie verkrampft Helen noch war. Trotzdem musste sie ihr jetzt noch einmal wehtun. Sie hielt es für ihre Pflicht, ihrer Freundin von ihrer seltsamen Strandbegegnung mit Pierre Theroux zu berichten.

»Helen, ich habe heute Morgen deinen Destilliermeister getroffen, Pierre Theroux.«

»Sieh mal an«, sagte Helen überrascht. »Und bei mir hat er nach seiner Krankmeldung nicht mehr angerufen, obwohl er doch bestimmt gehört hat, was passiert ist. Wo hast du ihn gesehen?«

»Am Strand. Er war joggen.«

»Wie bitte?« Helen konnte es nicht fassen. »Und du bist dir sicher, dass er es war?«

»Absolut sicher«, sagte Emily. »Ich bin ihm ja oft genug bei dir begegnet. Außerdem wohnt er doch in St. Brelade's Bay.« Sie verzog mitfühlend ihre Mundwinkel. »Entschuldigung, aber ich dachte, du solltest das wissen.«

»Sollte ich auch.« Helen dachte einen Augenblick nach. »Wenn das stimmt, Emily, dann würden plötzlich auch ein paar andere Dinge Sinn ergeben.« Plötzlich waren ihre Augen wieder lebendig. »Du musst nämlich wissen, dass Theroux mich seit einiger Zeit anzumachen versucht.«

»Das ist nicht dein Ernst?«

»Doch. Erst habe ich der Sache keine große Bedeutung beigemessen – du liebe Zeit, er ist ein Mann, und er wusste ja anfangs gar nicht, dass Alan und ich zusammen sind. Mal hat er mir Blumen hingestellt, mal zwei Karten für ein Musical auf meinen Schreibtisch gelegt. Und seit zwei Wochen bedrängt er mich dauernd, doch mal abends mit ihm auszugehen.«

»Was du aber hoffentlich nicht getan hast?«

»Bist du verrückt? Natürlich nicht. Pierre ist ein netter Mann und auch ganz charmant – du weißt ja, wie die Franzosen sind –, aber ich hätte niemals etwas mit ihm angefangen. Das schwöre ich dir! Ich muss mir höchstens vorwerfen, ihn nicht energisch genug ausgebremst zu haben.«

Emily wusste, dass Helen sehr prinzipientreu sein konnte. Es hätte auch nicht zu ihr gepasst, wenn sie ein Verhältnis mit einem Angestellten begonnen hätte. Blieb nur die Frage, warum Theroux seine Chefin so offensichtlich mit einer Krankmeldung belog, wenn er sie dermaßen verehrte.

Vorsichtig brachte sie einen gewagten Gedanken ins Spiel. »Theroux wohnt am Winston Churchill Park, also quasi um die Ecke vom *Sea Bird Hotel*. Er hätte gestern Abend leicht beobachten können, wie du zu Alan in die Wohnung gegangen bist. Vielleicht hat ihn das eifersüchtig gemacht und er hat sich deshalb noch in der Nacht krankgemeldet?«

Helen hob ihre Augenbrauen. »Trau dich ruhig, es auszusprechen. Du meinst, dass er auch als Alans Mörder infrage kommen könnte?«

»Soweit wollte ich jetzt gar nicht gehen«, milderte Emily ihre Bemerkung ab, »schließlich ist er ja kein Stalker, der dich auf Schritt und Schritt eifersüchtig verfolgt hat. Wann hatte er gestern Feierabend?«

Helen dachte kurz nach. »Soweit ich weiß, war gestern Abend ein Treffen mit einer Delegation französischer Parfümeure geplant, mit denen er vor Jahren in Arles zusammengearbeitet hat. Aber das können wir ganz schnell feststellen.« Sie erhob sich von der Bank. »Komm mit. Wir sehen einfach mal in seinem Kalender nach.«

Emily folgte ihr zum Eingang des Destillierhauses. Es lag an der Ostseite. Helen ließ die scheunenbreite, dunkelrote Schiebetür zur Seite rollen und knipste innen das Licht an. Die Halle war groß. Rechts und links an den Wänden standen runde Kunststoffbottiche, bis oben hin gefüllt mit den geernteten Lavendelstängeln. Darüber, auf einem langen Regal in Brusthöhe, waren zahlreiche Glasballons mit dem gewonnen Öl und mit anderen geheimnisvollen Flüssigkeiten aufgereiht. Das Prunkstück der Halle war jedoch die auf Hochglanz polierte große Destilliermaschine, die zu bestimmten Zeiten auch von den Besuchern des Lavendelparks besichtigt werden konnte. Mit ihrer Hilfe wurde aus dem Lavendel das ätherische Öl gewonnen.

Im hinteren Teil der Halle führte eine unscheinbare Glastür zum Büro des Destilliermeisters. Sie stand etwas auf, sodass man schon von weitem den unaufgeräumten Schreibtisch von Theroux sehen konnte. Er stand unter einem Fenster. Auf der Schreibtischplatte waren ein Ordner mit Destillierwerten, lose herumliegende Wiegeprotokolle und Parfümproben verteilt. Dazwischen glänzte ein schwarzer Laptop. Vor der Wand hatte Theroux ein paar persönliche Dinge aufgereiht – fünf bunte Asterixfiguren, eine Teetasse und eine Bibel.

Helen schaltete den Laptop ein. Dabei sagte sie erklärend: »Wir führen seit neuestem unsere Terminkalender per Computer. Deswegen kenne ich auch das Passwort. Das wollten die jüngeren Mitarbeiter so, damit man jederzeit sehen kann, wer wo im Einsatz ist.«

Emily zeigte auf die schwarze Bibel. »Gehört die auch zur Firma?«

»Natürlich nicht«, sagte Helen. »Ich hatte keine Ahnung, dass Pierre so gläubig ist. Letzte Woche stand sie jedenfalls noch nicht da.«

Auf dem Display erschienen die üblichen Icons. Eines davon kennzeichnete den Terminkalender. Helen klickte ihn an. Sofort öffnete sich eine Seite mit dem kompletten Wochenplan für alle Angestellten. Jeder Mitarbeitername hatte zur Kennzeichnung eine andere Farbe. Theroux war grün. Helen fuhr langsam mit dem Zeiger der Maus über den gestrigen Tag. »So, jetzt müssten da irgendwo die Franzosen stehen...«

»Stop!«, sagte Emily. »Dort am rechten Rand ist eine Notiz.«

Helen klickte die Stelle an. Sehr professionell angelegt, öffnete sich sekundenschnell ein kleines Fenster, in dem zu lesen war: *Termin mit Gruppe S. A. Durand (Arles) auf den 20. August verschoben!*

Sie blieb wie erstarrt vor dem Computer sitzen, während sie ihren rechten Zeigefinger auf die Maus fallen ließ, sodass der Terminkalender wieder verschwand und nur noch die Icons zu sehen waren. Leise, fast traurig stellte sie fest: »Also war er gestern doch zu Hause.«

»Das besagt ja noch nichts«, meinte Emily tröstend. »Es ist nur wichtig, dass du das jetzt weißt, falls die Polizei in dieser Hinsicht nachforscht.«

Sie wusste selbst, dass sie gerade Unsinn redete. Natürlich gehörte Pierre Theroux damit ganz klar zum Kreis der Verdächtigen. Aber was hätte sie Helen in diesem Moment anderes sagen können? Sie gegen Theroux aufhetzen? Ihre Freundin musste jetzt selbst wissen, wie sie mit dem Verdacht umging, dass ihr Destilliermeister gestern womöglich am Tatort gewesen war.

Es war nicht zu übersehen, dass Helen gerade ähnliche Überlegungen durch den Kopf gingen. Wie paralysiert blieb sie vor dem Computer sitzen und klickte dabei gedankenverloren auf der

Startseite herum. Ohne es richtig zu merken, öffnete sie den Ordner mit den Lavendelöl-Rezepturen und schloss ihn wieder – dann folgten das Netzwerk, ein Ordner mit Fotos, die Datei mit den Destillieraufträgen – auf, zu, auf, zu ...

»Moment mal«, sagte Emily plötzlich. »Auf dem Foto eben, das warst doch du.«

Helen war irritiert. »Welches Foto?« Sie hatte die ganze Zeit über auf den Bildschirm gestarrt, aber so gut wie nichts wahrgenommen.

»Geh bitte noch einmal zurück auf *Eigene Bilder*«, bat Emily.

Helen tat es. Dutzendweise erschienen verkleinerte Fotos vom Gelände des Lavendelparks, eine ganze Seite voll. Auf den ersten Blick konnte man meinen, Theroux habe mit den Bildern lediglich die blühenden Felder und einen Teil des Gartens dokumentiert, doch wenn man genauer hinsah, gab es im Hintergrund fast aller Fotos auch immer einen Menschen zu sehen.

Helen Keating.

Helen schlug erschrocken die Hände vor den Mund. »O Gott!«

Ungeduldig griff Emily selbst nach der Maus und vergrößerte eines der Fotos. Es zeigte Helen auf ihrer kleinen privaten Terrasse hinter dem Destillierhaus. Sie trug einen blauen Bikini und war gerade dabei, den rechten Bikiniträger neu zu ordnen, sodass die Aufnahme etwas sehr Privates vermittelte.

»Ich glaube es nicht!«, flüsterte Helen entsetzt.

Bei einem anderen Bild hatte Theroux quasi unter Helens Rock fotografiert. Sie stand oben auf einer Leiter am Apfelbaum, eine scheinbar harmlose Aufnahme des Obstfeldes neben dem Eingangsgebäude. Zoomte man jedoch heran, konnte man deutlich sehen, dass Theroux einen Moment abgewartet hatte, in dem unter dem flatternden Stoff Helens schmaler weißer Slip zum Vorschein kam.

So ging es weiter, Bild für Bild. Helen im pinkfarbenen Top, gebückt und mit freizügigem Ausschnitt beim Lavendelpflücken,

Helen breitbeinig in kurzen Hosen beim Reparieren eines Wasserschlauchs, Helen in der Hängematte, unabsichtlich die eine Hand zwischen ihren Beinen legend ...

Das Voyeuristische dieser Bilder war ebenso abstoßend wie erschreckend. Alle Fotos mussten aus einem Versteck am Ende des Geländes geschossen worden sein. Emily vermutete, dass sich Theroux, der offensichtlich von seinen pubertären Fantasien getrieben wurde, dafür im alten Materialschuppen versteckt hatte.

Helen war immer noch fassungslos. Dann tat sie plötzlich das einzig Richtige. Wütend wischte sie mit einer heftigen Armbewegung alles vom Schreibtisch: Therouxs Arbeitspapiere, seine alberne Männchensammlung und seine Teetasse. Klirrend fielen die Sachen zu Boden. Nur der Laptop blieb stehen.

»Dieser Idiot!«, rief sie außer sich. »Alles kaputtzumachen, was wir aufgebaut haben! Ich hatte mir gerade vorgenommen, ihm ab nächsten Monat Prokura zu geben!« Sie schlug sich mit der flachen Hand gegen die Stirn. »Stell dir mal vor, wie naiv ich war!«

Emily verstand Helens Enttäuschung nur zu gut. Sie selbst hatte einmal eine Aushilfe in ihrem Teeladen gehabt, von der sie monatelang bestohlen worden war. Es war ein herber Rückschlag in Sachen Menschenkenntnis für sie gewesen.

Mitfühlend sagte sie: »Was hättest du schon machen können? Vor einem schwachen Charakter kann man sich nicht schützen.«

»Würdest du auch so reden, wenn er der Mörder wäre?«, fragte Helen zornig. Entschlossen griff sie zum Telefon auf Therouxs Schreibtisch. »Wie war Harold Conways Telefonnummer?«

Angesichts des schlechten Zustandes der kleinen Paulette O'Neill hatten sich Dr. Ricci und Dr. Bloom für die offene Operation entscheiden müssen. Dabei wurde über einen Bauchschnitt die Milz freigelegt, sodass man die Kapsel mit dem Milzgewebe komplett entfernen konnte. Es war genau so, wie sie beide erwartet hatten. Es lag eine Milzruptur vor, bei der die Kapsel erst viele Stunden nach dem Unfall durch die starke Blutung gesprengt worden war. Schlimmer hätte es nicht kommen können.

Während Schwester Rondel den Chirurgen eine weitere Klammer reichte, blickten Dr. Riccis Augen zwischen Mundschutz und Haube vielsagend zu Jonathan Bloom hinüber. Riccis große, schlanke Gestalt wirkte selbst im langen, grünen OP-Kittel noch eindrucksvoll. »Also dann, komplette Splenektomie«, sagte er. »Legen wir los.« Er wandte sich an die junge Schwester. »Sind die Blutkonserven da?«

»Alles bereit«, antwortete Tracy Rondel. »Dr. Bloom, bleiben Sie auf dieser Seite stehen?«

»Ja«, sagte Jonathan, aber eigentlich hörte er gar nicht richtig zu.

Genau in dieser Sekunde, bevor der erste Schnitt getan wurde, hätte er Dr. Ricci darüber in Kenntnis setzen müssen, dass die Patientin kein fremdes Blut erhalten durfte. Er wusste selbst nicht, warum er es bisher nicht getan hatte. Es war Wahnsinn. Ihm war völlig klar, dass er damit seine weitere Karriere riskierte. Bis zuletzt hatte er gehofft, dass sich am Zustand des Kindes doch noch etwas änderte oder dass Paulettes Vater in letzter Minute seine Meinung änderte. Aber nichts dergleichen war geschehen. Stattdessen sah er jetzt auf dem OP-Tisch das intubierte, schlafende Kind vor sich, so unschuldig und so verletzlich, dass es ihm das Herz brach, wenn er daran dachte, dass es in ein paar Stunden sterben sollte, wenn er jetzt die Wahrheit sagte.

Der Anästhesist gab ihnen ein Zeichen, dass die Werte, die er kontrollierte, für die Operation ausreichend waren. »Okay«, sagte Dr. Ricci. Er hob die Hände und bewegte noch einmal die behandschuhten Finger in der Luft, um sich zu konzentrieren. Dann nickte er Jonathan zu.

»Sie übernehmen das Bandgewebe auf Ihrer Seite.«

Jonathan beugte sich vor und setzte mit dem Skalpell den ersten Schnitt. Schlagartig verdrängte er damit die Bedenken über sein gefährliches Schweigen, als könnte er durch eine perfekte Operation alles wiedergutmachen.

Wie erwartet wurde es ein schwieriger Eingriff. Vorsichtig musste die Milz von den sie umgebenden Organen freipräpariert werden. Dr. Ricci half ihm dabei, kümmerte sich mit seiner immensen Erfahrung aber vor allem um die großen Blutgefäße, die exakt durchschnitten und vernäht werden mussten, damit die Gefahr von Blutungen gebannt war.

Jonathan war erschrocken, wie mitgenommen Dr. Ricci an diesem Morgen aussah. Der Mord an seinem Schwiegervater und die Vernehmungen waren nicht spurlos an ihm vorübergegangen. Auch wenn er versuchte, sich nichts anmerken zu lassen, war er während der Operation stiller als sonst. Schnitt um Schnitt lösten sie die Milz in ihrer Kapsel aus dem Gewebeverbund.

Nachdem Jonathan seinen Teil der Operation absolviert hatte und gemeinsam mit Schwester Rondel die restlichen Tupfer hielt, während Dr. Ricci geschickt den Eingriff vollendete, blickte er zur Wanduhr. Die vorgerückten Zeiger sagten ihm, dass sein Schicksal jetzt besiegelt war. Die erste Blutkonserve war vorbereitet. Es war Jonathans letzte Gelegenheit, mit der Wahrheit herauszurücken.

Neben der Eingangsschleuse klingelte das Telefon. Schwester Rondel ging hin und nahm den Hörer ab. Jonathan, der gerade mit Dr. Ricci darüber sprach, in welcher Reihenfolge sie jetzt am besten weiter vorgehen sollten, hörte Tracy flüstern: »Nein, nein ... Wir sind fast fertig. Ich glaube, jetzt geht es gerade ...« Sie wirkte bedrückt.

Als sie mit ernstem Gesicht den Hörer auflegte, blickte Dr. Ricci zu ihr hinüber und fragte barsch: »Wer war das denn?« Er hasste es, wenn er im OP-Raum von jemandem gestört wurde.

Tracy Rondel ging zu ihm und sagte leise. »Es war die Notaufnahme. Gerade ist Ihre Frau eingeliefert worden. Sie hatte einen Kreislaufkollaps.«

Jonathan erschrak, als er Dr. Ricci beobachtete. Er verzog schmerzhaft das Gesicht, sagte aber nichts und nähte weiter. Sie dachten schon, dass er so nervenstark sein würde, bis zum Ende der OP durchzuhalten, als er sich plötzlich doch an Tracy wandte. »Sagen Sie oben Bescheid, dass ich gleich komme. Wir sind hier mit dem Wichtigsten fertig. Den Rest wird Dr. Bloom übernehmen.« Er wandte sich bei den letzten Worten Jonathan zu, der gerade seitlich beim Anästhesisten stand, um an den Geräten Paulettes Blutdruckwerte zu beobachten. »Ist Ihnen das recht, Dr. Bloom?«

»Ja, natürlich«, antwortete Jonathan. »Ich drücke Ihrer Frau die Daumen. Wir wissen ja, was sie durchgemacht hat.«

»Danke.«

Dr. Ricci wirkte plötzlich erschöpft und tat Jonathan leid. Ein paar Minuten später verließ er den OP-Saal. Sein langer Mantel raschelte, er ging kerzengerade wie immer, doch sein Gesicht war sorgenvoll. Durch die Glasscheibe sahen sie ihn draußen mit einer müden Handbewegung die Haube von den Haaren ziehen und sich die verschwitzte Stirn abwischen.

Jonathan wusste, was er zu tun hatte. Die Operation musste ohne Verzögerung fortgesetzt werden. Doch erst als Dr. Ricci aus dem Vorraum verschwunden war, dämmerte ihm, auf welch wundersame Weise ihm das Schicksal gerade zu Hilfe gekommen war. Sein Mut zu schweigen hatte sich ausgezahlt. Wenn er jetzt die Entscheidung traf, Paulette an den Tropf zu hängen und fremdes Blut durch ihre Adern fließen zu lassen, dann war nur er selbst dafür verantwortlich.

Es blieben zwei Möglichkeiten, die Sache zu regeln. Die eine war, sämtliche Personen im Operationssaal – den Anästhesisten, das medizintechnische Personal und die Schwestern – in seinen Plan einzuweihen und sie zu absolutem Schweigen zu verdonnern. Für Tracy Rondel und die meisten anderen hätte er seine Hand ins Feuer gelegt. Doch der ältere, schweigsame Anästhesist, den er heute zum ersten Mal gesehen hatte, wirkte schlecht gelaunt. Er traute ihm nicht.

Er entschied sich daher für den zweiten Weg. Da er derjenige war, der Jack O'Neill später Auskunft über den Verlauf der Operation geben würde, konnte er den Einsatz der Blutkonserven einfach verschweigen. Normalerweise waren weder die OP-Schwestern noch das medizintechnische Personal für Angehörige erreichbar. Auch von Dr. Ricci ging keine Gefahr aus. Abgesehen davon, dass er sich jetzt zusätzlich um seine kranke Frau kümmern musste, zeigte er auch sonst wenig Interesse an Patienten, die ihm nicht selbst zugeordnet waren. Und Paulette O'Neill war nun einmal ganz offiziell Jonathans Patientin.

Aus dem Hintergrund meldete sich der Anästhesist vor seinem Narkosegerät. »Wie viel Zeit brauchen wir noch?«

»Etwa 20 Minuten«, sagte Jonathan, während seine Finger im grellen Schein der OP-Lampe ein letztes Mal die inneren Organe des schlafenden Kindes kontrollierten. Neben ihm tauchte Schwester Rondel auf. »Können wir die Blutkonserve starten, Dr. Bloom?«

Jonathan atmete tief durch. Es gab keinen anderen Weg, wenn Paulette alles gut überstehen sollte. Ihre vorsorgliche Pneumokokken-Impfung konnte sie erst bekommen, wenn sich ihr Zustand stabilisiert hatte. Nur so konnte man sie vor schwerwiegenden Infektionen schützen. Jetzt musste nur noch der Blutverlust ausgeglichen werden. Dann hatte sie alle Chancen, wieder ein gesundes, fröhliches Kind zu werden.

Ohne Tracy anzublicken gab er laut seine Anweisung: »Blutkonserve eins anlegen.«

Mit routinierten Griffen öffnete Tracy die Zufuhr am Blutbeutel. Relativ schnell tropfte die rote Flüssigkeit in den Zugang an Paulettes linkem Arm.

Es war geschafft.

Als Jonathan eine halbe Stunde später erschöpft auf die Kinderstation zurückkehrte, wartete Jack O'Neill auf ihn. Er saß auf einem der Stühle vor dem Schwesternzimmer. Wieder war seine Frau nicht dabei. Seine rissigen Hände drehten nervös sein Handy hin und her, das er auf Geheiß der Oberschwester hatte ausschalten müssen. Als er Jonathan durch die Tür kommen sah, sprang er auf und ging ihm aufgeregt entgegen.

»Und? Ist alles gut gegangen, Doktor?«

Jonathan blieb vor ihm stehen und sagte demonstrativ lächelnd: »Sie müssen sich keine Sorgen machen. Paulette hat die Operation gut überstanden. Sie wird noch ein bisschen schlafen, danach können Sie zu ihr.«

Doch O'Neill war noch nicht zufrieden. »Und Sie haben auch wirklich kein fremdes Blut gebraucht?«, fragte er. »Sie müssen mir das sagen!«

Vorsichtig wählte Jonathan die geschickteste Formulierung, die ihm einfiel, um eine ehrliche Antwort zu umgehen. »Paulette hat uns alle erstaunt. Ihr Kreislauf war während der ganzen OP so stabil, dass wir gar nicht eingreifen mussten.«

Das war nicht gelogen, hatte aber mit dem Blutverlust nur bedingt zu tun. Tatsächlich war am Schluss nur ein Liter Blut benötigt worden, weil Dr. Ricci so meisterhaft mit den Gefäßen umgegangen war.

O'Neill gab sich mit der Erklärung zufrieden. Dankbar sagte er: »Der Herr hat unsere Gebete erhört! Ich wusste, dass der Himmel Paulette nicht im Stich lassen wird.«

»Das haben wir alle gehofft«, sagte Jonathan.

Er war erleichtert, dass er die gefährlichen Klippen in diesem Gespräch so leicht umschiffen konnte. Um den besorgten Vater noch weiter zu beruhigen, erklärte er ihm in einfachen Worten, wie die weitere Genesung der kleinen Patientin aussehen würde, wenn keine weitere Komplikation eintraten. Voraussichtlich musste Paulette noch zwei Wochen auf der Kinderstation bleiben. In dieser Zeit musste sie mit allen Mitteln vor Infektionen geschützt werden, da die Immunabwehr durch die Entfernung der Milz stark geschwächt war. Auch in den Monaten danach war noch Vorsicht angesagt.

»Nach der Entlassung könnten wir mit ihr ein paar Tage zu meinem Bruder nach Cornwall fahren«, sagte Jack O'Neill. »Da ist sie gerne.«

»Tun Sie das«, ermunterte ihn Jonathan. »Auch die Psyche von Kindern braucht Zeit, um sich wieder zu erholen.« Er schaute auf die Uhr. »Darf ich Sie jetzt allein lassen, Mr. O'Neill? In einer halben Stunde fängt meine Sprechstunde an. Am besten gehen Sie unten einen Kaffee trinken. Es wird sicher noch eine Weile dauern, bis man Sie zu Paulette in den Aufwachraum lässt.«

»Kein Problem. Dafür würde ich sogar eine ganze Woche hier ausharren«, sagte O'Neill lächelnd.

»Also dann, bis später.« Jonathan öffnete die Tür zum Arztzimmer und wollte gerade hineingehen, als er noch einmal O'Neills Stimme hinter sich hörte.

»Doktor!«

Jonathan drehte sich um.

»Ja?«

»Danke«, sagte Jack O'Neill lächelnd. »Ich glaube, ich hätte Sie umgebracht, wenn Sie meiner Tochter doch Blut gegeben hätten.«

Mit aller Kraft nicht an etwas denken zu wollen, auf das man dringend wartet, ist bekanntlich die größte Anstrengung.

Natürlich war Emily ständig damit beschäftigt, auf die große Erinnerungswelle zu warten, von der sie wusste, dass sie irgendwann auf sie zurollen würde. Was ihr Gedächtnis dann über Simon Stubbley freigab, lag nur bedingt in ihrer Macht. Die schlaflose Nacht war jedenfalls nur ein Vorbote gewesen. Während der endlosen Stunden, in denen sie wach lag, hatte sie sich fest vorgenommen, alles dafür zu tun, damit der Mörder von Simon gefunden werden konnte. Mit ihrem perfekten Gedächtnis hielt sie einen wichtigen Schlüssel dafür in der Hand.

Bis es soweit war und sie sich wieder an einzelne Gespräche mit Simon erinnern konnte, versuchte sie sich abzulenken. Bis zum Nachmittag stand sie in ihrem Teeladen und bediente zusammen mit ihrem jungen Mitarbeiter Tim die Kunden. Emily hatte Wert darauf gelegt, dass das äußere Erscheinungsbild ihres Geschäftes an einen alten viktorianischen Laden erinnerte, mit schwarzlackiertem Holz als Schaufensterumrandung und einem hübschen Messingschild über dem Eingang. Wenn es allein nach ihrem Geschmack gegangen wäre, hätte sie sich auch gut ein schickes, asiatisch-kühles Ambiente vorstellen können. Aber sie kannte die Jersianer – je schneller sich das Rad der Modernisierung auf der Insel drehte, desto mehr sehnte man sich nach der Gemütlichkeit früherer Zeiten zurück.

Emily wusste selbst, dass ihr Teeladen in gewisser Weise eine Institution in St. Aubin geworden war. Da es kaum jemanden in der Gemeinde gab, der nicht Tee trank, nutzte man ihre Ladentheke als Platz für ein Schwätzchen. Helen sagte ihr immer, dass ihre sehr persönliche Art im Umgang mit Menschen, ihre Kunst des Zuhörens und ihre Herzlichkeit jeden für sie einnahm. Sie hatte beschlossen, es einfach zu glauben.

An diesem Nachmittag war im Laden besonders viel los. Es

hatte sich schnell herumgesprochen, dass Emily bereits am Tatort in den Dünen gewesen war. Während sie an der Waage stand und mit der Lesebrille auf der Nase den Tee in ihre silberfarbenen, beschrifteten Tüten verpackte, musste sie ständig Fragen beantworten.

Jedesmal, wenn sie kurz nach hinten in ihr kleines Büro verschwand, um dort einen neuen Stapel Tee-Tüten mit dem Emblem des Ladens aus dem Schrank zu holen, fiel ihr Blick auf den Aufmacher der *Jersey Evening Post*, die auf ihrem Schreibtisch lag. Die Zeitung wurde immer nachmittags ausgeliefert und präsentierte bereits einen großen Bericht über die beiden Morde. Auch ein Foto von Simon Stubbley war abgedruckt, das eine Leserin von ihm gemacht hatte. Darauf stand er lachend im flachen Wasser der St. Aubin's Bay, mit einem Stock über der Schulter, an dem mit zusammengeknoteten Schnürsenkeln seine Wanderschuhe baumelten. Es war die perfekte Illusion eines fröhlichen Tippelbruders.

Emily spürte, wie ihr plötzlich ähnliche Situationen mit Simon einfielen. Vielleicht sollte sie sich an die Orte begeben, an denen sie den *Strandläufer* immer wieder getroffen hatte. War das der Schlüssel zu allem?

Entschlossen ging sie in den Laden zurück und nahm Tim zur Seite. Er war ein gut aussehender Junge mit schwarzen Locken. »Könntest du jetzt allein weitermachen, Tim? Ich müsste schnell noch was erledigen.«

Wie immer zeigte Tim sich unkompliziert und verständnisvoll. »Kein Problem, Mrs. Bloom. Lassen Sie sich ruhig Zeit. Sie hatten schon genug Aufregung.«

Emily holte sich rasch ihren blauen Pullover aus dem Büro und steckte sich einen kleinen Schreibblock sowie einen Kugelschreiber ein. Dann kehrte sie in den Laden zurück und steuerte auf die Eingangstür zu. Plötzlich hörte sie jemanden sagen: »Einen schönen Nachmittag noch, Mrs. Bloom.«

Auf der verschnörkelten weißen Eisenbank, die Emily dekorativ in einer Ecke ihres Ladens aufgestellt hatte, saß ein alter, weißhaariger Herr. Sie hatte ihn im Gedränge der Kundschaft gar nicht gesehen. Es war Professor Rutherford. Er war schon 80, eine etwas gebeugte Gestalt, aber mit wachen, funkelnden Augen, die keinen Zweifel daran ließen, dass dieser Mann trotz seines hohen Alters ein scharfer Geist geblieben war. Fast immer trug er einen weißen, eleganten Seidenschal um den Hals.

»Professor Rutherford! Warten Sie schon lange?«

»Nein, nein, alles in Ordnung. Ich habe nur noch einen Augenblick den köstlichen Duft aus ihren Regalen genossen. Sie wissen doch, unsere Sinne müssen hin und wieder ein bisschen wachgerüttelt werden, damit sie nicht einrosten.« Der Professor lächelte verschmitzt. Sein rundes Gesicht hatte einen gesunden rosafarbenen Teint, sodass er weit davon entfernt war, wie ein alter Bücherwurm auszusehen.

»Wie geht es Luke?«, fragte Emily.

»Danke der Nachfrage. Der Junge macht mir immer noch große Freude. Ohne ihn wäre mein Leben armselig.«

Rutherford war Historiker und hatte in Oxford gelehrt. Da seine Familie aus Jersey stammte, war es für ihn eine Selbstverständlichkeit gewesen, nach seiner Emeritierung wieder auf die Insel zurückzukehren. Er wohnte in einem auffälligen, efeuberankten Haus in Noirmont und hatte seit drei Jahren eine schwere Last zu tragen. Nach dem Unfalltod seines Sohnes und seiner Schwiegertochter zog er seinen 14-jährigen Enkel ganz allein auf. Nur eine alte Haushälterin half ihm dabei. Das Problem war, dass Luke, der ein toller Junge war, trotz seiner hohen Intelligenz leicht autistische Züge aufwies und sich zum Spielen oft stundenlang allein in die Einsamkeit zurückzog. Geduldig ließ Professor Rutherford ihn gewähren, zumal Luke nicht zur Schule ging. Stattdessen unterrichtete der Professor seinen wissbegierigen Enkel jeden Morgen zu

Hause. Das ließ den Jungen zwar etwas altklug erscheinen, änderte aber nichts daran, dass alle in St. Aubin ihn mochten. Luke hatte die freundliche Art seines Großvaters geerbt.

»Wenn Sie gleich dran sind, fragen Sie Tim nach unserem neuen Japan-Tee. Ich glaube, der wäre was für Sie«, sagte Emily.

»Das werde ich tun, Mrs. Bloom. Danke für den Tipp. Vielleicht sieht man sich ja mal wieder bei Vikar Ballard zu einer Diskussionsrunde.«

»Bestimmt. Sonst werden wir Godfrey einfach dazu verdonnern, uns wieder einzuladen«, meinte Emily lachend.

Rutherford lachte mit, eigentlich war es mehr ein Kichern. »Das ist eine ausgezeichnete Idee«, sagte er. »Sein Pech, wenn er nicht von selbst darauf kommt.«

Endlich stand Emily draußen auf der Straße. Die Nachmittagssonne hatte den Wind wärmer gemacht. Langsam schlenderte sie Richtung Hafen. Vor dem Lebensmittelladen an der Kreuzung steckten ein paar britische Tageszeitungen in den Ständern. Auch auf ihnen prankte das Foto von Simon Stubbley. Sie entkam ihm nicht.

Plötzlich wusste sie, wohin sie sich zurückziehen konnte.

Zielstrebig marschierte sie zum Parkplatz am Jachtclub. Es war Ebbe. Direkt neben dem Parkplatz begann unterhalb der Häuser ein Trampelpfad, der am Strand entlang führte. Er lag jetzt bei Ebbe trocken und war gesprenkelt von Steinen. Es dauerte nur ein paar Minuten, bis sie die schönste Stelle der *Belcroute Bay* erreicht hatte, von deren Felsen aus man ungestört auf das Meer schauen konnte. Nur selten kamen hier Spaziergänger vorbei. Meist waren es Muschelsucher oder ein paar Einheimische.

Emily kletterte auf ihren Lieblingsplatz, eine abgeflachte Felsnase, die ein paar Fuß aus dem Wasser herausragte. Hier oben kam sie sich wie auf einen Schiff vor. Unter ihr klatschten die Wellen an eine Eisenleiter. Auf dem Nachbarfelsen sah sie eine tote Krabbe in einer Pfütze liegen. Schräg unter ihr, im flachen Wasser, trippelten zwei grau gepunktete Strandläufer pickend durch den Wellenschaum und kümmerten sich wenig um das Geschrei der kreisenden Möwen, die ihnen die gefundenen Wattwürmer neideten.

Dankbar für diesen wunderbaren Ort atmete Emily tief die Meeresluft ein, bis ihre Lippen salzig schmeckten. Seit ihrer Kindheit waren die Felsen und Strände der Insel ihre Wohlfühlplätze gewesen. Daran hatte sich bis heute nichts geändert.

Sie breitete ihren Pulli auf dem Felsen aus und nahm darauf Platz. Ihre Beine baumelten über dem Wasser. So fühlte sie sich frei genug, ihrer Erinnerung endlich Lauf zu lassen. Hunderte Male hatte sie in ihrem Leben schon ausprobiert, wie es am besten ging. Immer wieder war ihr dabei bewusst geworden, welch intimer Augenblick es war, die Tür zum eigenen Gedächtnis aufzustoßen.

Sie schloss die Augen, konzentrierte sich und stellte sich dabei intensiv Simon Stubbley vor. Langsam begann sich etwas zu öffnen. Es war, als würden ihre Gedanken endlich festen Boden spüren.

Plötzlich war wieder der 27. Juli vor neun Jahren da ...

Sie war vormittags mit dem Auto auf dem Weg nach Noirmont gewesen, wo ihr Freund Sir Peter Craig in einem Lokal seinen 50. Geburtstag feierte. Seit den frühen Morgenstunden hatte es gestürmt, eine Stunde zuvor war dann auch noch heftiger Regen hinzugekommen. Die Scheibenwischer ihres Wagens hatten Mühe, die Wassermassen beiseite zu schieben und ihr genügend Sicht zu verschaffen.

Angespannt steuerte Emily ihren Wagen in der Mitte der Landstraße. Inständig hoffte sie, dass ihr jetzt niemand entgegenkam. Der Wind pfiff laut und bösartig.

Plötzlich tauchte vor ihr ein Hindernis auf. Es war ein hölzerner Telefonmast, der im Sturm abgeknickt und quer über die

Straße gefallen war. Sie trat voll auf die Bremse. Der Wagen rutschte trotzdem weiter, wie auf Schmierseife. Erst in letzter Sekunde kam er kurz vor dem Mast zum Stehen.

Emily brauchte einen Augenblick, um zu begreifen, wie knapp sie gerade einer gefährlichen Karambolage entkommen war. Wie im Schock blieb sie mit beiden Händen auf dem Steuer sitzen, um zu überlegen, was sie jetzt machen sollte, mitten in der Einsamkeit. Zum Glück hatte sie ihr Handy dabei. Sie beugte sich über den Beifahrersitz, wo ihre Handtasche stand, und kramte es heraus. Als sie wieder hoch kam, stockte ihr der Atem. Von außen drückte sich ein grinsendes, bärtiges Männergesicht gegen die linke Seitenscheibe. Durch die Regentropfen auf dem Fenster sahen die plattgedrückte Nase und die Augen des Mannes verzerrt aus.

Dann erkannte sie ihn. Es war Simon Stubbley, der Strandläufer. Mit einem Knopfdruck fuhr sie auf seiner Seite die Fensterscheibe herunter.

»Mein Gott, Simon, haben Sie mir gerade einen Schreck eingejagt!«

Mit seinem zerzausten, tropfenden Bart sah er aus wie ein Waldgeist. Über seinem alten Anorak trug er ein zerrissenes schwarzes Regencape, und seinen Kopf bedeckte ein grauer ausgefranster Filzhut.

»Tut mir leid, Mrs. Bloom. Ich war gerade dabei, den verdammten Mast von der Straße zu ziehen. Sie wollen sicher zum Sherman Inn, hab ich Recht?«

»Ja, ein Freund feiert dort seinen Geburtstag.«

»Haben Sie sich ja einen schönen Misttag ausgesucht.« Er zeigte zum Wald auf der anderen Straßenseite. »Da drüben sind sogar zwei Kiefern gefallen.« Dann rieb er sich die kalten Hände. »Was meinen Sie – könnten Sie wohl mal mit anpacken? Kann ja nicht so schwer sein, so ein Mast.«

»Ich werd's versuchen«, sagte Emily. Ihr blieb schließlich nichts anderes übrig, wenn sie weiterfahren wollte. Sie zog sich im Sitzen ihre Barbourjacke an, setzte sich den dazugehörigen Regenhut auf und stieg aus. Der Regen hatte nachgelassen, und es tröpfelte nur noch. Mit vereinten Kräften versuchten sie, den Telefonmast zur Seite zu hieven, doch an seiner Bruchstelle hatte er sich so verhakt, dass er sich kaum bewegen ließ. Schnaufend vor Anstrengung ließen sie wieder los und richteten sich auf.

»Es hat keinen Zweck«, sagte Simon Stubbley. »Da muss ein Traktor her.«

Emily rief im Lokal an und sagte dort Bescheid. Der Wirt versprach, jemanden vorbeizuschicken, der die Straße wieder frei machte.

Während Emily im Nieselregen auf den Traktor wartete, leistete Simon ihr Gesellschaft. Sie wusste, dass er nicht gerne mit ihr im engen Auto gesessen hätte. Als sie sich nach seiner Tochter Suzanne erkundigte, leuchteten seine Augen. Stolz berichtete er, dass sie gerade ihre Ausbildung im Kaufhaus Voisins abgeschlossen hatte und einen eigenen Modeladen eröffnen wollte. Er bedauert nur, dass er sie viel zu selten sah.

Als er bemerkte, wie Emily der Regen über das Gesicht lief, zog er sie unter einen großen Baum neben der Straße. Sie schaute sich um und sagte lächelnd: »Hier sind Sie also, wenn man Sie mal nicht am Strand findet. Ist das Ihre Schlechtwettergegend, von der Sie mir erzählt haben?«

»Ja.« Es schien ihn zu amüsieren, dass sie sich daran erinnerte. »Ihnen darf man auch gar nichts erzählen, Sie merken sich ja alles.«

»Nur die interessanten Sachen«, antwortete Emily. »Ihre Art zu leben, zum Beispiel ...«

»Was ist daran schon interessant?«, fragte er. »Ich mag eben die Natur.«

»Ich glaube, es hat was mit Freiheit zu tun«, sagte Emily. »Vielleicht werden Sie darum mehr beneidet als Sie glauben.«

»Ach, die Freiheit«, meinte Simon nachdenklich und kratzte sich am Bart. »Man kriegt sie nur, wenn man ordentlich dafür bezahlt. Und dann steht man da mit dem Sack voll Freiheit...«

Emily musste lachen über seine Ausdrucksweise. »Lieber einen Sack voll Freiheit als einen Sack voll Sorgen, finde ich«, sagte sie.

»Ich hätte es nicht besser sagen können«, stimmte Simon ihr verschmitzt zu. So aufgekratzt hatte Emily ihn noch nie gesehen. Ihm schien das Gespräch zu gefallen.

Als hätte er sich gerade überlegt, wie er sich bei ihr dafür erkenntlich zeigen konnte, deutete er plötzlich auf die Wildnis neben ihnen. Sie begann neben der Straße und endete erst eine Meile später wieder. Das Gelände bestand aus undurchdringlichen Ginsterhecken und hohem Gestrüpp. »Wollen Sie mal sehen, wie ich mich da drin eingerichtet habe?«, fragte er. »Ist auch nicht weit. Sie dürfen es nur keinem verraten.«

Da sie ihm vertraute, sah sie kein Problem darin, ihn zu begleiten. Es würde sicher noch eine Weile dauern, bis der Traktor kam. »Gerne. Ich habe mich immer schon gefragt, wie Sie es hier draußen bei Wind und Wetter aushalten.«

»Dann bleiben Sie einfach hinter mir.«

Er stapfte auf die Stelle zu, wo der Telefonmast gestanden hatte, schob mit den Armen die Blätter der hohen Farne beiseite und drang in den breiten Gürtel des undurchdringlichen Geländes ein. Emily hielt sich immer dicht hinter ihm. Hin und wieder musste sie Ästen ausweichen oder ihre Augen vor Dornen schützen.

Plötzlich tauchten vor ihnen die Überreste einer alten Steinmauer auf, als hätte sich hier in früheren Jahrhunderten eine

Viehweide befunden. Jetzt war die Mauer zerfallen und von Schlingpflanzen überwuchert.

Auf der linken Seite der Mauer entdeckte Emily einen verwitterten Unterstand aus aufeinandergeschichteten grauen Steinen. Auch er war bereits ziemlich zerfallen, aber das Dach aus uralten Balken und darüber gelegten flacheren Steinen schien noch dicht. Nach vorne hin war der Unterstand offen. Er hatte eine Tiefe von nicht mehr drei Metern, mit einem breiten Balken an der Rückwand, der als Sitzbank diente. Vermutlich hatte er früher, als dieser Teil von Noirmont noch vollständig genutzt worden war, den Kuhhirten als Zuflucht bei Unwettern gedient.

Stolz blieb Simon davor stehen. »Das ist er, mein Bungalow.«

Auf dem Boden vor dem Sitzbalken lag sein Schlafsack, daneben standen seine Segeltuchtasche und mehrere Tüten. Unter dem Balken hatte er allerlei praktisches Zeug verstaut, darunter einen Spaten, Zange und Hammer, eine Laterne und ein paar Stöcke.

Staunend fragte Emily: »Und hier schlafen Sie immer?«

Simon schüttelte den Kopf. »Nein, nicht immer. Nur bei schlechtem Wetter.«

Er ging unter das Dach, setzte sich auf den Balken und klopfte mit der flachen Hand neben sich auf das Holz. »Wenn Sie sich auch setzen möchten...«

Emily nahm Platz. Durch die Ritzen des Daches pfiff der Wind. Am Ende der nassen Wiese, auf die sie von hier aus blickten, erschienen plötzlich zwei Wildkaninchen, hoppelten einmal im Kreis herum und verschwanden dann wieder in ihrem Loch unter einem Baum.

Emily kam sich wie in einer anderen Welt vor. Simon schwieg, als wollte er ihr auf diese Weise Gelegenheit geben, selbst hinter das Geheimnis seines Lebens in der Natur zu kommen.

Tief berührt davon, dass er ausgerechnet sie Anteil daran nehmen ließ, schaute Emily ihn an. »Wie lange leben Sie schon so, Simon?«

Er hob die Schultern. Ein kleines Lächeln huschte über sein Gesicht. »Schon so lange, dass ich manchmal gar nicht mehr weiß, ob die Strände zuerst da waren oder ich.«

»Es ist ja auch unwichtig«, sagte Emily voller Sympathie.

In der Ferne hörten sie den Traktor kommen.

Emily tauchte langsam wieder aus ihrer Erinnerung auf. Blinzelnd öffnete sie die Augen. Hinter sich am Strand hörte sie Kinderlachen.

Sie fragte sich, ob es Simons Versteck in Noirmont wohl noch gab?

Plötzlich reizte es sie nachzusehen. Die kleine Landzunge von Noirmont lag direkt vor ihr. Sie musste nur der Bucht bis zum Ende folgen und dann bei *Noirmont Manor* die Straße hochlaufen.

Entschlossen packte sie ihre Sachen und machte sich auf den Weg.

Eine gute halbe Stunde später hatte sie die Landstraße erreicht, an der damals der umgestürzte Telefonmast gelegen hatte. Den Mast fand sie sofort wieder, nur dass er jetzt aus Beton war. Auch die Straße befand sich heute in weit besserem Zustand als vor neun Jahren.

Sie trat neben den Telefonmast an den Straßenrand und versuchte sich zu orientieren. Farne wuchsen hier nicht mehr, stattdessen hatte sich der Ginster noch weiter ausgebreitet. Das ganze Gebiet bestand immer noch aus undurchdringlicher Wildnis, doch im Gegensatz zu früher versperrten jetzt ein paar junge Bäume den Blick auf die ungezähmte Natur.

Sie gab sich einen Ruck und begann, sich durch die Ginsterhecke zu zwängen. Es tat weh, aber irgendwie schaffte sie es, ohne Kratzer am anderen Ende wieder zum Vorschein zu kommen. Ein großer Stein, der aus der Erde ragte, verriet ihr, dass sie den richtigen Weg eingeschlagen hatte und sich weiter geradeaus halten musste. Merkwürdigerweise war das Gras hier flach getreten, als wenn sie nicht der einzige Mensch war, der diesen Pfad benutzte.

Plötzlich hörte sie ein Geräusch. Es klang wie ein Klappern. Ihr wurde mulmig zumute, aber zurückgehen wollte sie nicht. Mutig schob sie sich durch das nächste Gebüsch weiter und entdeckte dahinter zu ihrer Erleichterung die Mauerreste, die sie von damals kannte.

Eine Minute später stand sie vor dem alten Unterstand. Auf den ersten Blick sah alles unverändert aus. Das Dach schien erstaunlicherweise immer noch intakt zu ein, nur dass es jetzt mit einer dicken Schicht Moos bedeckt war. Der dicke Balken, auf dem Simon und sie mit dem Rücken an der Wand gesessen und sich unterhalten hatten, befand sich ebenfalls noch an seiner Stelle. Lediglich an den Seitenwänden hatten Nässe und Erosion dafür gesorgt, dass die grauen Steine abgebröckelt waren. Es roch nach Feuchtigkeit.

Vorsichtig näherte Emily sich dem Eingang. Eine innere Stimme warnte sie, vorsichtig zu sein. Wie zum Beweis knackte es hinter der Ruine im Unterholz. Sie schaute um sich, konnte aber nichts Auffälliges feststellen.

Dann sah sie die vielen Muscheln. Sie waren cremefarben und gelb. Jemand hatte sie auf dem Boden unter dem Balken verteilt, als sollten sie dort trocknen. An der geriffelten, halbrunden Form erkannte Emily, dass es sich um Herzmuscheln handelte. Weitere Muscheln befanden sich in einem weißen Kunststoffeimer, der unter dem Balken stand, wo damals Simons Werkzeug gelegen hatte. Er war bis oben hin gefüllt.

Plötzlich entdeckte sie noch etwas. Auf der Bank lag eine Tüte, aus der ein Stück Brot und ein angebissener Apfel hervorschauten.

Sie bekam eine Gänsehaut. Wer versteckte sich hier?

Ihr kam ein Gedanke. Was, wenn Simon Stubbley selbst noch einmal hier gewesen war, bevor man ihn ermordet hatte? Es wäre naheliegend gewesen, denn hier hatte er sich immer besonders geborgen gefühlt.

Aber warum hätte er Muscheln sammeln sollen? Das passte ganz und gar nicht zu ihm.

Mit einem Mal kamen ihr wieder Harold Conways Worte in den Sinn, der sie eindringlich vor Simons gefährlichem Freund, dem Brasilianer Joaquim Sollan, gewarnt hatte. War er es, der sich jetzt in dieser Ruine versteckte, während die Polizei auf der ganzen Insel nach ihm fahndete? Emily wusste, dass Herzmuscheln essbar waren, für manche Leute waren sie eine Delikatesse. Sie brauchte nicht viel Fantasie, um sich vorzustellen, wie der Brasilianer von hier aus zum Strand hinunterschlich und nach Muscheln tauchte. An den Felsenformationen unter Wasser gab es sie zu Tausenden.

Sie lauschte. Hinter der Ruine knackte es abermals. Sie hatte das sichere Gefühl, dass sie nicht allein war.

In Panik drehte sie sich um und rannte zurück. Beim hastigen Überklettern der alten Mauer wäre sie fast gestrauchelt, konnte sich aber in letzter Sekunde an dem Ast einer Buche festhalten, deren Äste fast bis zur Erde hinunter hingen. Zwei Mal drehte sie sich um, weil sie meinte, Schritte hinter sich zu hören. Doch das Einzige, was sie sah, war das Wippen der Zweige, die sie beim Laufen gestreift hatte.

Sie begann sich wieder sicher zu fühlen. Ihre Panik erschien ihr plötzlich überzogen. Mit eisernem Willen zwang sie sich, nicht mehr zu rennen, sondern einfach nur mit zügigen Schritten dem Trampelpfad zu folgen. Als sie wieder die Ginsterhecke erreicht hatte, drehte sie sich ein letztes Mal um.

Sie glaubte, ihr Herz würde stehenbleiben. In dem Dickicht, das sie gerade hinter sich gelassen hatte, keine 30 Fuß hinter ihr, konnte sie zwei Hände sehen, die vorsichtig die Äste auseinanderdrückten. Auch zwei Augen, die sie beobachteten, glaubte sie erkennen zu können. Doch schon im selben Moment, als sie sich umdrehte, wurden die Hände wieder ruckartig zurückgezogen, sodass nichts zurückblieb als eine geschlossene Blätterwand.

Emily spürte, wie ihr die Angst über den Rücken kroch. Hektisch zwängte sie sich durch die Ginsterbüsche, deren Gänge ihr plötzlich wie endlose Tunnel vorkamen. Sie wagte nicht, hinter sich zu blicken.

Zerkratzt und keuchend kam sie wieder auf der Straße an. Sie hoffte inständig, dass jetzt ein Auto vorbeikäme. Um nicht hier, mitten im Wald, warten zu müssen, begann sie Richtung Sherman Inn zu laufen, wo sie in Ruhe telefonieren konnte.

Plötzlich hupte es hinter ihr. Es war Donna Davis, die 100 Kilo schwere Besitzerin des Gemüseladens in St. Brelade. Sie hielt an und öffnete von innen die Beifahrertür.

Noch nie in ihrem Leben hatte Emily sich so gerne neben eine dicke Frau gequetscht.

In der Halle des *Sea Bird Hotels* waren alle Mitarbeiter versammelt, die am gestrigen Tag und in der vergangenen Nacht Dienst gehabt hatten. Jeder von ihnen, das hatte Pommy Pomfield bereits überprüft, besaß für die Tatzeit ein Alibi, denn sie hatten die meiste Zeit in dieser Nacht gemeinsam im Personalzimmer hinter der Rezeption verbracht.

Jetzt saßen sie wartend auf der braunen Ledercouch gegenüber dem Eingang, während Detective Inspector Jane Waterhouse vor ihnen auf und ab wanderte, in der Hand eine Liste mit den Namen jener, die heute nicht hier waren, weil sie Urlaub hatten. Das Hotel war seit heute Morgen geschlossen, alle Gäste waren auf andere Häuser in St. Brelade's Bay verteilt worden.

Schon die ganze Nacht über hatte die Polizei jeden verhört, der sich zur Tatzeit im Hotel befunden hatte. Ein Großteil der 36 Hotelgäste stammte aus Großbritannien und aus Frankreich, auch ein paar Deutsche waren dabei. Alle erzählten das Gleiche: Sie hatten Alan Le Grand das letzte Mal zur Dinnerzeit im Hotel gesehen, als er durch die Reihen der Tische im Restaurant gegangen war – wie immer im blauen Jackett mit weißem Hemd – und jedem einzelnen Gast charmant einen angenehmen Abend gewünscht hatte. Ansonsten waren sie alle früh zu Bett gegangen und hatten von dem Verbrechen erst etwas mitbekommen, nachdem sie von der Polizei durch Klopfen an der Zimmertür geweckt und nach unten gebeten worden waren.

Die fünf Männer und Frauen, die jetzt vor Jane Waterhouse auf der Couch saßen, waren entweder im Service oder an der Rezeption tätig. Roy Morris, der etwa 50-jährige Nachtportier, ein distinguierter Mann mit hoher Stirn und leiser Stimme, war als der Erfahrenste von ihnen ihr Sprecher. Er hatte schon in zahlreichen Häusern in England gearbeitet und war die Ruhe selbst. Er hätte auch Butler sein können. Rechts und links neben ihm saßen Glenda und Heidi, die beiden jungen Rezeptionistinnen, die bis 20 Uhr Dienst gehabt hatten und dann nach Hause gegangen waren, nachdem Roy pünktlich zum Nachtdienst erschienen war.

Ganz am Rand der Couch, scheu und verängstigt, saßen schließlich Sally und Lorraine, die beiden kräftigen Zimmermädchen, die eine Anfang 30, die andere Mitte 40. Wie üblich waren sie gestern bis abends um acht in den Zimmern des Sea Bird Hotels unterwegs gewesen, um die Betten aufzudecken und nach dem Rechten zu sehen. Ihnen war in dieser Zeit weder irgendetwas

Besonderes im Hotel aufgefallen, noch hatten sie ihren Chef überhaupt zu Gesicht bekommen.

Jane Waterhouse versuchte gerade der Frage nachzugehen, was Le Grand eigentlich für ein Mensch gewesen war. Wie war er als Arbeitgeber? Hatte er viele Freunde gehabt? Oder Freundinnen, wie ein echter *womenizer*?

Sie wandte sich an den Nachtportier.

»Mr. Morris, Sie haben gestern ausgesagt, dass Helen Keating beim Personal des Hauses sehr beliebt war – wenn sie sich mal mit Mr. Le Grand hier im Hotel sehen ließ, was offenbar nicht oft vorkam.«

»Das ist richtig«, bestätigte Roy Morris, »die beiden waren in diesem Punkt sehr diskret. Wir hatten aber alle das Gefühl, dass sie gut zueinander passten. Mr. Le Grand erschien mir auch bedeutend entspannter und fröhlicher, seit sie ein Paar waren.«

»War das denn vorher nicht so?«

Morris überlegte einen Augenblick. »Ich glaube, ich verrate kein Geheimnis, wenn ich sage, dass Mr. Le Grand seit seiner Scheidung vor einem Dreivierteljahr eine eher pessimistische Grundhaltung hatte.« Die Butlerstimme des Portiers wurde angesichts des heiklen Themas ein wenig leiser. »Wie soll ich sagen? Er konnte manchmal sehr hart und unnachgiebig gegenüber den Mitarbeitern sein. Natürlich ist es nicht leicht, ein Hotel zu führen, das wissen wir alle, aber ...«

Er brach ab, als hätte er sich als loyaler Mitarbeiter schon viel zu weit vorgewagt. Die Chefermittlerin wurde hellhörig. Offensichtlich versuchte Morris anzudeuten, das sein Chef einen schwierigen Charakter hatte. Aber unterstellte man das nicht allen Chefs?

»Was heißt das genau?«, fragte Sie in die Runde. »War er ungerecht? Hat er schlecht gezahlt? Hat er Sie ausgenutzt? Wie war er?«

Keiner antwortete. Sie sah die verschlossenen Gesichter und erinnerte sich plötzlich wieder an ihre eigenen ersten Monate als

Chefin. Sie hatte gleich am ersten Tag versucht, den Mitarbeitern im Hauptquartier unmissverständlich zu erklären, was sie ihnen abverlangen wollte für eine erfolgreiche Ermittlungsarbeit. Doch sie hatten es nicht begriffen. Bis heute nicht, auch wenn sich alle bemühten, respektvoll mit ihr umzugehen.

Sie schob die Gedanken daran beiseite und wandte sich den beiden Zimmermädchen zu.

»Wie lange sind Sie schon dabei?«

»Wir wurden vor acht Monaten eingestellt, Madame« antwortete die Ältere der beiden, »wie es hieß, hat Mr. Le Grand damals alle entlassen, die ihre Arbeitsverträge noch von seiner Exfrau bekommen hatten.«

Jane Waterhouse wandte sich wieder an Roy Morris. Wie sie wusste, war er bereits seit einem Jahr im Hotel und kannte sich in allen Zusammenhängen besser aus als jeder andere. »Stimmt das, Mr. Morris?«

Der Nachtportier nickte. »Ja, das war ja kein Geheimnis. Die ehemalige Mrs. Le Grand war eine sehr attraktive Frau, die viel Aufmerksamkeit brauchte. Sie hat sich immer äußerst intensiv in die Geschäfte eingemischt, was ihrem Mann wohl nicht gefiel. Deshalb hat er nach der Scheidung nahezu alle Positionen neu besetzt.«

»Bis auf Ihre.« Die Stimme von DI Waterhouse wurde schneidend. »Wissen Sie, warum dieser Kelch ausgerechnet an Ihnen vorübergegangen ist? Dafür muss es doch einen Grund geben?«

Morris ließ sich nicht aus der Ruhe bringen. Geduldig und in höflichem Ton antwortete er:

»Mr. Le Grand kannte mich schon von früher, weil ich einmal für zwei Jahre in seinem Hotel in Singapur für ihn gearbeitet habe.«

»Ich verstehe. Also könnte man sagen, dass Mr. Le Grand von allen Mitarbeitern Sie am besten kannte?«

»Das ist korrekt.«

»Gut. Dann kommen wir noch einmal zurück auf die Frage, wie Mr. Le Grand als Chef war. Hat er oft Mitarbeiter oder Geschäftspartner gegen sich aufgebracht?«

Morris überlegte. »Das kann man so nicht sagen, Madame. Natürlich war der Ton wie in jedem Hotel der Welt mitunter etwas scharf, weil alle unter großem Druck stehen. Aber ich denke, das gehört zu unserem Berufsbild und jeder weiß das.«

Das klang glaubhaft. Dennoch meinte Jane Waterhouse herauszuhören, dass es auch Vorkommnisse gegeben hatte, die nicht unbedingt in dieses Berufsbild gehörten. Sie insistierte. »Aber es gab auch Fälle, in denen er extra hart durchgriff – darf ich das so verstehen?«

»Nun ja, vor ein paar Monaten beispielsweise hatten wir einen jungen Koch, der mit Lebensmitteln in die eigene Tasche gewirtschaftet hatte und deshalb entlassen wurde. Einen Tag später hat er sich dann die Pulsadern aufgeschnitten und war tot.« Er blickte verstohlen zu seinen vier Kolleginnen. »Zu unserem Entsetzen war Mr. Le Grand nicht mal auf seiner Beerdigung.«

Detective Inspector Waterhouse zog scharf die Luft ein. »Das ist allerdings heftig.« Plötzlich kam ihr ein Gedanke. »Halten Sie für möglich, dass sich die Familie des Kochs rächen wollte?«

Der Nachtportier deutete auf eine der jungen Rezeptionistinnen. »Das müssen Sie Glenda fragen, sie kommt aus demselben Ort.«

Alle Augen richteten sich auf die hübsche junge Frau mit den blonden Haaren. Sie wurde rot. »Nein, Madame. Er hat nur eine MS-kranke Mutter hinterlassen, das war ja das Tragische. Ohne ihn muss sie jetzt wohl ins Heim.«

Plötzlich mischte sich Lorraine ein, das jüngere der beiden Zimmermädchen. Sie besaß eine kräftige Stimme und sprach einen derben nordenglischen Dialekt. »Also echt, ich finde, wir sollten hier nicht so tun, als ob das nur ein Einzelfall gewesen wäre. Zu mir ist er oft auf die Etage gekommen und hat mich angeschnauzt. Und die ganzen Leute, die er nach seiner Scheidung entlassen hat, können auch ein Lied davon singen. Würde mich nicht wundern, wenn einer von denen die Schnauze voll gehabt hätte.«

Roy Morris hob tadelnd die Augenbrauen. »Also bitte, Lorraine!«

»Aber wenn's doch wahr ist!«

»Das ist schon in Ordnung«, sagte Jane Waterhouse, »jeder Hinweis ist für uns wichtig.«

Sie nahm sich zwar vor, routinemäßig jeden einzelnen dieser Leute schnellstens überprüfen zu lassen, aber ihr Instinkt sagte ihr, dass der Mord an dem Hotelier eher tiefergehende persönliche Gründe hatte. Rachegelüste ehemaliger Mitarbeiter fanden meistens nur in deren Kopf statt und waren irgendwann auch wieder verflogen.

Viel interessanter erschien ihr, was Roy Morris zu Beginn des Gesprächs angedeutet hatte und was auch andere schon ausgesagt hatten. Bei Annabelle Le Grand, Alans Geschiedener, handelte es sich offenbar um eine recht egozentrische Person. Zumindest war sie wohl in den letzten ihrer insgesamt zehn Ehejahre dazu geworden. Für ihren Mann, der gewohnt war, selbst die Fäden in der Hand zu halten, musste das nur schwer zu ertragen gewesen sein. Auf die unvermeidliche Scheidung war dann der Streit ums Geld gefolgt. Das hatte auch Helen Keating ausgesagt.

Die Ermittlerin versuchte noch einmal, die Frauen auf dieses Thema zu bringen. Ihre Skepsis gegenüber der Wahrnehmung von Männern war groß. Interessanterweise hatte auch der Nachtportier als Erstes betont, wie attraktiv Annabelle Le Grand gewesen war.

Sie wandte sich an Lorraine, die ihr die Mitteilsamste zu sein schien.

»Weiß man denn eigentlich, warum die Le Grands geschieden wurden? Gab es vielleicht Frauengeschichten, über die getuschelt wurde? Ich meine – bevor Helen Keating hier auftauchte.«

Lorraine reagierte spontan. Sie verzog nur verächtlich den Mund. »Dann schon eher Männergeschichten.« Sie sah das überraschte Gesicht von Jane Waterhouse und ergänzte schnell: »Ich spreche natürlich von Annabelle Le Grand. Aber damals war ich ja noch gar nicht im Hotel, insofern ... Es wird eben viel geredet.« Sie blickte hilfesuchend zum Nachtportier und sah aus, als hätte sie sich am liebsten auf die Zunge gebissen.

Roy Morris merkte, dass der Ball jetzt bei ihm lag, und räusperte sich. »Na ja, was Lorraine da anspricht, ist eine Geschichte, die wohl schon ein paar Jahre zurückliegt. Ich kenne sie auch nur von Gerüchten. Annabelle hatte damals angeblich ein Verhältnis mit einem der Mitarbeiter hier im Haus. Da das vor unserer Zeit war, weiß keiner, um wen es sich damals handelte. Aber höchstwahrscheinlich war das der Zeitpunkt, an dem die Ehe der Le Grands zerbrach.«

»Aha.« Detective Inspector Waterhouse legte einen Zeigefinger über ihre schmalen Lippen und dachte nach. »Das heißt also, es würde uns auch nicht weiterhelfen, wenn wir die Liste derer durchgehen würden, die vor knapp einem Jahr entlassen wurden?«

Morris schüttelte den Kopf. »Nein. Ich fürchte, dieses Geheimnis kann nur Mrs. Le Grand selbst lüften. Sie ist eine äußerst emotionale Frau, fast ein bisschen unberechenbar in ihrem Geschmack. Es könnte also genauso gut einer der Köche wie jemand vom übrigen Personal gewesen sein.«

»Und von da an, glauben Sie, war das Verhältnis zwischen ihr und ihrem Mann zerrüttet?«

»So sagte man. Sie haben viel gestritten. Mr. Le Grand hat ihr schließlich oben unter dem Dach ein kleines Maleratelier eingerichtet, in das sie sich oft zurückgezogen hat. Das hat dann die Situation bis zur endgültigen Trennung einigermaßen entspannt.«

Jane Waterhouse war überrascht, wie klar und deutlich Roy Morris den Konflikt des Ehepaares beschreiben konnte. Aber erfahrene Hotelangestellte waren eben auch gute Beobachter und Menschenkenner. Die neue Perspektive, dass ein von Alan Le Grand entlassener Ex-Mitarbeiter der Mörder gewesen sein könnte, nahm für sie immer mehr Gestalt an.

»Mr. Morris, könnte ich von Ihnen die vollständige Liste mit den Namen aller Entlassenen bekommen?«, fragte sie den Portier.

»Kein Problem.«

»Okay, dann war's das fürs Erste«, sagte Jane Waterhouse. »Bitte denken Sie weiter nach, ob Ihnen noch irgendetwas Wichtiges einfällt. Ich lasse Ihnen meine Karte da.«

Sie ging zur Couch und verteilte an jeden ihre Visitenkarte. Heidi, die junge dunkelhaarige und etwas pummelige Rezeptionistin, stand auf und wartete, bis die Chefermittlerin bei ihr war.

»Madame, da gibt es noch etwas, das Sie vielleicht interessieren könnte. Wegen Mrs. Le Grand.«

»Ja?«

»Ich kenne Mrs. Le Grand nur von den Fotos, aber ich bin mir ziemlich sicher, dass ich sie in den letzten Wochen zwei Mal hier gesehen habe.«

»Wie bitte?« Jane Waterhouse ließ vor Überraschung ihre Tasche mit den Visitenkarten sinken. »Sie meinen hier im Hotel?«

Heidi schüttelte den Kopf. »Nein, nebenan in der Privatwohnung. Einmal vor vielleicht drei Wochen und dann nochmal am vergangenen Dienstag. Beim ersten Mal sah ich sie über den Parkplatz gehen, wo Mr. Le Grand ihr schon entgegenkam und mit ihr in seiner Wohnung verschwand. Letzten Dienstag dann wieder dasselbe, so um die Mittagszeit.«

»Können Sie mir auch sagen, wie die beiden miteinander umgegangen sind? Ich meine, liebevoll oder aggressiv?«

»Ich würde sagen, normal. Auf keinen Fall unfreundlich. Das war es ja gerade, was mich so gewundert hat. Nach allem, was ich über die beiden gehört habe.«

»Danke, Heidi.«

Die Tatsache, dass Alan Le Grand bei seiner Geliebten Helen Keating immer so getan hatte, als wenn er sich mit seiner Exfrau im Krieg befände, in Wirklichkeit jedoch geheime Treffen mit Annabelle arrangiert hatte, war höchst irritierend. Sie schienen ein merkwürdiges Paar gewesen zu sein, dessen zehnjährige Ehe zwar in einem Desaster geendet hatte, das aber auch ein paar Geheimnisse zu teilen schien. Jane Waterhouse nahm sich vor, so schnell wie möglich Annabelle Le Grand zu vernehmen, die der Schlüssel zu allem sein konnte.

Sie wollte sich gerade von Roy Morris und seinen Mitarbeiterinnen verabschieden, als ihr Handy klingelte. Bereits an der Telefonnummer erkannte sie, dass es kein gewöhnlicher Anruf war. Sie ging schnell aus der Halle zum Parkplatz und nahm das Gespräch erst draußen an, als niemand zuhören konnte.

Am anderen Ende war das Büro des *Bailiffs*. Er hatte das höchste Amt auf Jersey inne. Da Jersey zwar ein eigenständiger Staat war, der nicht zu Großbritannien gehörte, aber dennoch seit Jahrhunderten als *Kronbesitz* eng mit dem Königreich verbunden war, war der von der Britischen Krone ernannte Bailiff der oberste Repräsentant Jerseys. Gleichzeitig war er der Vorsitzende des kleinen Parlamentes und des *Royal Courts,* des königlichen Gerichtshofes.

Die Sekretärin des *Bailiffs* bat Jane Waterhouse, noch heute bei ihr im Parlamentsgebäude vorbeizuschauen. Der Bailiff hatte vor seiner Abreise zu einer Sitzung in Paris einen persönlichen Brief für sie hinterlassen.

»Für mich?«, fragte die Ermittlerin ungläubig. Fieberhaft überlegte sie, bei welchem ihrer Fälle politische Fragen tangiert worden sein könnten. Aber ihr fiel nichts ein. »Darf ich wissen, worum es geht?«

»Ich bin leider nicht befugt, darüber zu reden«, sagte die Sekretärin. »Aber es ist dringend. Der *Bailiff* erwartet, dass Sie in den nächsten Tagen eine wichtige Entscheidung treffen. Deshalb wollten wir Ihnen den Brief auch nicht einfach so zustellen. Wann werden Sie hier vorbeikommen können?«

»In einer halben Stunde«, sagte Jane Waterhouse so selbstverständlich wie möglich.

Doch in Wirklichkeit war sie irritiert.

Was sollte das alles bedeuten?

Für Harold Conway kam der Anruf von Detective Inspector Waterhouse zur unpassenden Zeit – wie die meisten Anrufe aus *Rouge Bouillon*, dachte er grantig.

In wichtigem Ton bat ihn die Ermittlerin darum, so schnell wie möglich Annabelle Le Grand zu vernehmen. Sie schilderte ihm in kurzen Zügen, worum es ging. Als Grund dafür, warum sie diese Aufgabe nicht selbst übernehmen konnte, nannte sie einen wichtigen Termin beim Bailiff.

Das war typisch für sie, dachte Conway grimmig. Sie ließ keine Gelegenheit aus, die Bedeutung der Kriminalpolizei auf ein hohes Podest zu stellen und die ehrenamtlichen Polizisten als *Hobby Bobbies* verächtlich zu machen. Außerdem hielt er sie für eine Karrieristin. Ihr Bruder Edward war Richter am Magistratsgericht und mischte neuerdings auch in der Politik mit.

Er war gerade auf dem Weg zum Golf Club gewesen, dessen

Gelände sich bis kurz vor die Stelle erstreckte, wo man Simon Stubbleys Leiche gefunden hatte. Bei seiner Verabredung mit dem Clubpräsidenten wollte er herausfinden, welche Spieler zur Tatzeit auf dem Platz gewesen waren.

Nach dem Anruf von Miss Jane wendete Conway seinen Wagen und fuhr nach St. Brelade zurück, wo Annabelle Le Grand wohnte. Unterwegs ordnete er über Funk an, dass Sandra Querée den Termin im Golfclub für ihn wahrnehmen sollte.

Das Haus, in dem Annabelle Le Grand seit ihrer Scheidung lebte, lag auf dem Weg zum Flughafen und war ein graues, schmuckloses Gebäude aus den 1950er-Jahren. Auffällig war nur das riesige Atelierfenster im Dach, das sich bis zum Dachfirst hinauf erstreckte und erahnen ließ, wie hell und lichtdurchflutet es dort oben sein musste.

Conway parkte direkt vor dem Haus und klingelte. Nach einiger Wartezeit wurde die Tür von einer alten Frau geöffnet. Sie war die Putzfrau und teilte Conway mit, dass er Annabelle Le Grand heute in der Markthalle von St. Helier finden würde, wo sie auf Einladung ihres Galeristen den ganzen Tag über ihre Bilder ausstellte.

Conway konnte sich zwar keinen Reim darauf machen – in der alten Markthalle wurden normalerweise nur Gemüse, Fleisch und andere Lebensmittel verkauft –, aber er stieg wieder in sein Polizeiauto und fuhr nach St. Helier in die Innenstadt.

Die Markthalle war ein imposantes kuppelartiges Granitgebäude aus dem Jahr 1881, erbaut im viktorianischen Stil mit Eingängen aus rotem Eisen, aus dem auch die tragenden Elemente unter der Kuppel waren. Ganz ähnlich wie in den berühmten französischen Hallen ließ sich auch hier alles finden, was die Herzen von Feinschmeckern höher schlagen ließ.

Kaum war Conway durch das Portal getreten, entdeckte er auch schon neben einem Stand mit französischem Käse fünf Staffeleien, auf denen großformatige Gemälde ausgestellt waren. Mit expressionistischer Wucht hatte die Künstlerin gewaltige Farbbündel erschaffen, mit viel Rot und Blau. Nur zwei der Bilder zeigten realistische Strandmotive, erstaunlich zart und fast aquarellartig. Darüber hing ein großes Schild in Form einer Farbpalette mit der Aufschrift *Galerie Bouton – Jahresausstellung Annabelle Le Grand*.

Hinter den Gemälden stand eine schlanke, gut aussehende Frau mit langen blonden Haaren und sortierte Ausstellungskataloge. Sie trug eine Jeanshose und darüber eine extravagante rote Bluse. An ihren Handgelenken klimperten große goldene Reifen. Das musste die Künstlerin sein.

»Mrs. Le Grand?«

Sie drehte sich um. Ihr Gesicht war schön, wirkte aber angespannt. Ein Duft von Fliederparfüm begleitete sie. Ihre 48 Jahre sah man ihr kaum an.

»Ja?«

Harold Conway zeigte auf das kleine Abzeichen an seinem Revers, das ihn als Chef de Police auswies. »Mein Name ist Conway. Ich komme wegen des Mordes an Ihrem Exmann. Könnten wir uns hier einen Moment in Ruhe unterhalten?«

Annabelle Le Grand richtete sich auf. Ihr Gesicht wurde ernst. »Ja, natürlich. Ehrlich gesagt hatte ich Sie schon erwartet.« Sie deutete auf den weißen runden Stehtisch hinter den Staffeleien, auf dem die Kataloge lagen. »Lassen Sie uns an den Tisch gehen.«

Wie immer war in der Markthalle viel Betrieb. Überall liefen Leute mit Körben voller Gemüse und Plastiktüten voller Fisch herum. Am Ende des Ganges pries ein Franzose lautstark seine Weine aus Burgund an. Conway wäre es lieber gewesen, sie hätten einen ruhigeren Platz für die Vernehmung finden können, aber er wusste selbst, dass es hier nichts anderes gab.

Als sie sich am Tisch gegenüberstanden, sprach er ihr als Erstes sein Mitgefühl aus. Immerhin war sie zehn Jahre mit dem Hotelier verheiratet gewesen.

»Danke«, sagte sie, »das war wirklich eine harte Nachricht für mich. Wir sind zwar leider im Streit auseinandergegangen, wie Sie sicher wissen, trotzdem ist nach so vielen Jahren Ehe eine gewisse Verbundenheit geblieben.«

»Das denke ich mir«, sagte Conway, »zumal Sie ja auch sehr im Hotel engagiert waren, wie man uns sagte.«

Sie hob bedauernd die Hände. »Ja, so ist das nun mal. Eine Scheidung macht von einem Tag zum anderen alles zunichte. Aber ich will mich gar nicht beklagen. Jetzt bin ich in der Kunstszene zu Hause, wovon ich lange Zeit geträumt habe, und führe zwangsläufig ein ganz anderes Leben.«

Der Chef de Police ließ seinen Blick über die Bilder auf den Staffeleien schweifen und sagte: »Ihre Farben gefallen mir. Besonders mag ich das kleine Bild mit der Strandhütte.«

Sie schien sich sehr über sein Lob zu freuen. »Danke. Es war das erste Mal, dass ich mich an die kleinen Formate und eine neue Technik gewagt habe. Die meisten meiner Bilder leben von den Acrylflächen.« Sie lächelte. »Das entspricht wahrscheinlich eher meiner impulsiven Art.«

»Mrs. Le Grand«, der Chef de Police gab sich bewusst zögernd, um das Gespräch nicht sofort zu verhärten, »wie Sie sich vorstellen können, muss ich auch Sie fragen, wo Sie sich zur Tatzeit aufgehalten haben.«

Zu seiner Überraschung reagierte sie ganz anders, als er erwartet hatte. Sie schaute ihn seelenruhig an. Kam es ihm nur so vor oder hatten ihre blauen Augen unter den geschwärzten Wimpern einen leicht siegessicheren Ausdruck?

»Vielleicht sind Sie etwas anderes gewöhnt, aber für mich ist das kein Problem. Ich war mit Peter Bouton, meinem Galeristen, bei einem Vortrag in St. Martin. Einer seiner Londoner Partner hat dort im neuen Haus der Kunst einen Vortrag über den Künstler Cy Twombly gehalten. Sie können das jederzeit nachprüfen.« Sie entnahm einem der Kataloge eine kleine Visitenkarte. »Hier, das ist Peters Karte.«

»Danke.« Conway steckte die Karte ein. »Dann haben Sie also auch erst am nächsten Tag von dem Verbrechen erfahren?«

»Ja, morgens durch einen Nachbarn. Ich war wie im Schock. Alan hat mich zwar nach der Scheidung geärgert, wo er nur konnte, aber egal. Das hat er nicht verdient.«

»Wissen Sie, wer das Hotel jetzt erben wird? Soweit ich weiß, haben weder Sie noch ihr Exmann Kinder. Ist das richtig?«

Als müsste sie sich dafür entschuldigen, sagte Annabelle Le Grand: »Ja, das war immer der kleine Schatten auf unserer Ehe. Ich geb's zu, wir hätten beide gerne Kinder gehabt, aber es hat nun mal nicht sein sollen. Vermutlich wird Alans Bruder Frederic jetzt alles erben. Alan hat ja sonst keine Verwandten. Freddy lebt in Australien und ist ein ganz lieber Kerl. Er betreibt in Melbourne einen Sanitärhandel.«

»Aber Sie haben keinen Kontakt mehr zu ihm?«

»Nein. Ich habe mit meinem ganzen vorherigen Leben radikal gebrochen. Ich weiß, dass es merkwürdig für Sie klingen mag, aber so bin ich nun mal. Die Jahre in Singapur waren schön, auch das erste Jahr hier auf Jersey war noch harmonisch, aber dann kam der ständige Streit.«

»Auch Streit ums Geld, wurde mir gesagt.«

»Ich weiß schon, wer das behauptet.« Ihre Stimme wurde plötzlich unangenehm. »Helen Keating, stimmt's? Alan hat ihr eingeredet, ich würde ihn finanziell ausnehmen wie einen Truthahn, und sie hat es geglaubt. Aber es war eine Lüge. Ich wollte nur, was mir zusteht, nachdem ich jahrelang im Hotel mitgeschuftet hatte.«

Conway ließ ihre bitter klingenden Sätze einfach an sich vorüberziehen, ohne sich dadurch vom vorgesehenen Pfad seiner Fragen abbringen zu lassen. Das konnte er gut.

»War Mr. Le Grand eigentlich jähzornig?«, fragte er.

»Jähzornig nicht, aber nachtragend«, antwortete Annabelle. »So charmant und liebenswürdig Alan auch wirkte, gegenüber Mitarbeitern konnte er unerbittlich sein, wenn er sich ärgerte. Zu mir übrigens auch. Er hatte zwei Gesichter. Auch das hat oft zu Konflikten geführt. Das war schon in Singapur so, nur dass asiatische Angestellte so ein Verhalten noch eher tolerieren.«

»Und Sie haben dann in solchen Krisen vermittelt?«

»Ich habe es zumindest versucht. Ich dachte, wenn ich den Kontakt zu den Mitarbeitern im Hotel pflege, wird alles ein bisschen leichter. Aber das war ein Irrtum. Er hat mir unter dem Dach ein Atelier eingerichtet und glaubte, damit wäre er mich im Hotel los. Irgendwann war der Bogen schließlich überspannt, und ich habe die Scheidung eingereicht.«

Ein trotziger Ausdruck erschien auf ihrem Gesicht. Conway konnte sich gut vorstellen, wie sie bei Alan Le Grand um ihre Interessen gekämpft hatte. Auch er hatte früher den Hotelier als jemanden kennengelernt, der sehr verbindlich, aber auch smart und hartnäckig die Belange seines Hotels in der Gemeinde durchgesetzt hatte und ein Nein nur schlecht ertragen konnte.

Vorsichtig fragte er Annabelle: »Halten Sie für möglich, dass ihr Exmann von einem der Angestellten umgebracht wurde? Vielleicht von jemandem, den er entlassen hatte?«

Ohne nachzudenken schüttelte sie den Kopf. Conway hatte den Eindruck, dass sie es ein klein wenig zu hastig tat, um die Frage so schnell wie möglich loszuwerden. »Nein, ausgeschlossen, wer sollte so was tun? Sie wissen doch selbst, die meisten sind ganz bescheidene Leute aus der Umgebung, die alle sofort wieder einen neuen Job gefunden haben.«

»Und was glauben Sie, welches Motiv der Mörder gehabt hat?«

Sie hatte sich wieder gefasst. Ihre Hände spielten mit den Katalogen auf dem Stehtisch, während sie mit den Schultern zuckte. »Schwer zu sagen. Ich habe gelesen, dass im Haus auch Geld gestohlen wurde. In London werden solche Überfälle oft von Junkies begangen. Vielleicht gibt es die jetzt auch schon bei uns.« Sie schüttelte sich. »Ich mag gar nicht daran denken.«

Für Conway war die Zeit gekommen, endlich die Frage der Fragen zu stellen. Es war nicht zu übersehen, dass Annabelle Le Grand insgeheim hoffte, ihn nach ihrer vermutlich nur gespielten Ahnungslosigkeit bald wieder loszuwerden. Es war schon auffällig, wie sehr sie die Mitarbeiter aus dem Spiel haben wollte.

»Mrs. Le Grand, wann haben Sie eigentlich Ihren Exmann zum letzten Mal gesehen?«

Sie versuchte, seinem Blick standzuhalten. »Ich würde sagen, vor drei Monaten. Wir haben uns zufällig am Hafen getroffen und kurz miteinander gesprochen. Es war ziemlich belanglos.«

»Merkwürdig«, sagte Conway. »Es gibt eine Zeugenaussage, dass Sie in den vergangenen Wochen gleich zwei Mal in seiner Wohnung waren.«

Die Überraschung war ihm gelungen. Sie schluckte, schob trotzig mit beiden Händen ihre langen blonden Haare nach hinten und sagte: »Na und? Wir hatten etwas zu besprechen. Es ging um seinen Unterhalt, wenn Sie es genau wissen wollen.«

»Dann würde ich es gerne noch genauer wissen«, sagte der Chef de Police ungerührt.

»Also gut.« Annabelle seufzte. »Wie Sie sich vielleicht vorstellen können, fällt es mir nicht gerade leicht, mich an meinen neuen bescheidenen Lebensstandard zu gewöhnen. Bevor ich Alan kennenlernte, hatte ich Kunst studiert, und mir war immer klar, dass man von der Malerei normalerweise nicht leben kann. Aber ich dachte, zusammen mit Alans monatlichen Zahlungen würde ich schon über die Runden kommen.«

»Aber das ist nicht der Fall?«

»Es ist zumindest schwer. Deshalb war ich zwei Mal bei ihm, um mit ihm über die Zahlungen neu zu verhandeln, bevor wir wieder die Anwälte aufeinanderhetzten.«

»Und – hat er sich auf Ihre Vorschläge eingelassen?«

»Er wollte gnädig darüber nachdenken.« Plötzlich ließ sie von einer Sekunde zur anderen ihre Maske der Selbstsicherheit fallen. Sie begann zu weinen. »Und jetzt ist der Mistkerl tot.«

Sie schwiegen einen Augenblick, während Conway ihr ein Papiertaschentuch reichte. Er spürte, dass ihre Verzweiflung und die Sorge um ihre Zukunft echt waren. Dennoch musste er ihr jetzt auch noch die letzte, entscheidende Frage stellen.

»Es gibt noch eine Aussage, mit der ich Sie konfrontieren muss, Mrs. Le Grand. Sie betrifft die Zeit, in der Sie noch im *Sea Bird Hotel* waren. Sie sollen damals ein Verhältnis mit einem Ihrer Mitarbeiter gehabt haben. Ist das richtig?«

Sie starrte auf die Acrylbilder neben dem Tisch. Das ihnen am nächsten stehende Bild zeigte blaue und rote Kreise, die wie Embryos aussahen und im Zentrum des Bildes zu einem Gewirr aus Formen und Farben miteinander verschmolzen.

Nachdem sie so ein paar Sekunden nachgedacht hatte, drehte sie ihr Gesicht wieder Conway zu. Während sie sich mit den Fingern die Tränen abwischte, sagte sie trotzig: »Ja. Warum soll ich es eigentlich nicht zugeben? Nennen Sie es von mir aus eine idiotische Affäre. Aber es hat mir damals geholfen, meine große Enttäuschung über Alan zu betäuben.«

»Würden Sie mir auch den Namen des Mannes nennen?«, fragte Conway so ruhig wie möglich.

Annabelle Le Grand schaute ihn nachdenklich an. Dann schüttelte sie fast mitleidig den Kopf. »Nein. Selbst wenn er der Mörder wäre, würde ich ihn nicht verraten. Und Sie können mich auch nicht dazu zwingen.«

Conway spürte, dass er sie zu nichts anderem mehr bewegen konnte. Es war der Entschluss einer willenstarken Frau, die einmal bedingungslos geliebt hatte.

Dieses Spiel hatte er verloren.

Es passierte, als Jonathan Bloom gerade unten in der Krankenhaus-Cafeteria war. Weil er keine Mittagspause gehabt hatte, wollte er sich zwischen zwei OP-Terminen wenigstens schnell einen Capuccino und ein paar Kekse gönnen. Um ihn herum saßen Patienten in Bademänteln, begleitet von ihren Angehörigen. Auch zwei Familien mit Kindern waren dabei, die er von seiner Station kannte. Die Kinder winkten fröhlich zu ihm herüber. Er hob die Hand und machte lächelnd das Victory-Zeichen, was sie und ihre Eltern sichtlich amüsierte.

Plötzlich hörte er hinter sich in der Halle einen Stuhl umfallen. Eine leise, aber nachdrückliche Stimme rief seinen Namen.

»Dr. Bloom!«

Jonathan drehte sich um. Hinter ihm stand Jack O'Neill. Er war wieder so altmodisch gekleidet wie bei ihrer ersten Begegnung. Doch seine stechenden Augen loderten merkwürdig.

»Sie haben mich belogen!«, zischte er. Er wollte beherrscht klingen, aber es gelang ihm nicht. Der Zorn darin war unverkennbar. »Sie haben uns reingelegt! Alles, was Sie mir erzählt haben, diente nur dazu, mich zu beruhigen. Bei der Operation haben Sie dann gemacht, was Sie wollten!«

Jonathan erhob sich von seinem Stuhl. »Langsam, Mr. O'Neill.« Er hob beschwichtigend seine Hände. »Ich weiß nicht, auf Grund welcher Informationen Sie da gerade urteilen. Es war eine sehr schwere Operation, darauf hatte ich Sie vorbereitet...«

»Reden Sie keinen Unsinn!«, sagte O'Neill scharf. Das Leise an ihm, das sonst ein Zeichen seiner Frömmigkeit zu sein schien, hatte plötzlich einen seltsam gefährlichen Unterton angenommen. »Die Schwestern haben für mich im Operationsbericht nachgesehen, da steht alles drin. Sie haben Paulette das Blut gegeben und es mir verschwiegen!«

Es war eine schwierige Situation. Inzwischen waren alle Blicke in der Cafeteria auf sie beide gerichtet. Jonathan versuchte, Zeit zu gewinnen. »Könnten wir das vielleicht woanders besprechen?«, fragte er.

Doch O'Neill schien nicht gewillt, sich wieder zu beruhigen. »Nein. Ich will jetzt mit Ihnen reden. Und ich will, dass Sie es zugeben.«

Da war es wieder, dieses *ich will*, dachte Jonathan. O'Neills Stimme hatte an Bedrohlichkeit zugenommen. Mehr und mehr schien er auch seine eingeübte Friedlichkeit abzulegen. Tracy hatte recht gehabt: Dieser Mann wies deutlich pychopathische Züge auf, daran gab es keinen Zweifel mehr. Da solche Menschen genossen, wenn man Schwäche zeigte, beschloss Jonathan, in die Offensive zu gehen.

So selbstbewusst wie möglich antwortete er: »Mr. O'Neill, die Entscheidung über Leben und Tod Ihrer Tochter musste während der Operation getroffen werden. Und ich hatte sie allein zu treffen, weil Dr. Ricci ausfiel. Es gab keine Alternative – außer dem Tod. Ich habe den Eid geschworen, Menschenleben zu retten und nicht, sie ihrem Schicksal zu überlassen.«

»Das ist Körperverletzung! Und nicht nur Gott wird Sie dafür bestrafen, das schwöre ich Ihnen!«

»Soll das eine Drohung sein?«, fragte Jonathan.

»Sie werden schon Ihre Antwort darauf bekommen«, antwortete O'Neill fanatisch. »Gottes Hand straft die, die sich ihm widersetzen!«

»Was soll das?«, fragte Jonathan. »Warum freuen wir uns nicht gemeinsam darüber, dass es Ihrem Kind wieder so gut geht?«

»Wollen Sie mich nicht verstehen?«, gab O'Neill zurück. Seine Stimme nahm noch einmal an Kraft zu, als ob er zu einer Predigt ausholen würde. »Das, was da liegt, ist nicht mehr meine Tochter, so, wie Gott sie uns einmal geschenkt hat! Sie haben einen anderen Menschen aus ihr gemacht! Das ist Gotteslästerung!«

Entsetzt stellte Jonathan fest, dass O'Neill jedes seiner Worte ernst meinte. Er hatte Gott entscheiden lassen wollen, und die ärztliche Kunst war für ihn nur ein Störfaktor. Plötzlich empfand er nur noch Hilflosigkeit gegenüber einer solchen Haltung.

Er beschloss, einen weiteren Versuch zu machen, die Angelegenheit woanders zu erörtern. »Ich verstehe ja durchaus, dass Sie Gesprächsbedarf haben, Mr. O'Neill. Lassen Sie uns deshalb bitte nach oben gehen. Hier ist mit Sicherheit nicht der richtige Ort, um über ethische Fragen zu diskutieren.«

Er machte Anstalten, Richtung Ausgang zu gehen, in der Hoffnung, dass O'Neill ihm folgen würde. Doch er hatte sich geirrt. Plötzlich spürte er von hinten O'Neills Hand an seinem Arm. Der Griff war hart und eisern.

»Sie bleiben hier, bis wir fertig sind!«

Jetzt reichte es Jonathan. Das musste er sich nicht bieten lassen. Seit seiner Jugend war er immer ein guter Sportler gewesen und muskulös genug, sich zur Wehr setzen. Er packte die Hand und schob sie ruckartig weg. Warnend sagte er: »Finger weg, Mr. O'Neill! Sie dürfen gerne mit mir diskutieren, aber bedrohen lasse ich mich nicht! Ich denke, Sie sind Christ? Dann verhalten Sie sich bitte auch so.«

O'Neills Augen verengten sich. In drohendem Ton sagte er: »Ausgerechnet *Sie* wollen mir etwas über meinen Glauben erzählen? In diesem Tempel des Geldes und der Eitelkeit?« Wie auf Knopfdruck verwandelte er sich in einen fanatischen Prediger.

»Jesus hat es uns vorgelebt, was man tun muss, um den Menschen ihre Selbstsucht vor Augen zu halten. In Johannes 2, Vers 15 heißt es: *Und er machte eine Geißel aus Stricken und trieb sie alle zum Tempel hinaus, samt den Schafen und Rindern und schüttete den Wechslern das Geld aus* ...«

Die sichtbare Wut dieses Eiferers ließ Jonathan fieberhaft überlegen, wie er ihn wieder stoppen konnte.

»Mr. O'Neill, bitte ...«

Doch O'Neill hörte gar nicht zu. »Ich schwöre, *ich* werde die Geißel sein, die euch Ärzte aus eurer Welt von Selbstgefälligkeit vertreibt!«

Angelockt vom Lärm, erschien plötzlich Dr. Ricci in der Halle. Mit schnellen Schritten kam er auf die beiden Männer zu.

»Was ist hier los?«, fragte er donnernd.

»Mr. O'Neill beschwert sich über die Operation an seiner Tochter.«

»Ich beschwere mich nicht, sondern ich klage an!«, brüllte O'Neill erneut los. »Er hat unserer Tochter Blutkonserven gegeben, obwohl er es nicht durfte! Das ist Körperverletzung!«

Mit einem kurzen Blick auf das zornrote Gesicht O'Neills begriff Dr. Ricci, dass er dem Mann sofort den Wind aus den Segeln nehmen musste. »Das ist ein schwerer Vorwurf, Mr. O'Neill. Ich bin übrigens Dr. Ricci, der ärztliche Direktor. Bitte kommen Sie mit, wir gehen am besten in mein Büro, um alles Weitere zu besprechen.«

Seine Autorität wirkte. Noch bevor O'Neill protestieren konnte, hatte Dr. Ricci sich umgedreht und ging auf den Fahrstuhl zu. Jonathan folgte ihm als Erster. Als Jack O'Neill merkte, dass weiterer Protest sinnlos war, setzte sich schließlich auch er in Bewegung.

Die Arbeitsgruppe *Stubbley/Le Grand* hatte das Sitzungszimmer des Polizeihauptquartiers in ein Schlachtfeld aus aufgehängten Lagezeichnungen, Fotografien, Laborberichten, Laptops und Teetassen verwandelt. Detective Inspector Jane Waterhouse saß wie immer am Kopfende des Tisches. Die anderen der Gruppe – Pommy Pomfield, eine protokollführende Mitarbeiterin aus dem Kriminalstab, Edgar MacDonald als Chef der Spurensicherung und Harold Conway – hatten sich rund um den Tisch verteilt. Conway saß wie immer am weitesten von Jane Waterhouse entfernt. Es war eine Sitzordnung, die sich wie von selbst ergeben hatte, schon allein deshalb, weil Conway nicht zum Team der Kriminalpolizei gehörte.

Als zuständiger Chef de Police, in dessen Revier die beiden Verbrechen geschehen waren, war seine Rolle klar definiert. Nach den juristischen Spielregeln war er später auch derjenige, der den Fall bei Gericht zu vertreten hatte und nicht etwa die Kriminalpolizei. Diese Tatsache befriedigte Conway außerordentlich, vor allem, wenn er sah, wie sich Miss Jane mit ihrer kühlen Präsenz immer wieder in den Vordergrund schob. Gelegentlich fragte Conway sich selbstkritisch, warum er in seiner Beurteilung der Chefermittlerin so hart war. Sie war zweifellos engagiert, besaß großes Fachwissen und hatte auch genügend Erfahrung, um Mordfälle wie diese aufzuklären. Er hatte auch grundsätzlich kein Problem damit, dass Frauen in solche Positionen vordrangen. Die Zeit dafür war wohl gekommen. Doch warum waren sie nur immer so verdammt ehrgeizig, distanziert und fordernd, wenn sie endlich an der Macht waren?

Zu Beginn der Sitzung ließ Jane Waterhouse jeden Einzelnen in der Runde berichten, wie weit er in seinen Ermittlungen gekommen war. Als Ersten rief sie Pommy Pomfield auf. Er war der *checker* in der Arbeitsgruppe, was nichts anderes bedeutete, als dass er vorrangig alle Alibis zu überprüfen hatte und auch sonst den

Kleinkram erledigte. Am Nachmittag war er ein weiteres Mal im Haus der Riccis gewesen und hatte sich von Suzanne die Namen aller Leute geben lassen, mit denen ihr Vater während seiner Gefängniszeit in Kontakt gestanden hatte. Viele waren es nicht, denn Freunde im eigentlichen Sinn besaß Simon Stubbley nicht. Hin und wieder hatte ihn ein entfernter Cousin besucht, der jedoch vor zwei Monaten verstorben war, und einmal die Woche war ein alter Pfarrer gekommen, mit dem er Schach gespielt hatte. Suzanne selbst hatte ihren Vater nach Möglichkeit einmal pro Woche besucht.

»Was ist mit dem Zimmer, das sie Stubbley in ihrem Haus eingerichtet hat?« wollte Jane Waterhouse wissen.

Pommy Pomfield schob ein Foto des Zimmers über den Tisch. Außer einem Bett, einer Kommode, einem Sessel und einer Bodenvase stand nicht viel drin. An der Wand hingen zwei Aquarelle, auf denen Strandlandschaften zu sehen waren. »Wir haben noch einmal alles auf den Kopf gestellt – nichts. Es gab auch keine fremden Spuren oder irgendwelche Verstecke im Zimmer. Suzanne Ricci war sehr kooperativ, aber man hat gemerkt, wie sehr sie das alles mitnimmt. Als wir gingen, ist sie in der Tür zusammengebrochen. Einfach umgefallen. Wir haben sie noch schnell ins Krankenhaus gefahren. Zum Glück geht es ihr wohl schon wieder besser.«

»Gut. Sie halten mich bitte auf dem Laufenden.«

Dann bat sie Harold Conway um seinen Bericht. Er nickte dankend, ordnete kurz seine Unterlagen, als müsste er sich für einen langen Vortrag vorbereiten, und setzte sich kerzengerade auf, wie immer, wenn er etwas Wichtiges zu sagen hatte. Sein hageres Gesicht ließ ihn dabei offiziersmäßig erscheinen.

Mit ruhiger Stimme begann er zusammenzufassen, was seine und Sandra Querées Recherchen am Nachmittag ergeben hatten.

Sandra hatte sich im Golfclub umgehört. Seine Nähe zum Tatort in den Dünen konnte bedeuten, dass Golfspieler von einem der Löcher aus Simon Stubbley gesehen hatten.

Tatsächlich hatte Sandra auf der Terrasse des Clubs eine Zeugin entdeckt, der etwas aufgefallen war. Ihr Name war Isidora Ford. Sie war die amtierende Clubmeisterin, eine schlanke, dynamische Frau um die 40. Wie so oft war Mrs. Ford auch gestern Morgen gleich nach Sonnenaufgang auf den Platz gefahren, um dort ungestört eine Runde Golf zu spielen, bevor der Andrang kam. Vom sechsten Abschlag aus hatte sie dann im Morgennebel Simon Stubbley auf der Düne laufen sehen, der sich in Begleitung eines anderen Mannes befand. Beschreiben konnte sie den Mann allerdings nicht. Die Entfernung war zu groß, und die beiden waren nur für einen kurzen Augenblick zwischen zwei Bäumen sichtbar gewesen.

»Um wie viel Uhr war das?«, fragte Jane Waterhouse.

»Laut Mrs. Ford soll das etwa um halb acht gewesen sein«, sagte Conway. »Es deckt sich also absolut mit der Tatzeit. Sandra hat der Zeugin auch ein Foto von Joaquim Sollan gezeigt, aber sie war nicht in der Lage, ihn zu identifizieren.«

»Das besagt ja noch nichts.«

Conway pflichtete ihr bei. »Das sehe ich auch so.« Solange Jane Waterhouse so sachlich blieb, kamen sie gut miteinander aus.

»Und was die Fahndung nach Sollan betrifft, die läuft auf Hochtouren«, sagte DI Waterhouse. »Sonst noch etwas?«

»Ach ja...«, fast hätte Conway Stubbleys Tasche vergessen. »Ich bin heute Morgen durch Zufall auf Stubbleys Segeltuchtasche gestoßen, mit der er immer durch die Gegend gezogen ist. Er hatte sie einer jungen Frau geschenkt. Sie ist jetzt im Labor.« Er lächelte schmal. »Die Tasche, meine ich.«

»Danke, Mr. Conway.«

Er bereute sofort, den kleinen Scherz gemacht zu haben. Der Einzige, der mit einem kleinen Lacher darauf ansprang, war der gute Edgar. Früher hatten sie sich mit solchen Deftigkeiten gegenseitig bei Laune gehalten, heute hatten sie nur noch den Wert von Altherrenwitzen.

Die Tür ging auf und eine junge Sekretärin kam herein, einen Zettel in der Hand.

Jane Waterhouse blickte auf. In gereiztem Ton fragte sie: »Ja bitte?«

»Eine Nachricht für Mr. Conway«, sagte die Sekretärin.

»Dann bringen Sie sie ihm.«

Mit einer gemurmelten Entschuldigung huschte die Sekretärin zum Chef de Police, übergab ihm den Zettel und verschwand wieder. Ohne eine Miene zu verziehen überflog Conway die Nachricht und ließ den Zettel anschließend in seiner Jackentasche verschwinden.

Das nächste Thema war der Bericht der Pathologie. Kurz vor Sitzungsbeginn hatte die Gerichtsmedizin, die nur eine Straße weiter im *General Hospital* untergebracht war, die Obduktionsberichte herübergeschickt. In beiden Fällen war die Todesursache eindeutig. Simon Stubbleys tödliche Verletzungen stammten zweifellos vom gefundenen Samurai-Schwert. Die Stichwinkel sprachen dafür, dass die Schläge von Angesicht zu Angesicht geführt worden waren. Eine Verletzung an Stubbleys rechtem Ellenbogen ließ die Vermutung zu, dass er sich nach dem ersten Angriff weggeduckt und dabei schützend den Arm vor sein Gesicht gehalten hatte.

Bei Alan Le Grand war die Sache ähnlich klar. Aus den Blutspritzern war mit Hilfe der *Blutspurenmusterverteilungsanalyse* ermittelt worden, dass er aus drei Metern Entfernung in den Hinterkopf getroffen worden war. Andere Verletzungen gab es nicht, wenn man von den Körperprellungen absah, die von seinem Sturz auf den Glastisch herrührten. Auch dass der Mörder einen Neun-Millimeter-Revolver Marke Smith & Wesson mit Schalldämpfer benutzt hatte, stand außer Frage.

Enttäuscht darüber, dass die Obduktionen in beiden Fällen keine anderen brauchbaren Neuigkeiten zu Tage gefördert hatten, wandte Jane Waterhouse sich an Edgar MacDonald.

»Welche Spuren habt ihr noch an Stubbleys Lagerfeuer sichern können? Gibt es schon Hinweise auf die zweite Person?«

MacDonald, ebenfalls unzufrieden mit dem bisherigen Stand, machte eine unwillige Geste.

»Egal, was wir analysiert haben, das ganze Zeug, das da herumlag – diverse Tüten, seine Klamotten aus dem Gefängnis, seine Geldbörse – alles hatte nur Stubbley selbst angefasst. Auch keine DNA einer fremden Person. Der Täter muss sehr umsichtig gewesen sein. Ich erinnere nur an seine präparierten Schuhe ohne Sohlenprofil.«

Harold Conway kannte das griesgrämige Gesicht, das MacDonald gerade aufsetzte. Der vollbärtige Schotte mit dem kräftigen Bauch erinnerte ihn in diesen Momenten immer an einen grimmigen mittelalterlichen Kämpfer im Kilt, den man besser nicht reizen sollte. Jane Waterhouse tat es trotzdem.

»Und was haben Sie in Le Grands Wohnung gefunden?«

»Da ist es ganz ähnlich. Das meiste sind Spuren, die dort auch hingehören. Fingerabdrücke von Le Grands Freundin Helen Keating, von zwei Zimmermädchen, die dort jeden Tag saubermachen, und von einem Handwerker, der vor drei Tagen in der Wohnung eine Jalousie repariert hat. Außerdem haben wir oben im Doppelbett frische Spermaspuren gefunden und jede Menge anderer intimer Hinweise, die alle nur das bestätigen, was Helen Keating ausgesagt hat.«

Pommy Pomfield meldete sich zu Wort. »Die Zimmermädchen und der Handwerker sind bereits überprüft und haben für diesen Abend wasserdichte Alibis.«

»Das heißt also, Le Grands Mörder ist sozusagen spurlos in die Wohnung gekommen«, stellte Detective Inspector Waterhouse fest. Ihre Stimme wurde sarkastisch. »Sehr eindrucksvoll! Ein Mensch, der sich unsichtbar machen konnte.«

»Ich bin noch nicht fertig«, sagte MacDonald selbstbewusst. Er war der Einzige, der sich nicht um Miss Janes Stimmungen scherte. Fast genüsslich lehnte er sich zurück und zog dabei die vergrößerte Fotografie eines Fingerabdrucks aus seinen Unterlagen hervor. »Das hier haben wir draußen an der Türklingel gefunden. Es ist ein hübscher, deutlicher Daumenabdruck. Und wenn Sie mich fragen, ist er nur deshalb so deutlich, weil er relativ frisch ist. Demnach hat der Mörder vielleicht ganz brav geklingelt und Le Grand hat ihn selbst in die Wohnung gelassen?«

Alle schauten ihn überrascht an. Jane Waterhouse nahm ihm den Daumenabdruck aus der Hand und betrachtete ihn näher. »Können Sie schon sagen, ob er von einem Mann oder von einer Frau stammt?«

»Leider nicht«, entgegnete MacDonald. »Aber auf jeden Fall ist es nicht Helen Keatings Abdruck.«

Harold Conway war der Einzige in der Runde, der in diesem Moment nicht ganz bei der Sache war. Dank der Nachricht, die er eben erhalten hatte, war er sicher, Jane Waterhouse gleich eine hübsche Überraschung bieten zu können. Eigentlich hatte er sich vorgenommen, erst am Ende der Sitzung davon zu erzählen, doch jetzt erschien es ihm richtiger, sofort die Sprache darauf zu bringen.

Nach Helen Keatings aufgeregtem Anruf aus dem Lavendelpark hatten seine Leute soeben Pierre Theroux festgenommen. Er wartete unten auf seine Vernehmung. Conway war zwar klar, dass Jane Waterhouse wütend sein würde, weil er sie nicht im Vorfeld informiert hatte, aber das war ihm egal. Sie sollte ruhig lernen, dass auf den Polizeirevieren der *Honorary Police* ebenso eigenständig gearbeitet wurde wie in *Rouge Bouillon*.

Er räusperte sich. »Darf ich auch noch etwas dazu beitragen?«, fragte er mit gespielter Bescheidenheit.

Alle schauten ihn an. Miss Janes Blicke waren die kühlsten. Gerade deshalb genoss er den Augenblick seines Auftritts.

»Ja bitte, Mr. Conway?«

»Ich darf Ihnen die erfreuliche Mitteilung machen, dass wir bereits einen Verdächtigen festgenommen haben. Es handelt sich um Pierre Theroux, einen engen Mitarbeiter von Helen Keating.«

Wie erwartet war die Reaktion der Chefermittlerin ein undefinierbarer Ausdruck zwischen Überraschung und Verärgerung. Mit gewollt ruhiger Stimme sagte sie: »Bitte erzählen Sie.«

Conway fasste zusammen, was Helen Keating und Emily Bloom ihm am Telefon berichtet hatten. Doch die Tatsache, dass Theroux seine Chefin belogen und sie heimlich fotografiert hatte, wäre noch kein Grund gewesen, ihn festzunehmen. Der entscheidende Hinweis war erst vor einer Stunde von Constable Officer Leo Harkins gekommen. Nach Helen Keatings Anzeige hatte er Pierre Theroux in seiner Wohnung in St. Brelade's Bay aufgesucht und gleich mehrere Merkwürdigkeiten festgestellt. Erstens lag die Wohnung in auffälliger Nachbarschaft zum Tatort Le Grand – von seinem Küchenfenster aus konnte Theroux sogar den Parkplatz vor dem *Sea Bird Hotel* sehen –, zweitens wollte er für die Mordnacht partout sein Alibi nicht nennen. Dass Leo Harkins herausgefunden hatte, wie verschuldet der Franzose bei seiner Bank war, machte die Sache noch spannender.

Es sprach für Jane Waterhouse, dass sie schlagartig jegliche Vorbehalte gegenüber Conway ablegte, als er mit seinem Bericht fertig war. Wie er spürte auch sie, dass die Ermittlungen mit dieser Festnahme in ein anderes Stadium getreten sein konnten. Sie stand auf.

»Danke, Mr. Conway. Ich bin ganz Ihrer Meinung, das klingt vielversprechend. Am besten vernehmen wir ihn gleich. Oder hatten Sie noch etwas Wichtiges, Mr. MacDonald?«

»Nein. Aber wenn ihr wollt, mache ich schnell die Vorhut und lasse den Franzosen Pfötchen geben.« Er meinte damit die Fingerabdrücke.

»Einverstanden.« Jane Waterhouse stand auf, legte ihre Unterlagen zusammen und wandte sich dabei an den Chef de Police. »Ich muss noch einmal kurz ins Büro, um unseren Jahresbericht für die Staatsanwaltschaft zu unterschreiben. Wir sehen uns dann später im Vernehmungszimmer.«

Mit dynamischen Schritten verließ sie den Raum. Pommy Pomfield, ihr Assistent, hielt seiner Chefin höflich die Tür auf und folgte ihr dann nach draußen.

Harold Conway blieb im Sitzungszimmer zurück. Oh ja, dachte er spöttisch, einen Jahresbericht für die Staatsanwaltschaft, so etwas machte sie sicher glänzend! Schlaue Analysen, Berichte und Ermahnungen, dabei war sie in ihrem Element. Die perfekte Karrieristin eben.

Und er als Chef de Police musste dann die Festnahmen erledigen.

Kaum war DI Waterhouse wieder in ihrem Büro, eilte sie zu ihrer Sitzecke am Fenster, zog den Brief des *Bailiffs* aus ihrer Aktentasche und las ihn zum wiederholten Mal durch. Er war ihr die ganze Zeit nicht aus dem Kopf gegangen.

Was der Bailiff ihr in seinem kurzen Schreiben anbot war die Chance, sich für eine Stelle zu bewerben, die das britische Justizministerium in London neu einrichten wollte und die nach Möglichkeit mit jemandem aus den Kronbesitzungen, also von den Kanalinseln oder der *Isle of Man*, besetzt werden sollte. Dabei ging es um die Koordination von allen Ermittlungen, die länderübergreifend genau diese Inseln und Großbritannien betrafen.

Sie ließ den Brief sinken und dachte angespannt nach. Normalerweise hatte sie ihre Emotionen immer gut im Griff, aber jetzt spürte sie doch ein klein wenig Aufregung. Es war zweifellos eine einmalige Chance, die man ihr da bot, auch wenn sie sehr überraschend kam. Früher hatte sie sich immer gewünscht, in London leben zu können, aber wollte sie es jetzt immer noch? Und warum hatte der *Bailiff* ausgerechnet sie angesprochen?

Sie wusste, dass er jede Gelegenheit ergriff, für internationale Jobs Bürger seiner Insel ins Spiel zu bringen. Normalerweise betraf das wichtige Positionen in der Finanzwelt oder politische Aufgaben im Umfeld der Krone.

Doch hier ging es um etwas ganz anderes. Ihr war durchaus klar, wie sehr dabei eine Rolle spielte, dass sie eine Frau war. Der kleine Hinweis des *Bailiffs* auf ihre bisherigen Erfolge als Ermittlerin erlaubte ihr aber, selbstbewusst davon auszugehen, dass man sie vor allem vorschlagen wollte, weil sie kompetent erschien.

Sie sah sich die entsprechende Formulierung in dem Brief noch einmal an. Sie lautete: »...*insbesondere aufgrund Ihres hohen fachlichen Könnens und Ihrer Durchsetzungskraft, die wir mehrfach bewundern durften*...«

Plötzlich durchzuckte sie ein Gedanke. Sie wusste genau, worauf der *Bailiff* dabei anspielte. In den vergangenen Monaten war es zweimal zu Konflikten mit dem Generalstaatsanwalt und dem *comité des chefs de police* gekommen, weil sie aus deren Sicht einen Totschlagsfall und ein Raubvergehen zu sehr an sich gerissen und dabei angeblich die Honorary Police übergangen hatte. Einer der Fälle hatte sich in St. Brelade ereignet, also im Revier von Harold Conway. Sie wusste, dass Conway den Bailiff aus Jugendzeiten persönlich kannte.

Wollte man sie jetzt etwa loswerden? Zutrauen würde sie es Conway. Unter allen *chefs de police* war er der stiernackigste, kämpferischste und damit auch gefährlichste.

Andererseits glaubte sie nicht, dass es der Bailiff als Staatschef nötig hatte, sich von einem *Hobby Bobby* den Weg weisen zu lassen. Eine Zusammenarbeit mit dem britischen Justizministerium in London hatte einen hohen Stellenwert für ihn, und er durfte sich mit seinem Vorschlag nicht blamieren.

Jane Waterhouse nahm sich vor, auf jeden Fall erst einmal ihr Interesse an dem neuen Job zu bekunden und so noch etwas Zeit zu gewinnen. Am Schluss seines Briefes hatte der Bailiff angekündigt, dass er, ihr Interesse vorausgesetzt, in den nächsten Tagen einen seiner juristischen Berater bitten wollte, ein offizielles Bewerbungsgespräch mit ihr zu führen.

Nun gut, sie war bereit.

Doch gleichzeitig nahm sie sich vor, bis dahin Harold Conway gut im Auge zu behalten.

Die Vernehmung von Pierre Theroux nahm einen seltsamen Verlauf.

Nach Helen Keatings Beschreibung hatte Conway in dem Franzosen einen sehr eloquenten, geschickt lavierenden Mann erwartet, der es verstand, mit Charme von allem abzulenken, was nach Problemen aussah. Doch als Pierre Theroux jetzt vor ihnen saß, entpuppte er sich zu ihrer Überraschung als jämmerliches Würstchen. Mehrfach warfen er und Jane Waterhouse sich während der Vernehmung ungläubige Blicke zu, so leicht hatten sie es mit ihren Fragen, die wie scharfe Messer durch Butter gingen.

Theroux sprach ein perfektes Englisch, nur Rhythmus und Grundklang seiner Sprache verrieten den gebürtigen Südfranzosen. Er lebte seit fünf Jahren auf Jersey, seit Helen Keating ihn über eine Fachzeitschrift für den Lavendelpark angeworben hatte.

Seine Physiognomie und seine wedelnden Gebärden entsprachen voll und ganz dem Bild eines Franzosen aus dem Süden des Landes, dem *Midi*. Er war schmächtig, mit graumeliertem Lockenkopf. Seine Eitelkeit war groß, wie man nicht nur an den teuren braunen Schuhen und dem schicken, aufstehenden Hemd sehen konnte, sondern auch an der Art, wie er auf die Fragen antwortete und sich dabei elegant hin und her wand, so als müsste er selbst auf dieser Arme-Sünder-Bank noch eine gute Figur abgeben. Irgendwie erinnerte er Conway an einen Pfau, der ständig seine Federn spreizte.

Doch schon nach fünf Minuten war der Pfauentanz vorbei. Detective Inspector Waterhouse präsentierte ihm die voyeuristischen Fotos, die er heimlich von seiner Chefin gemacht hatte und die Helen Keating der Polizei zugemailt hatte. Von diesem Moment an gab er seinen Widerstand auf.

»Warum haben Sie das getan, Mr. Theroux?«, fragte Conway. »Fotografieren Sie auch andere Frauen heimlich?«

»O nein, das müssen Sie nicht denken! Mon dieu, ich hätte mich geschämt, so etwas zu tun.«

»Und ausgerechnet bei der Frau, die Ihnen so viel Vertrauen entgegengebracht hat, haben Sie sich nicht geschämt?«

»Nein ... weil sie mir so nah war. Weil ich mich in sie verliebt hatte.«

Jetzt war es an Jane Waterhouse weiterzufragen. Conway hatte gehofft, dass sie diesen Ball aufnehmen würde.

»Mr. Theroux, ich bin auch eine Frau. Und daher kann ich Ihnen versichern, dass heimlich gemachte Fotos so ziemlich das Widerlichste sind, was man einer Frau antun kann. Außerdem wussten Sie doch, dass Helen Keating einen Freund hatte. Und auch, um wen es sich dabei handelte. Oder?«

Theroux wich ihrem Blick aus und schaute wie ein Schuljunge zu Boden. »Ja, das wusste ich«, gab er kleinlaut zu.

Jetzt war wieder Conway dran. »Alan Le Grand war Ihr Nachbar. Ich nehme an, dass Sie eifersüchtig auf ihn waren, denn er hatte das, was Sie nicht bekamen – Helen Keatings Zuneigung. Ist das richtig?«

Der Franzose nickte stumm.

»Haben Sie die beiden öfter heimlich beobachtet?«

Theroux schwieg.

»Wie bitte?«, fragte Conway provozierend.

Die Antwort kam zögernd. Theroux ahnte, was er damit in Gang setzte. »Ja, manchmal, wenn ich abends zu Hause war, habe ich gesehen, wie Helen Keating zu ihm ging. Danach fühlte ich mich immer sehr schlecht.«

»Sie waren also eifersüchtig?«

»Ja. Es hat mich verrückt gemacht.«

Jane Waterhouse übernahm erneut. »Haben Sie die beiden auch gestern Abend beobachtet? Ihr Termin mit den Parfümeuren aus Grasse hatte sich ja verschoben, sodass Sie plötzlich Zeit hatten.«

Plötzlich klang Theroux weinerlich. Es sah aus, als würde er kurz vor einem Zusammenbruch stehen, sodass Conway ihm schnell etwas Wasser nachschenkte, während der Franzose zu antworten begann. »Ich hatte in der Firma mitbekommen, wie Helen Keating sich am Telefon mit ihrem Freund verabredet hat. Für mich war das die reinste Qual. Ich weiß nicht, wie ich das erklären soll ... Zu Hause zu sitzen und zu wissen, sie ist jetzt bei ihm und sie lachen miteinander. Nachts habe ich's dann nicht mehr ausgehalten und bin zum Hotelparkplatz gegangen, um nachzusehen, ob ihr Auto noch da steht.«

»Und?«

»Es war noch da. Ich bin zu Le Grands Wohnungstür gegangen, weil ich dachte, ich hätte Helens laute Stimme gehört. Aber es war ...«, er sprach plötzlich ganz leise und wurde etwas rot, »... es kam oben vom Fenster im ersten Stock. Sie hatten Sex. Man konnte es deutlich hören.«

»Was Sie noch eifersüchtiger machte.«

»Ja ... nein ...«, Theroux verhaspelte sich. »Natürlich hat mich das fertiggemacht! Ich hatte plötzlich eine Riesenwut auf die beiden. Deswegen habe ich ihr auch gleich vom Parkplatz aus eine SMS geschrieben, ich hätte ein Rückenproblem und könnte am nächsten Tag nicht arbeiten. Am liebsten hätte ich gleich noch gekündigt.«

»Darf ich mal raten, wie es weiterging, Monsieur Theroux?«, fragte Jane Waterhouse ganz ruhig, »Sie haben draußen gewartet, bis Helen Keating wieder zu ihrem Wagen ging, dann haben Sie bei Alan le Grand geklingelt. Er ließ Sie ins Haus, denn er kannte Sie ja. Von da an ging alles sehr schnell ...«

Weiter kam sie nicht, weil Pierre Theroux plötzlich die Nerven durchgingen. »Ja, ich war eifersüchtig!«, stieß er laut und trotzig hervor. »Ich war unglücklich, weil sie die Frau war, von der ich immer geträumt habe! Aber ich bin gegen Gewalt! Ich könnte doch keinen Menschen umbringen!«

Einen Augenblick lang herrschte Ruhe im Vernehmungszimmer. Theroux starrte nur noch an die Decke. Plötzlich erkannte Conway, wie labil dieser Mann war. Er nahm sich vor, Jane Waterhouse vorzuschlagen, dass Theroux später von einem Psychiater untersucht wurde. Doch jetzt musste Conway erst einmal seinen letzten Joker ausspielen. Dabei ging es um den Revolver, mit dem Alan Le Grand erschossen wurde und von dem man nur das Geschoss besaß.

»Besitzen Sie eine Waffe, Mr. Theroux?«

»Nein. Ich sagte doch gerade, ich lehne jede Art von Gewalt ab.«

»Entschuldigen Sie die Frage. Aber immerhin waren Sie früher einmal Sportschütze. Sogar einer der besten, die es vor 20 Jahren in Ihrem Geburtsort Arles gab.« Leo Harkins hatte es auf die Schnelle über das Internet herausgefunden.

Jetzt war Theroux wirklich fertig. Er fing an zu zittern. »Das hat doch alles nichts mit Helen Keating zu tun. Das ist so lange her..."

Die Tür ging auf und Edgar MacDonald kam herein. In der Hand hielt er eine Fotokopie mit den beiden Daumenabdrücken Therouxs. Ohne ein Wort zu sagen setzte er sich an den Tisch. Wie immer machte er es spannend.

"Dann kommen wir zum nächsten Punkt", begann Conway. Doch Detective Inspector Waterhouse unterbrach ihn, indem sie wie eine Dirigentin ihre Hand hob und mit einem falschen Lächeln sagte: "Darf ich zuerst, Mr. Conway?"

"Selbstverständlich."

Conway kochte innerlich, doch er versuchte, es sich nicht anmerken zu lassen. Miss Jane schien unglücklich zu sein, wenn sie nicht die Zügel in die Hand nehmen durfte. Irgendwann frisst ihr Ehrgeiz sie noch auf, dachte er verärgert.

Sie klopfte zweimal mit ihrem Kugelschreiber auf die Tischplatte und sagte: "Wie ich hörte, Mr. Theroux, haben Sie sich bisher geweigert, uns mitzuteilen, wo genau Sie zur Tatzeit waren. Sie werden sicher zugeben, dass das nicht gerade eine vertrauensbildende Haltung gegenüber der Polizei ist. Deshalb frage ich Sie jetzt noch einmal: Wo sind Sie gewesen?"

Pierre Theroux rutschte auf seinem Stuhl hin und her.

"Bei einer Versammlung. Es geht um etwas Religiöses, und deshalb dachte ich, ich müsste niemandem Rechenschaft darüber geben."

"Wir reden über Ihr Alibi, Mr. Theroux!"

"Also gut", er holte tief Luft. "Gleich nachdem ich Helen Keating die SMS geschrieben habe, bin ich nochmal nach St. Helier gefahren. Dort habe ich mich um 23 Uhr mit den Ältesten der *Zeugen des Lichts* getroffen, um mit ihnen über meine Zukunft zu sprechen."

"Wo war das?"

»Im Himmelreichtempel der Gemeinde.«

»Mitten in der Nacht?«

»Sie hatten vorher eine wichtige Versammlung und hatten mich deshalb gebeten, erst im Anschluss dazuzukommen.«

»Sind Sie schon länger Mitglied der Zeugen des Lichts?«, wollte Jane Waterhouse wissen.

»Erst seit zwei Wochen«, antwortete Theroux, »aber ich bin sehr glücklich dort. Ein Freund von mir hat mich zu ihnen gebracht, weil mein Leben so ...«, Theroux suchte nach Worten, »... so leer und orientierungslos war. Heute weiß ich selbst, dass solche Dinge wie meine heimlichen Fotos von Helen Keating oder das viele Ausgehen nichts anderes waren als Anfechtungen des Satans, die ich überwinden muss, um endlich wieder ein glückliches Leben führen zu können.«

Conway, der dem Franzosen gegenübersaß, glaubte zu spüren, wie Theroux plötzlich ruhiger wurde, als sei er erleichtert, dass er jetzt alle Geheimnisse los war. Auch Jane Waterhouse schien die Veränderung, die in ihm vorging, zu bemerken. Sie hakte noch einmal nach.

»Und wie sieht Ihre Zukunft in der Gemeinde aus?«

»Man hat mir eine Menge religiöser Aufgaben anvertraut. Außerdem werde ich mich zum Prediger ausbilden lassen, um besser Gottes Wort verkünden zu können.«

»Ihnen ist klar, dass wir alles, was Sie uns jetzt erzählt haben, auch nachprüfen werden?«, fragte die Chefermittlerin streng.

Theroux schien jetzt geradezu unterwürfig. »Natürlich, Detective Inspector, das können Sie jederzeit tun. Wenn Sie wollen, schreibe ich Ihnen die Namen der Ältesten auf, mit denen ich zusammen war.«

»Bitte tun Sie das.« Jane Waterhouse wandte sich an den Chef de Police. »Noch Fragen an Mr. Theroux?«

»Im Moment nicht«, sagte Conway knapp. Es störte ihn mächtig, dass es seinen Leuten nicht gelungen war, schon vorher das wasserdichte Alibi aus dem Franzosen herauszukitzeln. Um nicht allzu sehr mit leeren Händen dazustehen, setzte er jetzt seine ganze Hoffnung auf den Fingerabdruckvergleich, den Edgar MacDonald mitgebracht hatte. Vielleicht war Theroux schon viel früher, als er behauptete, in der Wohnung gewesen und hatte Alan Le Grand beraubt.

»Gut!« Jane Waterhouse blätterte kurz in ihren Unterlagen. Conway nutzte die Gelegenheit und sagte schnell: »Ich schlage vor, dass Mr. MacDonald uns nun das Ergebnis seiner Untersuchungen der Fingerabdrücke mitteilt.«

Jane Waterhouse hob kurz den Kopf. »Bitte, Mr. MacDonald.«

MacDonald räusperte sich und meinte stirnrunzelnd: »Vielleicht sollten wir das lieber später besprechen.«

Doch Harold Conway wollte seinen Sieg jetzt. Für ihn gab es keinen Zweifel, dass Pierre Theroux Dreck am Stecken hatte. Siegessicher sagte er: »Nein, nein. Bitte, wir möchten es jetzt hören. Leg einfach los.«

»Wie du willst«, sagte MacDonald und warf Conway einen merkwürdigen Blick zu. Dann holte er aus. »Es gibt keinen Zweifel daran, dass der Fingerabdruck auf der Klingel ...«, er machte eine kleine Pause, »... nicht von Mr. Theroux stammt.«

Erleichtert atmete der Franzose auf.

Mit tötenden Augen, die zu schmalen Schlitzen geworden waren, schaute Jane Waterhouse zum Chef de Police hinüber. Er saß bewegungslos auf seinem Stuhl, die Hände auf dem Tisch gefaltet, und starrte aus dem Fenster. Seine Blamage war vollkommen.

DI Waterhouse fing sich als Erste wieder. Sie wandte sich an den Franzosen und setzte dabei ein kühles Lächeln auf. »Also dann, Mr. Theroux, Sie können gehen. Die Liste mit den Namen der Zeugen des Lichts lassen Sie mir bitte da. Im Übrigen sollten Sie Jersey vorerst nicht verlassen, falls wir Sie noch einmal brauchen.«

»Selbstverständlich, Inspector, das hatte ich auch nicht vor«, sagte Theroux ehrerbietig. »Und bitte lassen Sie Helen Keating wissen, dass ich das alles zutiefst bedauere.«

Jane Waterhouse reagierte nur mit einem Schulterzucken »Das müssen Sie ihr schon selber sagen.«

Nachdem Theroux und Edgar MacDonald das Vernehmungszimmer verlassen hatten, stand die Chefermittlerin auf und ließ von einer Sekunde zur anderen ihre scheinbare Gelassenheit wie einen Schleier fallen. Fast provozierend baute sie sich vor Harold Conway auf. »Glückwunsch, Mr. Conway! Eine gelungene Vorstellung!« Ihre Stimme hatte einen zynischen Unterton.

Conway erhob sich. Seine Kiefer mahlten angestrengt. Mühsam zwang er sich zur Ruhe.

»Tut mir leid, das war so nicht absehbar, als wir die Vorermittlungen machten. Mit seinem Verhalten und seiner Nachbarschaft zum Tatort war er ganz klar ein potentieller Täter.«

»Ich möchte das nicht weiter kommentieren.«

»Nein?« Jetzt reichte es Conway. »Das ist allerdings schade. Bei Ihrem Vorgänger war es Brauch, dass die Kriminalpolizei und die Honorary Police gemeinsam an einem Strang zogen, jeder auf seine Weise. Ich hätte mir auch gewünscht, dass uns Theroux vorher sein Alibi verraten hätte. Aber dass er es nicht getan hat und wir damit auf der falschen Spur waren, gibt Ihnen nicht das Recht, die Arbeit meiner Kollegen zu diskreditieren, als wären wir alle Idioten! Ich wünsche Ihnen einen guten Abend!«

Damit drehte er sich um und ging hinaus.

Verblüfft von diesem emotionalen Ausbruch blieb Jane Waterhouse zurück. Kopfschüttelnd sammelte sie ihre Unterlagen ein. Ihr Blick verriet, dass sie nachdenklich war.

Auch in dieser Nacht kamen Emilys schreckliche Gedächtnisträume zurück. Sie versuchte sich im Schlaf dagegen zu sträuben, doch es war vergeblich. Ihr Erinnerungsfilm war nicht zu stoppen.

Wieder war es der Tod ihrer Eltern. Doch diesmal begann sie einen Teil der Abläufe wie unter einer Lupe zu sehen, vergrößert und damit noch unbarmherziger. Seltsamerweise setzte die Vergrößerung erst in dem Moment ein, als der Lieferwagen auf das grüne Auto ihres Vaters zuraste.

Sie und ihre Mutter schrien auf. Dann wurde es dunkel um sie, obwohl sie weiter Geräusche hörte – quietschende Reifen, das schrille Reiben von Metall, ein seltsames Hämmern, Schreie. Die Dunkelheit vor ihren Augen schien kein Ende zu nehmen. Sie wünschte, auch die furchtbaren Geräusche nicht mehr hören zu müssen. Dann spürte sie plötzlich einen Ruck und die Wirklichkeit war wieder da, das viele Blut, ihre toten Eltern, die Menschen am Straßenrand.

Nachdem man sie aus dem Wrack gezogen hatte und sie mit blutendem Bein auf dem Bürgersteig lag, versuchte sie sich zu orientieren und betrachtete wie in einem Schwebezustand die Häuserfront. Die grauenvollen Geräusche um sie herum blendete sie einfach aus. Sie sah lauter kleine Geschäfte und Kneipen, wie sie für den Stadtteil Soho typisch waren. Auf der anderen Straßenseite gab es eine Schauspielschule, einen Pub, ein Hotel und eine Kunstgalerie. Trotz ihrer Schmerzen dachte sie für einen Augenblick, dass das Leben hier unter den Künstlern und Schauspielern spannend sein musste, spannender jedenfalls als auf Jersey, wo sie herkam.

Dann kniete dieser langhaarige junge Mann neben ihr, der ihren Kopf anhob und ihr vorsichtig aus einem Becher warmen Tee einflößte. Er lächelte ihr aufmunternd zu. Plötzlich ertönte von der anderen Straßenseite ein scharfer Pfiff, und aus dem Pub winkte eine stämmige ältere Frau herüber. Sie machte heftige Zeichen, dass der junge Mann zu ihr kommen sollte. Doch der schüttelte nur den Kopf und kümmerte sich nicht weiter darum. Wütend verschwand die Frau wieder im Haus.

Unbeirrt hob der freundliche junge Mann etwas die Tasse an, damit sie den ganzen Tee trinken konnte. Dankbar schaute sie ihm in die Augen. Er hatte eine kleine Narbe auf der Stirn und eine Augenpartie, die in Verbindung mit seinem aufmunternden Lächeln sympathisch wirkte. Die nackenlangen braunen Haare gaben ihm gleichzeitig etwas Verwegenes. Er sah aus, als würde er das Leben leicht nehmen ...

In diesem Moment wachte Emily auf. Obwohl sie nicht mehr schlief, sah sie immer noch das Gesicht des jungen Mannes vor sich, wie das eingefrorene Bild einer Filmkamera.

Und plötzlich wusste sie, wer sie da anlächelte.

Es war Simon Stubbley.

Auch wenn er damals so viel jünger gewesen war, erkannte sie doch deutlich seine Gesichtszüge und seine Art, einen anzusehen. Selbst die kleine Narbe auf der Stirn gab es damals schon. Ohne es zu wissen, waren sie sich bereits vor 35 Jahren begegnet. Da es sich nur um flüchtige Minuten gehandelt hatte, war die Begegnung bei ihnen beiden in den Tiefen der Erinnerung verschwunden.

Jetzt ergab alles einen Sinn: ihre unbewusste Sympathie für Simon, die ihr selbst nie richtig erklärbar war; die Offenheit Simons, der ihr mehr vertraut hatte als irgendjemandem sonst; seine bodenlose Enttäuschung über ihre Aussage gegen ihn ...

Plötzlich fühlte sie sich schuldig. Er hatte ihr, der hilflosen 15-Jährigen, in ihrer schwersten Stunde beigestanden, und sie hatte ihn zum Dank verraten.

Aber war es so einfach? War nicht alles viel komplizierter? Warum hatte ihr Gedächtnis diese Momentaufnahme erst jetzt ans Tageslicht befördert?

Sie beschloss, es als etwas Positives anzusehen. Diese Erinnerung war bestimmt nur deshalb in ihr Gehirn zurückgekehrt, weil sie ihr helfen sollte, endlich Simons Mörder zu finden.

Dieser Gedanke gab ihr wenigstens für den Rest der Nacht etwas Frieden.

Der nächste Morgen begann für Emily mit einer Überraschung. Sie kam gerade aus dem Bad, als das Telefon im Flur klingelte. Es war Harold Conway. Wie immer kam er sofort zur Sache.

»Guten Morgen, Emily. Ich wollte dir nur schnell mitteilen, dass die Kollegen in St. Helier in der Nacht den Brasilianer festgenommen haben.«

»Gottseidank!« Emily war erleichtert. »Wo hat man ihn gefunden?«

»Im Hafen. Auf einem Frachter, der heute Vormittag auslaufen sollte. Offenbar wollte Sollan als blinder Passagier von der Insel verschwinden.«

»Und? Hat er tatsächlich etwas mit Simons Tod zu tun?«

»Das wissen wir noch nicht. Er wird erst noch vernommen.« Harolds Stimme wurde plötzlich ironisch. »Ich kann nur hoffen, dass diese Vernehmung anders ausgeht als die von Eurem seltsamen Monsieur Theroux.«

Emily war mit einem Mal hellwach. »Wie meinst du das?«

»Ganz einfach, wir mussten Theroux gestern wieder laufen lassen, weil er ein Alibi hat. Es war ziemlich peinlich für mich, wenn ich ehrlich sein soll.« Seine Stimme wurde eine Spur schärfer.

»Vielleicht könntest du dich künftig mit deinen laienhaften Nachforschungen etwas zurückhalten.«

Es war immer dasselbe: Sobald Harold in seinem Selbstbewusstsein angekratzt war, wurde er zum Macho. Da half nur, mit Worten gegenzuhalten. Ebenso scharf erwiderte sie: »Findest du nicht, dass es eigentlich deine Aufgabe gewesen wäre, schon vorher die Alibis aller Leute aus Helen Keatings Umgebung abzufragen?«

»Ich brauche keine Belehrung. Wir können nun mal nicht hexen. Mit nur drei Constables an meiner Seite bin ich leider nicht Scotland Yard.«

Sie schwiegen beide einen Moment. Keiner wollte das Gespräch auf die altbekannte Weise eskalieren lassen.

Emily sprach als Erste wieder. »Vielleicht kannst du mir wenigstens noch eine Frage beantworten: Was für ein Alibi hat Pierre Theroux?«

»Du bist eine Nervensäge, Emily.«

»Ich weiß.«

Harold kämpfte mit sich, aber schließlich siegte sein schlechtes Gewissen, weil er Emily gerade so angefahren hatte. »Also meinetwegen. Er ist seit zwei Wochen Mitglied bei den Zeugen des Lichts und war auf einer Versammlung.«

»Theroux bei den Zeugen des Lichts?« Das war allerdings eine Überraschung, mit der Emily nicht gerechnet hätte. Sie erinnerte sich, dass der Franzose sehr intensiv in der Gemeinde von Vikar Ballard aktiv gewesen war und sogar hin und wieder die Orgel gespielt hatte. »Du weißt, dass er sehr eng mit Godfrey Ballard befreundet war und bisher zur Gemeinde von *St. Brelade's Church* gehörte?«

»Nein, das wusste ich nicht.« Im Hintergrund ertönte das Signalhorn eines Polizeiwagens. Offenbar befand sich Harold gerade auf einem Einsatz. »Emily, ich muss Schluss machen. Würdest du bitte Helen Keating darüber informieren, dass Pierre Theroux nichts nachzuweisen war?«

»Ja. Und danke, dass du mich angerufen hast.«

»Es war mir ein Vergnügen.« Seine erneute Ironie war der Schlusspunkt, der zu Harold gehörte wie sein militärisches Gebaren. Seltsamerweise hatte Emily plötzlich das Gefühl, dass ihr etwas fehlen würde, wenn Harold sich ausnahmsweise einmal charmant verabschieden würde.

Sie legte den Hörer auf und ging in die Küche, um das Frühstück zu machen.

Als eine Viertelstunde später auch Jonathan aus seinem Zimmer kam, bekam sie einen Schreck. Er wirkte übermüdet und niedergeschlagen. Wie zumeist hatten sie sich nachts nicht mehr gesehen, weil Emily schon geschlafen hatte, als er aus der Klinik zurückgekommen war.

Während sie ihm Spiegeleier briet, berichtete er ihr von seinen befremdlichen Erlebnissen mit Jack O'Neill. Als er die Zeugen des Lichts erwähnte, wurde sie hellhörig, sagte aber nichts, um ihren Sohn nicht noch weiter zu irritieren. Doch sie nahm sich vor, unbedingt einmal mit Vikar Ballard über diese geheimnisvolle Glaubensgemeinschaft zu reden.

Bis in die Nacht hinein hatte Jonathan mit Dr. Ricci und dem Verwaltungsdirektor des *General Hospital* zusammengesessen und mit ihnen über den Fall O'Neill diskutiert. Vorher hatte O'Neill über eine Stunde lang im Beisein Dr. Riccis in dessen Büro herumgetobt, bevor ihn schließlich zwei Pfleger geschickt hinauskomplimentieren konnten.

Es gab keine Frage, Jonathan hatte sich schuldhaft verhalten. Allerdings gab Dr. Ricci zu, dass er wahrscheinlich genauso entschieden hätte, wenn er vor der OP von Jonathan in den Konflikt eingeweiht gewesen wäre. Letztlich ging es um die Frage des höheren Gutes: Stand die Freiheit des Glaubens über dem ärztlichen Eid oder umgekehrt?

Der Verwaltungsdirektor dagegen hatte die Sache dramatischer gesehen. Er fürchtete in erster Linie um den guten Ruf des Krankenhauses. O'Neills Drohung, juristisch gegen die Ärzte vorzugehen – auch Dr. Ricci wäre dann als ärztlicher Direktor in voller Verantwortung –, würde zu einem Prozess führen, der die Öffentlichkeit aufschreckte und Vertrauen kostete.

Vehement hatte Jonathan argumentiert, dass er lieber gar nicht mehr als Arzt arbeiten würde, als mitansehen zu müssen, wie unter seinen Händen ein Kind starb, obwohl man es retten konnte. Dafür hatte er sich seinen Beruf nicht ausgesucht.

Dr. Ricci hatte ihn beruhigt. Bei all seiner Eitelkeit war er ein Chefarzt, der seinen Leuten Rückendeckung gab. Jonathan schätzte er vor allem deshalb, weil er sich in London bereits als hervorragender Diagnostiker erwiesen hatte, was in der Kindermedizin äußerst wichtig war.

Schließlich waren sie mit dem Verwaltungsdirektor zu einem Kompromiss gekommen. Jonathan wurde zunächst für zwei Tage beurlaubt, um aus der Schusslinie zu sein und um sich von einem Anwalt beraten zu lassen. Er hatte auch freiwillig angeboten, sein Austauschprogramm sofort abzubrechen und vorzeitig an seine Klinik in London zurückzukehren, doch das wollte Dr. Ricci nicht. Für ihn wie für Jonathan hatte der Fall O'Neill etwas Grundsätzliches, das durchgefochten werden musste.

Emily war stolz auf ihren Sohn.

Als Mutter hatte sie sich immer bemüht, ihm Charakter, Verantwortungsgefühl und Durchsetzungskraft mitzugeben. Oft hatte sie sich gefragt, ob ihr das wirklich gelungen war, vor allem in der schwierigen Zeit, als Jonathan während seiner ersten Studienmonate in einer Clique verwöhnter Studenten gefeiert und randaliert hatte. Jetzt wusste sie, dass diese Rebellion nur eine Art moralischer Häutung für ihn gewesen war.

Jonathan nahm seinen Teller mit den beiden Spiegeleiern und stellte ihn auf den Küchentisch. Emily setzte sich mit einem Toastbrot zu ihm. Heute war keinem von ihnen nach einem ausführlichen Frühstück zumute.

»Was meinst du, Mum, ich dachte, ich nehme mir John Willingham als Anwalt.«

»Eine gute Idee«, sagte Emily. »Willingham ist der Einzige, der einen solchen Fall durchfechten kann. Außerdem ist er immer noch blendend vernetzt.«

Jonathan schob seinen Teller beiseite und sprang auf. »Am besten rufe ich ihn gleich an.«

Emily wusste, dass es keinen Zweck hatte, ihren Sohn zu bremsen, wenn er etwas vorhatte. Sie griff nach der *Jersey Evening Post*, die seit gestern Abend auf dem Tisch lag, und überflog die Überschriften. Gleich drei Artikel befassten sich mit den beiden Morden. Es gab eine offizielle Stellungnahme der Kriminalpolizei von Detective Inspector Jane Waterhouse und ein kurzes Interview mit Harold Conway als dem zuständigen Chef de Police. Keiner von beiden wollte sich dazu äußern, ob es sich nur um einen oder um zwei verschiedene Täter handelte.

Auf der vorletzten Seite stieß Emily schließlich auf eine kleine Todesanzeige. Suzanne Ricci hatte sie aufgegeben, allerdings ohne ihren vollen Namen darunterzusetzen. Der Text war kurz, aber emotional:

Am 20. Juni wurde uns **Simon Stubbley** *genommen – der Strandläufer. Sein Leben war Freiheit, sein Traum das Meer. Du wirst uns schmerzlich fehlen, Dad.*

Suzanne

Emily legte die Zeitung beiseite und dachte nach.

Seit dem Prozess gegen ihren Vater war sie Suzanne Ricci nie mehr begegnet. Früher hatten sie sich immer gut verstanden, aber Emilys Aussage vor Gericht hatte damals alles verändert. Dass Simon Stubbley auf den betrügerischen Exfreund Suzannes eingestochen hatte, schien Vater und Tochter eher noch mehr zusammenzuschweißen. Vielleicht auch deshalb, weil Suzanne wusste, dass seine Rache an ihrem Freund die äußerste Form von Liebe war, die Simon ihr entgegenbringen konnte.

Nein, ich darf es nicht länger aufschieben, dachte Emily, ich muss endlich den Mut haben, mit Suzanne zu reden.

Am besten noch heute.

Alle im Hauptquartier *Rouge Bouillon* bemerkten, dass Detective Inspector Waterhouse heute freundlicher war als sonst. Besonders ihre engsten Mitarbeiter bekamen das zu spüren. Auch wenn sie daran gewöhnt waren, dass ihre Chefin meistens sehr sportlich herumlief, heute hatte sie noch einen Zahn zugelegt und war in hellblauen Sneakers, weißen Jeans und einem über den Gürtel hängenden marineblauen Herrenhemd erschienen. Pommy Pomfield glaubte sofort ein Prinzip daraus ableiten zu können, indem er behauptete, dass sie die Herrenhemden immer nur bei Vernehmungen trug.

Dass Jane Waterhouse heute so gut Laune hatte, lag vermutlich daran, dass es endlich gelungen war, Joaquim Sollan festzunehmen. Es schien, als wäre mit diesem Fahndungserfolg eine schwere Last von ihr abgefallen.

Schwungvoll öffnete sie die Tür zu Pommy Pomfields Büro. Pommy hatte gerade seine Brille abgenommen und versuchte, ohne die lästige Sehhilfe aus einigem Abstand seine Zeitung zu lesen, um seine Augen zu trainieren.

»Brille auf, Pommy«, sagte seine Chefin fröhlich, »der Brasilianer wartet auf uns.«

Pomfield genoss ihren ungewohnten Ton. Es passierte selten genug, dass sie so übermütig hereinkam. »Sofort, Ma'am«, sagte er gutgelaunt, setzte sich wieder die Brille auf die Nase und stand auf. »Ich bin echt gespannt, was uns da erwartet.«

Er war gut zwei Köpfe größer als die kleine, schmale Jane Waterhouse. Als sie nebeneinander den Gang entlangliefen, um in das Vernehmungszimmer neben der Treppe zu gelangen, sah es von hinten aus, als hätte er seine kleine Schwester dabei.

Der Brasilianer wartete regungslos auf einem Stuhl gegenüber dem Fenster, rechts und links neben ihm zwei Polizisten. Seine beiden Bewacher hatten ihm für die Zeit der Befragung von den Handschellen befreit.

Sowohl Jane Waterhouse wie ihr Assistent waren überrascht, wie durchschnittlich Joaquim Sollan aussah. Nach den Gefängnisfotos hatten sie einen kräftigen Mann erwartet, mit Muskelpaketen und brutalem Aussehen. Der Mann auf dem Stuhl dagegen war fast ein bisschen hager, jedoch stählern und voller Körperspannung. Es war unverkennbar, dass er während der langen Haft gealtert war, trotz seiner 45 Jahre. Seine Hautfarbe war in politischer Korrektheit mit *weiß* angegeben, doch es war unverkennbar, dass er, wie viele Brasilianer, auch schwarze Vorfahren gehabt haben musste. Das verrieten seine breite Nase und das kurzgeschorene schwarze Kräuselhaar.

Während sie beide Platz nahmen, stellte Jane Waterhouse sich vor: »Guten Tag, Mr. Sollan. Ich bin Detective Inspector Waterhouse und leite hier die Ermittlungen. Mein Kollege Pomfield wird unser Gespräch protokollieren.«

Joaquim Sollan blickte langsam und ohne erkennbare Regung zu ihnen herüber und nickte kurz. Seine schwarzen Augen verrieten keinerlei Emotionen, was ihn seltsam gefährlich aussehen ließ. Ausdruckslose Gesichter waren immer gefährlich, wusste Jane Waterhouse aus Erfahrung. Das beste Beispiel war die berühmte starre Miene der Bären, die plötzlich zubissen, ohne dass man es ihnen vorher ansehen konnte.

Sie war dementsprechend auf der Hut und entschloss sich, ohne große Umschweife zum Kern ihrer Ermittlungen zu kommen.

»Mr. Sollan, man hat Sie heute als blinden Passagier auf einem Frachtschiff aufgegriffen, das nach London auslaufen wollte. In dem Beutel, den Sie bei sich trugen, fand man eine Landkarte von Jersey, auf der zwei Orte eingekreist waren – St. Aubin und die Dünen, wo Ihr Freund vor drei Tagen ermordet wurde. Was wollten Sie da?«

Sollan öffnete seinen Mund. Pommy Pomfield, der ihm am nächsten saß, erschrak über den katastrophalen Zustand des Gebisses, das zum Vorschein kam. Die Stimme des Brasilianers klang tief und ruhig. »Ich sollte Simon in seinem Camp besuchen.«

»In den Dünen?«

»Da, wo er es auf der Karte eingezeichnet hat.«

»Und warum sollten Sie kommen?«

Sollan dachte einen Augenblick darüber nach, was er antworten sollte. Ein kurzes Zucken ging um seinen Mund. An der Oberlippe hatte er eine kleine Narbe. Immer noch bewegte er sich kaum. Wenn er sprach, klang seine Stimme wie das Brummen eines Basses. »Wir wollten zusammen durch die Gegend ziehen. Ich hatte ja nichts anderes.«

»Wann sind Sie am Lagerplatz erschienen? Gleich am ersten Tag, nachdem Stubbley und Sie entlassen worden waren?«

Er schüttelte den Kopf. »Nein. Simon wollte erst noch ein paar Tage allein sein. Ich sollte erst später kommen.«

»Merkwürdig«, sagte Jane Waterhouse und gönnte sich eine kleine Portion Spott, um Sollan auf diese Weise zu provozieren. »Da sind Sie nun gute Freunde, und er will Sie gar nicht dabei haben? Was hatte er denn vor?«

»Das hat er mir nicht gesagt. Nur dass ich erst nach sechs Tagen zu den Dünen kommen soll.«

»Und wo waren Sie solange?«

»In St. Helier. Die ersten Nächte habe ich unter einer Plane im Hafen geschlafen, die letzten beiden Nächte auf dem Schiff, das gerade entladen wurde.«

»Warum wollten Sie Jersey verlassen?«

»Weil ich wieder nach London wollte. Da war ich früher auch.«

»War es wirklich nur Heimweh, Mr. Sollan?« DI Waterhouse holte eine eng beschriebene DIN-A-4-Seite aus ihrem Ordner. Es war der Bericht der Zollbehörde St. Helier, der ihr erst vor einer Viertelstunde zugefaxt worden war. »Die beiden Kollegen vom Zoll, die Sie heute Nacht im Hafen festgenommen haben, schreiben Folgendes...« Mit monotoner Stimme las sie vor: »Der Gesuchte befand sich im hinteren Teil des Maschinenraumes der MS Serenity, in dem die Mannschaft lediglich ihren Abfall bunkert. Aus diesem Abfall hat er sich offensichtlich auch ernährt. Mr. Sollan trug einen Beutel bei sich, in dem eine zusammengefaltete graue Jacke und ein schwarzer Wollpullover steckten, ferner ein Stück Brot und eine Landkarte. Geschlafen hat er auf einer ausgebreiteten Zeitung am Boden. Es war die Ausgabe der *Jersey Evening Post* vom vergangenen Montag, in dem der Artikel über den Mordfall Simon Stubbley stand.« Jane Waterhouse blickte wieder auf. »Also, Mr. Sollan, wollen Sie immer noch behaupten, dass Sie nur aus Heimweh fliehen wollten?«

Plötzlich begann Sollan zu husten. Es klang blechern und hohl, als hätte er eine kranke Lunge. Einer der unmittelbar neben ihm sitzenden Polizisten klopfte ihm auf den Rücken, doch es schien nicht zu helfen. Er stützte sich auf der Tischplatte ab, hob den Kopf und begann, tief ein- und auszuatmen, doch sofort folgte ein neuer Hustenkrampf.

Pommy Pomfield beugte sich zu seiner Chefin hinüber und flüsterte: »Er hat Asthma. Vielleicht müsste man mal das Fenster öffnen.«

»Machen Sie das«, sagte Jane Waterhouse. Pommy stand auf, öffnete die beiden Fensterflügel hinter Sollan und ließ frische Luft herein. Nach und nach wurde das Röcheln weniger. Draußen, auf dem Gelände der Feuerwehr, rangierte gerade ein großer Löschzug rückwärts aus der Halle. Der Lärm seines Motors war so laut, dass man im Vernehmungsraum kaum sein eigenes Wort verstand. Jane Waterhouse verzog das Gesicht, redete aber weiter. »Warum haben wir eigentlich bei Ihnen kein Geld gefunden? Sie waren ja noch länger als Ihr Freund im Knast. Also müssten Sie doch auch was bei der Entlassung bekommen haben. Bei Simon Stubbley waren es genau 534 Pfund und 28 Cent.«

Der Brasilianer senkte den Kopf. »Ich hatte Schulden. Bei einem Russen.«

»Einem Knast-Russen nehme ich an.«

Sollan nickte stumm. Jane Waterhouse war für einen Augenblick geneigt, Mitleid mit ihm zu haben. Sie kannte das Problem. Die Gefangenen wurden regelmäßig von Mitinsassen, die sich zu Bandenführern ernannt hatten, unter Druck gesetzt und mussten für jede Vergünstigung horrende Preise bezahlen.

Mindestens ebenso wahrscheinlich war jedoch, dass er Stubbleys Geld und sein eigenes irgendwo versteckt hatte, zum Beispiel auf dem Frachter, auf dem man ihn festgenommen hatte.

»Kommen wir nun zur Hauptfrage, Mr. Sollan. Aus unserer Sicht spricht vieles dafür, dass Sie es waren, der Simon Stubbley umgebracht hat. Sie haben gestritten, stimmt's? So was kommt ja auch bei langer Freundschaft vor, und Simon konnte einen mit seiner eigenwilligen Art sicher auf die Palme bringen, glaube ich. Warum sagen Sie uns nicht einfach die Wahrheit?«

Sollan ließ sich keine besondere Reaktion anmerken und schwieg. Nichts in seinem Gesicht regte sich. Er musste sich perfekt in der Gewalt haben.

»Haben Sie mich verstanden?«, fragte Jane Waterhouse nach.

»Ja, Ma'am«, nickte Sollan gelangweilt.

»Und was sagen Sie dazu?«

»Shit!« Er spuckte es aus wie einen Kaugummi.

Was dann geschah, ging schnell. Jane Waterhouse sah noch, wie sich seine Brustmuskulatur unter dem weißen T-Shirt spannte und seine Schlagader am Hals zuckte. Jetzt wird er mürbe, dachte sie triumphierend.

In diesem Moment sprang er auf. Seine Hände flogen blitzschnell zur Seite, erst nach rechts, dann nach links. Die Polizisten fielen mit ihren Stühlen nach hinten. Gleichzeitig trat er mit angezogenem Bein gegen die Tischplatte. Der Tisch prallte gegenüber in den Bauch der Chefermittlerin und nahm ihr den Atem. Die Polizisten versuchten aufzustehen und Sollan wieder zu packen, doch der war zu schnell für sie. Brutal trat er den beiden Männern nacheinander ins Gesicht. Jane Waterhouse rappelte sich wieder auf und versuchte zu schreien, doch ihre Stimme war nur ein Krächzen. Im selben Moment wurde sie von Sollans Stuhl getroffen, den er mit voller Wucht über den Konferenztisch in ihre Richtung geschleudert hatte. Bevor sie blutend zusammensackte, sah sie noch, wie er aufs Fensterbrett kletterte und nach unten sprang.

Dem Sprung folgte ein blechernes Geräusch. Der Feuerwehrwagen, dachte sie, unter dem Fenster stand ja der Feuerwehrwagen ...

Dann schmeckte sie das Blut in ihrem Mund. Es nahm und nahm kein Ende.

Die Villa der Riccis lag in Sichtweite des weißen Leuchtturms *La Corbière*. Es war eine einsame Gegend. Ein Dutzend Häuser verteilten sich in großem Abstand über die Heide, jedes einzelne umgeben von naturbelassenen Gärten, die meisten im Landhausstil. Nur zu bestimmten Zeiten, wenn man bei Ebbe zu Fuß den Leuchtturm erreichen konnte, kamen ein paar Touristenautos vorbei, auf der Suche nach einer Abkürzung zum tiefer gelegenen Parkplatz. Bei Flut und bei schlechtem Wetter, wenn der Leuchtturm auf seinem Felsen sturmumtost war und die Gischt meterhoch in die Luft geschleudert wurde, wollte niemand an diesen Ort.

Emily nahm die *Route Orange*, die Straße von St. Brelade. Als sie sich nach ein paar Kurven dem Anwesen der Riccis näherte, fuhr sie automatisch langsamer. Sie hätte nicht sagen können, warum. Doch als sie links neben der Straße die kleine Haltebucht entdeckte, die wegen des herrlichen Küstenblickes als Aussichtspunkt eingerichtet worden war, wusste sie plötzlich wieder, warum sie gebremst hatte. Hier, an dieser Stelle, hatte sie einmal mit Simon Stubbley im Gras gesessen.

Sie fuhr an den Straßenrand, stellte den Motor ab und blickte nachdenklich über die Wiesen. Wie gekämmt bogen sich die Gräser und Heidepflanzen einträchtig im Wind. Am Rand der Klippen, im sandigen Übergang von der Heide zu den Felsen, wuchsen Strandnelken. Simon hatte ihr damals ein paar Stiele davon gepflückt und sie ihr mit einer galanten Verbeugung überreicht.

Emily wusste sogar noch das Datum dieser Begegnung. Es war der 25. August vor zehn Jahren gewesen, lange bevor Simons Tochter mit ihrem Mann das Grundstück hier draußen gekauft hatte.

Ohne, dass sie es in diesem Augenblick gewollt hätte, sah Emily die Szene wieder genau vor sich, begleitet von Simons Stimme. Auch wenn er oft viel Ungehobeltes sagte, konnte er dennoch wunderbare Lebensweisheiten von sich geben, die Emily jedes Mal verblüfften. Vielleicht hatte sie Simon auch deshalb so sehr gemocht.

Er knabberte an einem Halm, während er neben ihr im Gras saß. Das Leder seiner braunen und ausgelatschten Wanderstiefel war fleckig und voller Erdbrocken an der Sohle. Am Stamm des Baumes neben der Straße lehnten sein Rucksack, seine längliche Tasche und eine zusammengerollte alte Militärdecke. Er schaute zum Himmel.

»Morgen kommt Regen«, sagte er. »Dann ziehe ich in mein Schlechtwetterquartier um. Vielleicht auch in die Stadt.«

»Sie sind gern in St. Helier, nicht?«, fragte Emily. Er hatte ihr schon öfter erzählt, dass er manchmal bis zu einer Woche in Jerseys kleiner Hauptstadt blieb, um dort ein paar Kumpels zu treffen, die im Park herumlungerten.

»Stadt ist Stadt«, sagte Simon achselzuckend. »Nur London ist anders. Aber da werd' ich wohl nie mehr hinkommen.«

»Wie lange waren Sie denn in London?«, fragte Emily.

Statt zu antworten, brütete er einen Augenblick vor sich hin. Der Wind zerzauste sein Haar, und der Grashalm in seinem Mundwinkel hing quer über seinem Bart bis zum Kragen des Anoraks hinunter. Emily wartete geduldig. Als er nach einer Weile immer noch ihren fragenden Blick spürte, versuchte er sich zu einer Antwort zu überwinden. Abrupt hob er den Kopf. »In London? Da war ich lange. Hätte ich ewig bleiben können.«

»Aber es kam was dazwischen?« Emily kam sich ein bisschen gemein vor, ihn so auszufragen. Andererseits wurde sie das Gefühl nicht los, dass es irgendeinen Weg geben musste, Simon Stubbley wieder zu einem normalen Leben zu verhelfen, wenn sie erst einmal wusste, wer er eigentlich war.

»Ja«, sagte er, »ich hatte einen ganz guten Job in einem Pub. Wahrscheinlich war das meine beste Zeit. Damals hätte ich sogar ein richtiger Geschäftsmann werden können. Ich konnte immer ordentlich mit Geld umgehen.« Er kicherte. »Können Sie sich das vorstellen, ich und Geld?«

»Warum nicht?«

Er wurde wieder ernst. »Ja, warum nicht? Aber es wurde nichts draus. Weil eine große menschliche Enttäuschung dazwischen kam.« Er rülpste kurz und dezent. »Verzeihung. Aber das regt mich jetzt noch auf, wenn ich nur daran denke, so viel Enttäuschung. Mit ihr hat danach alles andere angefangen. Ich meine, wie es dann mit mir weiterging.«

»War es eine Frau?«

»Eine Frau oder ein Mann, was soll's? Deckel drauf.«

»Das tut mir leid, Simon.«

»Ist ja schon lange vorbei.« Er versuchte tapfer zu lächeln, indem er unbeholfen seinen Mund verzog. Doch es war nicht zu übersehen, dass die Erinnerung an diese Phase seines Lebens mit einem tief sitzenden Schmerz verbunden war.

Emily bekam Mitleid mit ihm und überlegte, wie sie ihm eine Freude machen konnte.

»Darf ich Sie noch etwas anderes fragen, Simon? Sie sagen mir ehrlich, wenn es zu persönlich ist, ja?«

»Einfach fragen, Mrs. Bloom. Ich meld mich dann schon, wenn's mir nicht passt.«

Er ließ den Halm aus seinem Mundwinkel fallen und streckte sich der Länge nach im Gras aus, als erwartete er eine ganze Batterie an Fragen. Irgendwie schien es ihm Spaß zu machen. Vielleicht auch nur deshalb, weil sich nur selten jemand so intensiv für ihn interessierte. »Also los, Madam.«

Emily stützte ihre Hände nach hinten auf und blickte in den Himmel, während sie ihre Frage formulierte. »Mich interessiert schon seit langem, ob Sie ihr Herumwandern gerne aufgeben würden, wenn Sie könnten? Wenn Ihnen zum Beispiel jemand einen Job anbieten würde?«

Simon schüttelte im Liegen den Kopf. Er schien keinen Zweifel zu haben an dem, was er sagte. »Nein, wie sollte das gehen?

Kein Wind mehr, wenn ich morgens aufstehe, kein Sand unter meinen Füßen, keine Sonne und kein Regen. Es wäre grässlich. Ich müsste irgendwo in einem Haus sitzen, womöglich noch aus Beton, und würde gar nicht merken, wie mein Leben vergeht. Ein Leben ohne Wetter, verstehen Sie? Jeder Tag gleich. Da würde ich ja krank werden.«

»Schade«, sagte Emily bedauernd.

Der Strandläufer richtete sich auf und drehte sich nach Emily um. »Wieso schade? Mich braucht doch sowieso keiner. Da machen Sie sich mal nix vor.«

»Unsinn«, widersprach Emily. »Niemand ist überflüssig. Und schade habe ich deshalb gesagt, weil ich dachte, sie könnten mir hin und wieder beim Ausfahren meiner Teelieferungen helfen. Mit dem Fahrrad.«

Ungläubig fragte Simon: »War das jetzt Ernst oder machen Sie Witze?«

Emily lächelte. »Haben Sie nicht gesagt, Sie können gut mit Geld umgehen? Es wäre ja auch höchstens zweimal die Woche.«

Simon schwieg und dachte nach. Zweimal kratzte er sich dabei am Bart, einmal wühlte er in seinen Haaren herum. Dann schniefte er vernehmlich und sagte. »Meinetwegen. Wenn ich Ihnen damit einen Gefallen tue.«

»Einen Riesengefallen«, sagte Emily.

Simon Stubbley streckte ihr seine rechte Hand entgegen. Seine Fingernägel waren schwarz, als hätte er tagelang in der Erde gewühlt.

Zweimal richtig einseifen und es geht wieder, dachte Emily pragmatisch, als sie die schmutzigen Finger sah. Beherzt griff sie zu.

Langsam entfernte sich die Szene wieder aus Emilys Kopf.

Jetzt, zehn Jahre später, fand sie ihren gutgemeinten Versuch, Simon auf diese Weise in ein normales Leben zurückzuführen, ziemlich naiv. Sie hatte unterschätzt, wie wenig er bereit war, Kompromisse zu machen. Auch über seinen wahren Charakter, seinen Jähzorn und seine angeborene Bequemlichkeit hatte sie im Grunde genommen nichts gewusst. Wie viele Menschen ihrer Generation war sie mit der Sozialutopie aufgewachsen, dass guter Wille alles und Veranlagung nichts war.

Nachdenklich startete sie den Motor und fuhr langsam weiter.

Schon an der nächsten Querstraße kam hinter einem weißen Gatter die Villa der Riccis zum Vorschein. Sie fiel durch eine kantige moderne Architektur auf. Alle Linien des Hauses verliefen gerade, drei weiße Quader mit großen Fenstern unter einem Flachdach. Trotz seiner kühlen Modernität hatte das Haus aber eine sympathische Ausstrahlung. An der Hauswand standen aufgereiht Töpfe mit Oleander, die Einfahrt war mit weißem Kies belegt.

Obwohl das automatische Tor weit aufstand, parkte Emily draußen auf der Straße. Langsam, fast zögernd ging sie über den knirschenden Kies zur Haustür. Ihr Herz klopfte schneller als sonst, aber sie zwang sich zur Ruhe. Eigentlich war es ja sie, die allen Grund hatte, den Kontakt zu Suzanne zu meiden, nachdem ihr Vater neulich bei ihr eingebrochen war.

Noch bevor sie die Klingel drücken konnte, wurde die Tür geöffnet, und Suzanne stand vor ihr. Sie war schlanker und wirkte reifer, als Emily sie in Erinnerung hatte. Ihre dunkelblonden Haare waren jetzt im Gegensatz zu damals halblang und modisch geschnitten. Das Trauerkleid, das sie trug, bestand aus drei übereinanderhängenden Lagen schwarzer Seide, wie aus den 1930er-Jahren.

Überrascht starrte sie Emily an.

»Mrs. Bloom?«

»Hallo Suzanne«, sagte Emily. »Ich bin gekommen, um dir mein Beileid auszusprechen.«

»Danke, das ist sehr nett.« Es gelang Suzanne, sich wieder zu fassen. Ihre blasse Gesichtsfarbe verriet, wie schlecht es ihr noch ging. Sie trat zur Seite und fragte: »Möchten Sie nicht reinkommen?«

»Wenn ich darf?«

Emily folgte ihr durch die Eingangshalle der Villa. Rechts und links der Haustür standen zwei hohe silbrige Bodenvasen, sonst nichts. Überhaupt schien die Einrichtung ziemlich puristisch zu sein, wie ein kurzer Blick in die Küche und in einen anderen Raum verriet. Nur das Esszimmer, dessen Tür aufstand, war in der Art einer Schiffskajüte eingerichtet und wirkte wie ein Fremdkörper im Haus.

Auch das Wohnzimmer war modern gestaltet. Neben einer weißen Sitzecke gab es nur wenige Möbelstücke, die dafür sehr stylish und teuer wirkten. An den Wänden hing extravagante Kunst. Zwei der Bilder, je ein rotes und ein blaues Farbspiel mit japanischen Motiven, waren so großformatig, dass sie den gesamten Raum dominierten.

Suzanne führte Emily zu den weißen Ledercouches, die über Eck standen. Sie wartete, bis ihr Gast sich gesetzt hatte, und nahm dann ebenfalls Platz. Durch die riesige Fensterfront fiel die Sonne. Draußen vor der Terrasse erstreckte sich ein großer, sehr langer Garten mit einer ganzen Allee von Bäumen. Am Gartenende ging das Grundstück in die Felsen der darunterliegenden Küste über. Emily meinte, dort einen vergatterten Eingang erkennen zu können, und erinnerte sich, dass unten an den Klippen das historische Höhlensystem *La Cotte de Rosière* begann.

»Möchten Sie etwas trinken?«, fragte Suzanne höflich. Nach der ersten Überraschung schien sie wieder ruhig und bedacht.

»Nein, danke«, sagte Emily. »Mir war es nur ein Bedürfnis, dir zu sagen, dass ich deinen Vater als einen ganz besonderen Menschen in Erinnerung behalten werde. Egal, was passiert ist. Und deshalb habe ich dir auch etwas mitgebracht.« Langsam und vorsichtig zog sie eine große weiße Möwenfeder aus ihrer Handtasche und hielt sie Suzanne entgegen. Der untere nackte Federkiel war mit einem hübschen Streifen aus braunem Leder umbunden, auf dem sehr echt aussehende Indianersymbole eingeritzt und mit schwarzer Farbe nachgezogen waren. Das Ganze wirkte äußerst eindrucksvoll.

Suzanne nahm ihr die Feder ab. »Wo haben Sie die her?«, fragte sie irritiert.

Emily lächelte. »Die hat mir dein Vater einmal zu Weihnachten geschenkt, als ich ihn irgendwann im Dezember in der Stadt getroffen habe. Er öffnete seinen Rucksack und holte zwei dieser Federn heraus, eine für mich und eine für meinen Sohn, der damals noch zur Schule ging. Ich möchte, dass du die Feder jetzt hast. Uns bleibt ja noch die andere.«

Suzanne war sichtlich gerührt. »Oh Gott. So eine hat Daddy mir mal gebastelt, als ich in den Kindergarten kam. Später habe ich sie dann verloren.«

»Ja, er war immer sehr geschickt...« Emily versuchte, die Hürde zwischen ihnen zu überwinden. Noch immer saß Suzanne ein wenig steif und abwartend da, dabei hatte Emily sie schon gekannt, als sie noch zur Schule gegangen war. »Suzanne, die vergangenen Jahre waren sicher sehr hart für dich. Wir hatten nie Gelegenheit, nach dem Prozess darüber zu sprechen. Ich wusste ja, dass dein Vater nicht wollte, dass wir Kontakt haben, aber glaub mir, es ist mir sehr schwergefallen, dich nicht einfach mal anzurufen.«

Suzanne atmete tief durch, als müsste sie sich erst überwinden, darauf eine Antwort zu geben. »Ja, er war sehr verbittert seit damals. Auch wenn mir heute klar ist, dass Sie in dieser Situation gar nicht anders konnten, als Ihre Aussage gegen Daddy zu machen – als er ins Gefängnis kam, da glaubten wir beide, dass sich alle gegen uns verschworen hätten.«

»Wisst ihr schon, wann die Beerdigung sein wird?«, fragte Emily vorsichtig.

»Nein. Nicht solange man ...« Suzanne stockte, dann begann sie zu weinen. »Entschuldigung, aber ich darf gar nicht daran denken ...« Sie zog ein Papiertaschentuch aus ihrem Kleid und wischte sich damit über die Wangen. »Egal, das werde ich jetzt auch noch durchstehen.«

»Das wirst du. Außerdem hast du einen wunderbaren Mann an deiner Seite. Jonathan arbeitet gerade auf seiner Station und behauptet, dein Mann sei einer der besten Kinderchirurgen, die er kennt.«

Suzanne lächelte zum ersten Mal. »Das ist lieb, dass Sie das sagen.« Ihre Hände spielten mit einer Modezeitschrift, die vor ihr auf dem Couchtisch lag. »Mrs. Bloom, Detective Inspector Waterhouse hat uns erzählt, was mein Vater in der Nacht vor seinem Tod bei Ihnen angestellt hat. Das tut mir sehr leid. Aber wie ich schon sagte, die Jahre der Haft haben ihn sehr verbittert. Und ich glaube inzwischen auch, dass der Brasilianer, mit dem er eingesessen hat, einen sehr schlechten Einfluss auf ihn hatte.«

»Hältst du ihn denn für den Mörder?« wollte Emily wissen.

Suzannes Antwort kam spontan. »Ganz ehrlich – ja. Meiner Meinung nach ist er der Einzige, der dafür in Frage kommt. Ich habe die ganze Zeit gegrübelt, ob es sonst noch jemanden geben könnte, mit dem Dad nach seiner Entlassung Kontakt hatte, aber mir fällt niemand ein. Keiner außer Joaquim Sollan konnte wissen, dass Daddy insgesamt 1500 Pfund bei sich hatte, sein

Entlassungsgeld und noch 1000 Pfund von mir. Auch bei Alan Le Grand fehlte ja Geld. Das ist alles schon sehr merkwürdig.«

»Weißt du schon, dass Sollan gestern Nacht festgenommen wurde?«

Suzanne wurde starr vor Überraschung. »Nein! Wo denn?«

»Im Frachthafen von St. Helier.«

»Gottseidank!« Suzanne atmete auf. »Vielleicht geht der Albtraum jetzt endlich zu Ende. Sie werden sicher auch erleichtert sein, denke ich mir.«

»Allerdings.« Emilys Gesicht konnte nicht verbergen, dass das Thema sie intensiv beschäftigte. Schließlich hatte sie tagelang in Angst vor Sollan gelebt. »Ich musste immer damit rechnen, dass er in meinem Haus auftaucht.«

»Das tut mir leid«, sagte Suzanne voller Bedauern. Sie schien es ehrlich zu meinen. »Alles tut mir leid, Mrs. Bloom. Wir hätten schon viel früher miteinander reden müssen.«

Emily versuchte, mit einem Lächeln darauf einzugehen. »Es ist ja noch nicht zu spät, oder?«

Suzanne lächelte zurück. »Nein.«

»Wenn du möchtest, kann ich dir später irgendwann mal einige von den Lebensweisheiten erzählen, die ich von deinem Vater gehört habe«, schlug Emily vor. »Jeder von uns hat doch ein anderes Bild von Simon. Du kennst ihn als liebevollen Vater, obwohl ihr nur selten zusammen sein konntet, und ich habe ihn in wundervollen langen Gesprächen kennengelernt.«

»Ich weiß, dass er sich gerne mit Ihnen unterhalten hat. Und er war auch sehr dankbar dafür, dass er damals in Ihrem Laden mitarbeiten durfte.«

»Ja, wir hatten viel Spaß miteinander«, sagte Emily. »Zum Beispiel, wenn die neuen Teelieferungen kamen und Simon in unserem Lager herumschnupperte, um zu sehen, ob er die Tees kannte. Das erinnerte ihn offenbar sehr an die Zeit, die er in London als Kellner verbracht hatte.«

Offenbar war Suzanne das Thema unangenehm, vielleicht weil ihr Vater damals zum ersten Mal ins Gefängnis gekommen war. Sie zuckte etwas hilflos mit den Schultern.

»Ehrlich gesagt, über seine Zeit in London hat er nur selten mit mir gesprochen«, sagte sie, »das sparte er gerne aus. Ich war damals ja auch noch nicht geboren.«

»Schade«, sagte Emily. »Irgendwie habe ich den Eindruck, dass dort der Schlüssel zu seinem weiteren Leben verborgen liegt. Gestern ist mir sogar etwas eingefallen, das dir vielleicht verrückt vorkommen mag.«

Sie erzählte von ihrer Vermutung, dass sie und Simon sich schon einmal vor 35 Jahren begegnet waren.

Aufmerksam hört Suzanne zu. »Das könnte natürlich erklären, warum Sie beide sich immer so gut verstanden«, meinte sie nachdenklich. Dann schüttelte sie bewundernd den Kopf. »Was Sie alles wissen! Aber Sie haben ja angeblich ein Supergedächtnis. Mein Vater hat mir davon erzählt. Ist das wahr, dass Sie sich an jeden Tag Ihres Lebens erinnern können?«

Emily überlegte, wie sie das Thema am besten herunterspielen konnte. Dass Suzanne darüber Bescheid wusste, war ihr unangenehm. »Da hat Simon sicher etwas übertrieben«, sagte sie. »Aber es stimmt schon, alles in allem funktioniert mein Gedächtnis ganz gut.«

»Vielleicht fällt Ihnen ja noch mehr ein...«

»Ich will es gerne versuchen«, versprach Emily. »Wenn es dir hilft.«

Suzanne sah plötzlich unglücklich aus. »Na ja, ich hatte leider keinen Vater wie andere Kinder. Meiner kam nie nach Hause. Tante Annie, bei der ich aufgewachsen bin, hat zwar ihr Bestes getan, um mir alles zu bieten, aber das Schönste waren für mich die Tage, an denen Dad mich abgeholt hat. Dann durfte ich mit ihm am Strand grillen oder wir sind singend durch die Wälder gezogen. Oft hatte er vorher noch eine Weidenflöte für mich geschnitzt, mit der wir dann Vögel angelockt haben.« In Suzannes Augen standen Tränen.

»Lebt deine Tante eigentlich noch?«, fragte Emily.

»Nein, sie ist vor drei Jahren gestorben. Dad durfte sogar zu ihrer Beerdigung.«

Um Suzanne abzulenken, erzählte Emily noch eine lustige Anekdote über ihren Vater. Sie beschrieb, wie Simon einmal einem jungen Marinesoldaten, der mittags am Strand eingeschlafen war, die Uniform geklaut hatte und dann zum Vergnügen der Badegäste darin herumstolziert war.

Suzanne musste zwar darüber lachen, wurde aber schnell wieder ernst. »Ja, so war er. Aber die ganze Geschichte versteht man erst, wenn man den Hintergrund dazu kennt. Dad hatte eine schwere Kindheit und wollte eigentlich zur Marine gehen. Doch sie haben ihn nicht genommen. Das war sein wahres Problem, die ungestillte Sehnsucht nach dem Meer.«

»Ja, er liebte das Meer«, bestätigte Emily. »Und als Strandläufer durfte er diese Liebe ausleben. Einmal sprach er davon, dass er als kleiner Junge davon geträumt hat, Fischer zu werden. Der alte Francis Elridge hatte ihn wohl immer auf seinem Kutter mit rausgenommen.«

»Ja, Elridge war sogar noch bei Tante Annies Beerdigung«, sagte Suzanne. Über dem Kamin schlug eine kleine moderne Silberuhr. Erschrocken schaute sie dorthin. »Oh je, ich muss gleich zum Arzt. Vielleicht können wir uns in den nächsten Tagen noch einmal treffen und Sie erzählen mir alles, was Ihnen noch so über Dad eingefallen ist.«

Sie standen vom Sofa auf.

»Gerne«, sagte Emily herzlich. »Komm einfach auf einen Plausch im Laden vorbei. Es gibt immer noch die Ingwerplätzchen, die dein Vater dir immer mitbringen musste.«

»Ach Gott, die Ingwerplätzchen!« Plötzlich hatte Suzanne wieder Tränen in den Augen. Gerührt schlang sie ihre Arme um Emily und gab ihr einen schnellen Kuss auf die Wange. »Entschuldigung, das musste ich jetzt einfach machen! Es war so schön, dass Sie hier waren!«

»Ich bin auch froh darüber«, gestand Emily. »Also dann, ich wünsche dir viel Kraft in den nächsten Tagen!«

»Danke, Mrs. Bloom.«

Als Emily wenig später zu ihrem Auto zurückkehrte und sich hinter das Steuer setzte, ließ sie ihr Gespräch mit Suzanne noch einmal an sich vorüberziehen. Suzannes Erleichterung darüber, dass die Zeit des lähmenden Schweigens zwischen ihnen nun ein Ende hatte, war offensichtlich gewesen. Endlich hatten sie sich wieder ehrlich und ungehemmt miteinander unterhalten können. Besonders der kurze Augenblick, in dem die junge Frau voller Sentimentalität von den Tagen ihrer Kindheit erzählt hatte, hatte Emily berührt.

Gleichzeitig war ihr aber auch wieder klar geworden, wie rätselhaft Simon Stubbleys Leben gewesen war. Es kam ihr vor, als ob alle, die ihn als Strandläufer kannten, nur die Spitze eines Eisbergs gesehen hatten, der weitgehend im Verborgenen lag.

Aber welches Geheimnis war es bloß, dass Simon Stubbley mit ins Grab genommen hatte?

Nachdem Sandra Querée und Roger Ellwyn eine Autokarambolage an der großen Kreuzung in St. Brelade protokolliert hatten und die beiden verbeulten Wagen wieder weitergefahren waren, beschlossen sie, gleich noch eine Verkehrskontrolle anzuschließen. Es ging um das übliche Routineprogramm – Autos vor der Ampel herauswinken, Wagenpapiere und Führerscheine überprüfen, in den Kofferraum schauen.

Es war eine Aufgabe, die Sandra gar nicht ungern übernahm. An der geöffneten Wagentür lernte sie mehr über Menschen und ihre Lebensweise als andere in Monaten. Sie vermittelte ihr das perfekte Bild davon, wie die Leute auf der Insel lebten. Die Verkehrskontrolle als Soziogramm, wie ihr Kollege Roger Ellwyn immer spottete.

Auch diesmal gab es wieder einige Überraschungen. Mr. Perkins, der dicke Autohändler aus St. Clement, der sich gerade am Wochenende in einer großformatigen Anzeige in der *Jersey Evening Post* für die Glückwünsche zu seiner silbernen Hochzeit bedankt hatte, war heute mit einer grell geschminkten Blondine unterwegs, die ihm vor dem Rauswinken noch schnell einen Kuss gegeben hatte. Sandra kannte sie. Sie arbeitete in einer Bar in St. Helier.

Der alte Citroën von Nancy Langlois, mit der Sandra ein paar Jahre lang zur Schule gegangen war und die gerade eine Scheidung hinter sich hatte, entpuppte sich als schrottreif. Weder die Lichter noch die Bremse funktionierten richtig. Nancy begann wie unter Krämpfen zu heulen, wie sie es immer getan hatte, wenn sie in Schwierigkeiten steckte, aber es half nichts. Der Wagen musste aus dem Verkehr gezogen werden. Zu Sandras Erleichterung übernahm Roger Ellwyn die Aufgabe, Nancy dazu zu verdonnern. Danach gestand sie Sandra unter Tränen, dass sie seit acht Monaten kein Geld mehr verdient hatte.

Aus dem Geländewagen der Arztfrau Mrs. de Cornu kletterten nacheinander fünf Kinder, alles ihre eigenen. Der Kofferraum war bis oben hin mit teuren Lebensmitteln vollgestopft. Jedes Kind besaß sein eigenes Computertablet. Während der Verkehrskontrolle rannten die Kinder rücksichtslos um die Polizisten herum, während ihre Mutter gestehen musste, dass sie keine Wagenpapiere dabei hatte. Außerdem war der Rückspiegel defekt. Doch statt um Milde zu bitten, fauchte Mrs. de Cornu Sandra genervt an, dass sie sich wohl kaum in die Rolle einer Vollzeitmutter hineinversetzen könne. Sandra blieb höflich und kassierte gleich in bar ab.

Einer der letzten, den sie stoppten und an die Seite fahren ließen, war ein großer Mann in einem blauen Overall. Er hieß Jack O'Neill. Geduldig stieg er aus und zog seine Papiere aus der Brusttasche des Overalls. Er sah aus wie ein Handwerker. Sein grüner Ford war schon alt, aber tadellos in Schuss. Während Roger Ellwyn die Personalien überprüfte, ging Sandra zum Kofferraum und öffnete ihn, um zu sehen, ob die vorgeschriebenen Warnwesten vorhanden waren. Sie klemmten zusammengerollt in einem kleinen Netz an der Seite. Der Rest des Kofferraums war vollgestellt mit zwei weißen Kunststoffbehältern, in denen religiöses Material steckte, darunter ein halbes Dutzend Bibeln, ganze Stapel der Zeitschrift »Lichttempel« und diverse Broschüren mit dem Aufdruck »Zeugen des Lichts«. Die einzigen Sachen, die nicht dazu passten, waren zwei Flaschen schottischer Malt-Whisky, ein großes Jagd-Messer, ein dunkelgrünes Fernglas, wie Jäger es benutzten, und ein Fotobuch. Es war eine merkwürdige Mischung von Gegenständen.

Da O'Neill noch mit Constable Ellwyn vorne an der Fahrertür stand, nutzte Sandra die Gelegenheit und blätterte kurz das Fotobuch durch. Es waren ausschließlich Fotografien von einem etwa zehnjährigen Mädchen, offenbar O'Neills Tochter, denn sie sah ihm ähnlich. Sandra fiel auf, dass es kein einziges Bild gab, auf dem das Kind fröhlich ausschaute. Fast immer blickte es ernst und furchtsam in die Kamera, als würde ihr Vater ein strenges Regiment zu Hause führen.

Als Sandra hörte, wie Jack O'Neill nach hinten zum Kofferraum kam, klappte sie das traurige Fotobuch schnell wieder zu und legte es neben die Bibeln. Leider war es keinem Vater verboten, seine Kinder unglücklich zu machen.

Sie spürte Jack O'Neills Gegenwart durch die Art, wie er sich neben ihr an den Kotflügel schob.

»Na, sind Sie mit meiner Ladung einverstanden?«

Irgendwie hatte sie sich die *Zeugen des Lichts* anders vorgestellt, weniger körperlich und viel frommer. Dieser Mann dagegen, das sagte ihr Instinkt, konnte aggressiv und aufdringlich sein. Aber auch das war kein Vergehen.

»Sind Sie Jäger?«, fragte sie und deutete auf das Jagdmesser.

»Nein, Angler«, antwortete er. »Das heißt, früher war ich Angler. Heute weiß ich, dass Gott nicht möchte, dass wir uns über alle Lebewesen erheben. Wenn Sie wollen, können Sie das Messer mitnehmen.«

»Das ist nicht unsere Aufgabe«, sagte Sandra höflich, aber distanziert. »Sie sollten nur aufpassen, dass so eine scharfe Waffe nicht in fremde Hände kommt.«

»Entschuldigung, da haben Sie natürlich recht. Darf ich Ihnen eine unserer neuen Bibeln mitgeben? Oder den *Lichttempel*? Gottes Wort sollte man auch auf einem Polizeirevier hören.«

»Tut mir leid, aber wir dürfen grundsätzlich keine Geschenke annehmen.« Sie machte den Kofferraum wieder zu. »Bitte sehr, Sie können weiterfahren.«

»Danke.« Er prüfte, ob der Kofferraum wirklich geschlossen war. »Ich muss nämlich gleich zu unserer Bibelstunde.«

Sandra nickte höflich. O'Neill setzte sich hinter das Steuer und fuhr weg. Der Auspuff seines Wagens vibrierte, als er Gas gab und über die Kreuzung fuhr.

Über Funk kam die Meldung, dass sie die Verkehrskontrolle beenden sollten, weil Roger Ellwyn gleich bei einem anderen Einsatz gebraucht wurde. Sandra sammelte die Kunststoffhütchen zur Fahrbahnverengung wieder ein. Während sie das tat, erschien auf der gegenüberliegenden Straßenseite bereits Leo Harkins mit dem zweiten Dienstwagen. Er hielt auf dem Bürgersteig. Roger Ellwyn rannte hinüber und stieg bei ihm ein. Er sagte irgendetwas, Leo lachte, und sie fuhren los.

Sandra stieg ebenfalls in ihren Streifenwagen und bog nach St. Aubin ab. Als sie unterwegs den Wegweiser nach *St. Brelade's Bay* sah, sehnte sie sich plötzlich danach, für eine halbe Stunde einmal nicht Streife zu fahren, sondern am Meer zu sitzen, ungestört von ihren männlichen Kollegen.

Warum eigentlich nicht, dachte sie, jetzt war eigentlich die Gelegenheit dazu.

Sie fuhr den Berg hinunter. Hier begann ein hübsches Wohngebiet, am Hang gelegen und mit herrlichem Blick über die ganze Bucht.

Plötzlich entdeckte sie in einer kleinen Seitenstraße Jack O'Neills Auto. Er hatte gerade geparkt und ging mit dem Fernglas in der Hand Richtung Straßenende. Suchend betrachtete er die Häuser ringsum.

Einem plötzlichen Impuls folgend bremste Sandra abrupt und lenkte ihren Wagen am Anfang der Straße blitzschnell in die Parklücke hinter einem Möbeltransporter, wo sie vor O'Neills Blicken geschützt war. Nur Millimeter vor der Stoßstange des Lastwagens kam sie zum Stehen. Dann stieg sie aus.

Es war eine ruhige Wohngegend, mit großen Gärten, hübschen Cottages und ein paar neuen Villen. Jack O'Neill stand jetzt vor einem der älteren Cottages aus den 1920er-Jahren, direkt über der Bucht gelegen. Es hatte den schönsten Ausblick von allen Häusern. Da kein Auto davorstand, las er ungeniert das Klingelschild am Eingang. Danach ging er ein paar Schritte an der Hecke entlang, drückte sie auseinander und spähte mit dem Fernglas in den

Garten. Nachdem er genug gesehen hatte, kehrte er wieder auf die andere Straßenseite zurück und fotografierte zwei Mal mit seinem Handy das Grundstück.

Sandra wusste, wem dieses Cottage gehörte: der Teehändlerin Emily Bloom.

Jack O'Neill war so mit dem Fotografieren beschäftigt, dass er gar nicht bemerkte, wie sich ihm die junge Polizistin von hinten näherte.

»Darf ich fragen, was Sie da machen, Mr. O'Neill?«

Ertappt fuhr er herum. »Ich, äh...« Als er Sandra Querée erkannte, schien er fast erfreut zu sein, sie wiederzusehen. »Ach, Sie sind das!« Er zeigte auf das Cottage. »Ist das nicht ein schönes Haus? Ich habe es gerade erst entdeckt. Es muss aus den 1920er-Jahren stammen.«

Als Sandra nichts sagte, sondern ihn nur weiter fragend anschaute, bemühte er sich um eine Erklärung. »Ich leite den Bibelkreis unserer älteren Kinder, und wir beschäftigen uns gerade mit der alten Architektur Jerseys. Die Kinder sollen lernen, dass unsere traditionellen Cottages mit ihrer wilden Natur mehr zu Gottes Lob beitragen als jeder Dom und jeder Palast.«

»Das ist Ihnen auch unbenommen, Mr. O'Neill«, antwortete Sandra unbeeindruckt. »Aber Fotografieren ist eine andere Sache. Sie wissen doch gar nicht, ob das den Bewohnern überhaupt recht ist.«

»Das ist eine öffentliche Straße«, belehrte sie O'Neill. Seine Stimme klang plötzlich sehr entschieden. »Da kann niemand etwas dagegen haben.«

»Trotzdem. Keiner hat es gerne, wenn man ihn in seiner Privatsphäre stört. Ich denke, das sollte man respektieren. Außerdem stehen Sie im Parkverbot.«

O'Neill blickte schuldbewusst zu seinem Wagen. »Oh, Entschuldigung. Ich fahre sofort weiter.«

»Bitte tun Sie das. Sonst muss ich Ihnen doch noch einen Strafzettel verpassen.«

»Schon gut.«

Er winkte noch einmal und rannte eilig zu seinem Auto.

Während er wegfuhr, nahm Sandra sich vor, morgen früh unbedingt ihre Kollegen danach zu fragen, ob sie diesen unangenehmen Mann kannten.

Wie konnte man einem wie ihm Kinder anvertrauen?

Gespannt, warum ihn der Chef de Police zu sich gebeten hatte, betrat John Willingham die Polizeistation in St. Aubin. Er war schon lange nicht mehr hier gewesen, stellte aber schnell fest, dass sich nicht allzu viel verändert hatte. Nur ein neuer Durchgang zu dem winzigen Besprechungszimmer der Honorary Police war geschaffen worden.

Plötzlich stand Harold Conway hinter ihm in der Tür, unter dem Arm einen Stapel Akten, die er aus seiner Besprechung in St. Helier mitgebracht hatte.

»Ah, Mr. Willingham! Schön, dass Sie gekommen sind.«

»Sandra Querée war auf meinem Band«, sagte Willingham. »Es gibt irgendetwas, das man persönlich mit mir besprechen wollte.«

Die Praktikantin reichte ihrem Chef ein Blatt Papier. Conway nahm es und schaute drüber. »Genau. Am besten gehen wir in mein Büro.«

Willingham folgte ihm über den Flur. Conway öffnete die Tür mit dem kleinen, an einem Nagel baumelnden Messingschild *Chef de Police* und ließ seinen Gast vorgehen. Das Schild hatten ihm seine Kollegen zum letzten Geburtstag geschenkt. Auch die anderen drei *vengteniers* durften es benutzen, wenn sie Dienst hatten.

Die schlichte Atmosphäre des Büros erinnerte Willingham daran, dass Jerseys System der Selbstverwaltung in den zwölf *parishes*, den Gemeinden der Insel, seit jeher von Bescheidenheit geprägt war. Auch in seiner Zeit beim Magistratsgericht hatte er es nie anders erlebt. Die Jersianer waren bodenständige Menschen, die das Protzen verabscheuten und nie vergaßen, dass die meisten ihrer normannischen Vorfahren in Armut gelebt hatten. Auch in Conways kleinem Büro war nur das Notwendigste vorhanden. An der linken Wand standen Tisch und Stühle aus heller Eiche, an der rechten ein Einbauschrank mit Akten. Alle Möbel waren schon etliche Jahre im Dienst und stammten aus dem Fundus des Bürgermeisters. Selbst der lederne Papierkorb in der Ecke war alt. Nur der Schreibtisch, auf dem Conway, penibel wie er war, alle Unterlagen sorgfältig in kleinen Stapeln sortiert hatte, schien neu zu sein. Hinter ihm an der Wand hingen ein paar lebhafte Fotografien, auf denen Segelyachten im Sturm und lachende Fischer zu sehen waren. Die Aufnahmen stammten von Conway selbst.

Was jedoch jedem Besucher sofort ins Auge stach, war der Amtsstab des Chef de Police. Er lag gleich vorne auf dem Schreibtisch und war das symbolische Zeichen der Macht für die Honorary Police, reich verziert, unter anderem mit dem roten Wappen von Jersey. Am oberen Ende rundete ihn eine goldene Krone ab, als Beweis der Verbundenheit mit dem englischen Königshaus, denn offiziell war Königin Elisabeth II. noch immer die Herzogin der Normandie und von Jersey, auch wenn die Insel sich schon seit vielen Jahrhunderten selbst regierte.

Nachdem sie beide in der Sitzecke Platz genommen hatten, sagte Conway mit sorgenvoller Miene: »Ich komme gerade aus dem Hauptquartier. Halten Sie sich fest – der Brasilianer ist aus *Rouge Bouillon* geflohen.«

»Gütiger Himmel!«, sagte Willingham, sichtlich schockiert von der Nachricht. »Und ich wollte gerade meine beiden Mandantinnen Suzanne Ricci und Helen Keating anrufen, um ihnen die frohe Botschaft seiner Festnahme mitzuteilen.«

»Tut mir leid, ich wünschte, ich hätte bessere Nachrichten für Sie. Eine Großfahndung wurde bereits eingeleitet.« Conway schilderte in knappen Worten, was passiert war. Als er beschrieb, wie Jane Waterhouse und die beiden Polizisten verletzt worden waren, verzog der Anwalt mitfühlend das Gesicht.

»Das tut mir leid. Waterhouse mag zwar eine Nervensäge sein, aber sie ist eine gute Ermittlerin. Weiß man, wie es ihr geht?«

»Sie hat angeblich eine größere Wunde am Kiefer und jede Menge Prellungen.«

»Die Arme. Glauben Sie immer noch, dass der Brasilianer beide Morde begangen hat?«

»Möglich wäre es. Andererseits: Da Alan Le Grand erschossen wurde, Simon Stubbley aber nicht, könnten es sich genauso gut um zwei unterschiedliche Täter handeln.«

»Mit anderen Worten: Sie wissen gar nichts«, sagte Willingham süffisant. Er und Conway verstanden sich gut. Sie symbolisierten beide, jeder auf seine Weise, ein Stück traditionelles Jersey. »Wollen Sie einen Tipp?«

Conway lehnte sich zurück und verschränkte die Arme. »Ich höre.« Wenn Willingham mit seiner 30-jährigen Erfahrung als Richter zu einer Lektion in Sachen Menschenkenntnis ausholte, wurde es immer spannend.

»Ein Krimineller wie Joaquim Sollan hat meist nur einen kleinen geistigen Radius«, begann Willingham. »Alles muss für ihn überschaubar sein, sonst wird er nervös. Ich kann mich noch gut an Sollan erinnern, weil ich damals seinen Prozess vor dem Royal Court miterlebt habe. Er hatte eine Tankstelle ausgeraubt. Und er war ziemlich brutal dabei.«

»Wie auch jetzt wieder«, warf Conway ein.

»Dennoch hat sein Gutachter damals festgestellt, dass es bei ihm einen merkwürdigen Widerspruch gab«, fuhr Willingham fort. »Durch seine Kindheit in den Slums war er zwar brutal genug, um jemanden halbtot zu schlagen, aber gleichzeitig so gestört, dass er im Grunde schon mit einem Raub überfordert war.«

»Und das bedeutet?«, fragte Conway.

Willingham hob seine buschigen Augenbrauen und lächelte genüsslich. »Dass er meiner Meinung nach kaum in der Lage gewesen wäre, innerhalb von 48 Stunden gleich zwei Morde zu begehen. Er wäre schon froh gewesen, nach Stubbleys Tod ungeschoren davonzukommen.«

»Interessante Hypothese«, sagte Conway gedehnt. Der ehemalige Richter überraschte ihn immer wieder. »Ich werde darüber nachdenken.«

»Sonst noch was?«, fragte Willingham. »Ihre Mitarbeiterin Sandra Querée sagte irgendetwas von einer Verkehrsangelegenheit.«

»Ach so, ja, das hätte ich fast vergessen ...«

Der Chef de Police griff nach dem Blatt Papier, das die Praktikantin ihm vorhin gegeben hatte, und warf noch einmal einen Blick darauf. Ihm war bewusst, dass die Sache heikel war, aber er musste sie hinter sich bringen. Ohne es zu wollen, dämpfte er dabei seine Stimme.

»Mr. Willingham, wir haben Sie wegen einer Sache hergebeten, die sicher unangenehm für Sie ist. Ich wollte deshalb unbedingt persönlich mit Ihnen darüber sprechen.«

Fast behutsam legte er das Papier vor dem Anwalt auf den Tisch und wartete ab, wie Willingham darauf reagierte. Es war die Kopie eines Radarfotos. Es zeigte, stark vergrößert und grobkörnig, wie Willingham am Steuer seines Jaguars saß und weinte. Im Schmerz war seine Mundpartie nach unten verzogen. Man sah, wie seine linke Hand das Lenkrad umkrampfte, während er mit den Fingern der Rechten seine Tränen abwischte.

Willingham schwieg verlegen.

Leise ergänzte Conway: »Die Kollegen haben Sie vor drei Tagen hinter dem Kreisel am Flughafen geblitzt. Die Geschwindigkeit können Sie unten rechts ablesen. Es waren leider ein paar Meilen zu viel.«

Der Anwalt heftete seinen Blick noch einen Moment auf das kompromittierende Foto, dann richtete er sich wieder auf, rückte seine Krawatte zurecht, obwohl sie perfekt saß, und holte tief Luft. Seine Wangen waren leicht gerötet. »Ja, das ... das war der Tag, an dem meine Frau Geburtstag gehabt hätte. Ich war gerade vom Friedhof gekommen.« Er brach ab und schluckte.

Conway kam ihm mitfühlend zu Hilfe. »Sie brauchen nichts zu sagen. Ich weiß, wie man sich fühlt. Ich habe vor vier Jahren meinen jüngeren Bruder verloren. Damals habe ich gelernt, dass es so etwas wie die Solidarität der Zurückgelassenen gibt. Jemanden zu verlieren macht einsam.« Er stand auf, klopfte dem sitzenden Willingham auf die Schulter und ging zum Schreibtisch hinüber. »Ich rufe uns mal das Blitzfoto im Computer auf. Vielleicht kommen wir ja zu dem Schluss, dass es als Beweis technisch gar nicht ausreicht.«

»Nein, so möchte ich das nicht«, protestierte Willingham. »Geben Sie mir einfach den Strafzettel. Ich hätte eben besser aufpassen müssen.« Es war ihm unangenehm, wie Conway die angesprochene Solidarität unter Beweis stellen wollte. Aber so war der Chef de Police eben. Hinter seiner rauen Schale verbarg sich ein Mann, der nie zugegeben hätte, dass er selbst oft um seinen Bruder geweint hatte. Vielleicht hatte er es auch gar nicht getan, sondern war nur zornig geworden, wie viele Menschen, die den Tod nicht akzeptieren konnten. Eigentlich passte das viel besser zu ihm.

»Lassen Sie mich wenigstens mal nachsehen«, sagte Conway. Er holte seinen schwarzen Laptop aus dem Schrank, legte ihn auf die Schreibtischplatte und klappte ihn auf. Während er ihn anstellte und das Programm aufrief, redete er weiter. Offenbar war es ihm ein Bedürfnis, beim Thema Tod zu bleiben. Er wollte dabei nur nicht Willingham ansehen müssen. Stattdessen schaute er konzentriert auf den Bildschirm.

»Ja, es ist schmerzhaft. Mich hat es damals lange gequält, dass mein Bruder nach seinem Motorradunfall so leiden musste. Was glauben Sie? Lassen die Verstorbenen uns ihre Energie, wenn sie gegangen sind?«

Willingham erstaunte die Frage, ausgerechnet von Conway. »Ich glaube schon«, sagte er nachdenklich. »Das Gute lassen sie uns da, damit wir weitermachen können.«

»Ja, vielleicht.«

Sie schwiegen beide. Willingham musste daran denken, dass jetzt, nach den beiden Morden, wieder zwei Menschen um jemanden weinten und verzweifelt darauf hofften, von ihnen aus dem Jenseits mit etwas Gutem bedacht zu werden: Helen Keating und Suzanne Ricci.

Plötzlich machte Harold Conway hinter seinem Schreibtisch ein seltsames Geräusch. »Sieh mal einer an!«

»Was ist?«

»Würden Sie bitte einmal zu mir an den Computer kommen, Mr. Willingham?« bat Conway. »Ich möchte Ihnen etwas zeigen.«

Willingham stand auf und ging zu ihm. Immer noch starrte Conway ungläubig auf seinen Bildschirm. Nachdem sich der Anwalt ebenfalls über den Laptop gebeugt hatte, fuhr der Chef de Police mit dem Curser auf dem Radarfoto herum.

»Da! Das da ist Ihr Wagen! Und das sind Sie!«

Mit einem seltsamen Gefühl in der Magengegend sah Willingham sich weinend hinter dem Steuer sitzen. Es war peinlich. Er fragte sich, warum Conway ihn damit quälte.

Doch der Chef de Police war nicht mehr zu bremsen.

»Und jetzt passen Sie bitte auf«, sagte er aufgeregt. Mit einem Mausklick fuhr er aus der gezoomten Großaufnahme wieder zurück in das Originalfoto, wie es vorgestern von der Polizeikamera gemacht worden war. Es zeigte eine Totale, die die ganze Straße umfasste. Im Mittelpunkt der Aufnahme befand sich Willinghams Jaguar, allein auf der Fahrbahn, weder vor noch hinter ihm fuhren Autos. Auch der Parkstreifen am Straßenrand war leer.

Nur in der Garageneinfahrt eines einzigen Hauses stand ein Auto. Es war ein graues, schmuckloses Gebäude, in dessen Dach ein riesiges Atelierfenster eingelassen war. Der weiße Toyota-Kombi, der dort parkte, hatte in auffälligen Lettern eine große Aufschrift auf seiner Heckscheibe. Sie lautete: *GOTTES KÖNIGREICH IST NAH – Die Zeugen des Lichts laden Dich ein.*

Conway zeigte mit dem Finger darauf.

»Sehen Sie sich das an«, sagte er. »Ist das nicht auffällig?«

Während er das sagte, ließ er das Radarfoto verschwinden und tippte stattdessen die Autonummer ein. Im Nu hatte er eine Verbindung zur Zulassungsstelle.

»Das müssen Sie mir erklären«, sagte Willingham irritiert. »Was ist daran falsch?«

»Der Wagen parkt vor dem Haus von Alan Le Grands Exfrau – das ist daran falsch«, erklärte ihm Conway. »Und er ist zugelassen auf die Gemeinschaft der Zeugen des Lichts. Wir wissen, dass auch Pierre Theroux, Mrs. Keatings Mitarbeiter in der Destillerie, seit neuestem dieser Gemeinde angehört. Stellt sich doch die Frage, ob er es war, der an diesem Tag Annabelle Le Grand zu Hause besucht hat.«

»Vor Gericht würde ich Ihnen antworten, dass Sie eine klare Auskunft der *Zeugen des Lichts* dafür brauchen«, konterte der Anwalt. »Aber ob Sie die bekommen, darauf würde ich nicht wetten.«

Conway stand von seinem Stuhl auf. »Ich werde sie bekommen, Mr. Willingham, ganz sicher, und zwar spätestens bis morgen früh!«

In seinem Eifer riss er mit dem Ärmel des Jacketts einen Stapel

Akten vom Tisch, die zu Boden fielen. Er bückte sich, um sie wieder aufzuheben. Nur einen kleinen unscheinbaren Zettel übersah er dabei, weil er unter den Schreibtisch gerutscht war. Auf ihm stand: *Emily Bloom anrufen wegen Flucht Sollan.*

Eine halbe Stunde später hatte Willingham am Hafen von St. Aubin sein Treffen mit Dr. Bloom. Sie saßen an einem der Straßentische des kleinen Bistros in der Sonne. Willingham hörte aufmerksam zu, als ihm der junge Arzt seine befremdlichen Erlebnisse mit Jack O'Neill schilderte. Seine erste Einschätzung dazu war kurz und klar – der Fall klang ausgesprochen kompliziert.

Tatsächlich hatte Jonathan als Mitarbeiter des Krankenhauses gleich gegen mehrere Paragraphen des Arbeitsrechts verstoßen. Andererseits war die ethische Komponente des Falles hinreichend brisant, um eine juristische Grundsatzdiskussion daraus zu machen. Genau das war Willinghams Spezialität, und das reizte ihn auch hier. In seinen Augen war die Verpflichtung eines Arztes, Menschenleben zu retten, ein so hohes Gut, dass ihm sogar die Freiheit der Religionsausübung in all ihren Facetten untergeordnet war. Aus dem Stand konnte er vergleichbare Urteile aus Frankreich und Großbritannien nennen, bei denen die Gerichte über ähnliche Fragen zu urteilen hatten. Gleichzeitig machte er Jonathan aber auch klar, dass es in Jerseys Rechtsprechung noch nie einen vergleichbaren Fall gegeben hatte. Ganz ungefährlich war die Debatte nicht. Der starke methodistische Einfluss aus früheren Zeiten wirkte auf der Insel in einigen Bereichen des Lebens bis heute nach. Religion und Disziplin gehörten für viele Menschen auf Jersey zusammen, auch für einige der Richter, mit denen Willingham am Royal Court zusammengearbeitet hatte. Selbst er hatte als Kind jeden Sonntag zweimal zum Gottesdienst in die Kirche gehen müssen.

»Apropos, wie geht es denn der kleinen Paulette?« wollte Willingham wissen.

»Dr. Ricci ist zufrieden. Wir haben gerade vorhin telefoniert. Sie sitzt bereits wieder im Bett und futtert Kekse.«

»Das freut mich. Die Kleine hatte Glück, dass sie an einen so mutigen Arzt geraten ist.«

»Danke. Hoffen wir nur, dass ihr Vater das auch irgendwann kapiert.«

Willingham dachte kurz nach. »Wenn Sie wollen, könnte ich Jack O'Neill vorsorglich eine Unterlassungserklärung zukommen lassen, mit der wir ihm verbieten, weitere Drohungen gegen Sie auszustoßen. Schließlich kränkt er Sie damit auch in Ihrer Berufsehre.«

»Ja, tun Sie das. Vielleicht bringt ihn das zur Vernunft.«

Nachdem sie alle Punkte durchgegangen waren, trank der Anwalt sein Glas *Pimm's* aus und fragte: »Wie sieht eigentlich Ihr Vertrag mit dem General Hospital aus?«

An der Holzbrüstung vor ihrem Sitzplatz fuhr der knatternde dreirädrige Lieferwagen eines Gemüsehändlers vorbei. Jonathan wartete ab, bis der laute Karren vorbei war, und antwortete dann: »Ich habe eine Honorarvertrag, für vier Wochen. Fest angestellt bin ich nur in der Londoner Klinik. Anders war das Austauschprogramm gar nicht zu machen.«

Willingham legte die Hand auf den Umschlag, den Jonathan ihm gegeben hatte. »Ihr Arbeitsvertrag ist bei den Unterlagen?«

»Ja. Auch die OP-Berichte und die Papiere, die O'Neill vor der Operation unterzeichnet hat. Ich weiß gar nicht, ob ich die überhaupt rausgeben darf, aber das ist mir egal. Ich will endlich Klarheit.«

»Die werden Sie bekommen«, sagte Willingham selbstsicher. »Geben Sie mir bis übermorgen Zeit. Sagen wir um elf Uhr – wieder hier, wenn Sie mögen. Ich sitze nicht gerne in Büros, wenn draußen die Sonne scheint, nicht mal in meinem eigenen.«

Er bezahlte die Getränke. Gemeinsam gingen sie zum Jachtclub, wo ihre Autos standen. Dort verabschiedeten sie sich voneinander.

»Grüßen Sie bitte Ihre Mutter von mir«, bat Willingham. »Ich mag sie sehr. Sie ist eine ungewöhnliche und charmante Frau.«

»Wenn Sie sich nicht gerade mit dem Chef de Police anlegt«, antwortete Jonathan trocken. »Aber ich halte mich da raus.«

Willingham lachte.

Doch als er in seinen Jaguar gestiegen war und vom Parkplatz fuhr, war er nachdenklich. Das Gespräch mit Dr. Bloom hatte ihm klargemacht, dass das Verbot von Bluttransfusionen im Falle der *Zeugen des Lichts* in eine gesetzliche Lücke stieß. Im Grunde war nichts geregelt.

Auch was Harold Conway ihm vorhin erzählt hatte, beschäftigte ihn. Welche Verbindung zwischen Annabelle Le Grand und den Zeugen des Lichts mochte es geben? Unterstützte sie die Glaubensgemeinschaft finanziell? Und was hatte Pierre Theroux, der Destilliermeister seiner Mandantin Helen Keating, damit zu tun? War ein Komplott verantwortlich für Alan Le Grands Tod?

Da er ebenso erfahren wie pragmatisch war, beschloss er, das Problem vorsorglich von zwei Seiten anzupacken. Ihm war klar, dass er jetzt keine Zeit verlieren durfte. Er wählte die Nummer seines Büros. Madeleine nahm sofort ab.

»Mr. Willingham?«

»Haben wir noch die Telefonnummer von Audrey Collins?«

»Sie meinen die frühere Anwältin, die nach dem Tod ihrer Tochter nach Guernsey gezogen ist?«

»Ja, die meine ich.«

»Kein Problem. Alles bei uns vorhanden, sogar ihre Adresse in St. Peter Port«, sagte Madeleine zufrieden.

»Gut. Dann rufen Sie sie bitte an«, sagte Willingham. »Ich würde sie gerne noch heute auf Guernsey besuchen. Den Flug buchen Sie am besten bei *Jersey Charter Aviation*.«

Madeleine schien zwar erstaunt über diese Reisegeschwindigkeit, versprach aber, den Besuch in St. Peter Port sofort zu organisieren. Sie wusste, dass Willingham sehr schnell sein konnte. Als er sie auch noch bat, ihm möglichste viele Informationen über die Zeugen des Lichts aus dem Internet herunterzuladen, konnte sie sich eine ironische Bemerkung nicht verkneifen.

»Werden Sie jetzt etwa fromm?«, fragte sie mit gespielter Beunruhigung.

»Nur wenn Sie mich weiter mit Ihren Fragen zur Verzweiflung treiben«, sagte Willingham.

Madeleine quittierte seinen Sarkasmus mit einem Lachen. Er wurde wieder ernst. »Und jetzt stellen Sie mich bitte zum Bailiff durch. Sagen Sie seinem Büro, es ist Dringlichkeit zwei.«

»Möchten Sie jetzt im Auto mit ihm sprechen oder warten, bis Sie wieder im Büro sind?«

»Jetzt gleich.«

Er beendete das Gespräch und bog auf die Hauptstraße ein. Während er darauf wartete, dass der *Bailiff* zurückrief, musste er daran denken, wie sie beide zusammen studiert hatten und später als Anwälte Kollegen gewesen waren. Damals hatten sie diesen Code zusammen vereinbart, von dem Willingham aber nur selten Gebrauch machte, seit sein Freund das hohe Staatsamt innehatte. Da der Bailiff als Vorsitzender des *Royal Courts* der oberste Richter Jerseys war, hielt Willingham es jetzt für angemessen, ihm Jonathan Blooms Fall persönlich zu schildern.

Es dauerte keine zehn Minuten, bis das Büro des *Royal Court* sich bei ihm meldete. Er wurde sofort durchgestellt.

»Hallo John«, sagte der *Bailiff* in lockerem Ton. »Was verschafft mir die Ehre?«

»Ich störe dich nur ungern«, antwortete Willingham, erfreut über die Ungezwungenheit seines alten Freundes. Der Ton zwischen ihnen hatte sich nicht verändert. »Aber ich habe ein kleines Problem, das dem *Royal Court* demnächst Sorgen bereiten könnte...«

Nach ihrem Besuch bei Suzanne Ricci fuhr Emily nach St. Aubin zurück, um Tim wieder im Laden abzulösen. Sie hatte ein schlechtes Gewissen ihm gegenüber.

Als sie vor ihrem Geschäft eingeparkt hatte und ausstieg, sah sie unterhalb der Promenadenmauer Vikar Ballard in Begleitung eines schlaksigen Jungen den Ebbestrand entlang wandern. Der Junge war Luke Rutherford, der Enkel des Professors. Er schleppte eine große Plastiktüte, während Godfrey Ballard eine kleine Dose in der Hand hielt. Von Zeit zu Zeit blieben die beiden stehen, bückten sich und studierten ausgiebig den feuchten Sand zu ihren Füßen. Über ihren Köpfen flatterten neugierig die Möwen.

Emily wusste, was die beiden dort unten taten – sie sammelten die Schwertförmigen Scheidenmuscheln. Als Feinschmecker kannte Godfrey den Trick, wie man die Muscheln fand und aus dem Boden lockte. Fischer hatten es ihm beigebracht.

Neugierig geworden stieg Emily die Treppen zum Strand hinunter, zog auf der letzten Stufe ihre Schuhe aus und winkte dem Vikar zu. Er und Luke blieben stehen und warteten, bis sie durch den Sand zu ihnen gestapft war.

»Guten Morgen, ihr Sammler!«, rief sie ihnen durch den Wind zu, während sie näherkam, »seid ihr schon erfolgreich gewesen?«

»Und ob!«, rief Godfrey Ballard zurück. »Sie werden staunen. Stimmt's, Luke?«

Der Junge nickte schüchtern. Durch seinen Autismus fiel es ihm schwerer als anderen Kindern, offen zu kommunizieren. Da Emily das wusste, hob sie nur einfach eine Hand, als sie vor ihm stand, und sagte fröhlich: »Hallo Luke«.

»Hallo«, sagte er. Durch seine halblangen dunkelblonden Haare erinnerte er Emily immer an einen scheuen Prinz Eisenherz, allerdings an einen mit Sommersprossen. Früher war er eher pummelig gewesen, aber jetzt, mit seinen 14 Jahren, bescherte ihm eine kräftige Wachstumsphase herausstehende Rippen und eine neue Stimme.

»Lasst ihr mich mal in die Tüte schauen?«

Luke hielt ihr bereitwillig die Tüte hin. Darin lag bereits ein Dutzend der auffälligen, gelblich-braunen Muscheln. Sie hatten etwa die Länge einer Hand und erinnerten, dünn und schmal wie sie waren, wirklich an eine Schwertscheide.

»Die Dinger sind gar nicht so leicht zu fangen«, erklärte Vikar Ballard, »Man muss schon ein gutes Auge haben. Aber Luke ist der geborene Sammler. Dem entgeht keine.«

Luke hörte gar nicht mehr richtig zu. Stattdessen zeigte er auf ein winziges Loch im feuchten Sand, direkt zwischen seinen Turnschuhen. »Da ist wieder eine.«

»Das will ich jetzt aber mal sehen«, sagte Emily. Tatsächlich war es Ewigkeiten her, seit sie ein paar Fischer aus St. Brelade's Bay beim Muschelfangen beobachtet hatte. Selbst hatte sie es noch nie versucht. Sie wusste nur noch, dass man zunächst eine niedrige Flut abwarten musste, bevor man danach fündig werden konnte.

Godfrey Ballard und der Junge hockten sich vor die kleine Delle im Sand. Der Vikar öffnete die Dose in seiner Hand und schüttete ordentlich Salz auf das Loch. Dann warteten sie ab. Es dauerte nur Sekunden, bis die Muschel herauskam, wie die Hülle eines Rasiermessers, das jemand von unten anschob. Es sah komisch aus, wie sie da aufgerichtet stand, fast zur Hälfte über dem Sand, als wollte sie nachschauen, was los war. »Sie denkt, die Flut ist wieder da«, flüsterte Luke. »Weil das Salz ja Wasser anzieht.«

»Achtung!«, rief der Vikar. »Jetzt!« Er packte das beigefarbene Muschelgehäuse mit der ganzen Hand und zog es heraus. Es nahm gar kein Ende, so lang kam es Emily vor. Als es vollständig draußen war, sah man unten wie einen zentimeterdicken Rüssel – nein, eigentlich ähnelte es doch eher einem Penis, dachte Emily – das eigentliche Muscheltier herausschauen, das sich aber in dem fremden Element sofort wieder in die Schale zurückzog.

»Gott, ist die groß!«, rief Emily. »Was macht ihr denn jetzt mit den ganzen Muscheln?«

Während Luke noch dabei war, stolz seine Beute in der Tüte verschwinden zu lassen, richtete sich der Vikar wieder auf. »Heute Abend wird vor dem Pfarrhaus für die Jugendgruppe gegrillt«, sagte er. »Wir legen die Schalen, so wie sie sind, einfach mit ein paar Kartoffeln aufs Feuer, und dann geht's los. Ist wirklich lecker.«

»Bitte hören Sie auf, Godfrey! Da kriege ich ja jetzt schon Appetit.«

Während er in seiner Hosentasche herumwühlte und eine zweite Plastiktüte hervorholte, sagte Luke: »Mein Großvater macht sie immer mit Gemüse.«

»Oh, das Rezept kenne ich! Ich mag sie auch am liebsten mit Schalotten, Zucchini und Fenchel«, schwärmte Emily. »Manchmal dünste ich die Muscheln auch zusammen mit Tintenfisch.«

Langsam gingen der Vikar und sie weiter Richtung Strandcafé. Luke blieb ein Stück hinter ihnen zurück, weil er unter einem Stück Schwemmholz einen Seestern im Sand entdeckt hatte. Er hockte sich daneben und betrachtete ihn ausgiebig. Wie Emily wusste, interessierte er sich aufgrund seines Autismus stark für ungewöhnliche Formen und Muster.

Als sie weit genug von Luke entfernt waren, sagte sie zu Vikar

Ballard: »Ich finde toll, dass Sie sich um den Jungen kümmern, Godfrey.«

»Das ist schon in Ordnung. Nach dem Tod seiner Eltern hat er eine Menge mitmachen müssen. Dabei ist er so gescheit. Ich habe mir vorgenommen, ihn ein bisschen zu fördern. Wenn Professor Rutherford einverstanden ist, könnten wir ihm nächstes Jahr sogar ein Kirchenstipendium für einen Privatlehrer besorgen.«

»Das wäre ihm zu wünschen.«

Plötzlich kam Luke wieder hinter ihnen hergelaufen.

»Mrs. Bloom! Ich hab was für Sie!«, rief er.

Emily blieb stehen und wartete auf ihn. Stolz hielt er ihr seine flache Hand entgegen. Darauf lagen drei runde, leicht geschraubte Muscheln. Sie waren klein, aber auffallend knubbelig, von heller Farbe und mit auffallend roten Flecken. Emily erkannte, dass es eine jener Muschelarten war, die gerne von Einsiedlerkrebsen als Gehäuse benutzt wurden. Meistens waren sie grau. Eine Rotfärbung wie bei diesen Exemplaren hatte sie noch nie gesehen.

»Die sind ja toll!«, rief sie begeistert. »Wo hat du die denn gefunden?«

»Unter dem Seestern«, erklärte Luke. »Das sind Zauberbuckelschnecken. Ich finde, der Name passt ziemlich gut.«

»Das finde ich auch. Da, die roten Knubbel sehen wirklich aus, als wenn ein Zauberer sie betupft hätte.«

»Stimmt«, sagte Luke. Wie es seine Art war, sagte er es sehr ernst, ohne ein kindliches Lächeln.

»Also dann, vielen Dank«, sagte Emily, während sie die Muscheln von seiner Hand sammelte und sie vorsichtig in die Tasche ihres Kleides steckte. Luke wischte sich die feuchten Hände an seiner Hose ab. Langsam setzten sie ihren Strandspaziergang fort.

»Hast du zu Hause noch mehr davon?«, fragte der Vikar. An Emily gewandt fügte er hinzu: »Luke ist nämlich der größte Muschelsammler, den man sich vorstellen kann.«

»Ich hab mindestens noch zehn Stück von der Sorte«, antwortete Luke. Zum ersten Mal verriet seine Stimme etwas Stolz. »Ich weiß sogar den lateinischen Namen. Sie heißen *gibbula magus*.«

»Donnerwetter«, staunte Emily. »So was hab ich mir noch nie merken können, nicht mal bei meinen Gartenpflanzen. Wie groß ist denn deine Muschelsammlung?«

Unsicher, ob er es wirklich verraten sollte, blickte Luke hinter Emilys Rücken zu Vikar Ballard hinüber. Der ermutigte ihn mit einem leichten Kopfnicken.

Mit ernstem Gesicht schaute Luke Emily an. Es fiel ihm sichtlich schwer, jemandem in die Augen zu schauen, aber für Emily, die er mochte, tat er es jetzt. »Zwölf Eimer voll«, sagte er. »Das meiste sind Herzmuscheln, weil ich die am liebsten mag. Aber ich hab auch Samtmuscheln, Purpurschnecken und so was.«

»Zwölf Eimer voll?« Emily war beeindruckt. »Da musst du ja fast jeden Tag am Strand unterwegs sein.«

»Bin ich ja auch. Ich bin gern am Strand.«

Godfrey Ballard glaubte, Emily eine Erklärung geben zu müssen. »Luke braucht die Muscheln nämlich für ein Projekt, das er gerade macht. Aber das ist noch geheim. Nicht wahr, Luke?«

Luke kniff die Augen zusammen. »Ja. Aber Mrs. Bloom würde ich es schon erzählen. Nur nicht heute.« Er hob seine Tüte mit den Scheidenmuscheln hoch. »Ich will jetzt endlich weitermachen mit dem Sammeln.«

»Da hast du auch Recht«, sagte Emily. Plötzlich schoss ihr ein Gedanke durch den Kopf. Durch die Erwähnung dieser riesigen Mengen an Herzmuscheln war ihr wieder ihre Suche nach Simon Stubbleys Versteck eingefallen. Vorsichtig tastete sie sich noch einmal an das Thema heran. »Diese zwölf Eimer, Luke – kann es sein, dass ich einen davon in einer alten Steinhütte gesehen habe, als ich gestern in Noirmont gewandert bin?«

Luke griff in seine Tüte, als würde er darin etwas suchen. Während er mit der Hand zwischen Muschelschalen herumwühlte, sagte er wie beiläufig: »Ja, das ist meine Burg. Eigentlich darf da keiner hin. Aber ich weiß, dass Sie da waren. Ich hab Sie gesehen. Das war schon okay.«

Emily fiel ein Stein vom Herzen. Dann war es also nur Luke gewesen, der sie heimlich aus dem Gebüsch beobachtet hatte. Sie war grenzenlos erleichtert. Fast fröhlich sagte sie: »Da bin ich jetzt aber gespannt, an was für einem Projekt du gerade arbeitest. Wie wär's, wenn ich mal bei euch vorbeikomme? Ich bringe auch ein paar Muscheln mit, die ich noch von meinem Sohn habe.«

»Was sind das für welche?«, fragte Luke kritisch.

Schnell stellte sich Emily vor ihrem geistigen Auge den Inhalt der großen Tüte vor, die seit Jahren oben auf ihrem Dachboden lag. Jonathan hatte als Schüler ebenfalls begeistert Muscheln gesammelt. »Ich glaube, Samtmuscheln«, antwortete sie. »Und ein paar große Jakobsmuscheln sind auch dabei.«

»Gut. Kann ich gebrauchen«, sagte Luke. Dann war er sofort wieder abgelenkt. Meist fiel es ihm schwer, sich längere Zeit zu konzentrieren. Am Wassersaum balgten sich zwei Möwen um einen großen Fisch. Luke sah es, ließ seine Tüte fallen und rannte über den Strand zu den Vögeln.

Emily nutzte die Gelegenheit, um dem Vikar eine Frage zu stellen.

»Godfrey, was wissen Sie eigentlich von den Zeugen des Lichts?«

Ballard hob seine Hände. »Was man eben so weiß, wenn man als Geistlicher hin und wieder Erfahrungen mit ihnen machen muss.«

»Ist es denn eine anerkannte Religionsgemeinschaft?«

»Ja, in vielen Ländern schon. Über allem steht die Licht-Gesellschaft in den USA, die vor etwa 100 Jahren von einem gewissen Edmund Blake Turner gegründet wurde. Er hat die Bibel auf seine Weise ausgelegt und behauptet, dass man sich das ewige Leben als

Christ nur durch strenge Lebensregeln verdienen kann. Aber ..., warum interessiert Sie das so?«

»Weil ich heute erfahren habe, dass Helen Keatings Destillateur Pierre Theroux seit neuestem Mitglied bei den Zeugen des Lichts ist. Dabei war Pierre doch so viele Jahre begeistert in Ihrer Gemeinde aktiv. Was ist da passiert?«

Der Vikar runzelte die Stirn. »Das ist eine heikle Geschichte, Mrs. Bloom, und eine, die viel über die fleißige Missionsarbeit der Zeugen des Lichts aussagt ...«

»Inwiefern?«

»Einer seiner Freunde hat ihn mitgenommen zu den Versammlungen der Zeugen des Lichts. Sie empfangen dort neue Mitglieder mit besonderer Freundlichkeit. Die Gruppe trifft sich zweimal die Woche im sogenannten Himmelreichtempel. Dort interpretieren sie gemeinsam die Bibel und verteilen Aufgaben an den Einzelnen, an die sich jeder strikt halten muss: die Zeitschrift *Lichttempel* verkaufen, von Haus zu Haus gehen und missionieren und so weiter. Wie Sie vielleicht wissen, ist Pierre Theroux ein Einzelgänger, ein eher schwacher Charakter, wenn ich das so offen sagen darf. Und damit ahnen Sie bereits, was passiert ist ...«

»Ich vermute, die strengen Regeln der Zeugen des Lichts haben ihm Halt gegeben«, sagte Emily. »War es so?«

Godfrey Ballard nickte. »Genau. Plötzlich erschien ihm die fröhliche kleine Welt unserer Gemeinde nicht mehr ausreichend für seine Bedürfnisse nach Halt und Ordnung. Er wollte mehr. Er wollte ein Sklave Gottes sein, wie die Zeugen des Lichts es gerne nennen. Und so ist er bei uns ausgetreten.«

»Wer war der Freund, der so viel Einfluss auf ihn hatte?«

»Er heißt O'Neill.«

Emily sah ihn überrascht an. »Jack O'Neill?«

Der Vikar bemerkte, wie alarmiert Emily auf den Namen reagierte. »Ja. Kennen Sie ihn?«

»Ich nicht, aber mein Sohn.« Sie erzählte ihm, was Jonathan mit O'Neill im Krankenhaus erlebt hatte. Interessiert hört Godfrey Ballard zu.

Als sie fertig war, schüttelte er den Kopf. »Bedenklich, was aus diesem Mann geworden ist«, sagte er enttäuscht. »Es lief ganz ähnlich wie bei Theroux, nur das Jack O'Neill immer ein Feuerkopf war und überall aneckte. Vor drei Jahren beschloss er, sein Leben radikal zu ändern und glaubte in den Lehren der Zeugen des Lichts sein Heil zu finden. Aber ich weiß, dass sie ihn dort inzwischen als Fremdkörper betrachten und dass sich der Ältestenrat von ihm losgesagt hat – es sei denn, er tut wieder, was sie sagen.« Er seufzte. »Vielleicht hat er sich deshalb so angestrengt, seinen Freund Pierre Theroux anzuwerben und sich gehorsam an das Transfusionsverbot zu halten.«

»Sie meinen, er tut das alles aus Angst?«

»Ja, in gewisser Weise schon. Er kämpft um seine Anerkennung bei den Zeugen – falls nicht vorher wieder sein Zorn mit ihm durchgeht. Positiv ausgedrückt könnte man sagen, er ist in allem leidenschaftlich, auch in seinem Glauben. Kritisch gesehen muss man feststellen, dass er leider jemand ist, der sich nur schlecht beherrschen kann.«

»Was bedeutet das für meinen Sohn?«, fragte Emily.

»Er sollte O'Neill besser aus dem Weg gehen.«

Emily fragte sich, was Godfrey damit wohl meinte. In diesem Moment ertönte aus der Ferne Lukes krächzende Stimme.

»Kommt schnell, hier stecken noch mehr Muscheln!«

Emily winkte kurz zu Luke hinüber. Dann sagte sie zu Ballard: »Gehen Sie ruhig, ich muss jetzt sowieso zurück. Danke für die Informationen.«

»Gern geschehen, Mrs. Bloom. Ich denke, wir haben beide wieder etwas dazugelernt.«

»Ja, Lektion Mensch, tausendstes Kapitel«, sagte Emily. »Also bis dann!«

Sie stapfte zur Treppe zurück.

Als sie oben auf der Promenade ankam und am Rathaus das Schild der Honorary Police sah, dachte sie für einen Augenblick daran, schnell noch bei Harold vorbeizuschauen und ihm die Neuigkeiten über O'Neill zu erzählen.

Nach einem Blick auf die Uhr unterließ sie es jedoch. Tim wartete sicher schon ungeduldig im Laden auf sie.

Der 15-Minuten-Flug von Jersey zur Nachbarinsel Guernsey war für Willingham überraschend kurzweilig. Seine Pilotin Jennifer Clees erzählte ihm, dass sie es gewesen war, die Simon Stubbleys Leiche aus der Luft entdeckt hatte. Obwohl Willingham nicht viel von der Luftfahrt verstand, lobte er ihre fliegerische Leistung, die von allen bewundert wurde.

In der Ferne sahen sie die beiden kleineren Kanalinseln Sark und Herm. Unter ihnen lag ein ruhiges Meer. Als Willingham nach unten schaute, entdeckte er mehrere Delfine, die aus dem Wasser sprangen. Er liebte die eleganten Tiere.

»Aus der Luft habe ich Delfine noch nie gesehen«, sagte er zu seiner Pilotin. »Schade, dass Sie nicht langsamer fliegen können.«

Jennifer lachte. Sie hatte ein hübsches Gesicht. »Nein, das versuchen wir hier lieber erst gar nicht.« Sie wurde wieder ernst. »Das war ja auch mein Problem über den Dünen. Dabei ist unsere Cessna bei ausgefahrenen Landeklappen mit 47 Knoten schon ziemlich gemütlich.«

»Und was passiert, wenn Sie die Geschwindigkeit unterschreiten?«

»Strömungsabriss«, sagte Jennifer trocken. »Dann können wir mit den Delfinen nach Hause schwimmen.«

Sie zeigte ihm, wo das Meer zwischen den Inseln besonders gefährlich war. Als sie sich Guernseys felsiger Südküste näherten, konnten sie sehen, wie die Brandung als wilder, weißer Streifen gegen die Klippen schlug. Willingham fand immer wieder faszinierend, wie viel Schönheit und Kraft von den zerfurchten, Millionen Jahre alten Steilküsten ausging.

Nachdem Jennifer die Maschine sicher gelandet hatte und langsam zur Halle gerollt war, verabredeten sie, dass sie ihn in drei Stunden wieder abholen sollte. Auch wenn es dann bereits dunkel war, würden sie noch rechtzeitig nach Jersey zurückkommen.

Willingham nahm sich vor dem Flughafengebäude ein Taxi und ließ sich zum Hafen von St. Peter Port bringen, der kleinen Hauptstadt von Guernsey.

Audrey Collins, in weißer Hose und einem blauen Pullover, erwartete ihn bereits auf dem Bootssteg, wo sie mit dem Hafenmeister zusammenstand und plauderte. Als sie Willingham aus dem Taxi steigen sah, ging sie ihm strahlend entgegen.

Er hätte nicht gedacht, dass sie noch so sportlich aussah. Sie musste jetzt Mitte siebzig sein. Ihre weißen lockigen Haare waren zu einer unkomplizierten kurzen Frisur geschnitten. Da sie den Sommer über die meisten Zeit auf ihrem alten Fischerboot verbrachte, war sie braungebrannt und hatte eine schöne glatte Haut.

»John! Ich freue mich! Dass wir uns ausgerechnet auf Guernsey wiedersehen ...«

»Man erwischt dich ja nicht woanders«, sagte Willingham scherzhaft. Er wusste, dass sie nur noch selten in ihre alte Kanzlei nach Jersey kam, obwohl sie nach wie vor Anteile daran besaß.

Lachend nahmen sie sich in die Arme. Auch wenn sie früher oft miteinander im Gerichtssaal gestritten hatten, waren sie über die Jahre Freunde geblieben.

»Wo ist denn nun dein Kahn?«, wollte Willingham wissen, während sie über den Steg gingen und er vergeblich nach dem alten roten Kajütboot Ausschau hielt, das Audrey vor 20 Jahren von ihrem Vater geerbt hatte. Sie zeigte zu einem der hinteren Liegeplätze. »Da rechts, neben dem Zweimaster. Der Rumpf musste letztes Jahr neu gestrichen werden, und ich dachte, es wird Zeit für einen kleinen Farbwechsel.«

Es war jetzt dunkelgrün und sah sehr nobel aus. Nur an der Wasserlinie gab es einen weißen Streifen. Sie kletterten über eine kleine Gangway hinüber. »Willkommen an Bord!«, sagte Audrey gutgelaunt.

»Danke, Skipper«, antwortete Willingham und schaute sich um. Der Platz vor der Kajüte war geräumig und von einer gepolsterten Sitzbank umrahmt. Audrey öffnete die Kajütentür. »Setz dich schon mal, ich hol uns was zu trinken. Magst du ein Bier?«

»Gerade richtig nach so einem langen Flug«, sagte Willingham mit heiterem Augenzwinkern. Er fühlte sich wohl hier. Durch den Hafen wehte eine angenehme Brise. Hinter ihnen legte tuckernd eine Segeljacht ab und stach in See. Es war ein Jammer, dass er so wenig Zeit hatte und ein so ernstes Thema mit Audrey Collins besprechen musste.

Als sie mit den beiden Flaschen Bier nach draußen kam, schaute ihn Audrey prüfend an.

»Wenn ich deine Sekretärin richtig verstanden habe, geht es um die Zeugen des Lichts. Du weißt, dass ich normalerweise nicht mehr darüber spreche?«

»Das ist mir klar, Audrey. Aber hier geht es um zwei Mordfälle, und ich weiß niemanden, der mir sonst in dieser Sache weiterhelfen könnte.«

Sie nahm neben ihm auf den bequemen Kissen Platz und stieß ihre Flasche gegen seine.

»Cheers!«

»Cheers! Danke, dass ich hier sein darf.«

Willingham bewunderte, wie sehr Audrey bis heute ihre starke

Haltung und ihren Stil bewahrt hatte. Nach dem Tod ihrer Tochter vor fünf Jahren hatten viele erwartet, dass sie in ein tiefes Loch fallen würde. Doch sie hatte es mit eisernem Willen geschafft weiterzuleben. Nur auf Jersey wollte sie danach nicht mehr bleiben.

Willingham gehörte zu den wenigen, die in die Hintergründe eingeweiht waren, weshalb sich die 38-jährige Tara Collins damals das Leben genommen hatte. Über eine Freundin war die junge Frau früh zu den Zeugen des Lichts gestoßen. Viele Jahre lang hatte sie alles getan, was man dort von ihr verlangte. Sie hatte sich aus dem normalen Leben zurückgezogen, den Kontakt zu ihrer Mutter gemieden und das fromme, fundamentalistische Leben einer Missionarin geführt. Fast jede Woche hatte Willingham sie an irgendeiner Straßenecke mit dem *Lichttempel* in der Hand stehen sehen.

Doch als sie sich eines Tages in einen jungen Banker verliebte und sich aus der Glaubensgemeinschaft zurückzuziehen begann, bekam sie mit voller Wucht zu spüren, was die Abkehr von den Zeugen des Lichts bedeutete – der Entzug aller freundschaftlichen Kontakte, soziale Isolation und Gleichsetzung mit dem Teufel. In einem verzweifelten Moment hatte Tara schließlich eine Überdosis Schlaftabletten genommen.

Willingham wusste, dass Audrey bis heute Informanten aus dem Kreis der Zeugen des Lichts hatte. Sie wusste, dass sie nicht gerichtlich gegen die Glaubensgemeinschaft vorgehen konnte, aber sie behielt sie im Auge.

»Erzähl«, sagte Audrey. »Was ist passiert?«

Mit knappen Worten schilderte ihr Willingham die Situation. Als der Name Jack O'Neill fiel, wurde sie besonders hellhörig.

»Du kennst ihn?«, fragte Willingham.

»Oh ja«, sagte sie. »Ich kannte ihn schon als Anwältin. Er hat mal einen Mandanten von mir verprügelt und bekam dafür eine Geldstrafe. Dass er danach zu den Zeugen des Lichts übergewechselt ist, konnte ich erst nicht glauben.«

»Ich habe gehört, dass man ihn inzwischen schon wieder exkommuniziert hat – oder wie heißt das korrekt?«

»Glaubensentzug«, sagte Audrey. »Und damit wären wir dann schon beim Thema.«

»Das musst du mir erklären.«

Audrey lehnte sich zurück. »Ich bin weit davon entfernt, jeden, der zu den Zeugen des Lichts gehört, in irgendeiner Weise zu diskriminieren. Es sind tiefgläubige, begeisterungsfähige Menschen, die in den Wirren unserer Zeit ein Licht suchen. Das war auch bei meiner Tochter nicht anders. Hingebungsvoll warten sie auf die letzten Tage bis zum Eingreifen Gottes. Es ist das Recht eines jedes Einzelnen zu glauben, woran er mag. Das haben wir als Christen so gelernt und auch als Juristen.« Sie beugte sich wieder nach vorne. Ihre Augen funkelten vor Temperament. »Was ich jedoch kritisiere, ist die Art und Weise, mit der sie Aussteiger wie Tara systematisch in die Verzweiflung treiben.«

»Wie muss ich mir das Leben als Mitglied der Zeugen des Lichts denn vorstellen?«, fragte Willingham.

»Vor allem hart und entbehrungsreich«, antwortete Audrey. »Es ist ein schwieriges System von Verboten und Geboten. Man soll keine auffällige Kleidung tragen, keine Geburtstage, kein Neujahr und kein Ostern feiern, sich nicht wählen lassen, keine Rockkonzerte besuchen, keine Nationalhymne singen, keinen Ehrgeiz in der Berufsausbildung haben, keine Schulbälle besuchen ... Die Liste der Einschränkungen ist lang. Außerdem ist jeder verpflichtet, möglichst viele Andersgläubige zu bekehren, indem er von Haus zu Haus geht, Leute auf der Straße anspricht, im Freundeskreis wirbt ..., wie man es eben kennt. Das ist harte Arbeit, für die ein Zeuge durchschnittlich 20 Stunden Freizeit im Monat opfert, oft auch mehr. Außerdem erwartet man Predigtstunden, Bibelstudium und vieles mehr. Du kannst dir also denken, welcher Druck auf den Familien der Mitglieder lastet.«

Willingham dachte nach. »Ich stelle mir gerade vor, wie Jack O'Neill wohl mit alldem umgeht. Jeder beschreibt ihn als einen hochemotionalen, nicht gerade besonnenen Typen.«

Audrey nickte zustimmend. »Du triffst die Sache auf den Punkt. Nach einigen Vorkommnissen in seinem Leben wollte er einen Neuanfang. Ich weiß auch, welche Gründe er dem Ältestenrat damals bei seiner Aufnahme genannt hat.«

»Woher weißt du so was?«

Sie tat es als nichts Besonderes ab. »Ich stehe immer noch mit ein paar Aussteigern in Kontakt.«

Willingham kam auf O'Neill zurück. »Also meinst du, dass Jack O'Neill möglicherweise dem Druck nicht standhalten konnte, weil er nicht gehorsam genug war und deshalb ausgeschlossen wurde?«

»Ich denke, so war es, ja.«

»Wie wirkt sich denn so ein Glaubensentzug aus?«

»Grausam. Ich habe es ja hautnah bei Tara miterlebt. Die Abtrünnigen werden von allen gemieden, jeder soziale Kontakt zu ihnen wird den anderen untersagt. Man suggeriert den Aussteigern, sie seien dem Satan in die Hände gefallen und hätten damit ihr eigene Zukunft verspielt.« Sie brach ab und schaute emotionalisiert über das Wasser.

»Entschuldigung, das hätte ich nicht fragen sollen«, sagte Willingham schuldbewusst.

»Nein, nein, ist schon gut.« Sie wandte ihm wieder ihr Gesicht zu. »Wenn ich dazu beitragen kann, Jonathan Bloom aus der Klemme zu helfen.«

»Du meinst also, dass Jack O'Neill gerade mit allen Mitteln um seine Wiederaufnahme bei den Zeugen des Lichts kämpft? Der gehorsame Verzicht auf eine Bluttransfusion bei seiner Tochter gegen ein Lob des Ältestenrates...?«

»Ja, das ist doch offensichtlich. Er war immer schon jemand, der seine Frau und seine Tochter rüde behandelt hat. Auch seinen

Freund Pierre Theroux hat er aus diesem Grund angeworben, damit er endlich wieder einen Missionserfolg hat. Die Ältesten lassen ihn seit ein paar Wochen wieder passiv an den Versammlungen teilnehmen, das macht ihm anscheinend Hoffnung.«

»Was für eine grausame Tragödie«, stellte Willingham kopfschüttelnd fest.

Sie schwiegen einen Augenblick zusammen. Leise klatschte das Hafenwasser unten ans Boot.

Plötzlich tauchte in Willinghams Kopf eine ganz andere Frage auf.

»Du hast eben erwähnt, du wüsstest, warum Jack O'Neill damals so radikal sein Leben ändern wollte. Darfst du es mir sagen?«

Audrey zuckte mit den Schultern. »Warum nicht? Bis vor drei Jahren war er Hausmeister im *Sea Bird Hotel* und hatte ein sehr intensives Verhältnis mit der Frau seines Chefs, Annabelle Le Grand. Nachdem Alan Le Grand dahinterkam, hat er ihn natürlich rausgeworfen. O'Neill stand plötzlich selbstverschuldet ohne Arbeit da. Vor dem Ältestenrat hat er angegeben, das sei für ihn eine Art Erweckungserlebnis gewesen, das ihn umkehren und fromm werden ließ.« Audrey brach ab. Sie bemerkte, wie Willingham die Stirn runzelte. Plötzlich wurde ihr klar, was sie da gerade gesagt hatte. »Du liebe Zeit, John! Jack O'Neill und Alan Le Grand – dass mir das nicht schon früher eingefallen ist!«

Willingham sah sie bewundernd an. »Unglaublich, Audrey – das ist genau das Bindeglied, das der Polizei bisher gefehlt hat!« Er musste an das Auto der Zeugen des Lichts denken, das Conway auf dem Blitzfoto vor dem Haus Annabelle Le Grands entdeckt hatte. Er nahm sich vor, den Chef de Police noch heute Abend anzurufen. »Wer weiß, welche Wendung das dem Fall noch geben kann.«

»Siehst du«, sagte Audrey. »Man muss nur miteinander reden.«

»Ich wusste schon immer zu schätzen, wie anregend ein Gespräch mit dir sein kann«, antwortete Willingham charmant.

Er musste an sich halten, um Audrey Collins nicht auch noch einen Kuss zu geben.

Jonathan hatte sich am späten Nachmittag bei Emily im Laden abgemeldet und war dann im schwarzen Anzug nach Grouville gefahren, wo sein bester Freund Julian ein berühmtes Fotomodell heiratete. Der Einfachheit halber wollte er dort auch gleich übernachten. Vorher hatten Mutter und Sohn noch schnell ihre Autos getauscht, weil Jonathans Sportwagen nur einen kleinen Kofferraum besaß, er aber einen riesigen Karton mit seinem Hochzeitsgeschenk transportieren musste.

Als Emily nach Hause kam, war es bereits dunkel. Da sie zu ihrem Ärger feststellen musste, dass Jonathan mitten in der Garage sein altes Fahrrad auseinandergenommen hatte, stellte sie widerwillig das Cabriolet in der Einfahrt ab und ging ins Haus.

Sie machte Licht und ging als Erstes in die Küche, um etwas zu trinken. Selbst hier hatte ihr Sohn Unordnung hinterlassen. Auch wenn er schon erwachsen war, würde sie ihm dafür gehörig die Leviten lesen.

Während sie durstig ein Glas *Cider* trank, spürte sie plötzlich, wie erschöpft sie war. Ihr Tag war lang gewesen und vollgepackt mit Ereignissen, die sie emotional stark aufgewühlt hatten. Besonders ihre Wiederbegegnung mit Simon Stubbleys Tochter war nicht spurlos an ihr vorübergegangen.

Sie beschloss, sich zu entspannen und für zwei Runden in ihre kleine Sauna zu gehen, die aus der Zeit stammte, als sie noch mit Richard verheiratet war. Eigentlich nutzte sie ihren »Schwitzkasten«, wie sie ihn immer nannte, viel zu selten – gerade *weil* er noch von Richard stammte.

Während die Sauna aufheizte, schaute sie sich noch schnell im Wohnzimmer die Fernsehnachrichten an. Danach ging sie ins Schlafzimmer, zog sich aus und tapste barfuß und im Bademantel die Treppe hinunter in die Sauna.

Sie war schon seit Monaten nicht mehr hier unten gewesen. Die Bank quietschte, als sie ihr Handtuch darauf ausbreitete und sich hinsetze. Der alte Ofen hatte die Luft zuverlässig auf 90 Grad erhitzt, und sie fühlte sich wohl. Alles hier drin war einfach und ein bisschen rustikal. Heute hatte man helle Saunen mit einer Glastür, während ihre Tür noch massiv wie ein Bunkerzugang wirkte.

Als sie nach ein paar Minuten ordentlich ins Schwitzen gekommen war, beschloss sie, dass es Zeit war, sich einen kräftigen Aufguss zu gönnen. Sie griff nach der Holzkelle, tauchte sie in den Holzbottich und wollte gerade das Wasser auf die heißen Steine gießen, als sie plötzlich vor der Tür ein Geräusch hörte.

Da war jemand. Sie war nicht allein im Haus.

Erschrocken legte sie die Kelle in den Bottich zurück, wickelte ihr Handtuch um den nackten Körper und schlich zur Tür. Vorsichtig drückte sie ihr Ohr an das Holz. Im selben Moment hörte sie einen Schlag wie von einem Hammer und spürte, wie die ganze Saunatür vibrierte.

Ihr stand das Herz still.

Sie ahnte, was gerade geschehen war. Jemand hatte sie eingeschlossen.

Panisch drückte sie gegen die Tür. Sie ließ sich nicht mehr öffnen. Wild rüttelnd versuchte sie, das Hindernis, das offenbar vor dem Ausgang stand, wegzudrücken, aber es gelang ihr nicht. Plötzlich erinnerte sie sich an einen Mafiafilm, in dem jemand einen Eisenstab vor die Saunatür geklemmt hatte. Vielleicht war sie auch so eingesperrt, um jämmerlich in der Hitze zugrunde zu gehen. Ihre Panik nahm zu. Sie setzte sich auf die unterste Bank und trat immer wieder mit beiden Füßen gegen die Tür, doch vergeblich.

Vielleicht muss ich mit ihm reden, dachte sie aufgeregt, vielleicht wartet der Einbrecher darauf.

»Hallo!«, schrie sie. »Bitte lassen Sie mich raus! Ich will raus!«

Doch es kam keine Antwort, egal wie oft sie noch an die Tür schlug. Stattdessen fiel nach einer Weile im Keller eine Tür zu und Glas klirrte.

Die Temperatur in der Sauna lag immer noch bei hohen 90 Grad. Die Luft glühte förmlich. Emily spürte, wie ihre heiße Haut zu schmerzen begann, ihre Lunge brannte und ihr Kreislauf langsam schlappmachte. Länger als eine Stunde würde sie es hier nicht aushalten, ohne zu kollabieren. Da die Sauna keine Selbstabschaltung hatte, konnte der Ofen ewig glühen. Erst Jonathan würde sie morgen Vormittag finden, ausgedorrt und tot.

Zitternd setzte sie sich auf die Holzlatten am Boden, wo es am kühlsten war. So hatte sie wenigstens etwas Linderung. Dann zwang sie sich nachzudenken. Wenn sie jetzt durchdrehte, war sie ganz verloren.

Es war verrückt: Tagelang hatte sie Angst davor gehabt, dass der Brasilianer sie umbringen wollte, und jetzt, nachdem man ihn festgenommen hatte und er wieder in Gewahrsam saß, brach jemand bei ihr ein.

Sie wollte hier nicht sterben. Nicht so.

Verzweifelt versuchte sie, sich zu erinnern, wie ihr Mann die Sauna damals aufgebaut hatte.

Es war der Tag vor Jonathans Einschulung gewesen.

Die Tür hatte er zuletzt in die Sauna eingebaut. Vorher hatte er ein Gerüst aus dicken Latten errichtet, an die später erst die Isoliermatten und darauf dann die Paneele aus Tannenholz genagelt wurden. Sie hatte ihm dabei geholfen und hörte sich noch fragen, ob wirklich alles stabil genug war.

»Und das soll halten?« Kritisch betrachtete sie die Tür, die Richard gerade montiert hatte. Wie immer, wenn man seine Arbeit in Frage stellte, war er beleidigt. »Ehe diese Tür kaputtgeht, fällt die linke Wand raus, das kannst du mir glauben! Auf der Seite haben sie nämlich viel zu dünne Schrauben mitgeliefert.«

»Du wirst das schon richten, nehme ich an.«

»Worauf du dich verlassen kannst.«

Emily erhob sich vom Boden. Ihr Haar war nass vom Schweiß und klebte ihr in Strähnen auf der Stirn und am Hals. Sie schob die Haare beiseite und blickte sich in der Sauna um. Die linke Außenwand stand etwa in der Mitte des Kellers. Wenn es ihr gelang, sie herauszuschlagen, stand sie sozusagen im Freien.

Sie lauschte ein letztes Mal an der Tür, konnte aber keine Geräusche von draußen hören. Inständig hoffte sie, dass der Einbrecher inzwischen verschwunden war.

Dann machte sie sich an die Arbeit. Mit einem Fußtritt löste sie die unterste Bank aus der Aufhängung und hievte sie über ihren Kopf. Nachdem sie das Holzrost mit beiden Händen gepackt hatte, rammte sie es wie einen Prellbock gegen die linke Wand – einmal, zweimal, dreimal. Die Anstrengung fiel ihr schwer, aber sie hielt wacker durch. Beim fünften Mal endlich krachte es, und die Wand erzitterte nicht nur, sondern löste sich langsam aus der übrigen Konstruktion. Nach einem weiteren Schlag brachen endlich ein paar Latten ächzend aus ihren metallenen Scharnieren und Emily konnte sich nach draußen in den Kellerraum zwängen.

Hier brannte noch immer das Licht. Schwer atmend blickte sie sich um. Schaudernd sah sie, dass hinter dem Holzgriff der Saunatür ein Pfahl aus ihrem Garten eingeklemmt war. Auf dem alten Stuhl an der Wand lag ihr Bademantel. Sie schnappte ihn sich, zog ihn an und öffnete lautlos die Tür, die zur Treppe nach oben führte.

Vorsichtig spähte sie in Richtung Vorraum und Treppe. Auch oben im Wohnzimmer brannte das Licht, aber es war still.

Nachdem sie sich tapfer eingeredet hatte, dass die Gefahr vorüber sei, schlich sie die Treppe hinauf. Ihr Herz klopfte wie wild und so laut, dass sie es selbst hören konnte.

Als sie oben im Flur angekommen war, blieb sie stehen und lauschte erneut, um zu hören, ob aus einem der Wohnräume Geräusche kamen. Doch da war nichts.

Plötzlich ging das Licht aus.

Sie erstarrte. Die überraschende Dunkelheit und die Angst, die sich sekundenschnell in ihr ausbreitete, lähmten ihren Atem. Obwohl sie ihr Leben lang eine mutige Frau gewesen war, fühlte sie sich plötzlich hilflos und ausgeliefert. Verzweifelt versuchte sie zu hören, aus welcher Richtung ihr Gefahr drohte, doch das Einzige, das sie vernahm, war das leise Brummen des Kühlschranks in der Küche.

Dann ging alles ganz schnell. Sie stand direkt neben der Kellertreppe. In der Aufregung hatte sie vergessen, dass der Sicherungskasten unten im Vorratsraum war und die Gefahr in Wirklichkeit dort lauern musste. Erst spürte sie einen Lufthauch an ihren nackten Füßen, dann griffen von unten zwei Hände mit brutaler Gewalt nach ihren Beinen und rissen sie um.

Sie knallte auf den Boden und schrie auf. Liegend hörte sie ihren Angreifer die Treppe hochkommen. Instinktiv rollte sie sich zur Seite. Im selben Moment sauste auf die Stelle, an der sie eben noch gelegen hatte, mit dumpfem Geräusch etwas nieder. Es hörte sich wie eine Eisenstange an.

In ihrer Todesangst hastete sie in der Dunkelheit wie ein verfolgtes Tier in Richtung Wohnzimmer, während ihr Peiniger wie wild hinter ihr her schlug. Als sie mit ihrer Schulter an den Teewagen neben der Couch stieß, der sich ein Stück bewegte, griff sie unwillkürlich an seine Stange und schob ihn mit aller Kraft hinter sich. Es funktionierte. Sie hörte, wie ihr Verfolger stolperte. Das verschaffte ihr wenigstens für ein paar Sekunden Vorsprung.

Plötzlich klingelte jemand an der Haustür, zweimal.

Emily blieb reglos liegen. Sie überlegte fieberhaft, ob sie jetzt schreien sollte oder nicht. Es konnte ebenso gut ihr Todesurteil bedeuten.

Draußen wurde mit harter Hand an die Tür geklopft.

»Emily – hier ist Harold! Ich weiß, dass du da bist, mach bitte auf! Ich muss dir etwas Wichtiges sagen!«

Emily fing an zu schreien, laut und hysterisch.

Sie kam erst wieder zu sich, als Harold sie auf seinen Armen nach draußen unter eine Straßenlaterne trug.

Während Harold für sie beide in der Küche einen heißen Tee machte, saß Emily am Esstisch und schaute erschöpft zu, wie die beiden Männer von der Spurensicherung ihre Sachen zusammenpackten und wieder das Haus verließen.

Ihre Erkenntnisse waren ernüchternd. Auch hier hatte der Täter Handschuhe getragen und keinerlei Spuren hinterlassen. Fest stand auch, dass weder ein Fenster noch eine Tür aufgebrochen worden waren. Selbst bei der Flucht des Einbrechers über die Terrasse und über den Gartenzaun waren keine Fußabdrücke zurückgeblieben.

Emily konnte nicht ausschließen, dass ihr Sohn vergessen hatte, vor seiner Abfahrt die Terrassentür zu verriegeln, was ihm schon öfter passiert war. Sie bat darum, ihn nicht telefonisch danach zu befragen. Er konnte seine Aussage genauso gut morgen machen. Was geschehen war, war geschehen. Es wurde auch nicht besser, wenn man ihn jetzt auf der Hochzeitsfeier störte.

Als sie beide wieder allein waren, kam Harold mit der Teekanne in der Hand zu ihr. Er schenkte ihr eine Tasse davon ein. Er selbst trank nichts. Während er sich zu ihr an den Tisch setze, deutete er auf die hauchdünne weiße Bluse, die sie sich vorhin in aller Eile zusammen mit den Jeans angezogen hatte, und fragte: »Willst du dir nicht lieber was Wärmeres suchen?«

»Mir ist nicht kalt.«

Sie fühlte sich immer noch aufgewühlt und innerlich verletzt. Durch den Einbruch erschien ihr das ganze Haus beschmutzt. Sie wusste jetzt schon, dass sie noch viele Tage und viel Putzzeug brauchen würde, um das ekelhafte Gefühl, das jemand Fremdes ihre Sachen angefasst hatte, wieder loswerden zu können.

Harold legte seine Hände aufeinander und schaute sie mit ernstem Gesicht an. »Es tut mir leid, Emily, dass ich dich nicht früher über alles informiert habe. Ich könnte mich ohrfeigen. Ich hatte mir extra einen Zettel geschrieben. Aber dann kam Willingham zu mir, und ein Anrufer glaubte, den Brasilianer am Viktoria Park gesehen haben...«

»Du brauchst dich nicht zu entschuldigen«, antwortete Emily müde. »Du bist ja noch rechtzeitig gekommen.«

»Trotzdem. Wir hätten tun sollen, was ich dir am Anfang versprochen hatte – wenigstens öfter bei dir Streife fahren, wenn wir dir schon keinen Bewacher stellen können.« Er zuckte bedauernd mit den Schultern. »Ich habe die Gefahr offenbar unterschätzt.«

Emily blickte ihn fragend an. »Du glaubst wirklich, dass es Sollan war?«

»Wer sonst?«

Sie dachte nach. »Na ja..., vielleicht gäbe es noch jemanden, der dafür in Frage käme. Jonathan ist gestern von dem Vater einer kleinen Patientin bedroht worden.« Sie erzählte Harold die Geschichte von Paulettes Operation, von Jack O'Neill und seinem Wutausbruch. Fast ungläubig hörte ihr der Chef de Police zu. Erst als sie fertig war, gab er seinen Kommentar ab.

»Weißt du, was du da gerade sagst? Vor einer halben Stunde hat mich John Willingham angerufen. Er hat heute herausgefunden, dass O'Neill mit Annabelle Le Grand ein Verhältnis hatte und dass er deshalb vor drei Jahren von Alan Le Grand entlassen wurde. Er gilt als sehr unbeherrscht.«

»Also hältst du es auch für möglich, dass er sich vorhin wegen der Krankenhausgeschichte rächen wollte?«

»Ja, durchaus. Ich könnte mir vorstellen, dass er Jonathans Auto draußen gesehen hat und glaubte, ihn hier allein überraschen zu können. Als er dann seinen Irrtum bemerkte, war es zu spät.« Harold stand auf und fischte sein Handy aus dem Jackett. »Auf jeden Fall sollten wir jetzt keine Zeit mehr verlieren. Ich kriege heute zwar keinen Haftbefehl mehr gegen O'Neill, aber ich kann ihn jederzeit zur Vernehmung abholen lassen. Dann haben wir ihn erstmal sicher.«

Er ging zum Telefonieren in die Küche. Während Emily ihn dort sprechen hörte, dachte sie darüber nach, wie sich ihr Leben innerhalb weniger Tage verändert hatte. Plötzlich war sie eine Gejagte, obwohl sie niemandem etwas zuleide getan hatte. Ganz gleich, wer nun versucht hatte, sie umzubringen, ob der Brasilianer oder Jack O'Neill, in jedem Fall fühlte sie sich in ihrem Haus nicht mehr sicher.

Als hätte er aus der Küche ihre Gedanken gelesen, sagte Harold, als er zurückkam: »Ich habe mich gerade gefragt, ob du nicht lieber für den Rest der Nacht in einem Hotel übernachten solltest. Auch wenn wir jetzt O'Neill zu Hause abholen lassen – der Brasilianer läuft immer noch frei herum.«

»Wenn du meinst...« Sie klang unschlüssig, weil sie überlegte, ob sie nicht besser zu ihrer Freundin Helen Keating fahren sollte. Dagegen sprach allerdings, dass Helen schon genug eigene Sorgen hatte.

»Das klingt nicht sehr begeistert«, sagte Harold zögernd. Er holte tief Luft, als er ihr eine weitere Alternative vorschlug. »Wäre es dir lieber, wenn ich hier übernachte?«

Emily dachte kurz nach. Ihr erster Impuls war, sein Angebot vehement abzulehnen, weil ihr Ex-Schwager der Letzte war, mit dem sie die Nacht unter einem Dach verbringen wollte. Doch dann gefiel ihr der Gedanke, für die nächsten Stunden die Polizei im Haus zu haben. Da Harold nach der Scheidung von ihrer Schwester nie mehr eine längerfristige Beziehung eingegangen war, wartete zu Hause auch niemand auf ihn.

Sie setzte ein hilfloses Lächeln auf, um ihn zu ermuntern. »Wenn du das tun würdest...? Ich könnte dir das Bett in Jonathans Zimmer machen.«

»Nein, nein«, sagte er schnell. »Ich bleibe lieber hier unten auf der Wohnzimmercouch, damit ich alles im Blick habe.«

»Gut, wie du willst. Ich bin gleich wieder da.«

Sie verschwand und kam nach ein paar Minuten mit einer frisch bezogenen Bettdecke, einem Laken und einem dicken Kissen zurück. Harold hatte bereits Jackett und Hemd ausgezogen und stand im Unterhemd da. Sein fast hagerer Körper war immer noch muskulös, weil er regelmäßig in einem Fitnessstudio trainierte, wie Emily wusste.

»Möchtest du noch was trinken?«, fragte sie. »Ich kann dir eine Flasche Wasser hinstellen.«

»Nein danke«, antwortete er. Dann deutete er auf das riesige Kissen. »Aber wenn du mir einen Gefallen tun willst...«, er druckste etwas herum, »... weißt du, ich habe immer lieber noch ein zweites kleines Kissen.«

»Ist doch kein Problem«, sagte Emily. Doch insgeheim amüsierte sie sich. Der harte Chef de Police liebte Kuschelkissen!

Sie brachte es ihm, und sie wünschten sich gegenseitig eine gute Nacht. Bevor sie in ihr Schlafzimmer verschwand, blieb sie noch einmal in der Tür stehen und sagte dankbar: »Harold, nur damit du das weißt – es ist eine große Beruhigung für mich, dass du jetzt hier bist. Das werde ich dir nie vergessen.«

»Ist schon gut«, brummte Harold, während er sich auf der Couch ausstreckte. »Wie kann man denn hier das Licht ausmachen?«

Detective Inspector Jane Waterhouse saß ungeduldig im Wartezimmer des Polizeiarztes und hoffte darauf, dass die lästige Nachuntersuchung, auf der Dr. Pollock bestanden hatte, gut für sie ausging. Sie hatte es satt, krankgeschrieben zu sein, während im Hauptquartier die Fahndung nach dem Brasilianer auf Hochtouren lief. Nach Absprache mit dem Generalstaatsanwalt waren jetzt auch Straßensperren und andere gravierende Fahndungsmaßnahmen erlaubt.

Noch immer schmerzten ihr rechter Arm und ihr Bauch, aber die blutende Wunde am Kiefer hatte sich zum Glück als harmlos herausgestellt. Auch innere Verletzungen waren ihr erspart geblieben. Heute sollte zur Sicherheit noch ihre Hüfte geröntgt werden, dann hatte sie es hoffentlich hinter sich.

Um die Zeit im Wartezimmer zu nutzen, zog sie ihren kleinen Laptop aus der Tasche, stellte ihn auf ihren Schoß und klappte ihn auf.

Pommy Pomfield hatte ihr heute Morgen telefonisch vom Mordanschlag auf Emily Bloom berichtet und ihr auch das Protokoll der Vernehmung von Jack O'Neill zugemailt. Auf Harold Conways Veranlassung war O'Neill noch in der Nacht zu Hause festgenommen und zur Polizeistation St. Aubin gebracht worden. Ganz gleich, ob nun der Brasilianer oder Jack O'Neill bei Emily Bloom eingebrochen war, in jedem Fall handelte es sich um eine erschreckende Zuspitzung des Falles. Bisher war es ihnen gelungen, der Presse vorzugaukeln, dass die Ermittlungen auf einem guten Weg wären. Doch seit der Flucht Sollans kam das Bombardement nicht zu beantwortender Fragen immer näher.

Jane Waterhouse öffnete die Mail ihres Assistenten. Gespannt überflog sie das Vernehmungsprotokoll der *Honorary Police*. Constable Officer Roger Ellwyn hatte es geschrieben. Er hatte auch das Verhör geführt.

O'Neill war bei seiner Festnahme allein zu Hause gewesen. Seine Frau war für zwei Tage bei ihrer Schwester in Trinity. Er gab an, den ganzen Abend Zeitung gelesen und ferngesehen zu haben. Mit Hinweis auf seine Zugehörigkeit zu den Zeugen des Lichts verbat er sich energisch jeden Verdacht, etwas Unrechtes getan zu haben. Doch statt bescheiden und höflich auf die Fragen Roger Ellwyns zu antworten, polterte er immer wieder los und beschuldigte die Polizei, ihn nur wegen seines Glaubens zu verfolgen.

Richtig interessant wurde die Vernehmung erst zum Schluss. Ellwyn konfrontierte ihn damit, dass er sich vor vier Tagen den »Dienstwagen« der Glaubensgemeinschaft ausgeliehen hatte – nach Aussage eines Kreisaufsehers der Zeugen des Lichts, um damit eine Kindergruppe zum Himmelreichtempel zu bringen –, mittags aber vor dem Haus von Annabelle Le Grand geparkt hatte, wie eine Polizeiaufnahme bewies.

Das Protokoll las sich wie ein Drehbuch. Ellwyn schien öfter ins Kino zu gehen.

Ellwyn: Warum waren Sie bei Mrs. Le Grand?
O'Neill: Wir kennen uns von früher. Nach dem schrecklichen Tod ihres Exmannes wollte ich ihr mit ein paar hoffnungsvollen Bibelstellen Mut zusprechen.
Ellwyn: Und, hat sie sich darüber gefreut?
O'Neill: Sie hat geweint, und wir haben zusammen gebetet. Das

wird sie Ihnen auch bestätigen. Sie hat sich bei mir bedankt, dass ich mir die Zeit dafür genommen habe.

Ellwyn: Missionieren Sie oft?

O'Neill: *Gott wird nach dem Ende der Welt ein Friedensreich errichten. Der Untergang ist näher, als alle denken. Nur wer Gott treu gedient hat, wird zu den Glücklichen gehören, die das ewige Leben erhalten. Ist das nicht eine Botschaft, die man jeden Tag verbreiten muss?*

Ellwyn: *Ehrlich gesagt bin ich im Moment eher an profanen Tatsachen interessiert, Mr. O'Neill. Zum Beispiel daran, ob es stimmt, dass Sie Dr. Bloom »vernichten« wollten, weil er Ihrer Tochter eine Bluttransfusion gegeben hat?*

O'Neill: *Gott ist mein Zeuge, das habe ich nur so gesagt! Ich war früher ein sehr impulsiver Mensch, das hat mich oft unglücklich gemacht. Und ich gebe zu, manchmal kommt die Sprache des Satans immer noch aus meinem Mund. Aber ich würde niemals einem Menschen etwas antun.*

Ellwyn: *Auch nicht dem Mann, der Sie vor drei Jahren aus seinem Hotel geworfen hat?*

O'Neill: *Ich verstehe die Frage nicht.*

Ellwyn: *Es muss doch einen Grund gegeben haben, warum Alan Le Grand Ihnen damals gekündigt hat, als Sie bei ihm als Hausmeister im Sea Bird Hotel gearbeitet haben. Hatten Sie ein Verhältnis mit Annabelle?*

O'Neill: *Ich möchte dazu nichts sagen.*

Ellwyn: *Ach, ist das Ihre Art, die Bibel auszulegen? Anderen Menschen die Wahrheit zu verschweigen? Für mich ist das verlogen ...*

O'Neill: *Hören Sie auf! Ja – wir waren verliebt ineinander. Es ist von ganz allein passiert. Annabelle ging es damals nicht gut. Alan war ein rücksichtsloser Typ und hat sie ständig schlecht behandelt.*

Ellwyn: Und da haben Sie sie getröstet.
O'Neill: Als es passierte, habe ich gerade selbst an meiner Ehe gezweifelt. Heute weiß ich, dass man solchen Anfechtungen widerstehen muss.
Ellwyn: Und dann hat Annabelles Mann es herausgefunden und Sie entlassen.
O'Neill: Ja.
Ellwyn: Wo waren Sie in der Nacht, als Alan Le Grand erschossen wurde?
O'Neill: Das ist jetzt nicht Ihr Ernst? Ich bin doch kein Mörder!
Ellwyn: Haben Sie einen Revolver?
O'Neill: Nein!
Ellwyn: Also los, wo waren Sie?
O'Neill: Zu Hause.
Ellwyn: Kann Ihre Frau das bestätigen?
O'Neill: Sie war an diesem Abend bei einer Zusammenkunft der Frauen. Sie legen die Bibel aus und beten.
Ellwyn: Also waren Sie allein zu Hause. Komisch. Immer dann, wenn was passiert ...
O'Neill: Ich will einen Anwalt.
Ellwyn: Kriegen Sie, Mr. O'Neill, weil wir heute einen Haftbefehl gegen Sie beantragen werden.

Jane Waterhouse klappte ihren Laptop wieder zu.

Roger Ellwyns Vernehmungsstil war zwar nicht gerade geschickt und feinfühlig, aber mehr konnte man von der Honorary Police nicht erwarten. Tatsächlich saß Jack O'Neill seit heute Morgen in Untersuchungshaft, und das war das Wichtigste. Nun lag es am Team der Kriminalpolizei, die kommenden 24 Stunden dafür zu nutzen, O'Neills Aussagen zu überprüfen und ihm den Mord an dem Hotelier nachzuweisen.

Die Chefermittlerin hatte das Gefühl, dass er durchaus der Mörder sein könnte. Ihre Erfahrung sagte ihr, dass O'Neills Persönlichkeitsstruktur zwischen aggressiven Ausbrüchen und der verklärten Sehnsucht nach einer intakten Glaubenswelt durchaus zu einem Mord aus Rache passen würde. Sie holte ihr Handy aus der Tasche, um Pommy Pomfield zu bitten, in O'Neills Fall sicherheitshalber noch einen Psychologen hinzuzuziehen.

In diesem Moment öffnete sich die Tür des Behandlungszimmers und Dr. Pollock trat heraus. Er war ein alter, griesgrämig blickender Mediziner im Staatsdienst.

»Detective Inspector Waterhouse.«

»Oh, bin ich schon dran?«, fragte Jane Waterhouse erfreut und erhob sich.

»Leider nein. Ich wollte Ihnen nur sagen, wir haben einen Notfall, es kann also noch ein Weilchen dauern...«

»Danke«, sagte sie enttäuscht. Unbewusst spielten ihre Finger mit dem Handy. Der Polizeiarzt sah es.

»Detective Inspector, sehen Sie das Schild da oben? Handys verboten. Wir haben hier empfindliche Geräte.« Er hob tadelnd die Augenbrauen.

Innerlich kochend tat ihm Jane Waterhouse den Gefallen. Er wartete wie ein Oberlehrer, bis sie das Telefon ausgeschaltet hatte. Dann erst verschwand er wieder in seinem Zimmer.

Sie hasste es, von alten Männern Befehle erteilt zu bekommen.

Jetzt konnte sie nur hoffen, dass Pommy Pomfield in der nächsten Stunde ohne sie klarkam.

Auf der Suche nach Joaquim Sollan hatte das Hauptquartier eine Polizeiaktion in Bewegung gesetzt, wie Jersey sie lange nicht mehr erlebt hatte. Seit den Morgenstunden gab es auf allen wichtigen Straßen Polizeikontrollen. Der Zoll durchkämmte die Häfen in doppelter Mannschaftsstärke. In St. Helier, wo Sollan entkommen war, wurden Fahndungsfotos des Brasilianers auf der Straße und in den Geschäften verteilt.

Da die Chefermittlerin an diesem Morgen ausfiel, hatte Pommy Pomfield die Koordination aller Maßnahmen übernommen. Er machte seine Sache gut. Die Staatsanwaltschaft wurde von ihm ebenso auf dem Laufenden gehalten wie die Küstenwache und alle *vengteniers* der Honorary Police, für die wiederum Harold Conway der Verbindungsmann war.

Conway erschien um zehn Uhr im Hauptquartier. Er hatte eine ziemlich schlaflose Nacht hinter sich, nicht nur wegen der ungemütlichen Couch in Emily Blooms Wohnzimmer, sondern auch, weil er unentwegt gegrübelt hatte, ob er bei den beiden Mordfällen irgendetwas übersehen hatte. Emily hatte ihm morgens noch ein Frühstück angeboten, doch er hatte es eilig gehabt und dankend abgelehnt, weil ihm so viel Nähe zu Emily Angst machte. Einer selbstbewussten Frau wie ihr durfte man bestenfalls den kleinen Finger reichen.

Als er in Pommy Pomfields Büro kam, war der junge Kriminalassistent gerade damit beschäftigt, auf einer großen Jersey-Landkarte zu markieren, wo sich momentan die Straßenkontrollen befanden. Als er hörte, wie die Tür aufging, drehte er sich um.

»Ah, Mr. Conway! Ich hatte gehofft, dass Sie vorbeikommen.«

Der Chef de Police blieb im Türrahmen stehen, als hätte er es eilig. »Alles in Ordnung?«

»Ja, die Fahndung läuft planmäßig. Übrigens meinen Glückwunsch zur Festnahme Jack O'Neills. Ich habe das Protokoll gelesen. Die Geschichte mit der Bluttransfusion ist echt irre.«

Conway zuckte mit den Schultern. »Das ist seine Privatsache. Aber dass er Annabelle Le Grands Geliebter war – oder noch ist –, und dass sie beide Annabelles Exmann abgrundtief hassten, das ist schon auffällig.«

»Ich habe dem Staatsanwalt gerade erklärt, dass wir im Fall O'Neill mehr Zeit brauchen«, erklärte Pomfield. »Der Haftbefehl wird heute noch auf 48 Stunden erweitert.«

»Danke«, sagte Conway. »Wenn irgendwas ist – ich hole mir jetzt die Prozessakten des Brasilianers, um sie mir nochmal anzusehen. Wer weiß, was es darin noch zu entdecken gibt.«

Irritiert blickte ihn Pommy Pomfield an. »Ja, aber ... wäre es nicht besser, Sie warten in Ihrem Büro in St. Aubin? Falls wir eine Meldung kriegen, meine ich ...«

»Wir sind doch ständig in Kontakt.«

Am zweifelnden Blick des jungen Ermittlers konnte der Chef de Police erkennen, dass sich Pomfield ohne den ständigen Draht zu seiner Chefin etwas überfordert fühlte. So viel Verantwortung hatte er noch nie alleine tragen müssen.

Plötzlich nahm Conways Gesicht einen väterlichen Ausdruck an. »Keine Sorge, Pommy, ich weiß genau, was jetzt in Ihnen vorgeht. Jeder von uns hat das bei seinem ersten großen Einsatz gespürt, diese Angst, nicht schnell genug zu sein. Aber irgendwann lernt man, dass man nicht in jeder Minute die Welt retten kann.«

»Meinen Sie?«

»Ja. Sie haben heute alles richtig gemacht, Pommy. Unsere Fallen sind aufgestellt, mehr geht nicht. Miss Jane müsste stolz auf sie sein. Also dann, bis später.«

Er ging hinaus.

In diesem Moment klingelte das schwarze Telefon auf Pomfields Schreibtisch. Es war Leitung zwei. Sie wurde vom Büro für die Einsatzleitung freigehalten. Während Pomfield den Hörer hochriss, rief er dem Chef de Police aufgeregt hinterher: »Mr. Conway, warten Sie! Das muss eine der Straßensperren sein!«

An den Türrahmen gelehnt hörte Conway zu, wie Pomfield hochkonzentriert telefonierte. »Wo bitte? So weit oben? Und wer hat ihn gesehen? Gut. Wie viel Mann seid ihr? Dann macht euch auf den Weg. Ich bin in einer Viertelstunde bei euch. Und lasst inzwischen noch zwei Wagen kommen, damit die Zufahrt vollständig abgesperrt werden kann.«

Pomfield legte den Hörer auf, kam hinter seinem Schreibtisch hervor und sagte: »Es geht los. Der Brasilianer ist oben in der *Bonne Nuit Bay* gesehen worden.« Mit einem Ruck zog er die rechte Schublade des Schreibtisches auf und holte seine Dienstpistole heraus.

Harold Conway straffte sich. Auch er stand von einem Moment zum anderen unter Spannung.

»Na, dann wollen wir mal«, sagte er entschlossen.

Sie rannten nach unten auf den Hof, wo sein Wagen stand. Er setzte sich hinters Steuer, schaltete das Signalhorn ein, und sie rasten los. Ihr Ziel lag an der Nordküste. Unterwegs ließ sich Pommy Pomfield über Handy ständig von seinen Leuten auf den neuesten Stand bringen. Erst nach mehreren Telefonaten konnte er endlich auch Conway über die neueste Situation informieren.

»Ein Mann, der auf dem Parkplatz der *Bonne Nuit Bay* einen Hot-Dog-Stand betreibt, war heute Vormittag in St. Helier auf dem Markt und hat eines unserer Fahndungsfotos in die Hände bekommen. Nachdem er wieder zurück ist an seinem Stand, sieht er plötzlich auf dem Parkplatz einen Mann zu den Klippen laufen, der ihm bekannt vorkommt. Zum Glück hat er noch die Fotokopie mit der Fahndung in der Tasche und schaut nach. Er schwört, dass der Mann Joaquim Sollan ist.«

»Hot-Dog-Verkäufer sind Menschenkenner«, sagte Conway trocken. »Wenn ich mich verstecken müsste, würde ich es auch an der Nordküste tun.«

»Die Bucht ist nicht gerade klein«, meinte Pomfield sorgenvoll. »Ich frage mich, wie viel Mann wir wohl brauchen, um sie abzuriegeln.«

Conway war der Meinung, dass sie mit den insgesamt acht Polizisten, die sie jetzt schon dort hatten, und den zwei weiteren Wagen, die bereits angefordert waren, auskommen würden. Pomfield stimmte ihm zu und gab die Anweisungen sofort an die Einsatzzentrale durch. Er tat es selbstbewusst und energisch. Als er wieder aufgelegt hatte, blickte er zu Conway hinüber.

»Was meinen Sie – soll ich es noch mal bei Detective Inspector Waterhouse versuchen?«

Das Zögern in seiner Stimme verriet, dass er eigentlich wenig Lust dazu hatte.

Conway winkte ab. »Ach was, jetzt sind Sie dran, Pommy. Nutzen Sie Ihre Chance. Wir werden Ihrer Chefin den Brasilianer zum Geschenk machen, wenn sie wiederkommt.«

Pommy grinste ihn an. »Ich glaube, die Kollegen haben doch recht. Sie sind ein harter Hund, Mr. Conway.«

»Unsinn«, sagte Conway. Aber wenn er ehrlich war, gefiel ihm die Bemerkung.

Er gab Gas.

Nach den Erlebnissen der vergangenen Nacht hatte Emily nur noch das Bedürfnis, so schnell wie möglich in ihren normalen Alltag zurückzukehren. Schon morgens um neun stand sie in ihrem Laden und füllte mit der Waage ihre Teesorten ab. Tim war völlig überrascht, sie schon so früh anzutreffen. Natürlich erzählte sie ihm nichts von dem Mordanschlag auf sie, sondern klagte nur über Schlaflosigkeit.

In Absprache mit Harold hatte sie sich auch immer noch nicht bei ihrem Sohn gemeldet. Er sollte wie geplant sein Vergnügen auf der Hochzeit haben. Erst am Spätnachmittag würde er zurückkommen.

Plötzlich ertönte die Ladenklingel und Suzanne Ricci kam von der Straße herein. Auch heute trug sie wieder ein schwarzes Kleid. Sie war kaum geschminkt, sodass ihr heller Teint noch blasser wirkte als sonst. Man sah ihr an, dass der Tod ihres Vaters noch immer stark auf sie nachwirkte.

Emily kam erfreut hinter ihrem Verkaufstisch hervor. »Suzanne, das ist ja eine Überraschung!«

»Guten Morgen, Mrs. Bloom«, sagte Suzanne mit demselben schüchternen Lächeln, dass sie Emily auch beim letzten Mal entgegengebracht hatte. »Ich wollte Ihnen nur schnell was vorbeibringen.« Sie zog ein Foto aus ihrer Tasche und reichte es Emily. »Das habe ich im Zimmer meines Vaters gefunden.«

Emily nahm das Foto in die Hand. Es war die Aufnahme, die Simon Stubbley vor vielen Jahren von ihr gemacht hatte und die Jane Waterhouse bei seinen Hinterlassenschaften gefunden hatte. Emily stand vor ihrem Laden, goss ihre Blumen und lachte in Simons Richtung. Sie nahm sich vor, Suzanne nichts davon zu sagen, dass sie das Foto bereits kannte. Jetzt hatte sie wenigstens einen eigenen Abzug davon.

Gerührt sagte sie: »Danke! Das ist sehr lieb von dir. Ich werde dem Foto einen Ehrenplatz geben. Ein schöneres Andenken an deinen Vater könnte ich mir gar nicht vorstellen.«

Suzanne schien es zu freuen. »Das hatte ich gehofft. Und dann wollte ich Ihnen noch was sagen.« Sie suchte nach den richtigen Worten. »Es tut mir leid, dass ich neulich am Anfang so zurückhaltend war...«

»Mach dir keine Gedanken darüber, ich fand das völlig normal...«

»Erst als Sie weg waren, ist mir klar geworden, dass Sie eigentlich die Einzige außerhalb der Familie waren, die meinen Vater wirklich gut kannte. Ich würde mich freuen, wenn wir uns wirklich mal zusammensetzen könnten und Sie mir ein bisschen von ihm erzählen würden. Meinen Mann würde das auch sehr interessieren. Er weiß im Grunde genommen am wenigsten von Dad.«

»Versprochen«, sagte Emily, erleichtert darüber, dass ihr guter Kontakt mit Suzanne wiederhergestellt war. »Das machen wir, sobald diese ganze Ungewissheit vorbei ist.«

Sie überlegte kurz, ob sie Suzanne von den Ereignissen der vergangenen Nacht erzählen sollte, ließ es dann aber. Es wäre Harold sicher nicht recht gewesen.

Stattdessen sagte sie: »Das Foto wird mir sicher auch helfen, mich wieder besser an alles zu erinnern.«

»Hoffentlich.« Suzanne runzelte die Stirn und wirkte plötzlich ratlos. »Haben Sie eigentlich seit gestern irgendwas Neues von der Polizei gehört? Kein Mensch informiert uns. Wir haben uns schon beim Generalstaatsanwalt darüber beschwert.«

»Ich glaube, sie tun alle ihr Bestes«, sagte Emily. »Es wäre der erste Fall seit langem, der auf Jersey nicht aufgeklärt wird.«

»Hoffentlich behalten Sie recht.«

Draußen auf der Straße hupte ein Lieferwagen. Durch das Schaufenster konnten sie sehen, dass es der schwarz lackierte Kleintransporter der noblen *P&S Teacompany* war.

Kurz darauf wurde krachend die Ladentür aufgedrückt. Schwungvoll schob der junge Fahrer seine Sackkarre mit dem Stapel der Teekisten herein. Tim ging ihm entgegen und nahm ihm den Lieferschein ab.

Suzanne merkte, dass Emily jetzt gebraucht wurde, und verabschiedete sich schnell. »Ich melde mich einfach wieder«, sagte sie, bevor sie ging. Diesmal wirkte ihr Abschiedslächeln schon sehr viel offener. »Vielleicht hätten Sie mal Lust, zum Abendessen zu uns zu kommen.«

»Gerne«, sagte Emily. Mit dem Gefühl ehrlicher Sympathie für die junge Frau, die so viel mitmachen musste, sah sie zu, wie Suzanne den Laden verließ.

Tim hatte bereits damit begonnen, die neuen Teekisten zu öffnen. In einer von ihnen lagen mehrere verschweißte Großpackungen mit dem teuren japanischen Kochube-Tee. Es war die Bestellung für Professor Rutherford, der mehrere Jahre in Tokio gelebt hatte. Bis heute zelebrierte der vornehme alte Herr mit dem weißen Seidenschal seine täglichen Teestunden mit großer Hingabe. Als zeitweiliger Berater des japanischen Kaiserhauses war ihm in den 1970er-Jahren die Auszeichnung zuteil geworden, vom kaiserlichen Teemeister persönlich in die Kunst der Teezubereitung eingewiesen worden zu sein. Emily unterhielt sich gerne mit dem klugen Professor und hatte in punkto Tee schon viel von ihm dazugelernt.

Tim sah, wie Emily mit einem schwarzen Stift *Lieferung Prof. Rutherford* auf die Holzkiste schrieb, und sagte: »Nicht vergessen, wir sollen den Professor sofort anrufen, wenn sein Tee da ist«.

»Ach so, ja ...« Emily überlegte. »Dann sollte ich ihm die Lieferung vielleicht am besten gleich vorbeibringen?«

»Ich glaube, das wäre nicht schlecht.«

»Gut. Kommst du allein klar?«

Tim grinste. »Ich werd's versuchen.«

Es war eine rein rhetorische Frage. Tim stand sowieso jeden Vormittag allein im Laden, dafür bekam er monatlich einen Tag extra frei, um mit seinen Freunden surfen gehen zu können. Sie waren beide zufrieden mit dieser Lösung.

Emily wollte gerade mit der großen Teekiste unter den Arm den Laden verlassen, als Tim hinter ihr hergelaufen kam. In der Hand hielt er einen Katalog für Motorradzubehör. Er klemmte ihn auf die Kiste.

»Hier, das ist für Luke! Er interessiert sich doch für Motorräder.«

»Gute Idee«, sagte Emily. Sie wusste, dass Tim den Jungen auch schon einmal auf seiner alten Harley mitgenommen hatte. »Das ist lieb von dir. Darüber wird er sich freuen.«

Das villenartige, efeuberankte Haus von Professor Rutherford war ein Gebäude aus dem Jahr 1890. Der damalige britische Gouverneur hatte es als seine Sommerresidenz erbaut, inzwischen stand es unter Denkmalschutz. Die breitflügligen Sprossenfenster, durch die der Efeu mit seinen Blättern nach innen winkte, ließen bereits ahnen, wie großzügig die Architektur der Räume sein musste. Vom ausladenden Balkon über dem herrschaftlichen halbrunden Erker – dem optischen Zentrum des Hauses – konnte man das Meer sehen.

Da der Professor an seinem Grundstück vor allem den freien Blick über die Küste liebte, hatte er darauf verzichtet, den riesigen Garten hinter einer hohen Hecke zu verstecken. Eine lockere Reihe von Büschen, ein dünner Drahtzaun und das traditionelle Holztor unter einem gemauerten Bogen bildeten die einzige Abgrenzung zur Natur. Am Ende der leicht gewellten Rasenfläche mit ihren bunten Wildblumentupfern befand sich ein Gewächshaus. Direkt davor lag Luke im Gras, seine Arme aufgestützt und mit den Füßen in der Luft wackelnd. Irgendetwas auf der Wiese schien seine Aufmerksamkeit zu fesseln.

Als Emily durch das Tor in den Garten kam, sah sie, womit Luke gerade beschäftigt war. Vor ihm saß eine riesige braune Erdkröte auf dem Boden, die er vorsichtig mit einem Stöckchen anstupste. Offensichtlich wollte er sie dazu bringen weiterzuhüpfen.

»Hallo Luke«, begrüßte ihn Emily, während sie das Tor wieder hinter sich schloss und quer über den Rasen auf ihn zuging. In den Händen trug sie die Teekiste. »Züchtest du jetzt Riesenkröten?«

»Nö«, sagte Luke und rappelte sich wieder auf. Die wabernde Kröte ließ er im Gras sitzen. »Es war nur ein Test. Grandpa sagt, die meisten kleinen Lebewesen rühren sich vor Angst nicht von der Stelle, wenn man sie anfasst.«

»Und?«

»Stimmt genau. Gestern habe ich es mit zwei Käfern versucht. Die stellen sich sogar tot.«

»Ehrlich gesagt, das würde ich auch so machen, wenn mich ein Riese anstupsen würde.«

»Das mit den Riesen ist Quatsch«, sagte Luke ernsthaft. »Ich hab das mal nachgelesen. Riesen gibt's nur im Märchen. Die menschlichen Zellen sind für ein so gigantisches Wachstum überhaupt nicht geeignet.«

»Wenn du es sagst, du bist der Experte. Ist eigentlich dein Großvater da?«

»Nein, der ist in St. Helier, Bücher abholen. Vielleicht kann ich ihm irgendwann doch noch beibringen, über das Internet zu bestellen.«

Emily schmunzelte über die selbstverständliche Art, in der Luke seine Weisheiten von sich gab. Der altkluge Ton dabei hatte etwas Rührendes, weil er deutlich machte, wie sehr der einsame Junge seinen klugen Großvater vergötterte. Die beiden hatten ja nur noch sich.

Während sie den Sitzplatz neben dem Haus ansteuerte und dort die Teekiste auf der kreisrunden Holzscheibe abstellte, die als Gartentischplatte diente, sagte sie: »Er hatte bei mir seinen japanischen Tee bestellt. Ich lasse die Kiste hier stehen, okay? Du musst nur bitte nachher dran denken.«

»Mach ich. Ich bring sie gleich ins Haus«, versprach Luke. Nach einem letzten prüfenden Blick auf die Kröte, die sich doch zum Weiterhüpfen entschlossen hatte, kam er ebenfalls zum Gartentisch. Emily hielt ihm lächelnd den dicken Motorradkatalog entgegen.

»Hier, den soll ich dir von Tim geben!«

»Super.« Es lag an Lukes Autismus, dass er sich nicht fröhlicher freuen konnte, sondern mit seinen sparsamen Gefühlen wie hinter Wolken verborgen blieb. Doch ein kleines vorsichtiges Zucken um seinen Mund verriet, wie wichtig ihm Tims Geschenk war. Fast behutsam legte er den Katalog wieder auf die Teekiste zurück, den

Rand des Katalogs exakt auf den Rand der Kiste, als würde beides zusammengehören.

Emily fiel noch etwas ein. »Ach so, und sag deinem Großvater bitte, dass es den weißen Tee demnächst nur noch pfundweise in kleinen Packungen gibt. Aber ich melde mich sowieso morgen nochmal bei ihm.«

»Ist gut.«

Luke stand mit scheuem Lächeln vor ihr. Verlegen drehte er das winzige Stöckchen in den Fingern, mit dem er die Kröte berührt hatte. Ihr kam es so vor, als wollte er etwas sagen, aber sein Mund blieb verschlossen. Seine Kinderaugen, die noch nicht richtig mitgewachsen waren bei der Neuformung des Gesichtes in das Oval eines Jugendlichen, hatten etwas Bittendes. Plötzlich glaubte Emily zu wissen, worauf er wartete.

»Damit ich es nicht vergesse«, sagte sie mit gespielter Beiläufigkeit, »du wolltest mir doch noch deine Muschelarbeit zeigen. Ich wäre echt stolz, wenn ich sie mal sehen dürfte.«

Luke strahlte. »Klar, hab ich doch versprochen. Sie sind die Ersten, die es sehen darf. Außer Grandpa und Vikar Ballard natürlich.«

Emilys Vermutung war also richtig gewesen. Stolz führte er sie hinter das Gewächshaus. Dort gab es eine kleine überdachte Ecke, die früher vermutlich als zusätzlicher Terrassenplatz genutzt worden war, denn der Boden war an dieser Stelle mit inzwischen grau verwitterten Marmorplatten belegt.

»Das ist sie«, sagte Luke. Seine Finger zitterten vor Aufregung.

Staunend blickte Emily auf ein ungewöhnliches Gebilde. Sie hatte alles Mögliche erwartet, nur das nicht. Auf der Mitte des Marmorbodens stand eine gewaltige griechische Terrakotta-Amphore, jene Form, wie sie vor allem auf Kreta üblich war. Sie war so hoch, dass sie Luke um mindestens zwei Köpfe überragte. Der ansprechende Schwung ihrer Form wurde geprägt durch den klassischen Bauch und die drei kleinen Henkel unter dem Hals. Weil sie sich schon immer für das Altertum interessiert hatte, wusste Emily, dass diese Art von Amphoren im alten Griechenland und im Rom der Kaiserzeit zur Aufbewahrung von Olivenöl benutzt worden waren. Natürlich war Lukes Amphore nur eine Nachbildung, aber das spielte keine Rolle, denn das Besondere an ihr war das Kunstwerk, das Luke aus ihr geschaffen hatte. Sie war von unten bis oben, über den elegant ausladenden Bauch hinweg bis zu der Stelle, wo der schlanke Hals begann, mit Hunderten von schimmernden Muscheln besetzt. Nur das letzte obere Stück bis zur Öffnung war noch frei, weiter war Luke bisher nicht gekommen. Dort und an den drei Griffen am Hals konnte man noch die nackte rötliche Terrakotta sehen. Neben der Amphore stand eine dreistufige Trittleiter, die Luke offenbar benötigte, um oben weiterarbeiten zu können.

Emily war tief beeindruckt. »Luke, das ist ... unglaublich! Das hast du wirklich alles allein gemacht?«

Er nickte stolz. »Ja. Die Muscheln sind aufgeklebt. Grandpa hat mir extra einen Kleber gekauft, der wasserfest ist. Sonst könnte man die Amphore ja nicht draußen stehen lassen.«

Erst als sie ein Stück näher herantrat und die Muscheln aus der Nähe betrachtete, bemerkte Emily, dass Luke ausschließlich Herzmuscheln verwendet hatte, und zwar nur solche, die in der gewellten Struktur ihrer weißen Schale leicht ockerfarbene Einschübe hatte. So ergab sich eine gleichmäßige Muschelschicht, die der Amphore eine faszinierende Lebendigkeit verlieh, schon allein durch die ungewöhnliche Größe des Kunstwerkes. Alle Muscheln waren mit der halbrunden Seite nach unten aufgeklebt, sodass sie sich nach dem Dachziegelprinzip gegenseitig überdeckten. Es sah wirklich großartig aus, wie von einem berühmten Künstler.

»Woher hast du bloß diese tolle Idee?«, fragte Emily, noch immer beeindruckt. »Ganz ehrlich, so etwas Schönes habe ich noch nie gesehen.«

»Das kommt daher, weil ich immer in Grandpas großem Gartenbuch über *Highgrove* lese, wenn ich Langeweile habe.«

»Du meinst über den Landsitz des Prinzen von Wales?«, fragte Emily ungläubig.

»Ja. Mit dem berühmten Garten, in Gloucestershire. Da habe ich diese ausgefallenen Vasen und Amphore gesehen, die der Prinz sammelt.«

Emily wusste sofort, wovon er sprach. Sie besaß dieses Buch ebenfalls. Es war ein teurer Bildband über das Hobby des Prinzen, die Gestaltung seiner Gartenanlagen. Was war Luke nur für ein eigenwilliger Junge, dass er alles über die menschlichen Zellen wusste, Motorräder liebte und gleichzeitig in einem Buch über Gartenarchitektur las?

»Und weißt du schon, wo deine Muschelamphore stehen wird?«, fragte sie.

»Eigentlich habe ich sie für *Highgrove* gemacht. Ich dachte, sie könnte dort neben den anderen Amphoren stehen. Der *Prince of Wales* würde sich bestimmt darüber freuen.«

Wieder glaubte Emily nicht richtig zu hören. »Du willst sie nach Highgrove schicken?«

»Ja, das würde ich gerne. Grandpa meint aber, der Prinz würde solche Geschenke gar nicht annehmen und wir sollten lieber hier auf Jersey einen schönen Platz dafür finden.«

Es war wirklich rührend und in gewisser Weise auch kühn, was Luke sich da ausgedacht hatte. Sein Gestaltungswille musste so stark sein, dass er selbst vor einer so großen Idee, sein Werk auf *Highgrove* auszustellen, nicht zurückschreckte. Kein Wunder, dass Professor Rutherford bereits sanft vorgebaut hatte und seinen Enkel auf eine realistischere Variante vorbereitet hatte. Vorsichtig versuchte Emily, Rutherfords Ansatz zu stärken.

»Ich finde, da hat dein Großvater auch recht. So etwas Besonderes wie die Muschelamphore sollte unbedingt bei uns auf der Insel bleiben. Wenn du magst, spreche ich mal mit dem Bürgermeister von St. Brelade, den ich gut kenne. Vielleicht weiß der einen guten Platz, um dein Kunstwerk auszustellen.«

»Wäre echt toll.« Er klang trotzdem ein bisschen enttäuscht. Wahrscheinlich hatte er insgeheim gehofft, in Emily eine Mitkämpferin für den ganz großen Plan zu finden. Nach einer kleinen Pause unternahm er einen letzten Versuch. »Obwohl ich schon genau wüsste, wo die Amphore in Highgrove stehen könnte.«

»Dann mache ich dir einen Vorschlag. Meine alte Schulfreundin Lucy arbeitet in London in der Downingstreet beim Premierminister. Die kennt sich aus. Ich muss sowieso mal wieder mit ihr telefonieren und werde sie fragen, was der Prinz von Wales prinzipiell von solchen Ideen hält. Das kann ja nicht schaden.«

»Klingt nach einer guten Idee«, sagte Luke zufrieden.

Emily sah zwei Plastikeimer voller Muscheln in der Ecke stehen.

»Ah, bist du mal wieder in deinem Versteck gewesen?«, fragte sie.

»Nö«, sagte Luke, während er kurz in der Nase bohrte. »das sind nur die Muscheln, die ich hier nicht gebraucht habe. Ich wollte nur bräunliche auf der Amphore haben, die da haben alle möglichen Farben.«

»Ich dachte nur, wegen der Eimer.«

»Ach, davon habe ich sieben Stück. Die standen alle in der Hütte, als ich das erste Mal hinkam. Zusammen mit dem ganzen anderen Zeug.«

»Was denn für Zeug?«, fragte Emily.

Luke zählte auf. »Einen Spaten, zwei Hammer, lauter leere Plastiktüten, zwei Teller und Tassen, eine alte Zigarrenkiste ...«

»Eine Zigarrenkiste auch?«, fragte Emily wie elektrisiert. »War die leer?«

»Ziemlich. Bis auf ein paar alte Zettel. Und sie stinkt so komisch.«

»Hast du sie noch? Oder hast du sie schon weggeworfen?«

»Sie liegt neben der Mülltonne. Erst hatte ich sie oben bei mir im Zimmer, aber unsere Putzfrau meinte, die würde bloß den Schimmel in die Wohnung bringen.«

»Kannst du sie mir mal zeigen?«

»Klar. Sammeln Sie so was?«

»Manchmal«, log Emily. Für sie stand fest, dass Luke Simon Stubbleys persönliche Hinterlassenschaften gefunden hatte.

Sie gingen durch den kleinen Vorgarten zur Garage hinüber, die auf der anderen Seite der Villa lag. Der Vorgarten war mit einer großen Gruppe roter Dahlien bepflanzt, die einen hübschen Springbrunnen umrahmten.

Wie Luke gesagt hatte, lag die braune Zigarrenkiste zwischen Brennnesseln und einem Zaunpfosten hinter der Mülltonne. Das lag wahrscheinlich daran, dass die Tonne voll war und überquoll.

»Hier.« Luke bückte sich, hob die Zigarrenkiste auf und reichte sie Emily. »Ich brauche sie ja nicht mehr.« Plötzlich kam ihm eine Idee. »Obwohl ich sie natürlich auch mit Muscheln bekleben könnte, wenn Sie wollen.«

»Nein, nein, lass nur, du hast ja schon genug zu tun mit deiner Amphore«, sagte Emily, während sie das längliche Kistchen betrachtete.

»Machen Sie es ruhig auf, sind keine Tiere drin oder so was. Nur außen saßen ein paar Asseln, aber die hab ich weggemacht.«

Die kleine Kassette – wie alle Zigarrenkisten auf der Welt aus dünnem braunem Holz – hatte eine schwarze, kaum noch lesbare Aufschrift in spanischer Sprache. Vermutlich war sie schon sehr alt, und Simon hatte sie jahrelang mit sich herumgeschleppt. Emily hielt den Atem an und öffnete gespannt den Deckel. Er klemmte ein bisschen, aber dann ging er doch auf.

Tatsächlich kam ihr ein muffiger Geruch entgegen, aber es war erträglich. Die Zettel, von denen Luke gesprochen hatte, waren klein und quadratisch, wie Notizzettel, die man von einem Block abreißt. Sie waren vergilbt, aber zum Glück vollständig trocken. Einer war zerrissen, ein anderer am Rand angesengt, als wäre er irgendwann mit einer brennenden Zigarette in Berührung gekommen. Auf jedem der Zettel standen ein paar Notizen, mal eng beschrieben, mal locker und weiträumig hingekritzelt. Das Wichtigste aber war, dass Emily auf Anhieb Simon Stubbleys Handschrift erkennen konnte, eine typische Schrift mit seltsam steilen, unbeholfenen Buchstaben.

»Und? Können Sie das Ding brauchen?«, fragte Luke.

Emily bemühte sich, ihre Freude über den Fund nicht allzu sehr zu zeigen. Warum sollte sie den Jungen damit belasten?

»Ja, doch, gefällt mir«, sagte sie so unaufgeregt wie möglich, klappte den Deckel wieder zu und hielt die Kiste noch einmal mit ausgestrecktem Arm von sich weg, um sie zu betrachten. »Und das mit dem Gestank krieg ich auch schon irgendwie hin.«

Plötzlich klingelte etwas in Lukes Hosentasche. Er kramte es heraus. Es war ein Miniwecker.

»Ich muss jetzt hochgehen, Latein lernen«, sagte Luke und stellte den Wecker aus. Er machte ein Gesicht, als sei es die normalste Sache der Welt, von einem Wecker an den Privatunterricht erinnert zu werden. »Grandpa hat mir den Wecker extra gekauft, damit ich nicht vergesse, jeden Tag ein Kapitel Cäsar zu übersetzen, De bello Gallico. Sonst gibt's Ärger mit ihm.«

»Na, dann geh mal«, sagte Emily amüsiert. »Ich muss ja auch wieder. Und nimm bitte meine Teelieferung mit ins Haus!«

»Schon alles da oben gespeichert«, sagte Luke und berührte mit dem Zeigefinger seine Stirn. »Wenn Sie dafür an die Downingstreet denken.«

»Alles klar. Und vielen Dank, dass ich deine Amphore sehen durfte.«

»Versprochen ist versprochen«, sagte er. Dann rannte er los, wieder durch den Vorgarten. Sein Rennen hatte etwas Übermütiges, das man sonst nicht von ihm kannte. Emily konnte ihm ansehen, wie glücklich ihn die Fähigkeit machte, kreativ zu sein.

Sie sah die Zigarrenkiste in ihrer Hand an und bekam plötzlich eine Gänsehaut.

Mit Simon Stubbleys Notizen besaß sie einen wertvollen Schatz, der ihr vielleicht wieder ein bisschen mehr über die Geheimnisse des Strandläufers erzählen konnte.

Genau genommen waren es Nachrichten von einem Toten.

Während Conway und Pommy Pomfield in hohem Tempo durch den Wald zur *Bonne Nuit*-Bucht hinunterrasten, stellten sie zu ihrer Erleichterung fest, dass Herbert Hickman als ortsansässiger Chef de Police der Gemeinde Trinity bereits die Aufgabe übernommen hatte, die acht Polizisten über das Gelände zu verteilen. Hickman kannte hier jeden Stein. Er war ein untersetzter, schwer atmender Mann mit hochrotem Gesicht und schwerfälligem Gang, aber man durfte ihn nicht unterschätzen. Er hatte bereits dafür gesorgt, dass fünf der Männer die Bergkuppe nach Westen hin abriegelten, denn das war der einzige Fluchtweg, den der Brasilianer hatte. Rechts von ihm lag die Bucht mit dem kleinen Hafen und hinter ihm die Steilküste. An keiner dieser Seiten konnte er entkommen.

Conway fuhr auf die breite Kaimauer und parkte dort. Pomfield überprüfte noch einmal seine Pistole, bevor er ausstieg. Als Kriminalbeamter war er der Einzige, der eine Waffe tragen durfte.

Conway warf die Autotür hinter sich zu und stieg auf einen der Poller neben dem Hafenbecken. Von dort aus suchte er mit dem Fernglas den Hügel ab. Erst sah er nur die beiden Polizisten, die auf der Buchtseite in Stellung gegangen waren. Sie standen mitten in einem wogenden Feld aus niedrigen Farnen und blühendem Heidekraut, wie es überall in Hülle und Fülle an der Steilküste wuchs.

Dann bemerkte er plötzlich, wie neben einem schroffen grauen Felsen, der sich mitten auf dem Hügel erhob, die Farne in Bewegung gerieten. Es war deutlich mehr als das übliche Wiegen der Pflanzen im Wind.

»Und?«, fragte Pommy Pomfield ungeduldig.

Leise und mit gedehnter Stimme sagte Conway: »Ich glaube, ich habe ihn.« Er stellte den Zoom seines Fernglases scharf. »Ja. Ich sehe seinen Arm. Zwei Uhr neben dem oberen Felsen.«

Pomfield drückte den Knopf seines Funkgerätes und gab die Meldung flüsternd an alle weiter. Conway hielt unverändert sein Fernglas auf den Felsen gerichtet. Er wusste aus Erfahrung, dass die meisten Menschen nicht lange unbeweglich daliegen konnten, weil ihnen unter Anspannung das Zeitgefühl verloren ging.

»Kann's losgehen?«, fragte Pomfield flüsternd.

»Noch nicht«, flüsterte Conway zurück. »Ich will ihn wenigstens einmal sehen, damit wir sicher sein können.«

Sekunden später war der Augenblick gekommen, auf den er gewartet hatte. Zwischen den gefiederten Blättern der hohen Farne tauchte für kurze Zeit das Gesicht des Brasilianers auf. Conway konnte deutlich die großen dunklen Augen und das gekräuselte schwarze Haar sehen, bevor der Kopf blitzartig wieder verschwand. Es gab keinen Zweifel – der Mann war Joaquim Sollan.

Conway setzte das Fernglas ab und nickte. »Er ist es. Wir können die Schlinge zuziehen.«

Erstaunlicherweise war jetzt auch Pomfield wieder unaufgeregt, als hätte die Ruhe Conways auf ihn abgefärbt.

Sie kletterten zu Herbert Hickman hinauf. Breitbeinig stand er im Gelände und rückte seine schwarze Polizeiweste zurecht, in der er wie ein dicker Käfer aussah. Als sie kamen, wandte er sich an

Pomfield. »Wie sollen wir vorgehen?« schnaufte er. »Kette bilden und losziehen? Oder wollen Sie erstmal mit ihm verhandeln, damit er aufgibt?«

»Beides«, sagte Pomfield. Er hatte sich bereits seine Strategie überlegt. Der runde Hügel war ideal dafür. »Wir kesseln ihn so weit wie möglich ein, und Mr. Conway und ich versuchen gleichzeitig, mit ihm zu reden. Wie hoch sind die Klippen auf der anderen Seite?«

Hickman verzog verächtlich den Mund. »Hoch genug, dass er von dort nicht ins Meer springen kann. Das wäre Selbstmord.« Er drehte sich zu Conway um, der hinter ihm stand. »Wie siehst du das, Harold?«

»Genauso. Er ist da oben gefangen. Leichter hätte er es uns nicht machen können.«

»Also dann...« Pomfield drückte wieder den Kopf seines Funkgerätes, so dass alle ihn hören konnten. »Zugriff!«

Die acht Polizisten begannen, sich als weitläufige Kette in Bewegung zu setzen. Hickman reihte sich am linken Flügel ein. Pommy Pomfield und Harold Conway gingen in der Mitte mit, warteten aber ab, bis ihre Männer auf etwa 50 Meter an den Felsen herangekommen waren. Dann erst gab Pomfield sein Zeichen, das Vorrücken zu stoppen. Die Polizisten blieben mit erhobenen Schlagstöcken stehen. Pomfield entsicherte vorsichtshalber seine Pistole, obwohl nicht damit zu rechnen war, dass der Brasilianer nach seiner Flucht aus dem Polizeihauptquartier eine Waffe ergattert hatte.

»Mr. Sollan«, rief Pomfield mit lauter Stimme. »Kommen Sie mit erhobenen Händen zu uns!«

Nichts tat sich.

Pomfield wiederholte seine Warnung. »Mr. Sollan! Ein letztes Mal! Nehmen Sie die Hände über den Kopf und kommen Sie!«

Plötzlich kam Sollan kam zum Vorschein. Langsam kroch er aus den Farnen hervor und stand auf. Gehorsam hob er die Hände über den Kopf. Man konnte die dicken Muskelpakete an seinen Armen sehen.

»Noch warten«, flüsterte Pomfield in sein Funkgerät. »Er soll erst näherkommen.« Triumphierend blickte er zu Harold Conway hinüber, der den Blick jedoch gar nicht wahrnahm. Lauernd wie ein Luchs, seine Fäuste vor Anspannung geballt, stand der Chef de Police da und beobachtete jede Bewegung des Brasilianers. Er bemerkte, wie Sollan fast unmerklich den Kopf drehte und kurz Richtung Meer schielte.

Conway hob sein eigenes Funkgerät und flüsterte: »Achtung, ich glaube er will nach hinten ausbrechen!«

Dann geschah es auch schon. Wie bei seiner Flucht aus *Rouge Bouillon* war die Wendigkeit des Brasilianers unberechenbar. Er sprang mit einem gewaltigen Satz hinter den Felsen, sodass er für Sekunden in Deckung war und damit die Polizisten verblüffte. Dann begann er loszurennen, direkt auf die Steilküste zu.

»Los!«, brüllte Conway. Die halbrunde Kette der Polizisten begann, sich in Bewegung zu setzen. Pomfield und Conway waren dem Brasilianer am dichtesten auf den Fersen.

Sollan lief schnell wie eine Gazelle. Im Nu hatte er die Felskante am Meer erreicht, von wo aus es steil in die Tiefe ging.

Pomfield hob beim Laufen die Pistole und rief: »Bleiben Sie stehen, Sollan!« Er schoss zweimal in die Luft, um dem Flüchtenden Angst zu machen.

Doch Sollan reagierte gar nicht darauf. Er wandte sich zur Seite und hetzte an der Bruchkante der Steilküste weiter. Als er sah, dass ihm auch dort zwei Polizisten entgegenkamen, blieb er stehen und blickte nach unten.

Die Klippen fielen an dieser Stelle so abrupt und endlos ab, dass das Meer darunter weit entfernt wirkte. Die Brandung schlug klatschend an Dutzende scharfkantiger Felsen, die überall wie kleine Inseln aus dem brodelnden Wasser ragten. Nur an einer Stelle gab es zwischen den Felsen eine Art kleinen Pool, in dem man grünlich den sandigen Meeresboden durchschimmern sah. Hier war das Wasser ganz ruhig. Von dort aus konnte man auch ungestört von der Brandung ins Meer hinausschwimmen.

Conway und Pomfield erreichten den Brasilianer als Erste. Sein Zögern ließ sie glauben, dass er sich ergeben würde. Nur ein paar Schritte noch und sie konnte ihn packen.

In diesem Moment drehte sich Sollan seelenruhig zum Meer hin, streckte seine Hände nach vorne und sprang kopfüber in die Tiefe.

Entsetzt stoppten Conway und Pomfield ihren Lauf, um dem todesmutigen Flug zuzusehen. Sollans Körper flog in einem leichten Bogen von der Felskante über einen riesigen, meerumspülten Steinbrocken hinweg auf den Pool zu. Es sah ganz so aus, als würde er genau das rettende Wasserloch treffen. Doch plötzlich drehte der Wind und eine heftige Böe drückte ihn mitten in seinem Flug zur Seite.

Pomfield ließ entsetzt seine Hand mit der Pistole sinken. Conway schloss kurz die Augen. Er wollte nicht sehen, wie der Körper aufschlug.

Als er sie wieder öffnete, sah er, wie sich unten im Meer eine rote Blutlache an der Wasseroberfläche ausbreitete. Das Blut stammte von einem Felsen daneben. Darauf lag der zerschmetterte Körper des Brasilianers.

Als Conway sich nach Pommy Pomfield umschaute, sah er den jungen Ermittler in gebückter Haltung mitten in den Farnen stehen, wo er sich minutenlang übergab.

Armer Junge, dachte Conway, als er seinen Blick wieder unten auf den Strand richtete, das hast du nicht verdient.

Seit Emily mit der Zigarrenkiste nach Hause gekommen war, stand das Mitbringsel auf einem kleinen runden Beistelltisch neben ihrem roten Sessel und müffelte angeschimmelt vor sich hin. In ihrer Anspannung zögerte sie noch, es zu öffnen und den Inhalt ans Tageslicht zu befördern.

Wie so oft, wenn sie für eine Entscheidung noch Zeit brauchte, lenkte sie sich ab, indem sie Arbeiten ausführte, die sie eigentlich nicht besonders liebte. Daran konnte sie gut ablesen, in welchem Maß sie etwas vor sich her schob. Diesmal reichte es für das begeisterte Wischen der Spüle in der Küche, für das Umräumen der Töpfe und das Ausnehmen der Dorade, die sie noch am Fischstand in der Markthalle mitgenommen hatte.

Danach wusch sie sich sorgfältig die Hände, machte sich einen Tee und ging mit dem dampfenden Becher in der Hand nachdenklich ins Wohnzimmer zurück.

War es überhaupt eine gute Idee, Simon Stubbleys alte Zettel zu lesen – egal, was auf ihnen stand? Was erwartete sie denn davon? Vielleicht war es ja nur unwichtiges Gekritzel, das er wegwerfen wollte. Wie kam sie eigentlich dazu zu glauben, dass sie durch ihre ständige Beschäftigung mit Simons Leben mithelfen konnte, den Mord an ihm aufzuklären?

Andererseits war sie sich aber auch ihrer großen Verantwortung bewusst. Sie war nun einmal die Einzige, die für die Aufklärung der vergangenen Ereignisse ein Mittel zur Verfügung hatte, über das sie außer mit ihrem Sohn allenfalls noch mit Harold Conway sprechen konnte – ihr Gedächtnis.

Sie gab sich einen Ruck, nahm die Zigarrenkiste auf den Schoß und öffnete sie. Als sie die vergilbten quadratischen Zettel herausnahm und zählte, stellte sie enttäuscht fest, dass es lediglich fünf Stück waren. Vorsichtig, nur mit Daumen und Zeigefinger, hob sie den obersten Zettel ab und betrachtete ihn. Nur eine Seite war beschrieben. Die blaue Kugelschreiberschrift war längst verblasst, aber immerhin noch lesbar. Simon hatte die Worte, die dort standen, mehr hingekritzelt als geschrieben, sodass Emily Mühe hatte, sie zu entziffern. Offenbar ging es um etwas, dass Simon sich nur zur Erinnerung aufgeschrieben hatte: *nicht vergessen Bier Jimmy.*

Sie überlegte, ob sie einen Jimmy aus Simons Bekanntenkreis kannte, doch ihr fiel niemand ein. Vermutlich handelte es sich um einen seiner Kumpane in St. Helier.

Der zweite Zettel war noch enttäuschender. Auf ihm stand einfach nur *15. August Essen Suzanne.*

Zettel Nummer drei dagegen war sehr viel enger beschrieben. Auch Simons Schrift war plötzlich leichter lesbar, als hätte er sich hier bewusst Mühe gegeben. Oben rechts stand ein Datum, der 3. Juli vor neun Jahren. Darunter hatte er eine Straße notiert und sie gleich zweimal unterstrichen: *La Rue du Crocquet.* Da fast jedes Haus auf Jersey in alter Tradition auch einen eigenen Namen besaß, war in der nächsten Zeile auch dieser vermerkt: *Clair de Lune.* Dann folgte eine Klammer, in der etwas schwer Lesbares stand. Emily glaubte das seltsame Wort *Qathn* entziffern zu können. Ganz offensichtlich war es eine Abkürzung.

Aber wofür? Ihr fiel nichts dazu ein. Sie kannte auch niemanden, der unter dieser Adresse wohnte.

In der Hoffnung, dass sie noch auf andere Informationen stoßen würde, legte sie den Zettel beiseite und nahm sich die übrigen beiden vor. Doch hier wurde sie noch weniger fündig. Auf einem war einfach nur der Hinweis *Taschenmesser!* notiert, auf dem anderen stand *Mrs. Bloom Geburtstag denken.* Simon musste es in der Zeit hingekritzelt haben, als er für sie die Botendienste übernommen hatte und fast täglich mit dem Fahrrad unterwegs gewesen war.

Alles in allem schien die Zettelsammlung so etwas wie Simon Stubbleys Terminkalender zu sein. Emily fand es geradezu rührend, wie er diese bedeutungslosen Notizen über Jahre in der Zigarrenkiste aufgehoben hatte.

Nachdenklich legte sie Kiste und Zettel auf dem Beistelltisch ab, griff zu ihrem Becher und trank einen Schluck Tee. Sie verzog das Gesicht. Er war nur noch lauwarm und schmeckte nicht mehr, weil er zu wenig Aroma hatte.

Wehmütig erinnerte sie sich daran, wie oft sie mit Simon zusammen Teeproben verkostet hatte, nach Feierabend, wenn der Laden geschlossen war. Das hatte ihm immer besonderen Spaß gemacht. Auch wenn er sonst ein grober Klotz gewesen sein mochte – für seine ungewöhnlich guten Geschmacksnerven hatte sie Simon immer bewundert. Seine Kenntnisse auf diesem Gebiet stammten noch aus der Zeit, als er in London Kellner gewesen war.

Plötzlich fiel ihr etwas ein. Einmal hatten sie in Simon Stubbleys Zeit einen Kunden gehabt, der sich zu seinem 60. Geburtstag eine Kiste seltenen weißen Tee aus Südindien bestellt hatte. Die Blätter dieser nur im Frühjahr geernteten Sorte besaßen eine feine weiße Behaarung und wurden unfermentiert verarbeitet. Für Kenner war die hellgelbe Farbe und das duftige, leicht blumige Aroma des Tee etwas sehr Besonderes.

Der Name der Sorte war *White Oothu*.

Aufgeregt griff Emily noch einmal nach dem Zettel, auf dem die Hausadresse notiert war.

Vorhin meinte sie zwar das Wort in der Klammer als *Qathn* entziffert zu haben, aber als sie sich jetzt noch einmal Buchstabe für Buchstabe betrachtete, erkannte sie, dass es tatsächlich *Oothu* heißen sollte.

Ihr Herz schlug schneller. War es vielleicht doch kein Zufall, dass Simon sich ausgerechnet diese Adresse aufgehoben hatte?

Mühsam zwang sie sich zur Ruhe und schloss die Augen. Vorsichtig versuchte sie, über den Begriff *Oothu* in die Katakomben ihrer Erinnerung vorzudringen. In solchen Momenten stellte sie sich ihr Gedächtnis immer bildlich vor, wie einen gewaltigen Speicher, indem jeder einzelne Tag ihres Lebens abgelegt und nummeriert war.

Oothu ... La Rue du Crocquet ...
Dann endlich war sie drin.

Es war der 15. August, ein heißer Sommertag vor neun Jahren. Sie hatte Simon dabei geholfen die Teelieferungen nach draußen zu seinem »Dienstfahrrad« zu tragen, das neben der Ladentür an der Hauswand lehnte. Vor dem Lenker hing ein großer Metallkorb, wie ihn früher die Briefträger zum Transport ihrer Post benutzt hatten. Simon, trotz der Hitze in seinem obligatorischen Anorak, verstaute schnaufend die Teepakete im Korb. Als Emily ihm die schwere Holzkiste reichte, fragte er skeptisch: »Was ist das denn?«

»Weißer Oothu-Tee«, sagte Emily und reichte ihm den Zettel mit der Adresse in der Rue du Crocquet. »Ich kenne den Kunden gar nicht, Tim hat die Bestellung neulich aufgenommen. Soll ein älterer Herr sein.«

»Diese altmodischen Holzkisten sollten verboten werden«, schimpfte Simon.

»Aber sie sehen schön aus, finde ich«, sagte Emily.

Simon stieg aufs Rad und fuhr los. Er trat so langsam in die Pedale, dass man immer befürchtete, dass er jeden Moment umfallen könnte. Aber dann kam er doch in Fahrt.

Erst zwei Stunden später kam er von seiner Tour zurück. Er wirkte merkwürdig still. Emily wunderte sich zwar, dass es diesmal so lange gedauert hatte, denn St. Aubin war ein sehr überschaubarer Ort, aber sie fragte ihn nicht nach dem Grund. Wichtig war nur, dass er alles zuverlässig ausgeliefert hatte.

Ein paar Minuten später kam er nach hinten in Emilys Büro,

um dort seinen Lohn in Empfang zu nehmen. Es war eng in dem kleinen Raum, deshalb hatte Emily einfach links neben die Tür einen runden kleinen Kaffeehaustisch und zwei wackelige Stühle gestellt. Simon nahm auf einem von ihnen Platz, kratzte sich am Bart und sagte herumdrucksend: »Das war vielleicht ein Ding...«

Emily setzte sich neben ihn. In der Hand hielt sie die beiden Geldscheine, die für ihn bestimmt waren. »Was war denn los?«

Seine Hände spielten mit der Tischkante. »Dieser weiße Tee, den ich in die *Rue du Crocquet* bringen sollte, der war ja für einen Mr. Ingram.«

»Ja. Und wer ist das? Ich kenne nur einen Jimmy Ingram, den Segelmacher, der früher mal seine Werkstatt am Hafen von Gorey hatte.«

»Genau um den geht es«, sagte Simon. »Er ist vor sechs Monaten hierher gezogen, nachdem er ziemlich krank war. Seine Tochter wohnt jetzt bei ihm.«

»Ach ja?« Emily sah den Vater und das Mädchen genau vor sich, eine schmale, fast dünne 15-Jährige, die den kräftigen Jimmy hin und wieder nach St. Aubin begleitet hatte, wenn er Samstags auf dem Markt sein Segelzubehör anbot.

»Na ja«, sagte Simon, »also ich klingle bei der Adresse, und da steht plötzlich Jimmy vor mir. Ich hab ihn gleich erkannt, auch nach so vielen Jahren, obwohl er nach seiner Krankheit noch ziemlich eingefallen aussah.«

»Woher kennt ihr euch denn?«, fragte Emily.

»Aus London. Wir haben mal 'ne Weile zusammen in einem Pub gearbeitet. War 'ne wilde Zeit damals.«

»Ist Jimmy Ingram nicht wesentlich älter als Sie?«

Simon nickte. »Gestern ist er 60 geworden. Deswegen hat er sich ja auch mal den teuren Oothu gegönnt.« Er lachte kichernd. »Sie müssen wissen, damals hatte ich eine Freundin, die nebenan im *Abbey Hotel* gejobbt hat. Von der habe ich mir immer die feinsten Teepäckchen zustecken lassen. Jimmy und ich haben dann jeden Sonntagnachmittag unseren eigenen High Tea gemacht. Kekse, Chips, Tee und Bier.«

Emily ging auf diese eklige Mischung nicht weiter ein. »Dann ist es eigentlich ein Wunder, dass ihr euch nicht schon vorher begegnet seid«, meinte sie. »Stammt Jimmy denn auch von Jersey? Oder warum ist er aus London hierher gekommen?«

»Das ist ja der Gag«, antwortete Simon. »Er ist nur hergezogen, weil ich ihm damals immer gesagt habe, Jersey ist das Paradies.« Er zeigte auf das Geld in Emilys Hand. »Ist das für mich?«

»Ja.« Sie legte die beiden Scheine vor Simon auf den Tisch. »Ich hab's ein bisschen aufgerundet.«

»Danke.« Zufrieden griff er nach dem Geld und stopfte es mit seinen groben Fingern unbeholfen in die kleine Brusttasche seines Anoraks. »Dann werd ich morgen mal mit Jimmy ein Bier trinken gehen und auf alte Zeiten anstoßen«, sagte er.

Jimmy Ingram ... Emily öffnete wieder die Augen. Merkwürdigerweise hatte sie den Segelmacher in den vergangenen Jahren nie mehr gesehen. Er hatte seit damals auch keinen Tee mehr bei ihr bestellt. Nur seine Tochter Linda traf sie manchmal beim Einkaufen, aber das waren eher Begegnungen, bei denen man Mitleid mit der oft angetrunkenen und arbeitslosen jungen Frau hatte.

Jetzt, nachdem sie wusste, wen Simon Stubbley damals wiedergetroffen hatte, ergab auch der andere Zettel in der Zigarrenkiste einen Sinn: *nicht vergessen Bier Jimmy*. Offenbar hatten die beiden sich danach noch öfter gesehen und wie in alten Zeiten ordentlich darauf angestoßen.

Plötzlich erwachte wieder das Jagdfieber in Emily. Natürlich musste sie die gefundenen Zettel an die Polizei übergeben, damit Simons Notizen in die Ermittlungsarbeit miteinfließen konnten. Doch niemand konnte von ihr verlangen, die Zigarrenkiste gleich heute dort abzuliefern. Das konnte sie auch noch morgen tun. Schließlich hatten die vergilbten Zettel ihr gerade dabei geholfen, einen völlig neuen Pfad in Simons Vergangenheit zu entdecken.

Sie dachte nach. Als Erstes musste sie morgen früh Jimmy Ingram einen Besuch abstatten. Wenn er damals seinen 60. Geburtstag gefeiert hatte, war er jetzt fast 70. Wer konnte mehr über Simons Leben wissen als er? Vielleicht war ihr Treffpunkt immer der Lagerplatz in den Dünen gewesen?

Plötzlich schoss Emily ein anderer Gedanke durch den Kopf. Warum ging sie eigentlich so fest davon aus, dass die beiden heute immer noch Freunde waren? Möglicherweise waren sie längst zerstritten. Sie wusste ja besser als jeder andere, wie aggressiv Simon werden konnte, wenn er jähzornig war. Vielleicht hatte der Brasilianer gar nichts mit dem Mord zu tun, und Jimmy Ingram hatte seinen alten Kumpel nach einem Streit in den Dünen getötet?

Und hatte Harold Conway nicht auch erzählt, dass er bei Jimmys Tochter Linda die alte Segeltuchtasche Simon Stubbleys gefunden hatte?

Emily ging zum Flurschrank, holte das Telefonbuch für Jersey heraus und schlug es auf. Sie wollte wenigstens wissen, ob die Ingrams noch immer in St. Aubin lebten.

Tatsächlich fand sie die beiden unter der alten Adresse *La Rue du Crocquet*. Für einen Moment dachte sie darüber nach, einfach die Nummer zu wählen und sich mit Jimmy Ingram über Simon zu unterhalten. Sie würde ja schnell merken, wenn er versuchte, dem Thema auszuweichen.

Doch dann fragte sie sich selbstkritisch, ob sie nicht schon genug Ärger hatte. Warum sollte sie sich das eigentlich antun? Der Anschlag auf sie gestern Abend war schlimm genug gewesen. Am besten lieferte sie die Zigarrenkiste morgen früh auf Harolds Polizeirevier ab, und die Sache war für sie erledigt.

Als hätte Harold telepathische Fähigkeiten, klingelte im selben Augenblick das Telefon. Als sie abnahm und sich mit einem vorsichtigen »Ja?« meldete, erklang seine Stimme. Er rief offensichtlich von seinem Handy aus an.

»Emily? Ich bin's. Ich wollte dir nur die gute Nachricht überbringen, dass wir endlich den Brasilianer gefunden haben.«

»Und? Habt ihr ihn schon festgenommen? Hat er gestanden?« In ihrer Erleichterung wusste sie gar nicht, was sie zuerst fragen sollte.

Harold wurde ernst. »Wir haben ihn in der *Bonne Nuit*-Bucht gestellt. Er hat sich von den Klippen gestürzt und ist tot.«

Emily schwieg betroffen. Sie hätte jetzt beruhigt sein können, aber der Tod des Brasilianers bedrückte sie. Ihr schoss noch einmal durch den Kopf, dass Joaquim Sollan vielleicht gar nichts mit Simons Tod zu tun hatte und dass vielleicht Jimmy Ingram der Mörder war – aber was halfen solche Spekulationen jetzt? Bevor das alles nicht geklärt war, durfte sie solche Gedanken gar nicht haben.

»Bist du noch da, Emily«, fragte Harold.

»Ja, entschuldige. In meinem Kopf geht gerade alles durcheinander. Ich muss das alles erst noch verarbeiten...«

»Das kann ich mir vorstellen. Auf jeden Fall sind ab jetzt weder Jack O'Neill noch der Brasilianer eine Gefahr für dich. Du kannst also wieder entspannen.«

»Das werde ich hoffentlich auch. Gleich kommt Jonathan von der Hochzeit zurück, und dann werden wir uns was Schönes kochen. Du bist herzlich eingeladen.«

»Nein, danke, das ist nett gemeint, aber ich muss gleich noch zu einer Besprechung ins Hauptquartier.«

An der Schnelligkeit, mit der Harold die Einladung absagte, konnte Emily erkennen, wie schwer es ihm immer noch fiel, privat mit ihr zu verkehren. Auch heute Morgen war er noch vor dem Frühstück aus ihrem Haus geflüchtet.

Plötzlich fielen ihr wieder die Ingrams ein. Da Harold neulich Linda Ingram zu Stubbleys alter Tasche vernommen hatte, wusste er sicher auch etwas über ihren Vater, den Segelmacher. Daher fragte sie so harmlos wie möglich: »Ach Harold, noch etwas – gestern habe ich Linda Ingram in der Stadt gesehen. Sie war wieder mal betrunken. Gibt's eigentlich ihren Vater noch?«

»Du meinst Jimmy? Das ist eine traurige Geschichte. Er hatte vor zwei Jahren einen neuen Schlaganfall. Linda kümmert sich zu Hause um ihn. Er sitzt im Rollstuhl. Vielleicht hängt sie auch deshalb so an der Flasche.«

»Die Arme.«

»Das kann man wohl sagen«, stimmte ihr Harold zu. »Das Leben ist leider nicht gerecht. Bitte vergiss nicht, morgen bei mir im Büro vorbeizukommen, um deine Aussagen zu unterschreiben.«

»Mache ich.«

Emily legte nachdenklich auf. Ein Schlaganfall war ein bitterer Einschnitt im Leben, das hatte sie bei ihrem Vater mit ansehen müssen. Damit war auch klar, dass Jimmy Ingram gar nicht der Mörder Simon Stubbleys sein konnte. Insgeheim schämte sie sich für ihren voreiligen Verdacht, denn eigentlich hatte sie den alten Segelmacher als einen zuvorkommenden und gutgelaunten Mann in Erinnerung.

Andererseits bewiesen die Zettel aus der Zigarrenkiste, dass er mit Simon in enger Verbindung gestanden hatte. Bis wann? Auch noch nach Simons Entlassung aus dem Gefängnis?

Da jetzt nichts mehr dagegen sprach, dass sie mit den Ingrams persönlichen Kontakt aufnahm, beschloss Emily, gleich morgen früh in die *Rue du Crocquet* zu fahren und Jimmy ein paar Fragen zu stellen. Das war sie ihrer eigenen Neugier schuldig. Danach konnte Harold Conway dann gerne die Zigarrenkiste übernehmen.

Sie hörte, wie im Flur die Haustür aufgeschlossen wurde. Ihr Sohn war wieder da. Schnell nahm sie die Zigarrenkiste vom Tisch und ließ sie in einer Schublade verschwinden. Es war besser, wenn Jonathan nichts davon wusste. Ahnungslos wie er war, musste sie ihm heute Abend schon genug Vorkommnisse erklären.

»Mum? Wo bist du?«

»Ich komme!«

Sie ging ihm strahlend entgegen. Er machte das Licht an. Sie hatte gar nicht bemerkt, dass es inzwischen dämmerig geworden war. Er trug immer noch seinen schwarzen Anzug und sah sehr gut darin aus. In einer Hand hielt er seine Reisetasche, in der anderen einen Blumenstrauß. Mit sorgenvoller Miene hielt er ihr die Blumen hin.

»Für dich, Mum. Obwohl du sie eigentlich nicht verdient hast.«

Emily gab ihm einen Kuss auf die Wange. »Danke. Und warum nicht?«

»Weil ich während der Fahrt mit Helen Keating telefoniert habe und jetzt ein paar Sachen weiß, die ich lieber früher erfahren hätte.« Er wurde noch ernster. »Ganz ehrlich, Mum – du hättest mich anrufen müssen!«

Sie winkte ab. »Warum hätte ich dich auch noch verrückt machen sollen? Ich hoffe, es war wenigstens schön auf der Hochzeit.«

»Das ist doch unwichtig.« Jonathan war richtig böse. »Du wirst hier fast umgebracht, weil der Anschlag vielleicht mir gegolten hat, und lässt mich weiter in Grouville Party machen!«

Emily versuchte es mit Ironie. »So sind wir Mütter eben.«

»Hör bitte auf! Gibt es denn inzwischen irgendwas Neues?«

»Ja. Du kannst ganz beruhigt sein. Jack O'Neill sitzt in Untersuchungshaft, und der Brasilianer ist tot.«

»Wie bitte?«

Emily erzähle ihm, was in der Zwischenzeit passiert war. Kopfschüttelnd hörte Jonathan zu.

»Da dachte ich, es wäre schön, mal wieder vier Wochen zu Hause zu sein, und gerate mitten in einen Kriminalfall hinein!«

»Es ist ja vorbei. Wenn du morgen John Willingham triffst, frag ihn bitte, ob O'Neills Festnahme nicht vielleicht auch in der Krankenhaussache etwas ändert.«

»Das werden wir ja alles sehen. Ich gehe jetzt erstmal duschen.«

Jonathan nahm seine Reisetasche und verschwand auf sein Zimmer. Emily ging in die Küche, um ihn mit seinem Lieblingsessen zu überraschen. Vielleicht würde das den Frieden zwischen ihnen wiederherstellen. Sie wusste selbst, dass er mit seiner Kritik an ihr nicht ganz unrecht hatte. Aber sie war es eben gewöhnt, die Dinge des Lebens allein in die Hand zu nehmen.

Draußen war es dunkel geworden. Am Haus fuhr langsam ein Auto vorbei. Wie im Reflex schaute sie beim Kartoffelschälen kurz aus dem Küchenfenster in die Dunkelheit, sah aber nichts.

Das werde ich mir auch wieder abgewöhnen müssen, dachte sie selbstkritisch.

Sie warf die Kartoffeln – kleine runde *Jersey Royal*, nicht größer als Cocktailtomaten – in einen Topf mit gesalzenem Wasser und stellte ihn auf den Herd. Dann machte sie sich daran, die beiden Fische vorzubereiten, die sie gekauft hatte.

Um besser arbeiten zu können, knipste sie die Lampe hinter der Abzugshaube an. Im Lichtschein konnte sie auf dem glänzenden Metall der Abzugshaube ihr eigenes Gesicht sehen. Es wirkte nicht gerade faltenfrei, aber die hochgesteckten Haare saßen wieder ordentlich und ihre Augen hatten ihre Strahlkraft zurück. Sie hätte auch nicht gewollt, dass ihr Sohn heute ein trauriges Wrack vorfindet.

Als sie ihre Hand von der Lampe zurückzog, blieb sie mit dem Ärmel an einem Teller hängen, der klirrend zu Boden fiel. Verärgert bückte sie sich danach.

In diesem Augenblick fiel ein Schuss. Er peitschte durch die

Küche, genau dort, wo Emily eine Sekunde zuvor noch gestanden hatte, und ließ die Kugel in die Wand rechts neben der Tür einschlagen. Krachend fiel das holzgerahmte Entenbild zu Boden, das dort hing. Splitter der zerschossenen Fensterscheibe spritzten durch die Luft.

Emily hatte sich instinktiv zu Boden geworfen und bedeckte ihren Kopf mit den Händen. Scherben fielen über ihren Körper. Die panische Angst von gestern kehrte zurück und ließ ihr Herz rasen.

Die Küchentür ging auf und Jonathan kam herein.

»Was ist denn hier...?«

Emily ließ ihn gar nicht ausreden. »Runter, schnell! Da hat jemand geschossen!«

Jonathan gehorchte und warf sich ebenfalls zu Boden. Dort, auf den Fliesen, lauschten sie beide angestrengt. Draußen auf der Straße startete ein Auto, das sich schnell entfernte.

War die Gefahr vorbei?

Vorsichtig richtete Emily sich auf, allerdings so, dass sie sich immer noch in einem Sicherheitsbereich unterhalb des Fensters befand. Jonathan tat dasselbe.

»Mum?«

Sie reagierte nicht. Schockiert starrte sie auf das Loch in der Scheibe, weil ihr jetzt erst klar wurde, was dieser Schuss bedeutete.

O'Neill saß in Untersuchungshaft, und der Brasilianer lebte nicht mehr.

Es musste also noch jemand geben, der unbedingt ihren Tod wollte.

An diesem Morgen nahm Harold Conway Detective Inspector Waterhouse anders wahr als sonst. Sie saßen wieder alle in *Rouge Bouillon* zusammen. Miss Jane wirkte seltsam unkonzentriert und auch weniger kampfeslustig als sonst. Conway fragte sich, ob es nur an ihren Verletzungen lag oder auch daran, dass ihr Assistent gestern als Held erfolgreich die *Schlacht bei Bonne Nuit Bay* geleitet hatte, wie Spurenchef Edgar MacDonald voller Bewunderung festgestellt hatte. Als Schotte kannte er sich mit Schlachten aus.

Auch wenn es bedauerlich war, dass der Brasilianer dabei ums Leben gekommen war, hatte die Polizei alles richtig gemacht – selbst nach Auffassung der Presse. Alle hofften, dass damit auch der Mörder von Simon Stubbley zur Strecke gebracht worden war.

»Was für ein Wort: zur Strecke gebracht!« Harold Conway, der sich sonst nicht scheute, militärisches Vokabular zu benutzen, hatte ein Problem mit diesem Ausdruck. »Im Grunde genommen ist doch genauso gut möglich, dass Sollan gar nicht der Mörder war. Wir wünschen es uns alle, aber es gibt nicht einen einzigen Beweis dafür. Nicht mal Stubbleys Geld hat man in seiner Tasche gefunden. Der Schuss auf Emily Bloom ist ein eindeutiger Hinweis darauf, dass es in mindestens einem der beiden Mordfälle noch völlig unbekannte Faktoren gibt.«

»Ich gebe zu, mich hat dieser Mordanschlag auf Mrs. Bloom ebenfalls überrascht«, sagte DI Waterhouse. »Ich sehe ihn allerdings ganz deutlich im Zusammenhang mit dem Mord an Alan Le Grand. Aber dazu später.« Sie schaute fragend zu Conway. »Wie geht es Mrs. Bloom?«

»Wieder ganz gut. Zum Glück war ihr Sohn bei ihr. Sie kennen sie ja, so schnell lässt sie sich nicht unterkriegen.«

Er schilderte in kurzen Worten, was nach dem Schuss passiert war. Sandra Querée und Leo Harkins, die zu dieser Stunde Dienst hatten, waren nach Jonathans aufgeregtem Anruf sofort zu den Blooms gefahren und hatten alles gesichert. Gleichzeitig hatten sie ihn, Conway, und die Spurensicherung alarmiert. Der Täter war offensichtlich mit dem Auto gekommen. Da die Häuser in dieser Straße weit auseinanderlagen, konnte niemand eine genaue Beschreibung des Täterfahrzeugs geben. Nur einer der Nachbarn meinte gesehen zu haben, dass ein dunkles Fahrzeug 15 Minuten zuvor in der Parallelstraße herumgekurvt war. Andere Spuren gab es nicht. Auch die Vernehmung von Mrs. Bloom brachte keine neuen Erkenntnisse. Außer Jack O'Neill, der ihren Sohn bedroht hatte, fiel ihr niemand ein, der ihr nach dem Leben trachten könnte.

»Ich möchte, dass bei den Blooms ab jetzt jede Nacht ein Wagen mit einem unserer Leute vor dem Haus steht«, ordnete Jane Waterhouse an, während sie in ihre Unterlagen schaute. »Und ich will, dass der Freundeskreis von Jack O'Neill unter die Lupe genommen wird. Vielleicht hat er aus der Haft dafür gesorgt, dass jetzt jemand anderes an den Blooms Rache nimmt.«

»Müsste dazu nicht erstmal feststehen, ob die Kugel von gestern Abend aus derselben Waffe stammt wie die, mit der Le Grand erschossen wurde?«, fragte Pommy Pomfield laut. Seit seinem Erfolg gestern schien er auch einmal Widerspruch gegen seine Chefin zu wagen. Conway freute sich darüber.

Die Tür ging auf, und der schwergewichtige Edgar MacDonald kam herein. Er ließ sich auf den Stuhl neben Pommy Pomfield fallen und fragte schnaufend: »Bin ich zu früh?«

Jane Waterhouse verzog keine Miene. »Nein, durchaus nicht. Wir sprechen gerade über die Waffe. Liegt die Analyse des Projektils jetzt nun endlich vor?«

Diesmal hatte sie es vermutlich gar nicht kritisch gemeint, aber durch ihren forschen Führungsstil waren alle Männer in ihrer Umgebung daran gewöhnt, dass sie leicht ungeduldig wurde. Edgar MacDonald ließ in diesem Punkt allerdings nur ungern mit sich spaßen.

»Eingedenk der Fehlbarkeit des Menschen, auch eines Spurensicherers«, begann er süffisant, »sind wir zu dem Ergebnis gekommen, dass tatsächlich aus derselben Waffe geschossen wurde wie bei Alan Le Grand: einer Neun-Millimeter Marke Smith & Wesson. Außerdem verrät der Schusskanal in der Wand, dass die Waffe aus einem Abstand von etwa acht Metern vor dem Fenster abgefeuert wurde.«

Jane Waterhouse ging über seinen Ton hinweg. »Danke schön, Mr. MacDonald.«

»Moment, da ist noch etwas.« Er überreichte ihr einen Bericht mit dem Briefkopf der Pathologie. »Die Obduktion des Brasilianers. Wie erwartet ist er nach dem Sturz auf die Klippen an seinen Kopfverletzungen gestorben. Aber er hätte sowieso nicht mehr lange zu leben gehabt.«

»Warum?«

»Er hatte Leberkrebs. Der Gefängnisarzt hat das bestätigt. Es wurde erst eine Woche vor seiner Entlassung festgestellt.«

»Und weshalb sagt man uns das nicht früher?«

MacDonald zuckte mit den Schultern. »Sie kennen doch die Gefängnisärzte.«

Sie wandte sich wieder an die anderen. »Damit können wir also die Akte Sollan schließen. Noch Fragen dazu?«

Conway meldete sich zu Wort. »Können wir das wirklich? Wollen Sie damit etwa auch die Ermittlungen im Fall Simon Stubbley beenden? Das kann doch nicht Ihr Ernst sein?«

Edgar MacDonald freute sich sichtlich über Harolds Hartnäckigkeit und sah erwartungsvoll zu, wie Jane Waterhouse statt zu antworten eine Pressemeldung aus ihrem Unterlagenstapel hervorzog. Sie hielt sie hoch. »Diese Meldung ist vor 15 Minuten von unserer Pressestelle rausgegeben worden. Sie ist mit dem Generalstaatsanwalt abgestimmt. Darin bestätigen wir, dass mit großer Wahrscheinlichkeit davon ausgegangen wird, dass der Brasilianer der Mörder von Simon Stubbley war und damit einer unserer beiden Mordfälle als aufgeklärt angesehen werden kann. Die Sache ist damit offiziell abgehakt. Das wird die Gemüter beruhigen.« Sie legte die Meldung wieder auf den Tisch. »Dass wir danach ganz in Ruhe und ohne Druck an dem Fall weiterarbeiten, sozusagen leise, das kann uns keiner verbieten.«

Conway verstand die Welt nicht mehr. Was sollte das bedeuten? War das wieder einer ihrer politischen Karriere-Schachzüge, die sie zusammen mit ihrem Bruder, Richter Edward Waterhouse, ausgetüftelt hatte? Um besser dazustehen?

Es machte Conway wütend. Als zuständiger Chef de Police hielt er bei den Ermittlungen solcher Fälle ebenso seinen Kopf und seinen guten Ruf hin wie sie. »Was soll das?«, fragte er aufgebracht. »Warum jetzt? Und warum so?«

Detective Inspector Waterhouse räusperte sich kurz. »Weil nächste Woche wieder einmal der *Prince of Wales* die Insel besuchen wird. Einer seiner Söhne nimmt an einem Poloturnier teil. Bei dieser Gelegenheit wird Seine Hoheit dann auch gleich den Bürgermeister von St. Aubin ehren, der in den vergangenen Jahren zwei Millionen Pfund für die königliche Kinderstiftung gesammelt hat. Reicht Ihnen das als Information, Mr. Conway?«

»Und warum erfahre ich das erst jetzt?«, fragte Conway aufgebracht. »Schließlich bin ich für die Sicherheitsmaßnahmen in St. Aubin verantwortlich. Und wie immer muss das rechtzeitig mit dem Innenministerium und der Security seiner Hoheit abgestimmt werden...«

»Beruhigen Sie sich. Wir wurden selbst erst gestern Abend aus London informiert.«

Conway begriff. Wenigstens bis zum Besuch des Prinzen brauchte die Generalstaatsanwaltschaft Luft, um den Eindruck zu vermitteln, dass Jersey noch immer eine perfekte Aufklärungsrate vorzuweisen hatte.

Als Conway eine halbe Stunde später das Polizeihauptquartier verließ, war er immer noch sprachlos über diesen Deal. Außerdem wurmte ihn sehr, dass man ihn nicht früher darüber in Kenntnis gesetzt hatte, dass der *Prince of Wales* beim *connétable,* dem Bürgermeister, auftauchen würde – quasi Tür an Tür zu seiner Polizeistation.

Plötzlich wurde der Rebell in ihm wach. Der Besuch des Prinzen war eine Sache – aber seine Ermittlungen im Fall Simon Stubbley würde er unter allen Umständen fortsetzen.

Jetzt erst recht.

Dass Emily nach den ganzen Aufregungen, die sie hinter sich hatte, überhaupt noch klar denken konnte, war ein Wunder. Sie war immer eine unerschrockene Frau gewesen, aber die Ereignisse der vergangenen beiden Nächte hatten doch mächtig an ihr gezehrt. Jonathan hatte ihr zwar Beruhigungstropfen gegeben, und sie hatte sie auch brav eingenommen – allerdings nur, um wiederum ihn damit zu beruhigen.

Als sie es zu Hause nicht mehr aushalten konnte, setzte sie sich ins Auto und fuhr zu Helen.

Der *Keating Lavendelpark* hatte an diesem Tag offiziell geschlossen. Wie an fast jedem Ruhetag verbrachte Helen die freien Stunden im Garten. Da sie auch hin und wieder freiwillig im Archiv des *Jersey Museums* mitarbeitete, wo regelmäßig ganze Kartons von historischem Zeitungsmaterial gesichtet werden mussten, saß sie heute an ihrem Gartentisch unter einem Baum und sortierte vergilbte Presseartikel über ein Amphibienflugzeug, das vor dem zweiten Weltkrieg auf dem langen Strand von St. Brelade's Bay zu Rundflügen gestartet war. Die archivarische Tätigkeit lenkte sie etwas von ihrer Trauer über Alan ab.

Emily setzte sich zu ihr. Es tat gut, hier in der Natur zu sein. Über ihnen sang ein Vogel und ließ beim Wegfliegen einen weißen Klecks auf den Gartentisch fallen. Helen schob ihre Zeitungen beiseite, wischte ihn mit einem Taschentuch weg und ließ sich dann die Details der vergangenen Nacht erzählen.

Als Emily fertig war, sagte Helen kopfschüttelnd: »Ist das nicht alles verrückt? Wo sind wir beide da nur reingeraten?«

»Am schlimmsten finde ich, dass mit jedem Tag alles nur noch verworrener zu werden scheint«, meinte Emily. »Mich muss jemand so hassen, dass er mich umbringen will, dir erzählt man, dass Alan gar nicht immer der nette Mann war, als den du ihn kennst und dass seine Angestellten ihn in Wirklichkeit hassten ... Wie gehen wir jetzt damit um?«

Helen spielte mit ihrem Bleistift. »Für mich steht eins fest: Selbst wenn O'Neill es war, der Alan aus Rache erschossen hat, werde ich meine schönen Erinnerungen an Alan nicht aufgeben. Ich will nicht mit einem leeren Herzen aus dieser Beziehung gehen.«

Für Helens sonstige Art, die eher frech und ironisch war, klang dieses Bekenntnis rührend. Doch Emily verstand ihre Freundin gut. Wenn man zuließ, dass einem durch ein Verbrechen auch noch die Erinnerung genommen wurden, war man gänzlich verloren.

Sie stützte ihre Arme auf. »Und ich bin wild entschlossen, mich nicht nur auf die Polizei zu verlassen, sondern selbst weiterzurecherchieren.«

»Erzähl«, sagte Helen gespannt. »Was ist dir noch eingefallen?«

Emily vertraute ihr die Geschichte mit der Zigarrenkiste an. Mit irgendjemandem musste sie ja darüber reden. Helen war sprachlos. Immer wieder schüttelte sie beim Zuhören den Kopf. Dann sagte sie: »Du weißt, dass Jimmy Ingram einen Schlaganfall hatte?«

»Ja, Harold hat es mir erzählt. Aber ich will trotzdem versuchen, mit ihm zu reden. Vielleicht kennt er Zusammenhänge, die uns weiterhelfen können.«

»Erwarte bloß nicht zu viel«, warnte Helen. »Du wirst schon sehen, in welchem Zustand Jimmy sich befindet...«

»Ich muss es wenigstens probieren. Hast du übrigens nochmal was von Pierre Theroux gehört?«

»Ja. Wir haben uns gestern getroffen, und er hat sich entschuldigt. Es war ihm alles furchtbar peinlich. Aber nach dem, was er mir angetan hat, musste ich ihn natürlich fristlos entlassen.«

Emily stand auf. »Ich muss los, wenn ich noch bei Jimmy vorbeischauen will. Jonathan hat verlangt, dass ich ihm hoch und heilig verspreche, mittags wieder zu Hause zu sein.«

Helen begleitete sie noch bis zum Parkplatz vor dem Gelände. »Schöne Grüße an Jonathan. Ich wünsche ihm, dass er seine Probleme im Krankenhaus bald wieder loswird.«

»Das hoffe ich auch. Drück ihm die Daumen, er trifft sich gerade mit John Willingham.«

Emily stieg in ihren Wagen und fuhr Richtung St. Aubin weiter. In den Teeladen musste sie heute nicht, dafür hatte ihr Sohn gesorgt. Zusammen mit Tim hatte er heute Morgen einen Plan erarbeitet, wie sie in den nächsten Tagen frei haben konnte; Tim würde im Gegenzug einen etwas längeren Urlaub bekommen.

Als sie in St. Aubin angekommen war, parkte sie unterhalb der *Rue du Crocquet* und ging dann zu Fuß nach oben. Hier wirkte alles hübsch renoviert und fast ein wenig pittoresk. Wie andere Häuser in der schmalen Gasse war auch das Haus der Ingrams ein altes schlichtes Gebäude aus rötlichem Jersey-Granit. Doch im Gegensatz zu den Nachbarhäusern blätterte hier bereits die Farbe an den Fenstern und der Haustür, sodass vom dunklen Blau nur noch Reste zu sehen waren.

Emily drückte die Messingklingel. Darauf standen zwei Namen: James Peter Ingram und Linda Ingram. Es dauerte eine Weile, bis Linda öffnete. Sie trug einen braunen Hänger und darunter eine schwarze löchrige Strumpfhose. Wie meistens, wenn man sie sah, machte das Haar der jungen Frau einen ungepflegten Eindruck. Im Flur roch es nach Medizin.

»Hallo Linda«, sagte Emily lächelnd. »Du kennst mich noch?«

»Klar, Sie sind Mrs. Bloom, oder?« Linda lehnte sich gegen den Türrahmen. »Worum geht's?«

»Wie du vielleicht weißt, war dein Vater Kunde bei mir. Ich habe jetzt erst von seinem Schlaganfall gehört und wollte ihm schnell was vorbeibringen.« Sie zog ein in Zellophan verpacktes Päckchen mit einer Tüte Tee und ihren Ingwerplätzchen hervor. Um das Ganze hatte sie eine hübsche rote Schleife gebunden.

»Okay, geben Sie her«, sagte Linda und streckte die Hand danach aus.

»Nein bitte, Linda, ich würde es ihm gerne selbst geben, wenn du einverstanden bist«, bat Emily. »Ich glaube, er würde sich darüber freuen. Nur zwei Minuten!«

Linda stöhnte. »Also meinetwegen. Aber wirklich nur kurz, er kann nicht gut reden. Und stören Sie sich nicht an dem Krempel in seinem Zimmer. Aber ich musste oben die beiden Räume vermieten, und wir haben unten nicht viel Platz.«

Emily trat in den Flur. Der starke Medizingeruch kam aus einem Zimmer gleich links neben dem Eingang. Wie sich herausstellte, war das der Raum, in dem Jimmy saß. Seine Tochter stieß die halboffene Tür auf und ließ Emily vorgehen.

Der Anblick, den Jimmy Ingram bot, war erschreckend. Er saß in seinem Rollstuhl und schaute auf einen kleinen Fernseher, in dem ein Fußballspiel lief. Das eingefallene Gesicht war klein und schmal geworden und sein weißes Haar schütter. Auf der beigefarbenen Strickjacke, die er über seinem grauen Wollhemd trug, konnte man jede Menge Essenflecke sehen.

Linda stellte den Fernseher aus und sagte mit lauter Stimme zu Jimmy: »Besuch, Dad. Das ist Mrs. Bloom vom Teeladen. Kennst du sie noch?«

Jimmy nickte erfreut. Erschrocken sah Emily, dass sein Mund schief hing. Kaum verständlich brachte er ein paar Worte hervor: »... ist gut ... gute Idee.«

Emily lächelte ihn an. »Hallo, Mr. Ingram. Schön, Sie wiederzusehen. Ich habe Ihnen auch eine Kleinigkeit mitgebracht.« Sie setzte sich ihm gegenüber auf das ungemachte Bett und drückte ihm ihr Geschenk in die Hand. »Das ist der Tee, den Sie immer so gerne getrunken haben. Und ein paar Plätzchen.«

»Danke«, murmelte er. Diesmal verstand Emily ihn schon besser. Zitternd berührten seine schlaffen Finger das Zellophan, aber sie waren zu schwach, um richtig zuzugreifen. Linda nahm ihm das Päckchen ab. »Das machen wir dann später auf, Dad«, sagte sie und ging damit zur Tür. Dort wandte sie sich an Emily. »Ich bin in der Küche, wenn was ist.«

Sie schloss die Tür hinter sich und verschwand. Emily war mit Jimmy allein. Jetzt erst bemerkte sie, was Linda vorhin mit »Krempel« gemeint hatte. In der Ecke hinter dem Bett türmten sich alte Bündel mit grau gewordenem Segeltuch, Kisten voller Handwerkszeug und ein zusammengerolltes Fischernetz. Es schien, als habe sich der alte Segelmacher Jimmy Ingram zusammen mit seinem Material in eine Höhle zurückgezogen.

»Ach, Jimmy, wir vermissen Sie auf dem Markt«, sagte Emily mit einem Lächeln voller Sympathie »Ihr gutes altes Handwerk! Heute kriegen wir nur noch diese vorgefertigten Waren aus Asien.«

»Oh ja ... schlimm ...«, sagte Jimmy heiser.

Sie versuchte, das Gespräch so zu führen, dass er nicht den Eindruck bekam, sie würde ihn nicht ernst nehmen. Sie wusste noch von ihrem Vater, wie demütigend das für einen gebrechlichen Menschen war. Auch seinen Schlaganfall erwähnte sie nicht weiter. Er war immer noch Jimmy Ingram, auch wenn er heute nicht mehr an einem Stand auf dem Markt stehen konnte. In fröhlichem Ton berichtete sie ihm eine paar harmlose Neuigkeiten aus St. Aubin, von ihrem Sohn und ihrem Geschäft, das immer noch gut lief. Hin und wieder versuchte Jimmy eine Frage zu stellen, was aber schwierig war, weil er durch seinen Schlaganfall oft Silben verschluckte. Schließlich fand sie heraus, dass er sehr viel besser artikulieren konnte, wenn man ihm Zeit gab. Nur dann brachte er einen kompletten Satz zustande.

Vorsichtig brachte sie das Gespräch auf Simon Stubbley. Lachend erinnerten sie sich beide an Simons Zeit als Fahrradbote bei Emily. Um Jimmy nicht aufzuregen, verschwieg sie ihm, dass sein alter Jugendfreund inzwischen tot war. Emily konnte sich nicht vorstellen, dass Linda ihrem Vater davon erzählt hatte.

Sie hatte recht. Jimmy Ingram wusste nichts von dem Mord.

»Wie ... geht es ihm?«, wollte er wissen.

Emily wollte nicht lügen. »Man hat ihn vor ein paar Tagen vorzeitig aus dem Gefängnis entlassen«, sagte sie.

Jimmy nickte. »Ich weiß«, sagte er. »Sechs Jahre ...«

»Das wissen Sie? War er denn hier?«, fragte sie überrascht.

»Oh ja! ... Gleich am nächsten Tag. Er hat uns Geld geschenkt.«

Emily schoss durch den Kopf, dass es sich dabei nur um die Summen handeln konnte, die Simon aus der Haft mitgebracht beziehungsweise von seiner Tochter geschenkt bekommen hatte. »Geld? Das war aber nett. War es viel?«

»Viel, ja. Soll Linda für die Ärzte weglegen ...«

Sie konnte es kaum glauben, wollte aber nicht weiter in ihn dringen. Jimmy hustete. Emily klopfte ihm behutsam auf den Rücken, bis er sich wieder beruhigt hatte.

Die Sache mit dem Geld schien ihn aber immer noch zu beschäftigen. Unvermittelt sagte er: »Ist ein guter Kumpel, der Simon.«

»Seit wann kennen Sie sich eigentlich?«, fragte Emily. »Soweit ich weiß, haben Sie mal zusammen in einem Londoner Pub gearbeitet.«

Jimmys Augen leuchteten. »Ja, wir waren ein Team damals ... ich, Simon und Alan.«

Emily stutzte. »Alan Le Grand?«

Der alte Mann nickte. »*Big Alan*. Mochte ihn nicht besonders. Hat sich immer alles genommen ...« Seine knochigen Finger legten sich auf die Räder des Rollstuhls und befühlten das Profil darauf. »Hat auch Simon reingelegt ...«

»Nochmal«, bat Emily irritiert. »Alan Le Grand war also damals Kellner im selben Pub wie Sie und Simon? Wie hieß das Lokal, wissen Sie das noch?«

»*King's Whistler*«, antwortete Jimmy Ingram ohne zu zögern. Plötzlich schien es ihm Spaß zu machen, in Erinnerungen zu schwelgen. Sein Ton wurde immer lebhafter. Zum Glück kam er auch nicht auf den Gedanken zu fragen, warum Emily das alles wissen wollte. Für ihn war sie eine Freundin Simon Stubbleys, und das reichte ihm.

Ihm fiel noch etwas ein. »Mrs. Batterly hieß die Wirtin.«

»Was war mit ihr?«

»Wollte verkaufen. An Simon. Der war mächtig stolz. Er hätte einen eigenen Pub gehabt.«

Langsam begann Emily zu begreifen. War es diese Situation, die der Strandläufer ihr einmal mit den Worten beschrieben hatte: »*Aber es wurde nichts daraus. Weil eine große menschliche Enttäuschung dazwischen kam ...*«?

»Und warum hat er den Pub dann doch nicht bekommen?«, wollte sie wissen. Sie spürte, dass sie sich gerade einem wichtigen Punkt näherte.

Jimmy Ingrams Augen bekamen ein Funkeln. Plötzlich war er wieder besser zu verstehen, weil er sich jetzt Mühe gab. »Alan hat ihn reingelegt. Wollte ja selbst den Pub ...«

Während der alte Mann einen neuen Hustenanfall bekam und sie ihm wieder auf den Rücken klopfte, versuchte Emily sich verzweifelt daran zu erinnern, warum Simon Stubbley damals in London ins Gefängnis gekommen war. Beim zweiten Prozess auf Jersey war es zur Sprache gekommen. Es hatte etwas mit einem Pub zu tun gehabt. In Gedanken stellte sie sich noch einmal den Richter vor, wie er Simons alte Gefängnisstrafe kommentierte. Ihr Gedächtnis fand den Prozesstag sofort wieder.

Simon war nachts maskiert in die Wohnung seiner Pub-Besitzerin eingebrochen und hatte ihr Schmuck und Silber gestohlen. Es war Ruhetag im *King's Whistler*. Als die Wirtin überraschend nach Hause gekommen war, hatte er sie niedergeschlagen. Am Tatort wurde ein Knopf seiner schwarzen Kellnerhose entdeckt. Fingerabdrücke gab es nicht. Die gestohlenen Sachen fand die Polizei morgens in einem Schließfach, dessen Schlüssel in seiner Ersatzjacke eingenäht war. Während er kein überzeugendes Alibi gehabt hatte und nur behaupten konnte, in dieser Nacht im Bett gewesen zu sein, hatten die beiden anderen potenziellen Verdächtigen, seine Kellnerkollegen, ihre Freundinnen besucht, was diese auch bezeugten.

Jimmy Ingram hatte aufgehört zu husten. Emily entdeckte ein Glas Wasser neben seinem Bett und reichte es ihm. Dankbar trank er daraus. Als sie ihm das Glas wieder abnahm, sagte er: »Big Alans Freundin war eine Nutte. Hat für ihn gelogen.«

Emily schaute ihn ungläubig an. »Heißt das, in Wirklichkeit hat Alan Le Grand die Wirtin überfallen und bestohlen?«

Die ohnehin knochigen Gesichtszüge des Segelmachers wurden noch eingefallener, als er böse seinen schiefen Mund verzog. »Wir wussten es beide, Simon und ich. Aber Alan war schlau...«

»Schlau bedeutet, Simon Stubbley wanderte ins Gefängnis, und Alan Le Grand bekam von der Wirtin den Pub. War es so?«

»Ja.« Traurig starrte er aus dem kleinen Fenster zur Straße.

Emily konnte es kaum fassen. Alan Le Grand hatte seine Karriere skrupellos auf Simons Rücken gestartet. Während aus dem einen ein wohlhabender Hotelier geworden war, bedeutete die Gefängniszeit für den anderen den Beginn eines Lebens als Landstreicher ... Was für ein Schicksal!

Die Tür ging auf und Linda steckte ihren Kopf ins Zimmer. »Noch fünf Minuten. Dad muss gleich an den Inhalator.« Sie verschwand wieder. Offenbar hatte sie in der Zwischenzeit etwas getrunken, denn im Zimmer blieb eine leichte Alkoholfahne zurück.

Emily musste die verbliebene Zeit nutzen. Sie war aufgeregt, durfte es sich aber nicht anmerken lassen, um Jimmy nicht zu beunruhigen. Was sie bis jetzt erfahren hatte, konnte die Ermittlungen der Polizei völlig auf den Kopf stellen. Jimmy Ingram schien die Tragweite dessen, was er da gerade erzählt hatte, gar nicht bewusst zu sein. Er wollte einfach nur reden. Dass er die Wahrheit sagte, daran zweifelte sie nicht. Zu deutlich war alles mit dem verzahnt, was sie von Simon Stubbley selbst an Bruchstücken gehört hatte.

»Sind sich Simon und Alan Le Grand denn nie mehr begegnet?«, fragte Emily.

Jimmy gab ein verächtliches Geräusch von sich. Vielleicht hatte er sich auch nur verschluckt. »Big Alan war doch im Ausland. Immer weg. Und dann plötzlich hier ...«

Emily verstand sofort, was er damit meinte. Sie beugte sich vor.

»Alan Le Grand kehrte vor fünf Jahren nach Jersey zurück. Also während der Zeit, als Simon hier noch im Gefängnis saß – so war es doch?«

»Ja.«

»Und wann sind sich die beiden dann zum ersten Mal wiederbegegnet?«

Jimmy dachte nach, hatte aber offensichtlich den Faden verloren. »... Simon wollte endlich Geld von ihm. Viel Geld ...«

Emily wurde immer aufgeregter. Vielleicht hatte Simon nach seiner Entlassung die Absicht, den Hotelier zu erpressen. Deswegen hatte er dem kranken Jimmy auch so großzügig mit den eigenen Ersparnissen geholfen.

»Bitte überlegen Sie, Jimmy: Wann haben sie sich getroffen?«

»Weiß nicht«, sagte Jimmy. »Simon wollte ihn ... in ... in ... in den Sand bestellen ...« Offensichtlich meinte Jimmy damit die Dünen. Ungeduldig schlug er mit der Hand auf das Rad des Rollstuhls, weil er nicht sofort die richtigen Worte fand.

»In die Dünen? Oder an den Strand?«, fragte Emily.

»Dünen«, nickte Jimmy. »Seinen Platz.«

Emily ließ sich auf die Bettkante zurücksinken. Was Jimmy Ingram da gerade gesagt hatte, konnte nur bedeuten, dass Simon von Alan Le Grand erstochen worden war, weil der Hotelier einer Erpressung zuvorkommen wollte. Alle anderen Vermutungen machten kaum noch Sinn. Auch die umsichtige Planung des Verbrechens – keine Spuren, die abgeschnittenen Profile an den Schuhsohlen – passte viel besser zu Le Grand als zu Simons altem Gefängniskollegen Joaquim.

Die Tür ging erneut auf und Linda kam herein, in der Hand den Inhalator.

»Ende der Besuchszeit«, sagte sie energisch. »Ich muss Sie jetzt leider rauswerfen.«

»Ja, natürlich.« Emily stand vom Bett auf und beugte sich zum Abschied noch einmal über Jimmy. Sie nahm seine zitternde rechte Hand und streichelte sie liebevoll.

»Danke, dass wir reden konnten, Jimmy. Das war sehr wichtig für mich. Halten Sie sich weiter so wacker!«

Er verzog seinen schiefen Mund zu einem winzigen Lächeln. »Ja. Mach ich. Und Simon soll ruhig mal wieder vorbeischauen ...«

Emily nickte und wandte sich schnell ab, weil sie Tränen in den Augen hatte. Warum musste ein Mann wie Jimmy nur so enden?

Hastig verließ sie das Haus. Erst als sie wieder draußen in der kleinen Gasse zwischen den bunten Häusern stand, wurde ihr die Bedeutung der Informationen, die sie eben von Jimmy bekommen hatte, vollständig bewusst.

Jetzt musste sie handeln. Im Gehen wählte sie Harold Conways Handynummer. Er meldete sich ziemlich unwirsch.

»Ja, Emily?«

Sie nahm sich nicht viel Zeit für lange Erklärungen. »Harold, es könnte sehr gut sein, dass Alan Le Grand der Mörder von Simon Stubbley war. Simon wollte ihn mit etwas erpressen...«

»Du machst Witze!«

»Ich habe eben mit jemandem gesprochen, der es genau wissen muss. Jimmy Ingram.«

»Emily, der Mann hatte einen Schlaganfall! Was soll das?«

Seine Sturheit machte sie wütend. »Ich weiß, was ich tue, Harold! Kannst du mir das einfach mal glauben? Bitte lass so schnell wie möglich das *Sea Bird Hotel* nach Spuren untersuchen!«

»Meinetwegen! Dafür erwarte ich, dass du zu mir kommst und mir alles genau erzählst.«

»Später, okay? Ich fahre jetzt erstmal weiter, um noch jemand anderen zu treffen.«

»Wer ist das, Emily? Bitte sag es mir!«

Doch Emily hatte schon aufgelegt. Eilig rannte sie die Straße hinunter zu ihrem Auto.

Gleich nach der Krisensitzung zog sich Jane Waterhouse wieder in ihr Büro zurück. Noch immer schmerzte ihr ganzer Körper von den heftigen Verletzungen, die der Brasilianer ihr zugefügt hatte.

Auch ihre Psyche war seitdem angeschlagen, obwohl sie sich das nicht eingestehen wollte.

Harold Conways heftige Kritik hatte sie nachdenklich gemacht. Vielleicht war es wirklich falsch, die Ermittlungen im Fall Stubbley zu früh einzustellen.

Die Akte Stubbley lag zusammen mit anderen Ermittlungsvorgängen im Regal neben dem Fenster. Sie nahm den Ordner, setzte sich damit auf die Fensterbank und blätterte ihn durch. Er enthielt alles, was man über den Fall wissen musste, sämtliche alte Vernehmungen und Protokolle. Besonders gut waren die Hintergründe von Stubbleys Messerstecherei vor sieben Jahren auf Jersey und Emily Blooms Zeugenaussage gegen ihn dokumentiert.

Vom ersten Prozess in London vor 34 Jahren lag ihnen dagegen bisher nur eine Kopie der damaligen Urteilsverkündigung vor. Demnach erhielt Stubbley eine einjährige Haftstraße, weil er nachts seine Pub-Wirtin ausgeraubt hatte. Die kompletten Prozessakten waren ihnen vom Londoner Gericht zwar versprochen, aber noch nicht nach Jersey geschickt worden.

Sie blätterte weiter. Polizeifotos von Stubbleys Leiche in den Dünen, der Bericht der Spurensicherung, Fotos des blutigen Samuraisschwertes, Suzanne Riccis Vernehmung. Soweit sie sehen konnte gab es nichts, was sie nicht schon ausgewertet hatten.

Das Telefon auf ihrem Schreibtisch summte. Sie nahm ab. Es war ihre Sekretärin, die daran erinnerte, dass das Büro des *Bailiffs* dringend auf einen Rückruf wartete.

Jane Waterhouse hatte plötzlich das Gefühl, von allem überfordert zu sein. Sie fühlte sich wie in einer Sackgasse. Die rätselhaften Mordfälle, ihr schlechter Zustand, die Erwartungen des *Bailiffs* – wie sollte sie das alles schaffen?

Sie hatte durchaus Lust, ihr Leben noch einmal zu verändern. Ihr Freund, den sie nach einer schweren Viruserkrankung seit Jahren pflegte, wäre in medizinischer Hinsicht ohnehin besser in

London aufgehoben. Sie könnte öfter ins Theater oder in die Oper gehen und hin und wieder ihre Schwester treffen, die in Oxford verheiratet war. Außerdem würde sie in London viel mehr Geld verdienen.

Auf der Negativseite stand, dass ihr neuer Job als Koordinatorin im Justizministerium zweifellos anstrengend werden würde. Er war zwar ein deutlicher Karrieresprung, denn von dort aus könnten sich später noch ganz andere Türen öffnen, aber möglicherweise um den Preis der Selbstaufgabe.

Sie hatte sich erkundigt. Ihre wichtigsten Vorgesetzten in diesem Ministerium waren Frauen, allen voran die Justizministerin selbst. Sie war bekannt dafür, ein eisernes Regiment zu führen. Auch ihre Stellvertreterin, früher beim *Secret Service*, sollte nicht gerade sanft mit den Beamten umgehen. Merkwürdig, dachte Jane Waterhouse, warum habe ausgerechnet ich eine Abneigung dagegen, unter Frauen zu arbeiten? War es vielleicht die Tatsache, dass sie die Unerbittlichkeit kannte, mit der Frauen manchmal ihre Entscheidungen gegen andere Frauen durchsetzten?

Sie wusste, dass sie bei ihren männlichen Kollegen nicht gerade beliebt war. Besonders Leitbullen wie Harold Conway oder Edgar MacDonald glaubten immer noch, die Zeit könnte stehenbleiben und die abendlichen Whiskyrunden in *Rouge Bouillon* gehörten zum erfolgreichen Abschluss eines Falles automatisch dazu.

Doch ihre Unbeliebtheit gab ihr auch Freiheit, die Freiheit des Andersseins. Letztlich erschien es ihr immer noch leichter, die unbeliebte Chefin einer Männerriege zu sein als die Untergebene von erfolgsfixierten Frauen.

Ihr Blick fiel auf die Personalakte von Pommy Pomfield, die auf ihrem Schreibtisch lag. Sie hatte sie neulich kommen lassen, um nachzusehen, wann sie Pommy wieder für das Schießtraining anmelden musste.

Plötzlich brachte Pomfields Akte sie auf eine Idee.

Wenn sie auf ihre innere Stimme hörte, wollte sie eigentlich nichts anderes, als auf Jersey ihr bisheriges Leben weiterführen. In seiner zynischen Art hatte Conway einmal gesagt, die Köpfe der Jersianer seien so hart wie ihr Granit und ihr Geist so freiheitsliebend wie die Flut. Ja, da hatte er nicht ganz unrecht. Aber es waren wenigstens Charakterköpfe.

Entschlossen setzte sie sich hinter ihren Schreibtisch und rief die Mitarbeiterin des *Bailiffs* an, um ihr mitzuteilen, dass sie wichtige private Gründe hatte, doch lieber in St. Helier zu bleiben. Das war am unverfänglichsten. Stattdessen schlug sie Pommy Pomfield für die Stelle in London vor. Sie versprach, dem Bailiff ihre Entscheidung auch noch schriftlich zu begründen.

Nachdem sie das erledigte hatte, fühlte sie sich bereits viel besser. Selbst der Himmel draußen leuchtete ihr wieder heller.

Sie ging zur Fensterbank zurück, wo sie die Akte Stubbley liegengelassen hatte. Plötzlich stutzte sie. Ihr Blick fiel auf die aufgeschlagene Seite mit der Vernehmung Suzanne Riccis am Hafen.

Wieso konnte Stubbleys Tochter behaupten, ihr Vater und der Brasilianer hätten sich in der Gefängnisbibliothek heftig um einen Roman gestritten?

Joaquim Sollan war doch Analpabet.

Im selben Moment flog die Tür auf und Pommy Pomfield erschien im Türrahmen. Er schien aufgeregt zu sein.

»Entschuldigung, aber gerade hat mich Harold Conway angerufen! Wir sollen sofort zum *Sea Bird Hotel* fahren. Dort gibt es einen Fund, der uns angeblich sprachlos machen wird!«

Schon wieder Conway, dachte Jane Waterhouse. Aber irgendwie hätte er ihr auch gefehlt, wenn sie nach London gegangen wäre...

John Willingham und Jonathan Bloom trafen sich wieder in dem kleinen Bistro am Hafen. An ihrem Tisch auf der hölzernen Terrasse des Restaurants nahmen sie zwar wahr, wie drüben vor der Polizeistation in kurzem Abstand mehrere Streifenwagen ankamen und wieder davonrasten, aber sie beachteten die Hektik nicht weiter.

Willingham erklärte dem jungen Arzt gerade, was er im Fall Jack O'Neill bisher erreicht hatte.

»O'Neill wollte sich erst weigern, unsere Unterlassungserklärung zu unterschreiben, aber nur bis zu seiner Festnahme. Dann änderte er seine Meinung. Seit heute Morgen liegt mir das Papier unterzeichnet vor.«

»Und was bedeutet das?«, fragte Jonathan. Er wirkte abgespannt. »Er darf mich nicht mehr als schlechten Arzt bezeichnen, na und? Solange ich nicht wieder operieren kann, bringt mir das gar nichts.«

»Langsam, langsam«, sagte Willingham sichtlich amüsiert, »Sie sind ja genauso ungeduldig wie Ihre Mutter.« Er aß einen Happen. Sie hatten jeder eine kleine Portion einheimische Jakobsmuscheln und ein Glas Weißwein bestellt. »Die Unterlassungserklärung spielt jetzt insofern nur noch eine untergeordnete Rolle, weil es zur gleichen Zeit zwei andere Entwicklungen gegeben hat, auf Seiten der Klinikleitung und auf Seiten der Zeugen des Lichts.«

»Ich vermute, die Klinikleitung wäre froh, wenn ich endlich an mein Krankenhaus in London zurückkehren würde«, sagte Jonathan. »Also: Welchen Deal haben Sie gemacht?«

»Nur einen kleinen«, meinte Willingham und machte es spannend. »Und einen Teil davon haben Sie sogar selbst zustande gebracht. Ich weiß nicht, wie Sie es geschafft haben, aber auf dem Formular zur Patientenaufklärung, die Jack O'Neill Ihnen unterschrieben hat, fehlt seine schriftliche Einschränkung, dass die OP nur ohne Bluttransfusion stattfinden darf.«

»Ist das wahr?« Jonathan wusste es nicht mehr. Zuviel war in der Zwischenzeit passiert.

Willingham nickte ihm aufmunternd zu. »Es ist genauso wahr wie mein Sondierungsgespräch mit den Mitgliedern des *Royal Court*. Die meisten Länder haben sich in solchen umstrittenen Fällen von Blutransfusion darauf geeinigt, dass das sogenannte Kindeswohl immer Vorrang hat. Käme es bei uns zum Prozess, würde man höchstwahrscheinlich auch auf Jersey nicht anders urteilen.«

Irritiert blickte Jonathan ihn an. »Und was ist mit den Zeugen des Lichts?«

»Gestern wurde von der Gemeinde gegen Jack O'Neill der endgültige und unwiderrufliche *Glaubensentzug* ausgesprochen, quasi die Exkommunikation. Seine Gewaltattacken waren den meisten schon lange ein Dorn im Auge. Wie übrigens auch sein Verhältnis mit Annabelle Le Grand. Nichts hassen die Zeugen des Lichts mehr, als in der Öffentlichkeit zu stehen. Insofern waren unsere Recherchen und die Ermittlungen der Polizei ein Horror für sie.«

»Und was sagt O'Neill selbst dazu?«

»Er scheint in der Untersuchungshaft nachdenklich geworden zu sein«, sagte Willingham. »Er steht an einem Wendepunkt seines Lebens, so oder so. Sein Anwalt hat mich heute Morgen wissen lassen, dass sein Mandant die Anzeige gegen Sie zurücknehmen möchte.«

»Heißt das, ich darf ab heute wieder ins General Hospital?«, fragte Jonathan erleichtert.

»Sie dürfen nicht nur, Sie müssen!«, antwortete Willingham heiter. Plötzlich ging sein Blick an Jonathan vorbei zur Straße. »Was will Conway denn von uns?«

Als Jonathan sich auf seinem Stuhl umdrehte, sah er den Chef de Police auf sie zukommen. Er rannte fast. Sein blaues Jackett war von der Eile an den Schultern verrutscht. Atemlos betrat er die

Terrasse des Restaurants und steuerte sofort auf Jonathan zu. »Hast du eine Ahnung, wo deine Mutter steckt?«

»Nein. Ich weiß nur, dass sie heute Vormittag kurz bei Helen war und danach noch jemanden besuchen wollte...«

»Was ist los?«, fragte Willingham. »Irgendwelche Neuigkeiten?«

Conway nickte. »Ja. Wir haben in einem alten Ofen im *Sea Bird Hotel* Überrese von Alan Le Grands Gummistiefeln gefunden – mit abgeschnittenem Profil. Wahrscheinlich war er es, der Simon Stubbley umgebracht hat. Gerade sucht die Spurensicherung nach weiteren Beweisen.«

»Gütiger Himmel«, entfuhr es Willingham. »Und dafür habt ihr den Brasilianer von den Klippen gejagt?«

Conway warf ihm einen bösen Blick zu. »Darum geht es jetzt nicht«, sagte er. »Jetzt müssen wir erst einmal Emily finden. Sie war es, die uns darauf gebracht hat. Weiß der Teufel, woran sie sich diesmal wieder erinnert hat.« Conway wandte sich wieder an Jonathan. »Deine Mutter hat doch ihr Handy dabei. Benutzt Sie öfter ihr GPS?«

»Ja, ich glaube schon...«

»Gut, dann kann ich versuchen, sie orten zu lassen.« Er drehte sich um und rannte zum Rathaus zurück.

Sorgenvoll blieben Jonathan und Willingham zurück.

Emily klopfte an die Scheibe des Küchenfensters, hinter dem Suzanne Ricci gerade ihre Spülmaschine einräumte. Suzanne winkte fröhlich zurück und gab ihr ein Zeichen, einfach hinten die offene Tür zum Esszimmer zu benutzen.

Es war ein kleiner Raum, der wie eine Schiffskabine eingerichtet war. Alles war aus Teakholz und Messing, auch die Wände waren mit poliertem Teak getäfelt. Sogar Bullaugen fehlten nicht. Der runde Tisch in der Mitte wurde von vier *deck chairs* umgeben. Es war ein krasser Gegensatz zum modernen Wohnzimmer der Riccis, was zweifellos daran lag, dass Dr. Ricci ein begeisterter Segler war.

Als Emily eintrat, kam Suzanne ihr bereits entgegen, diesmal in Jeans und Pullover. Sie strahlte. »Das ist ja eine Überraschung!«, sagte sie erfreut, nachdem sie sich begrüßt hatten.

»Nur ein paar Minuten«, versprach Emily.

»Ach was!« Suzanne warf kurz einen prüfenden Blick auf den Tisch und die Bank. Alles sah aufgeräumt aus. »Wissen Sie was, wir bleiben gleich hier. Im Wohnzimmer liegt heute zu viel rum. Ich mache uns schnell einen Espresso.«

»Ich hab wirklich nur ein paar Fragen«, entschuldigte sich Emily. »Mach dir also keine Mühe ...«

»Nein, ich freue mich doch!« Suzanne verschwand in die Küche, plapperte aber von dort aus munter weiter. »Douglas muss heute nämlich bis spät in die Nacht operieren, und ich bin wieder mal allein.« Emily hörte, wie die Espressomaschine summte. »Übrigens Glückwunsch! Ich habe gehört, Jonathan darf wieder in der Klinik arbeiten.«

»Da weiß ich zwar noch nichts von, aber das wäre natürlich toll«, rief Emily erleichtert in die Küche.

»Ich sitze ja auch an der Quelle!«

Suzanne kam fröhlich mit einem Tablett zurück, auf dem die beiden Espressotassen und eine Keksdose von *Fortnum & Mason* standen. Sie stellte die Tassen auf den Tisch. Die Keksdose ließ sie der Einfachheit halber auf dem Tablett.

Nachdem sie beide auf die Bank gerutscht waren und sich gegenübersaßen, versuchte Emily ohne Umschweife, das Gespräch auf Jimmy Ingram zu bringen. Sie war zu aufgewühlt, um noch lange Small Talk machen zu können.

»Suzanne, sagt dir der Name Jimmy Ingram etwas?«

»Ja, natürlich. Das war ein Freund von Dad. Ein Segelmacher, den er manchmal traf.« Sie blickte Emily fragend an. »Was ist mit dem? Ist er nicht krank?«

»Ja, er hatte einen Schlaganfall. Woher kannte dein Vater ihn?«

»Vom Hafen. Ingram hat da manchmal Segel repariert und Dad hat ihm dabei Gesellschaft geleistet.« Sie wirkte plötzlich unsicher. »Oder etwa nicht?«

Vorsichtig versuchte Emily ihr beizubringen, wie es wirklich war. Es wunderte sie nicht, dass Simon seiner Tochter die Anfänge seiner Freundschaft mit Ingram lieber verschwiegen hatte.

»Nein, Suzanne, in Wirklichkeit war Ingram einer der beiden Kellner, mit denen dein Vater im Pub zusammen gearbeitet hat. Damals in London.«

Suzanne schluckte. »Davon hat er nie was gesagt.«

»Auch den Namen des dritten Kellners hast du schon einmal gehört.« Sie machte eine Pause. »Alan Le Grand.«

Erschrocken setzte Suzanne ihre Espressotasse ab und starrte Emily ungläubig an. »*Der* Alan Le Grand?!«

»Ja. Ich habe es selbst gerade erst herausgefunden, nachdem ich mich wieder an ein paar Dinge erinnern konnte und dann zu Jimmy Ingram gefahren bin. Auch dein Vater war nach seiner Haftentlassung noch einmal bei ihm.«

»Und warum?«

»Er hat Jimmy das ganze Geld geschenkt, das er von dir und von der Gefängnisleitung bekommen hatte.«

»Das ist nicht wahr!« Fast heulend schob Suzanne mit der Hand ihre Tasse beiseite. »So dumm kann Dad doch nicht gewesen sein! Das ist doch absurd!«

Suzanne tat Emily leid. Sie musste in diesen Tagen viel aushalten. Dennoch war der Zeitpunkt gekommen, ihr auch noch den Rest zu erzählen.

Emily tat es so schonend wie möglich. Suzanne saß ihr dabei mit gesenktem Kopf und hängenden Schultern gegenüber, ein Häufchen Elend. Sie weinte, während sie zuhörte und erfuhr, dass ihr Vater eine Erpressung geplant hatte und dabei selbst zum Opfer geworden war. Als Emily fertig war, schwieg sie betroffen.

»Suzanne, ich weiß, dass es hart ist«, sagte Emily mitfühlend. »Aber wenigstens kommen wir damit der Wahrheit wieder ein Stück näher. Den Rest des Rätsels muss dann die Polizei lösen.«

»Ja, nur, was ist die Wahrheit?«, fragte Suzanne verzweifelt. »Und welche Rolle spielt der zweite Mord dabei?«

»Ich hatte noch keine Zeit, darüber nachzudenken, ich bin ja direkt von Jimmy Ingram zu dir gefahren...«

»Könnte sich nicht der Brasilianer an Alan Le Grand gerächt haben?« In ihrer Aufregung griff Suzanne nach der Keksdose. »Für den Mord an Dad. Das wäre doch möglich?«

Emily hatte ihre Zweifel an dieser Version. »Ach, da war Sollan doch längst ein Mann auf der Flucht.« Sie schüttelte nachdenklich den Kopf. »Nein, der Mörder muss jemand sein, der die ganzen Zusammenhänge aus London kannte. Der alles wusste, alles über Alan Le Grands Umzug von Singapur nach Jersey, über sein Hotel, über seine Gewohnheiten, über sein Verhältnis zu Helen Keating...«

Plötzlich hob Suzanne ihren Arm. Sie hatte etwas in der Hand. Es war ein Revolver.

»Willkommen am Ziel«, sagte sie lächelnd.

Schockiert starrte Emily über den Tisch zu Suzanne hinüber. Die Waffe musste in der Keksdose gewesen sein, die sie vorhin aus der Küche mitgebracht hatte.

»Du warst das?«, fragte sie tonlos. »Das kann ich nicht glauben...«

Suzanne sah sie fast triumphierend an. »Ja, ich war das, Mrs. Bloom. Ich habe Alan Le Grand für alles bezahlen lassen, was er

Dad angetan hat. Er hat sein Leben zerstört, weil Dad zu schwach war, sich gegen ihn zu wehren!«

Fassungslos schüttelte Emily den Kopf. »Aber du hättest doch nur zur Polizei gehen und erzählen müssen, was du weißt – Alan wäre sofort verhaftet worden! Wenn er deinen Vater wirklich umgebracht hat...«

Suzanne fiel ihr ins Wort. »Er hat es auch noch mit Ihrem Schwert getan! Es ist so widerwärtig...«

Emily spürte, dass Suzanne erst noch reden und sich für ihre Tat rechtfertigen wollte, bevor sie sie erschoss. Wem sollte sie es sonst erzählen? Emilys Angst wurde dadurch nicht kleiner, aber es war dennoch ein Strohhalm, an den sie sich klammern konnte.

»War es Ingram, der euch darüber informiert hat, dass Alan Le Grand jetzt als reicher Hotelier in St. Brelade's Bay lebte?«, fragte sie.

»Ja. Dad hat es im Gefängnis erfahren. Er hat geflucht und geweint vor Wut.«

»Und dann hat er sich die Erpressung ausgedacht.« Emily fühlte sich plötzlich schwindelig. »Dadurch wollte er wenigstens etwas von dem zurückbekommen, was aus seiner Sicht eigentlich ihm gehörte. Und da er dich vorher in seine Pläne eingeweiht hatte, kanntest du später auch den Mörder.«

»Ich wusste, dass Sie scharfsinnig sind«, sagte Suzanne kühl.

»Jetzt verstehe ich auch, warum Simon damals so ausgerastet ist, als er erfuhr, dass dein Freund dich mit eurem Modeladen in den Ruin getrieben hat«, sagte Emily. »Er befürchtete, dass seiner Tochter damit das Gleiche bevorstehen könnte wie ihm – ein Ruin fürs Leben. Darum hat er so wütend auf Steve eingestochen.«

»Ja, so ist es. Jetzt können Sie sich vielleicht vorstellen, wie ich mich gefühlt habe, als er auf der Anklagebank saß und Sie gegen ihn aussagten.«

Emily beschloss, nicht weiter auf diese Bemerkung einzugehen.

Alles, was sie dazu sagen konnte, hätte in Suzannes Ohren ohnehin falsch geklungen. Sie spürte, dass sie irgendwie Zeit gewinnen musste, um Suzanne abzulenken. Denn sie hatte keinen Zweifel mehr, dass sie als Nächste sterben sollte. Vorsichtig fragte sie: »Hast du das Geld in Alan Le Grands Wohnung und die Handys an dich genommen, damit es nach Raubmord aussah, wie bei deinem Vater?«

»Ja. Mir war es gerade recht, dass alle dachten, der Brasilianer hätte Dad umgebracht. Ich fand ihn immer widerlich, obwohl er Dad gegenüber sanft wie ein Lamm war und ihn geradezu verehrt hat.« Suzanne schaute Emily provozierend an. »Warum sonst hätte Sollan wohl freiwillig angeboten, Sie zu töten? Sozusagen als Dank an Dad.«

»Und dein Vater hat das zugelassen?«, fragte Emily schockiert.

»Ja, das hat er. Im Gefängnis hat man viel Zeit, um Rachepläne zu schmieden. Und der Brasilianer wäre sowieso gestorben, weil er Leberkrebs hatte.«

Suzannes Zynismus bewies Emily, dass die junge Frau in dieser Situation zu allem fähig war. Plötzlich kam sie sich vor wie Scheherazade in Tausendundeiner Nacht, die nur durch verzweifeltes Reden ihren Tod aufschieben konnte.

»Wusstest du wirklich nicht, dass dein Vater nach seiner Entlassung noch einmal bei Jimmy Ingram war und ihn über seinen Erpressungsplan eingeweiht hatte?«

Suzanne lachte hysterisch auf. »Nein, davon hatte ich keine Ahnung. Auch wenn ich Ihnen vorhin alles andere nur vorgespielt habe, das hat mich echt umgehauen! Für mich war Ingram nur ein harmloser alter Mann im Rollstuhl, der nicht mehr richtig sprechen kann. So täuscht man sich eben...« Ihre Hand mit dem Revolver senkte sich für einen Moment ein wenig ab. Schnell hob sie sie wieder an und zielte auf Emilys Augen. »Wie haben Sie das alles herausgefunden? Nur durch Ihr gutes Gedächtnis?«

Emily war unfähig, sofort zu antworten. Sie fühlte plötzlich eine tiefe Erschöpfung in sich und fürchtete schon, der Situation nicht länger gewachsen zu sein. Doch ihr war klar, dass sie sich diesen Moment der Schwäche unter keinen Umständen anmerken lassen durfte. Suzanne sollte weiterhin glauben, dass sie weitgehend unbeeindruckt von der Waffe war. Sie zwang sich zu einer Antwort auf Suzannes Frage.

»Ja ... durch mein Gedächtnis. Es gab ein paar Dinge, die mir wieder eingefallen sind. Gespräche mit Simon, die Steinhütte, in der er sich immer aufgehalten hat ...«

»Genau deshalb wollte ich, dass Sie sterben! Ich habe geahnt, dass Sie irgendwann hinter diese Pub-Geschichte kommen.«

»Woher hast du den Revolver?«, fragte Emily so ruhig wie möglich.

»Dad hat mir ihn dagelassen, bevor er ins Gefängnis ging. Ich sollte ihn bei mir verstecken. Keine Ahnung, wo er ihn her hat.«

»Warst du es, die mich in der Sauna eingesperrt hat?«

Suzanne klang fast stolz. »Ja, ich fand, das wäre ein passender Tod gewesen für jemanden, der kein Problem damit hatte, einen anderen im Gefängnis schmoren zu lassen. Dabei war es eher Zufall. Eigentlich wollte ich mir nur mal das Gelände ansehen. Aber dann war die Terrassentür so schön auf. Leider hatte ich an dem Tag den Revolver nicht dabei.«

Emilys Angst wuchs mit jedem Satz, den Suzanne von sich gab. Offenbar hatte sie sich inzwischen so in ihre Rachegedanken eingesponnen, dass sie die Wirklichkeit gar nicht mehr wahrnahm. In gewisser Weise war es vielleicht auch eine Rache für die entgangene Kindheit mit ihrem Vater. Dass er dann ausgerechnet von Le Grand getötet wurde, hatte ihr völlig den Realitätssinn genommen.

Plötzlich wurde Suzannes Stimme hart. »Holen Sie Ihr Handy aus der Tasche!«

Emily gehorchte. Ohne ihren Blick von Suzanne und dem

Revolver zu wenden, griff sie in ihre Handtasche, die neben ihr auf der Bank stand, und holte das Telefon heraus. Sie legte es auf den Tisch.

»Machen Sie es auf!«

Emily schob den kleinen Deckel auf der Rückseite des Handys auf.

»Jetzt holen Sie die Chipkarte raus und geben Sie sie mir.«

Auch das tat Emily. Suzanne ließ die kleine Karte in der rechten Hosentasche ihrer Jeans verschwinden.

»Suzanne, was hast du vor? Wenn du mich erschießt, wird dich die Polizei schnell überführen. Nachdem ich vorhin bei Ingram war, habe ich noch mit Harold Conway telefoniert und ihm erzählt, dass Le Grand deinen Vater erstochen hat.«

Suzanne lächelte böse. »Ach, das stört mich nicht. Wir beide machen jetzt erst einmal eine kleine Autofahrt zu den Klippen. Mit Ihrem Wagen. Sie im Kofferraum und ich vorne.« Sie streckte die Hand aus. »Die Wagenschlüssel bitte!«

Emily spürte, es waren die letzten Minuten, in denen sie sich noch wehren konnte. Suzanne wollte sie offenbar die Klippen hinunterstürzen lassen.

Plötzlich musste sie an den Brasilianer denken. Harold hatte ihr erzählt, wie Sollan aus dem Hauptquartier geflüchtet war, indem er den Überraschungseffekt genutzt hatte. Verzweifelt dachte sie darüber nach, wie sie es am besten anstellen konnte, ihrer aussichtslosen Lage zu entkommen.

Suzanne drängte sie erneut. »Los, machen Sie schon, den Wagenschlüssel!«

»Sofort. Ich glaube, er war in der Seitentasche ...«

Eilig griff Emily nach ihrer Handtasche und stellte sie sich auf den Schoss. Scheinbar nervös wühlte sie darin herum. In Wirklichkeit schielten ihre Augen unauffällig unter den Tisch, um zu sehen, ob die Tischbeine irgendwo befestigt waren, wie bei echten Schiffskabinen. Es war nicht der Fall. Im Gegenteil, der Tisch war eher eine einfache Konstruktion mit vier dünnen Beinen.

Sie zog den Autoschlüssel aus der Tasche und warf ihn so heftig über die glänzende Tischplatte, dass er auf der anderen Seite wieder herunterrutschte und auf der Sitzbank landete. Für eine Sekunde war Suzanne irritiert.

Im selben Moment fasste Emily unter den Tisch, hob ihn mit Wucht auf ihrer Seite hoch und kippte ihn Suzanne entgegen. Die Tischplatte schlug mit einem dumpfen Schlag gegen Suzannes Hand. Wütend schrie sie auf, konnte aber nicht verhindern, dass ihr der Revolver aus den Fingern glitt und zu Boden fiel.

Emily nutzte das kurze Durcheinander. Sie stemmte sich mit beiden Armen aus der engen Bank und rannte durch die offene Tür in den Garten. Den kleinen Vorsprung, den sie jetzt besaß, verdankte sie dem Umstand, dass Suzanne sich erst von dem auf ihr liegenden Tisch befreien und danach noch den Revolver aufheben musste.

Als sie am Küchenfenster vorbei zur Vorderseite des Hauses hetzte, stellte Emily fest, dass Suzanne vorsorglich das automatische Einfahrtstor geschlossen hatte. Vermutlich konnte sie das ebenfalls von der Küche aus tun. Emily hätte versuchen können, mühsam über das Gitter zu klettern, aber das hätte zu viel Zeit gekostet.

Verzweifelt blickte sie nach einem Ausweg um sich. Ihr Atem und ihr Herz überschlugen sich vor Angst. Jetzt, da sie im Garten eingesperrt war, musste sie unter allen Umständen die Nerven behalten, sonst war sie verloren.

Weit und breit gab es kein anderes Haus. Aber hatte sie neulich nicht einen Eingang zur Höhle *La Cotte de Rosière* gesehen, der auf dem Grundstück lag?

Suzanne erschien an der hinteren Hausecke, wieder mit dem Revolver bewaffnet. Ihre Stimme klang schrill und wütend. »Das werden Sie büßen!« Jetzt hatte sie offensichtlich völlig den Verstand verloren.

Emily kümmerte sich nicht darum. Im Schutz der Bäume im Garten rannte sie über den Rasen in Richtung Gartenende. Suzanne folgte ihr mit großen federnden Laufschritten. Nach der Hälfte der Strecke gab sie einen Schuss ab, doch er ging daneben, weil Emily auf die linke Seite der Bäume gewechselt war. Jetzt kam ihr die Ausdauer zugute, die sie sich beim Joggen antrainiert hatte.

Keuchend erreichte sie den Felsen am Ende des Gartens und damit auch den schmalen Zugang zur Höhle. Er lag im dunklen Schatten einer Steineiche, die vor dem Felsrücken stand. Suzannes Mann hatte eine Art Holzverschlag aus dunkelbraunen Brettern davor genagelt, damit niemand die unsichere Felsgrotte betrat.

Suzanne schoss erneut, während sie näher kam. Nur weil sie wegen einer Wurzel unter ihren Füßen strauchelte, schlug die Kugel dicht neben Emily in die Eiche ein. Verzweifelt und mit letzter Kraft riss Emily das Brettergestell vom Eingang, warf es zur Seite und kroch in die schützende Höhle hinein.

Der Boden unter ihren Füßen war feucht und sandig. Hastig schob sie sich auf allen Vieren der Dunkelheit entgegen. Ihr Kopf berührte die steinerne Decke über ihr, so niedrig war der Durchgang hier an dieser Stelle. Irgendetwas rieselte in ihr Haar. Es roch nach dumpfer Nässe. Da dies nur einer von mehreren Zugängen war, vertraute sie darauf, dass sie irgendwann das eigentliche Höhlensystem erreichen musste, in dem sie zuletzt als zehnjähriges Kind gewesen war.

Als der Tunnel eine Biegung machte, verharrte Emily einen Augenblick und lauschte angestrengt. Hinter ihr waren Geräusche zu hören, Suzanne folgte ihr also. Ein schwacher Lichtschein war zu sehen. Wahrscheinlich benutzte Suzanne ihr Handy als Taschenlampe.

Hastig kroch Emily weiter. Das Licht hinter hier erlosch wieder, aber Suzannes Keuchen war bis zu ihr zu hören. Emily kam sich vor wie ein gejagtes Wild.

Endlich hatte sie das Zentrum der Höhle erreicht. Es war ein kreisrunder Raum, in dem sie aufrecht stehen konnte. Durch einen schmalen Spalt in der tropfnassen Decke fiel ein Hauch von Tageslicht in die Grotte. Über dem Spalt waren Farnblätter gegen den Himmel zu sehen. Die schwarzfelsigen Wände im Inneren glänzten vor Feuchtigkeit.

Rechts und links zweigten weitere Gänge ab. Aber welcher von ihnen war der Richtige?

Verzweifelt suchte Emily in ihrem Gedächtnis nach dem Tag, an dem ihr Cousin sie damals zum Spielen hierher geführt hatte, obwohl es verboten war. Es war kurz nach ihrem zehnten Geburtstag gewesen, das wusste sie noch.

Bitte, flehte sie ihr Gedächtnis an, lass mich jetzt nicht im Stich! Wenn ich mich nicht mehr erinnern kann und den Ausgang nicht finde, bin ich tot.

Hinter ihr fiel dumpf ein Stein zu Boden, Wasser tropfte. Die Atmosphäre im grauen Licht der Höhle war gespenstisch. Sie lehnte sich gegen die nasse Wand, schloss kurz die Augen und wehrte sich noch einmal mit aller Konzentration dagegen, dass ihr Gedächtnis sie boykottierte. Suzannes Keuchen kam immer näher.

Plötzlich konnte sie wieder die Stimme ihres Cousins hören ...

Sie hockten beide hier auf dem nassen Boden. Da sie Kinder waren, kam ihnen die Höhle riesig vor. Ihr Cousin lachte sie aus, weil sie keine Ahnung mehr hatte, wie sie wieder herauskommen sollten, und deshalb heulte.

»Ist doch ganz einfach«, sagte er wichtigtuerisch. »Du musst dich nur rechts halten. Dreimal rechts, einmal links und dann wieder rechts.«

»Und dann?« hatte sie ängstlich gefragt.
»Dann sind wir wieder am Meer.«

Kurz bevor Suzanne ankam, stieß Emily sich so leise wie möglich von der Wand ab und tastete sich in die Finsternis des rechten Tunnels hinein. Er war so hoch, dass sie aufrecht gehen konnte. Hinter ihr hörte sie Suzannes Stimme, die wütend etwas rief, was Emily aber nicht verstand, weil sie sich von jetzt ab immer schneller entfernte. Zur Orientierung ließ sie ihre flache Hand über die rechte Wand des Tunnels gleiten, über die Nässe und über schroffe Felsbrocken hinweg. Die Erinnerung an den richtigen Weg gab ihr Selbstvertrauen. Immer schneller stolperte sie vorwärts. Endlich war Licht vor ihr, die letzte Tunnelstrecke begann.

Sie hastete weiter, bis die Helligkeit so grell wurde, dass sie ihre Augen blendete. Aber sie hielt durch, sie wollte nur noch nach draußen.

Dann kam der Schock. Der Ausgang ins Freie war mit einem verzinkten Tor vergittert.

Verzweifelt fasste Emily mit beiden Händen an die Sprossen des Gitters und rüttelte wild daran. Doch der Rahmen war so fest in die Felswände eingelassen, dass er keinen Millimeter nachgab.

Sie war gefangen.

Irgendwo hinter sich hörte sie Suzanne fluchen und husten.

In ihrer Panik rüttelte sie erneut am Gitter, jetzt noch heftiger.

Plötzlich hört sie draußen Stimmen. In einiger Entfernung rauschte auch das Meer. Emily schöpfte Hoffnung. Vielleicht wanderten gerade Touristen auf den Klippen vorbei.

Sie begann zu rufen. »Hilfe! Ich bin im Tunnel! Helfen Sie mir!!

Plötzlich sprang draußen vor dem Gitter eine Frau vom linken Felsen vor die Tunnelöffnung. Sie trug einen schwarzen Overall. Emily traute ihren Augen nicht.

Es war Constable Officer Sandra Querée.

»Sie ist hier!«, rief Sandra nach oben. Dann wandte sie sich an Emily. »Wir holen Sie gleich da raus. Sind Sie verletzt?«

»Nein«, sagte Emily schwach. Verängstigt zeigte sie hinter sich in den Tunnel. »Aber Suzanne ... Sie wird gleich hier sein, und sie hat einen Revolver ...«

»Jetzt passiert Ihnen nichts mehr«, sagte Sandra beruhigend. »Mr. Conway ist auch bei uns.«

Im selben Moment erreichten der Chef de Police und Constable Officer Leo Harkins das Gitter. Harold musste gerannt sein, denen er war atemlos. Emily begriff nicht, wieso er plötzlich im richtigen Moment hier sein konnte.

»Wir öffnen jetzt das Gitter, Emily«, sagte Harold, »am besten gehst du zur Seite und stellst dich an die Wand.«

Sie tat es. Harkins hatte einen Wagenheber dabei. Er setzte ihn zwischen Felswand und Gitterrahmen an und hebelte das Tor an vier Stellen heraus. Dann packten sie es zu dritt und warfen es zur Seite.

Emily ging ihnen taumelnd entgegen. Harold fing sie auf und setzte sie ein Stück entfernt vom Höhleneingang ins Gras. Unter ihnen lag das Meer. Auch der Leuchtturm *La Corbière* war zu sehen. Es war wieder Ebbe und eine ganze Karawane von Touristen zog über den trocken liegenden Damm zum Leuchtturm hinüber. Emily nahm es wahr, als hätte sie gerade jemand im Paradies abgeliefert.

Im Hintergrund sprach Sandra Querée in ihr Funkgerät. »Wir haben Mrs. Bloom. Ihr könnt den Tunnel jetzt drüben abriegeln und uns noch drei Leute rüberschicken.«

»Stellt das Gitter wieder vor!«, rief Conway zu Leo Harkins hinüber. Harkins schnappte sich das Gitter und richtete es auf. Sandra Querée steckte ihr Funkgerät in den Gürtel zurück und half ihm. Gemeinsam stellten sie es wieder vor die Tunnelöffnung.

Damit es nicht wieder herausfiel, klemmte Harkins rechts seinen Wagenheber und links einen Knüppel in die Aufhängungen.

Harold hockte sich neben Emily auf dem Boden. Er sah sie mitfühlend an. »Bist du wirklich okay?«, fragte er. Emily schien es, als ob Harold leicht schwankte, weil ihr Kreislauf gerade schlappzumachen drohte. Dennoch antwortete sie tapfer lächelnd: »Ja, du weißt doch, dass ich nicht kleinzukriegen bin.«

»Das ist die eine Sache«, sagte er mit schmalem Mund. »Die andere sind deine Alleingänge. Nachdem du mich angerufen hast, wollte ich dein Handy orten lassen, aber das hat leider nicht funktioniert.«

»Und wie hast mich dann gefunden?«, fragte Emily irritiert.

Harold zeigte grinsend zum Himmel. Emily blickte nach oben. Hoch über ihnen kreiste ein kleines Sportflugzeug unter den Wolken.

»Deine Nichte Jenny?«, fragte Emily erstaunt.

Harold nickte stolz. »Ja. Sie war wie jeden Tag um diese Zeit mit Touristen auf einem Rundflug unterwegs. Ich dachte mir schon, dass du bei Suzanne Ricci bist, und habe Jenny aus der Luft nach deinem Auto suchen lassen. Dabei hat sie euch durch den Garten rennen sehen.«

»Ich habe das Flugzeug gar nicht bemerkt...«, wollte Emily noch sagen, aber ihre Stimme versagte, und ihr Kreislauf wurde so schwach, dass ihr schwarz vor Augen wurde.

Nur aus der Ferne nahm sie in den nächsten Minuten den Lärm wahr, der vom Tunnel her rührte, wo Suzanne Ricci endlich von der Polizei überwältigt werden konnte.

In den nächsten Tagen kehrte endlich wieder Ruhe auf Jersey ein. Die Tatsache, dass ausgerechnet die Frau des angesehen Chirurgen Dr. Ricci einen der beiden Morde begangen hatte, erregte zwar kräftig die Gemüter, aber nachdem sich herumgesprochen hatte, dass Dr. Ricci nichts damit zu tun hatte und in seinem Entsetzen bereits die Scheidung eingereicht hatte, empfand man nur noch Mitleid mit ihm.

Emily brauchte eine Weile, um ihre Erlebnisse mit Suzanne zu verarbeiten, obwohl sie sich redlich Mühe gab, ihre Umwelt nichts davon spüren zu lassen. Nur bei Helen Keating konnte sie offen über ihre Ängste reden. Auf ihre Weise war schließlich auch ihre Freundin ein Opfer Suzannes geworden.

Als Emily am zweiten Abend nach ihrer Befreiung mit Helen im *Old Court House* essen war, saß gerade Harold Conway mit dem *connétable* an der Bar. Er kam nur kurz zur Begrüßung zu ihnen herüber und tat sehr wichtig.

»Ich habe momentan wenig Zeit. Wir besprechen gerade den Besuch des *Prince of Wales*. Der Bürgermeister wird eine Ehrung erhalten.«

»Kann man den Prinzen auch leibhaftig miterleben?«, fragte Helen interessiert. Zu Emilys Erstaunen fand sie den Thronfolger seit jeher äußerst attraktiv.

»Keine Chance«, sagte Conway selbstbewusst und kategorisch. »Wir werden wie immer alles absperren.«

Plötzlich hatte Emily eine Idee. Sie war noch jemandem Dank schuldig. Nachdem Harold wieder mit wichtigem Gesicht an die Bar zurückgegangen war, erzählte sie Helen davon. Sie war begeistert.

Zwei Tage später war es soweit. St. Aubin war geflaggt, und die Honorary Police unter der Aufsicht Harold Conways stand vor dem Rathaus Spalier. Am Ende des roten Teppichs wartete ein weißer Rolls Royce. Der *Prince of Wales* war bereits seit einer halben

Stunde im Bürgermeisteramt. Die wenigen Zuschauer, die eher durch Zufall von der Stippvisite des Prinzen erfahren hatten, standen in weiter Ferne. Da er die Insel in regelmäßigen Abständen besuchte, war seine Anwesenheit keine wirkliche Sensation.

Plötzlich lösten sich aus der Mitte der Zuschauergruppe zwei Gestalten und schritten auf den roten Teppich zu. Es waren Emily Bloom im blauen Kleid und der 14-jährige Luke Rutherford in einer gebügelten Hose mit weißem Hemd. Emily hielt den scheuen Luke an der Hand. In seiner Rechten trug Luke unbeholfen ein großes gerahmtes Foto. Seine Augen irrten noch ängstlicher umher als sonst.

Harold verließ seinen Platz neben der Rathaustür und ging entrüstet auf die beiden zu. Er trug wieder denselben dunklen Anzug, den Emily schon von seiner Hochzeit mit ihrer Schwester kannte. Er trug ihn immer bei solchen Anlässen. Niemand traute sich, ihm zu sagen, dass der weite Schnitt schon lange unmodern war.

»Emily, ich muss dich bitten, sofort den Platz zu räumen!«

»Der Junge möchte dem Prinzen nur etwas überreichen«, sagte Emily. »Es wird ganz schnell gehen.«

»Du bringst uns noch alle in Schwierigkeiten. Das ist im Protokoll nicht vorgesehen!«, zischte er.

Emily hielt ihm lächelnd einen Brief vor die Nase, den sie in der Hand gehalten hatte. »Oh doch, das ist es! Reicht dir das hier?«

Der Brief trug das Siegel des *Prince of Wales* und war ihr erst in letzter Minute aus dessen Büro zugestellt worden. Ungläubig las Harold den Text. Darin erklärte sich der Prinz *mit großer Freude* bereit, heute das Kunstwerk des kleinen Luke Rutherford für seine Gärten in Empfang zu nehmen.

Irritiert warf der Chef de Police einen Blick auf die gerahmte Fotografie des Jungen. Da Luke seine riesige Muschelamphore nicht hierher transportieren konnte, hatte Emily für ihn das Kunstwerk fotografiert. Die Gartenverwaltung des Prinzen wollte es später bei den Rutherfords abholen lassen.

»Zufrieden?«, fragte Emily. Sie gab sich Mühe, nicht spöttisch zu klingen. Harold hatte schließlich nur seine Pflicht erfüllt.

Im selben Augenblick trat der braungebrannte *Prince of Wales* lächelnd aus der Tür des Rathauses. In seinem eleganten, hellgrauen Anzug mit einer Jerseyblume im Knopfloch sah er wirklich gut aus, wie Emily zugeben musste. Er war in Begleitung des *connétable*, der ihn über den roten Teppich bis zum Rolls Royce geleitete.

Emily gab Luke einen kleinen Schubs, und der Junge ging dem Prinzen entgegen. Stolz überreichte er ihm das Foto seiner Muschelamphore. Voller Anerkennung bewunderte der hohe Gast die künstlerische Arbeit des Jungen. Anschließend beantwortete Luke aufgeregt und mit roten Ohren alle Fragen. Da der Prinz von seinen Mitarbeitern darüber informiert worden war, dass Luke kein normaler Junge war, nahm er sich etwas Zeit. Als die kleine Audienz beendet war, wuschelte Seine Hoheit Luke noch einmal wie einem Sportsfreund durch die blonden Haare, übergab das gerahmte Foto seinem Chauffeur und stieg dann winkend in den Rolls Royce.

Lautlos rollte der Wagen davon. Staunend über dieses Wunder stand Luke noch immer auf dem roten Teppich und sah ihm fasziniert nach. Seine Wangen glühten vor Stolz und Freude.

Als Emily sich umschaute, stellte sie fest, dass nicht nur Lukes Großvater und Helen Keating gerührt waren, sondern auch alle anderen.

Selbst Harold.

Sie stellte sich neben ihn. »Kannst du mir jetzt vergeben?«, fragte sie leise.

Seine Stimme klang, als hätte er einen dicken Kloß im Hals. »Ja… Ich schätze, du hast dem Jungen eine riesige Freude gemacht.«

»Danke.« Sie lächelte ihn verschwörerisch an. »Ich glaube wirklich, das war ein glücklicher Moment in seinem Leben.«

Dann ging sie mit wehendem Kleid über den roten Teppich zu Luke, um ihn wieder behutsam in die Wirklichkeit zurückzuholen.

MEIN DANK

Das Leben auf Jersey folgt auf charmante Weise einem eigenen Rhythmus. Ihn zu erkunden ist immer wieder aufs Neue spannend und inspirierend. Bei meinen Besuchen wandere ich gerne tagelang über die Insel, folge den alten Pfaden entlang der Küste und durch die Wälder und unterhalte mich mit den Menschen, die mir in den Dörfern begegnen.

Einer dieser interessanten Menschen war ein wettergegerbter, kräftiger alter Mann namens George. Wir trafen uns bei Ebbe am Strand der St. Ouen's Bay, wo er unterhalb von *Faulkner Fisheries* Muscheln sammelte. Seine Stimme war tief und angenehm, so als würde er fest in sich ruhen. Er erzählte mir, dass er schon seit 40 Jahren in seiner Freizeit die Buchten entlangwanderte und die Strände von all dem befreite, was die Zivilisation ihrer natürlichen Schönheit zumutete – Glasscherben, Flaschen, Dosen, angeschwemmtes Plastikzeug und was es sonst noch alles gibt. Er tat es, weil er die Natur liebte. Niemand nahm davon Notiz, nicht einmal der Bürgermeister der Gemeinde wusste, dass George seine langen Strandspaziergänge nur aus diesem Grund bei Wind und Wetter unternahm. Als ich ihn fragte, ob es ihn nicht traurig machte, dass seine Arbeit so unbeachtet blieb, lachte er nur und sagte: »Ich mache es ja für den Strand.«

George gab mir damit die Idee für meine Figur Simon Stubbley, den Strandläufer, auch wenn dessen Schicksal dann beim Schreiben eine viel dramatischere Dimension annehmen musste. Ich möchte allen Georges dieser Welt danken, die Gutes tun, ohne groß darüber zu reden.

Ganz besonderen Dank schulde ich Jennifer Ellenger von *Jersey Tourism* und Kiki Müller, die mir auch für dieses Buch wieder mit ihren profunden Kenntnissen über Jersey zur Seite standen. Viele Erkenntnisse aus dem oft eigenwilligen Alltag der Insel hätte ich ohne sie nur schwer gewinnen können.

Bei den medizinischen Fragen des Buches hat mich Dr. Christine Pfaller beraten, die nicht nur eine verlässliche Freundin, sondern auch eine großartige Ärztin ist. Ihr umfassendes Wissen aus allen Gebieten der Medizin erstaunt mich immer wieder.

Für die Beschreibung der waghalsigen Flugmanöver meiner Romanfigur Jennifer Clees hat mir der erfahrene Pilot Martin Spütz sein Wissen geliehen. Ohne ihn wäre dieser gefährliche Flug wahrscheinlich eine Katastrophe geworden.

Schließlich geht mein Dank an Seigneur Philip Malet de Carteret, dessen berühmte Vorfahren seit Jahrhunderten die Geschichte Jerseys mitgeprägt haben und dessen Rückkehr auf den Familiensitz ein besonderes Zeichen für die Insel war. Die faszinierende Geschichtsstunde mit ihm auf *St. Ouen's Manor* hat mich Jersey und seine Historie erst vollständig verstehen lassen.

Emily Blooms »unendliches Gedächtnis« ist Realität. Das sehr seltene Phänomen fasziniert Gehirnforscher auf der ganzen Welt und wirft Fragen auf, die sehr eng mit den neuesten Erkenntnissen zur Erinnerungsfähigkeit des Menschen und mit der Traumforschung verknüpft sind. Von allen Publikationen hat mich dazu in letzter Zeit vor allem *Das Buch des Vergessens* von Douwe Draaisma angeregt. Es hat mir einmal mehr gezeigt, wie komplex diese Zusammenhänge gesehen werden müssen.

Und wie dankbar wir sein sollten, vergessen zu dürfen.

Wissen ist Macht. Und Macht ist tödlich ...

A. M. Dean
DIE VERLORENE
BIBLIOTHEK
Thriller
Aus dem Englischen
448 Seiten
ISBN 978-3-404-16801-9

Er war der Bewahrer. Arno Holmstrand liegt im Sterben. Sein Leben lang hat er ein Geheimnis gehütet: den Standort der untergegangenen Bibliothek von Alexandria.
Sie tritt sein Erbe an. Emily Wess war Geschichtsprofessorin. Nun bereist sie die halbe Welt, um Hinweise zu entschlüsseln, die ihr ihr Mentor Arno Holmstrand hinterlassen hat.
Sie werden morden. Sie nennen sich der Rat und begehren Macht und Einfluss. Ihre Handlanger sind überall. Sie werden morden, um an das antike Wissen in der Bibliothek zu gelangen. Und Emily Wess besitzt genau das, was sie wollen.

Bastei Lübbe Taschenbuch